L'IMPRÉCA

RENÉ-VICTOR PILHES

L'IMPRÉCATEUR

roman

ÉDITIONS DU SEUIL
27, rue Jacob, Paris VIᵉ

A MA FEMME, NICOLE.

ISBN 2-02-00 1241-3

Je reconnus, en cet instant effroyable,
que la vie de myriades d'hommes
ne pèse pas plus qu'une plume.

GUSTAV MEYRINK, *Le Golem.*

I

Je vais raconter l'histoire de l'effondrement et de la destruction de la filiale française de la compagnie multinationale Rosserys & Mitchell, dont l'immeuble de verre et d'acier se dressait naguère à Paris, au coin de l'avenue de la République et de la rue Oberkampf, non loin du cimetière de l'Est.

A l'époque de la secousse formidable et du déferlement de l'hystérie, j'étais moi-même un cadre supérieur de cette entreprise, puisque j'occupais le poste de directeur adjoint des Relations humaines. Et, par une coïncidence impressionnante, tandis que, pendant deux ans, ma fonction m'avait tenu à l'écart des principales décisions financières, commerciales et techniques, voilà que, quelques jours avant la fêlure initiale, l'importance de mon poste s'était trouvée presque accrue.

Saint-Ramé, directeur général de Rosserys & Mitchell-France, né à Pouligny dans l'Indre, ancien élève de l'École des travaux publics, diplômé de l'Institut d'études politiques de Paris, Master of Science and Technology du Massachusetts Institute, stagiaire de 1re catégorie à la Boll Foundation, lauréat de la Business School de Harvard, chevalier de l'ordre national du Mérite, Saint-Ramé, donc, avait envisagé de me nommer directeur tout court des Relations humaines.

— Mon cher ami, m'avait-il dit, vous verrez, les Relations humaines connaîtront un développement considérable; les nerfs des grandes entreprises sont beaucoup trop tendus.

C'est en effet ce que je vis, et je fus près d'en perdre l'esprit. Aujourd'hui, au calme dans ma petite chambre blanche, cajolé par ceux qui me soignent et m'entourent, je me sens mieux et je traverse cahin-caha mon long sommeil.

Je vais raconter l'histoire de l'effondrement et de la destruction pour les raisons suivantes : en premier lieu, j'ai acquis la certitude

5

que la version des experts est fausse. Certes, il existait de nombreuses galeries, d'insondables souterrains, d'énormes et humides cavités au-dessous de l'avenue de la République. Et je connaissais notamment un boyau suintant menant des caves de l'entreprise aux caveaux du cimetière. Mais personne ne l'ignorait. En tout cas, les spécialistes américains et français avaient soigneusement étudié le sous-sol avant de décider la construction. L'hypothèse d'un affaissement du sol n'est guère convaincante. Des milliers de bâtiments s'élevaient, à l'époque, à Paris et ailleurs sur des terrains bien plus « aléatoires » que celui de la rue Oberkampf. Comment accepter, alors, que la compagnie la plus puissante du monde — qui avait construit des immeubles et des usines sur presque tous les territoires de la planète — se soit four-voyée en France, à Paris, au coin de l'avenue de la République et de la rue Oberkampf? Non, ce n'est point là le chemin de la vérité. Avant les fondations, les cerveaux furent durement agressés. Et celui qui, comme moi, occupa un poste important au sein de la firme n'admet plus qu'on sépare le déferlement de l'hystérie et l'ébranle-ment des murailles. Je sais, moi, que celui-là entraîna celui-ci, et que le tout fut prémédité. Dès lors, mon devoir était d'écrire l'histoire de ces hommes perdus, sévèrement châtiés, d'éviter par là que des millions d'autres ne s'enlisent un jour dans la corruption et la médio-crité.

Donc, je viens d'exposer ma première raison de relater ce mons-trueux épisode de la vie et de la mort des entreprises colossales de ce temps-là. Mais, depuis peu, j'en ai une seconde : l'ère des procès s'annonce. Les tribunaux américains et français s'apprêtent à juger les causes, à estimer les préjudices, à fixer les indemnités. La publica-tion de mon ouvrage éclairera la conscience des juges. Ce n'est pas que je fus le témoin de tout. Je n'ai pas tout vu et je n'ai pas tout entendu. J'ai dû reconstituer des pans entiers de l'affaire et d'innom-brables lambeaux. Par exemple, nul ne sait vraiment ce qu'est devenu l'imprécateur après que les gens de son entreprise l'eurent forcé à comparaître, puis eurent tenté de l'attirer dans leurs renoncements. En revanche, l'existence des imprécations, leur contenu, l'identité de leur auteur, ses comparutions dramatiques, les vilenies et les per-versions qui saccagèrent le ventre de l'entreprise, tout ceci et tout cela est vérité. Je fus impliqué dans ces incroyables événements, et mon cerveau en est encore congestionné.

Bien que la firme géante, multinationale et américaine, Rosserys & Mitchell ait connu une notoriété phénoménale et qu'elle ait même, à un moment, sérieusement aspiré au gouvernement des nations, il n'est pas inutile aujourd'hui de la définir brièvement, car elle a perdu sa place dans la mémoire des citoyens et elle n'a creusé aucun sillon dans l'Histoire.

Cette firme fabriquait, emballait et vendait des engins destinés à défricher, labourer, semer, récolter, etc. Son état-major siégeait à Des Moines, dans l'Iowa, splendide État d'Amérique du Nord.

La compagnie avait d'abord vendu ses engins à l'intérieur des États-Unis; ensuite, elle les avait exportés et, pour finir, elle avait bâti des usines dans les pays étrangers.

Lorsque survinrent les événements relatés ici, Rosserys & Mitchell avait entrepris de construire des usines non point dans les pays assez riches pour acheter eux-mêmes les engins fabriqués et emballés sur leur sol, mais au contraire dans les pays pauvres et démunis de denrées pour la raison que les salaires payés aux ouvriers de ces pays étaient moins élevés qu'ailleurs.

Les gens qui à l'époque se pressaient sur le pavois, tant étaient subtiles leurs réflexions, étendues leurs connaissances, éprouvées leurs techniques, portaient haut leur superbe et leur rengorgement. Et aussi la philosophie que voici :

a) fabriquons et emballons chez nous des engins et vendons-les chez nous;

b) maintenant, vendons nos engins à ceux de l'extérieur qui ont de l'argent pour les acheter;

c) fabriquons et emballons sur place, toujours chez ceux qui ont de l'argent pour acheter;

d) pourquoi ne pas fabriquer et emballer nos engins dans les pays pauvres, de façon à les obtenir moins cher?

e) à la réflexion, pourquoi ne pas fabriquer les vis de nos engins là où les vis coûtent le moins cher, les boulons là où ils coûtent le moins cher, assembler le tout là où ça coûte le moins cher d'assembler, l'emballer là où ça coûte le moins cher d'emballer?

f) et, finalement, pourquoi se limiter à la fabrication d'engins?

Avec tout l'argent qu'on gagne, pourquoi ne pas acheter tout ce qui est à vendre? Pourquoi ne pas transformer notre industrie en gigantesque société de placement?

La sécheresse de ce processus masquait un altruisme remarquable. La construction d'usines et d'immeubles sur toute la surface du globe apportait du travail et de la nourriture aux peuples maigrement pourvus, accélérait leur marche vers le progrès et le bien-être. C'est pourquoi ces gens qui, en fabriquant, en emballant et en vendant, édifiaient le bonheur de l'humanité en vinrent à se demander à quoi pouvaient servir les assemblées politiques et les gouvernements. Voici ce que ces néo-patriciens, qui décidément avaient pénétré les secrets de l'âme humaine, répondirent : « Nous qui fabriquons, emballons et vendons, nous créons les richesses et nous en remettons une part importante aux institutions politiques, librement ou non élues, qui les redistribuent. Ces richesses, nous ne voulons pas les répartir nous-mêmes, car nous serions juge et partie. Ainsi, le monde, après tant de soubresauts et de déchirements millénaires, a enfin trouvé sa voie : fabriquer, emballer, vendre, distribuer le produit de la vente. En somme, de même qu'en des temps préhistoriques on avait séparé les Églises et l'État, on séparerait aujourd'hui la justice et l'économie. D'un côté, on ferait beaucoup de "social", de l'autre, beaucoup d'argent. En quelque sorte, le pouvoir temporel appartiendrait aux entreprises et aux banques, et le pouvoir intemporel aux gouvernements. Les temples, les églises, les synagogues le céderaient aux grands ministères. »

Fabriquons et emballons en paix! criaient-ils, vendons en liberté, et nous aurons en échange la paix et la liberté!

Une pareille grandeur d'âme ne laissait pas indifférents les peuples et les États. Entre tous, les États-Unis d'Amérique du Nord apparurent comme le peuple élu. Le monde changea de Judée. Jérusalem fut peu à peu remplacée par Washington. Quant à la politique, elle s'adapta à la religion nouvelle et forma ses grands prêtres. Que serait un dirigeant qui n'aurait ni lu ni compris les Tables de la nouvelle Loi? Alors surgirent dans les Conseils des hommes d'un type nouveau, compétents, capables de gérer aussi bien une administration qu'une entreprise ou une grande compagnie. Le mot GESTION rompit un carcan multiséculaire, jeta bas ses oripeaux et apparut en cape d'or aux citoyennes et aux citoyens ébahis. Jadis, on cherchait à savoir d'un

8

homme s'il était chrétien ou hérétique, à droite ou à gauche, communiste ou anglican. A l'époque dont je parle, on se demandait : celui-là est-il ou non un bon gestionnaire?

Rosserys & Mitchell était l'un des joyaux de cette civilisation. Grâce à ses engins, des travaux surhumains avaient été effectués dans le monde entier, du blé poussait là où Moïse sous ses pas soulevait de la poussière. Des millions d'écoliers apprenaient que, s'ils travaillaient bien en classe, ils auraient plus tard une chance d'être engagés par une firme semblable à Rosserys & Mitchell-International. Aux jeunes générations, on disait : « Le jour où le monde ne sera plus qu'une seule et immense entreprise, alors, personne n'aura jamais plus faim, personne n'aura jamais plus soif, personne ne sera jamais plus malade. »

Ainsi étaient façonnés les esprits dans le monde industrialisé lorsque survint un incident dans la firme française de cette compagnie géante, américaine et multinationale.

Or c'était le temps où les pays riches, hérissés d'industries, touffus de magasins, avaient découvert une foi nouvelle, un projet digne des efforts supportés par l'homme depuis des millénaires : faire du monde une seule et immense entreprise.

II

Ah! que les rétrospectives sont troublantes! L'homme touché par le malheur et qui se remémore les instants ou les jours qui l'ont précédé, celui-là a toujours l'impression que le drame lui était annoncé. Un corbeau s'était perché sur le balcon de la fenêtre, une vieille porcelaine s'était brisée, une feuille de calendrier s'était envolée, une phrase avait été prononcée, la veille, anodine et creuse, le lendemain emplie de deuil. C'est ainsi qu'au matin de la première fêlure, avant même que les employés n'aient pénétré dans leur entreprise, un bruit se répandit place Voltaire de cafés en bistrots, lieux où le personnel prenait en général le petit déjeuner. A mes oreilles ce bruit vint comme je sortais de la bouche du métro, à la station Filles-du-Calvaire, ma station habituelle. Chavégnac, chef adjoint de la section Espagne-Amérique du Sud, m'accosta et me dit :

— Portal m'a téléphoné cette nuit, il paraît qu'Arangrude s'est tué hier soir, en rentrant chez lui, sur le boulevard périphérique... Le saviez-vous?

— Non, répondis-je... Comment Portal a-t-il appris la nouvelle?

— C'est la femme d'Arangrude qui l'a appelé au téléphone pendant la nuit.

Tandis que nous avancions en direction de l'immeuble de verre et d'acier, nous récoltions au passage cadres, employés, agents de maîtrise qui, nous voyant approcher, avaient écourté leur petit déjeuner pour venir aux nouvelles.

Je constatai qu'au sein de ce groupe d'employés et de collaborateurs de Rosserys & Mitchell, mis par mes soins au pas de charge, j'étais le cadre au grade le plus élevé. Et l'idée que, responsable des Relations humaines de mon entreprise, je me devais de prononcer quelques mots sur la mort se présenta brusquement à mon esprit, juste comme nous arrivions devant la grande porte. Alors, me retournant, je demandai d'un geste le silence et dis :

— En vérité, mesdames, messieurs, la mort a visité hier notre firme.

Et je m'engouffrai dans le hall. Ces paroles furent appréciées : le groupe en effet me laissa prendre seul l'ascenseur, ce qui dans ce genre d'entreprise constituait incontestablement une marque extérieure de respect. Quelques minutes plus tard, Henri Saint-Ramé me confirma au téléphone la mort de Roger Arangrude, 34 ans, sous-directeur du *marketing* pour le Benelux, ancien élève de l'École des hautes études commerciales de Jouy-en-Josas, ancien et brillant chef de produit de la société Korvex, deuxième en Europe pour les charcuteries sous cellophane; mort trente minutes après son départ du bureau sur le périphérique nord, tempe droite enfoncée à la suite d'une collision avec un camion fabriqué par la société Sotanel, quatrième en France, roulant pour le compte de la firme Amel Frères, deuxième société française de transport routier. Cette énumération, pour fastidieuse qu'elle soit, n'en est pas moins la fidèle réplique de ce que Saint-Ramé, efficace et égal à lui-même en toutes circonstances, me dévida au téléphone. La disparition prématurée d'Arangrude n'irait pas sans conséquences sur l'organigramme de l'entreprise. Je prévoyais même une lutte sauvage, non pas tant pour le remplacer au poste qu'il occupait que pour assumer la fonction que Saint-Ramé lui destinait dans un avenir proche : celle de directeur du *marketing* de la filiale française.

Vers le milieu de la matinée, je fus convoqué dans le bureau de Saint-Ramé; j'y trouvai Roustev, directeur général adjoint, ancien directeur technique, qui avait longtemps caressé l'espoir de diriger la maison; mais, au dernier moment, il s'était vu supplanté par la vague des jeunes *managers* que fascinait l'Amérique du Nord. Saint-Ramé me posa la question qui convenait à ma fonction :

— Comment faut-il enterrer Arangrude?

— Eh bien, répondis-je, il me paraît nécessaire de le demander à sa femme.

— Dois-je aller la voir moi-même? me demanda le directeur général.

— Je pense que vous devez conduire le deuil de l'entreprise et que vous devez vous recueillir le premier devant son corps ou, tout au moins, devant la bière; mais je ne crois pas que vous deviez vous précipiter... La famille est certainement très agitée, et vous, monsieur le Directeur général, ne devez pas courir le risque d'essuyer une rebuffade, voire une crise de nerfs.

— Voilà qui me paraît bien vu; qu'en pensez-vous, monsieur Roustev?

— Je pense aussi que c'est bien vu.

— Était-il aimé de sa femme? s'enquit Saint-Ramé.

— Je l'ignore, monsieur.

— Renseignez-vous, les obsèques d'entreprise sont bourrées de pièges pour les dirigeants, le personnel est souvent rassemblé dans l'église et on ne sait jamais ce qu'il faut dire ou faire... Dois-je prononcer un discours?

— Je verrai Mme Arangrude pour éclairer ces questions, monsieur.

— Mais ce n'est pas elle qui m'importe, ce sont les autres cadres... Certains, et parmi les meilleurs, s'attacheront peut-être plus fermement à notre affaire s'ils voient que, en cas de mort subite, je parlerai une dernière fois de leurs mérites devant le personnel... Tenez... Brignon... j'ai entendu dire que Grant & Michaelson le débaucheraient... Je suis certain qu'il apprécierait que moi, Saint-Ramé, je lui rende un hommage posthume.

— Je n'avais pas envisagé la question sous cet angle, monsieur, mais il est sûr qu'à bien y songer un panégyrique d'Arangrude produirait le meilleur effet sur les cadres et assimilés cadres... Voulez-vous qu'à tout hasard je vous le prépare?

— Ah non! Renseignez-vous seulement sur sa carrière universitaire, sur ses origines, sur les produits dont il s'est occupé depuis sa sortie d'HEC; essayez de dénicher quelques stages à Philadelphie, Harvard, Los Angeles, même de courte durée, je ferai le reste; mais, avant tout, prenez le pouls de la famille et veillez à ce que des faire-part soient affichés à tous les étages et signés par moi; envoyez-en aux principaux journaux.

— L'usine de Méligny sera-t-elle représentée?

— Ah oui, l'usine! Bien sûr! Déléguez les meilleurs, Roustev... Il n'est pas inutile que les ouvriers et techniciens entendent de ma propre bouche, au bord d'une tombe trop tôt ouverte, à quoi sert un sous-directeur de *marketing*.

A ma sortie du bureau de Saint-Ramé, je fus assailli par une nuée de cadres. Ils croyaient que je savais quelque chose au sujet du remplacement d'Arangrude. Je leur dis qu'un directeur adjoint des Relations humaines chargé de régler les obsèques d'un cadre supérieur avait besoin de concentration. Les avais-je flattés? Avaient-ils compris que, dans le cas où ils mourraient eux-mêmes, je montrerais une semblable diligence? Le fait est qu'ils cessèrent de m'incommoder et se répandirent en chuchotements dans les couloirs par groupes de deux ou de trois. Moi, revenu dans mon bureau, je téléphonai au domicile du cadre décédé. Ma surprise fut vive d'obtenir sur-le-champ Mme Arangrude.

— Madame, dis-je d'une voix de circonstance, je suis atterré par ce malheur, et ici nous sommes tous sous le coup d'une émotion violente; et vous, madame, comment surmontez-vous cette terrible épreuve?

— Oh! mal, monsieur, mal; mais devant les enfants je me dois de tenir bon... Mais je n'ose penser au lendemain... mon Dieu...

— Madame, je viens de quitter notre directeur général et...

— Oh, M. Saint-Ramé; que dit-il?

— Eh bien, il demande que j'aille vous voir pour régler la question des obsèques... Quand puis-je vous rencontrer sans trop vous déranger?

— Mon mari repose dans la chapelle de l'hôpital de Saint-Ouen, j'y ai passé la nuit et une partie de la matinée, je voudrais me reposer un peu; pouvez-vous venir dans l'après-midi?

— Mais certainement madame, voulez-vous 16 h?

— Oui, 16 h; merci, monsieur.

— Bon courage, madame, et à cet après-midi.

Je raccrochai, satisfait. Il m'avait semblé en effet que cette femme d'un cadre mort manifestait malgré son chagrin un respect indéniable pour notre entreprise. J'aurais redouté que, ne se maîtrisant plus, elle ne criât sa haine et ne rendît Rosserys & Mitchell responsable de l'accident. Arangrude ne s'était-il pas tué en rentrant éreinté d'une dure journée de travail?

Il était 11 h 30. A cet instant, m'apprêtant à ouvrir quelques dossiers, mon regard balaya le dessus de mon bureau et, parmi des notes ou lettres déposées là par ma secrétaire, j'aperçus un rouleau de papier parchemin de couleur crème maintenu par un ruban vert et noir. Je crus que c'était l'un de ces innombrables imprimés publicitaires et, négligemment, je défis le nœud et déroulai le parchemin. Comment aurais-je deviné que ce document marquait le commencement des secousses? Bien que mon enquête ait plus tard établi qu'il n'existait aucun rapport entre la mort d'Arangrude et l'apparition dudit rouleau, je m'interroge encore aujourd'hui sur cette coïncidence. Je fus d'ailleurs l'un des rares à me soucier aussitôt de ce parchemin, qui avait été distribué dans tous les services. Les esprits étaient probablement occupés par l'accident mortel du cadre supérieur, car personne n'y fit allusion avant le déjeuner. Voici ce que je vis, et voici ce que je lus lorsque je l'eus déroulé. Je vis des phrases imprimées en caractères noirs et médiévaux; et je lus en haut, en capitales vertes, le titre suivant :

QUE SAVENT-ILS, CEUX QUI DIRIGENT ROSSERYS & MITCHELL?

Ceux qui dirigent Rosserys & Mitchell savent comment fonctionne l'économie. Et, puisque nous vivons dans un monde dominé par l'économie, ils ont par conséquent un droit de regard privilégié sur les affaires de ce monde. N'est-ce pas, vous avez tous lu ou entendu que gouverner aujourd'hui, c'était maîtriser l'économie? Imaginez l'étendue de notre malheur si, par une cruelle malédiction, les hommes d'État qui se ren-

contrent « *au sommet* » ignoraient l'économie? Et si encore, à la tête des entreprises, se hissaient, par un hasard tout à fait malencontreux, des hommes ignorant l'économie? Nous assisterions à la fin de la prospérité, et le bonheur intense qu'ont les citoyennes et les citoyens de l'Occident de manger plus qu'à leur faim, de se vêtir de vêtements moelleux et fourrés, de jouir de la possession de nombreux biens et de la satisfaction de tous leurs besoins, gros ou petits, s'en trouverait compromis. Or, et cela est heureux, ceux qui dirigent *Rosserys & Mitchell* connaissent l'économie. Ainsi, Henri Saint-Ramé, lorsqu'on lui parle de biens et de richesses, sait distinguer, à l'encontre du vulgaire, entre ces biens et ces richesses. Ceux qui ne savent pas croient que les biens désignent uniquement les objets matériels : nourriture, bicyclettes, etc., ce en quoi ils se trompent lourdement, car les biens désignent aussi les services que les citoyens achètent quand, par exemple, ils ont à se transporter d'un point à un autre. En ce cas, les citoyens prennent le train et le voyage est un bien. Qui se douterait, par exemple, que la leçon d'un maître d'école à ses élèves est un bien? Celui qui n'a pas appris qu'il existe deux catégories de richesses, les biens matériels d'une part, les biens immatériels d'autre part, celui-là, comment pourrait-il assimiler les principes de la loi de l'offre et de la demande? Sur le marché, l'argent de ceux qui demandent s'échange contre les biens matériels et immatériels de ceux qui les offrent. Saint-Ramé a parfaitement maîtrisé cette étrange et subtile loi. Il en sait long sur elle. Que sait-il de plus que le quidam? Il sait qu'une entreprise fabrique et emballe des biens, et puis qu'elle les vend. Les hommes et les femmes achètent ces biens mais ne peuvent le faire que si on leur donne de l'argent. Et c'est précisément l'entreprise qui donne cet argent. C'est dire combien ce circuit est malicieux et fermé. Si les biens coûtent trop cher, personne ne peut les acheter; et, s'ils ne coûtent pas assez cher, l'entreprise ne gagne pas assez d'argent, ne peut plus fonctionner, par conséquent ne peut plus fabriquer de biens. Il faut donc que s'établisse le juste prix, celui qui résulte du face à face entre ce qui est offert et ce qui est demandé. Lorsque le prix d'un bien est en baisse, le nombre de ceux qui veulent et peuvent l'acheter augmente. Simultanément, ceux qui fabriquent préfèrent vendre des biens qui coûtent cher plutôt que des biens qui coûtent bon marché car ils gagnent plus d'argent dans le premier cas. Si des prunes, des nèfles ou des boutons de myosotis coûtent 2,50 F le kg, ceux qui les produisent en vendront 200 kg; si, en revanche, ces biens matériels coûtent 0,60 F

14

le kg, les marchands en vendront 2 000 kg. Finalement, on vendra 1 000 kg de ces produits à un prix de 1,20 F le kg, prix intermédiaire, quantité moyenne, issus de cette fameuse loi de l'offre et de la demande. C'est ce qu'on appelle astucieusement le prix d'équilibre. Comme on le voit, la maîtrise de cette loi n'est pas une mince affaire. C'est pourquoi il convient de se réjouir à l'idée que des hommes tels qu'Henri Saint-Ramé veillent sans relâche à la bonne application de cette loi fine et délicate de l'offre et de la demande. Cependant, Saint-Ramé sait plus encore : la plupart des gens, ceux qui n'ont pas étudié l'économie moderne, raisonnent comme s'ils vivaient à l'époque du troc. Ils ignorent que les biens fabriqués aujourd'hui sont complexes et que la force musculaire ou l'habileté intellectuelle n'y suffisent plus. Il faut des machines, du charbon, de l'électricité, de l'acier, de la laine, des routes, des voies ferrées. Sans cela, les entreprises ne peuvent fabriquer des vêtements, des outils, des denrées. Elles doivent donc acheter ces machines, cet acier, ce coton, et ceci exige un surplus d'énergie et de science des dirigeants. En somme, un chef d'entreprise doit avoir l'œil sur deux marchés à la fois : celui sur lequel il vend ses produits et celui sur lequel il achète machines et matières premières. Et c'est là que nous touchons l'une des plus formidables distinctions ayant cours dans la théorie de l'économie moderne : capitaux fixes et capitaux circulants. Lorsqu'un tracteur sort des usines de Rosserys & Mitchell, il est indispensable de distinguer entre la peinture et le métal dont il est fait et les machines qui l'ont fabriqué. Métal et peinture que Saint-Ramé avait achetés sont définitivement perdus pour l'entreprise : ils ont été transformés en tracteur et ils appartiennent désormais au propriétaire de ce tracteur. En revanche, les machines, elles, sont restées dans l'usine, où elles continuent de fabriquer d'autres tracteurs. On peut par conséquent affirmer que métal et peinture sont des matières premières qui ont circulé des gisements aux fonderies, et des fonderies chez Rosserys & Mitchell, pour arriver enfin chez un paysan de la Beauce. Il est donc naturel d'appeler ces capitaux des capitaux circulants. Quant aux machines qui restent, eh bien, elles constituent les capitaux qui sont fixes, ceux qui ne circulent plus. Aux éventuels railleurs, il convient de souligner que le tracteur, quoique circulant à travers les vastes champs de céréales de ce paysan, représente néanmoins pour lui un capital non circulant, un bien fixe et durable, un outil qui lui permet de produire des biens alimentaires périssables. Voyez combien peut être pernicieuse l'économie de notre temps! Saint-Ramé fait partie de ceux qui savent cela. Et vous, le saviez-vous? Croyiez-vous donc que la science économique s'improvisait? Si Saint-Ramé était incapable de distinguer entre capitaux fixes et capitaux circulants, toucheriez-vous seulement vos salaires? Mais ceux qui dirigent savent bien davantage encore, et des choses bien plus compliquées. Poursuivez votre lecture et vous serez convaincus que ceux grâce à qui l'économie prospère méritent votre respect et votre sympathie, que sur leurs épaules repose le bien-être du peuple et qu'ils n'ont pas usurpé leurs postes. Avez-vous ou non déjà entendu parler d'infrastructure? Si oui, savez-vous vraiment ce que c'est? Saint-Ramé est de ceux qui savent le mieux et le plus. Que sait-il donc? Il a parfaitement compris que, pour produire, le travail des hommes et des machines ne suffit plus à une entreprise. Comment produirait-on sans routes, sans téléphone, sans électricité, sans hôpitaux pour soigner les cadres, employés, agents de maîtrise, techniciens et ouvriers malades? Et, si l'État s'occupe de ces questions, il faut bien voir qu'il existe là un lien de production entre l'entreprise et l'État. A n'en point douter, ce ne sont donc pas deux marchés seulement que Saint-Ramé doit surveiller du coin de l'œil, mais trois : le marché de la consommation, celui des matières premières et celui qui est du domaine de l'administration. C'est dire l'étendue des connaissances que doivent posséder ceux qui dirigent. Un jour, je vous montrerai ce qu'ils savent de la finance. Car, ce que j'ai écrit sur les machines, les matières premières, la loi de l'offre et de la demande n'est rien en regard de l'effroyable complexité du phénomène suivant : le rôle économique et financier du capital. En attendant, prions Dieu que notre société gagne la guerre économique pour le plus grand bonheur de tous les hommes, et supplions-Le de garder en bonne santé les chefs qui veillent sur notre croissance et notre expansion. En dévoilant un peu de ce qu'ils savent et de ce qu'ils supportent, j'aurai contribué à les faire mieux respecter.

Ce texte n'était pas signé. L'ayant lu, je me caressai le menton, perplexe et indécis. Perplexe, car je n'en saisissais pas complètement l'objet; indécis, car, en qualité de directeur adjoint des Relations humaines, il m'appartenait de l'interpréter, d'agir éventuellement ou de ne pas agir. Quel intérêt devais-je attribuer à cette manifestation? Quelles en seraient les répercussions à l'intérieur de l'entreprise? Et d'abord, qui, en dehors de moi, l'avait reçu? Je compris que c'était là le facteur capital d'une future décision. Je réenroulai le parchemin, rattachai le ruban vert et noir et appelai ma secrétaire.

— Mademoiselle, dis-je négligemment, qu'est-ce donc que ce rouleau?

— Monsieur, il s'agit certainement d'un prospectus, tout le monde semble l'avoir reçu.

— Ah, fis-je, un peu inquiet, l'avez-vous reçu vous-même?

— Oui, il était sur ma table ce matin, je ne l'ai même pas déroulé... Mais pourquoi? C'est important?

— Non, non, répliquai-je vivement, c'est plutôt comique, un canular sans doute; je vous remercie, mademoiselle.

Ainsi, ce rouleau était sur toutes les tables à l'ouverture des bureaux. Ma brève conversation avec la secrétaire m'avait confirmé l'une des difficultés de la situation : trop s'agiter au sujet de cette affaire, c'était lui conférer une importance qu'elle n'avait sans doute pas. Et je fus amené pour la première fois à réfléchir sur le sens de ce texte. Que disait-il en particulier? Pas grand-chose. Cependant, j'avais ressenti à sa lecture un sentiment d'inexplicable. Nous avions l'habitude, à l'instar de toutes les grandes entreprises, de voir de temps à autre circuler des avis syndicaux, des textes politiques, et même des tracts révolutionnaires. Mais je n'avais pour ma part encore jamais vu ce genre de texte. C'est donc l'absence apparente d'objectif qui m'alertait sourdement, plutôt que ce qui était écrit. Après avoir médité quelques minutes, je résolus d'aller faire un tour dans les bureaux. Tandis que je fermais ma porte, je songeai, en la jugeant presque malgré moi curieuse, à cette coïncidence entre l'apparition d'un texte bizarre et la mort d'Arangrude. Les couloirs de Rosserys & Mitchell respiraient l'atmosphère des grands jours. Je me mêlai successivement à deux ou trois groupes de cadres d'état-major et constatai que cette effervescence était due à la lutte que le clan de Roustev livrait à celui de Saint-Ramé pour s'emparer du poste qu'Arangrude aurait occupé s'il ne s'était pas tué. Je visitai l'un des bureaux des services comptables et, là, j'entendis qu'on était davantage ému par l'accident, les employés ne tarissant pas sur les dangers de la circulation automobile. Partout, j'aperçus les rouleaux : mais je n'en vis aucun qui fût déroulé. Certains même avaient été jetés tels quels à la corbeille. Le personnel, déjà peu enclin à examiner les innombrables prospectus publicitaires qui lui parvenaient chaque jour, l'était probablement encore moins ce jour-là, où la mort du sous-directeur du *marketing* pour le Benelux accaparait l'attention. J'en conclus que la seule attitude à adopter consistait d'abord à n'en point parler. Néanmoins, je me devais de rendre compte à Saint-Ramé, et retournai à mon bureau afin de lui téléphoner. Là, je découvris ma secrétaire et mon attaché en proie à l'hilarité. J'acquis dès lors la certitude que, dans un sens ou dans un autre, ce texte ne laisserait pas le personnel indifférent. Avant d'appeler Saint-Ramé, je décidai donc d'exercer mes fonctions en tâtant le terrain :

— Que se passe-t-il? demandai-je en m'approchant.

Mes deux collaborateurs recouvrèrent tant bien que mal leur sérieux et Loval s'exprima ainsi :

— Monsieur, c'est ce papier, ce rouleau qu'on a trouvé sur nos bureaux, ce matin.

— Eh bien, Loval, dis-je, sévère, qu'est-ce qu'il a ce rouleau, de si extraordinaire?

— Je ne sais pas, monsieur, rien; j'avoue qu'à la réflexion il n'a rien de particulier, mais, quand on l'a lu, il nous a fait rire.

Je pressentis qu'en les mettant tous deux à l'aise j'obtiendrais de précieuses observations; aussi m'exclamai-je :

— Je ne vous reproche rien à tous deux! On a bien le droit de rire chez Rosserys & Mitchell! D'ailleurs, parmi les sociétés de notre pays, n'est-ce pas celle où l'on s'amuse le plus! Je vous avoue avoir moi-même souri en lisant ce rouleau... Ce qui est écrit est si ridicule!

Encouragé, Loval m'interrompit :

— Moi, je ne l'ai pas trouvé ridicule, mais ce qui m'amusait c'est la tête que ferait M. Saint-Ramé en lisant ça.

« Diable, pensai-je, voilà qui devient sérieux. »

— M. Saint-Ramé? Quelle tête voulez-vous qu'il fasse?

— Je ne sais pas, monsieur, mais on dirait que celui qui a écrit ça se moque de lui.

— Mais il fait le contraire, dis-je; il écrit que ce n'est pas simple de nos jours de diriger une entreprise et qu'il y faut de vastes connaissances.

— Oui, murmura Loval, soudain très grave, c'est vrai...

— Loval, demandai-je, brusquement inspiré, est-ce que vous saviez, vous, ce qui est écrit sur ce rouleau?

Une ou deux minutes environ s'écoulèrent avant que la réponse ne s'abatte :

— Monsieur, ça a l'air tout simple, mais je le savais sans le savoir.

— Mais enfin, Loval, vous connaissiez quand même la loi de l'offre et de la demande?

— Oui, monsieur, oui, répondit-il précipitamment, comme s'il craignait de m'avoir désagréablement surpris par son ignorance; je la connaissais, mais sans qu'on m'ait jamais bien expliqué.

— Et dans ce rouleau, Loval, on vous l'a bien expliquée?

— Oh oui, monsieur, très bien, c'est comme si je la connaissais mieux, comme si on me l'avait enseignée.

— Mais, Loval, et vous mademoiselle, pourquoi le trouviez-vous drôle?

— C'est que, M. Saint-Ramé, on sait qu'il connaît tout ça, alors ça paraît drôle de l'en féliciter.

— Ah! voilà, grommelai-je, pensif, au fond, pour vous c'est très bien; mais, pour M. Saint-Ramé, ça ne l'est pas.

— C'est ça, monsieur, pour M. Saint-Ramé et pour tous ceux qui savent, ce n'est pas bien... C'est un peu comme si on se moquait d'eux.

— Merci, Loval, merci mademoiselle, retournez à votre travail et n'en parlons plus; vous voyez qu'en définitive ça n'en vaut pas la peine.

Sur ces mots je me séparai d'eux et réintégrai mon bureau. Je n'étais nullement convaincu de la conclusion apportée à notre conversation. Loval et ma secrétaire m'avaient mis sur la voie. Dès cet instant, je fus persuadé que l'entreprise Rosserys & Mitchell-France nourrissait en son sein un adversaire redoutable, un mal inconnu. Je téléphonai à Saint-Ramé et obtins aussitôt un rendez-vous exceptionnel.

III

J'avoue qu'en entrant dans le bureau de Saint-Ramé pour la deuxième fois de la journée, j'étais loin d'imaginer le prodigieux développement de l'affaire du rouleau. J'expliquai donc au directeur général les raisons de mon trouble.

Saint-Ramé resta un moment silencieux. Puis il dit :

— Vous avez vérifié que tout le monde a reçu ça ?

— Oui, monsieur.

— Pensez-vous que ce soit quelqu'un de chez nous qui l'ait écrit et distribué ?

— Je le crois.

— Pourquoi ?

— Parce qu'il est question de vous nommément.

— Oui, mais... je suis quand même assez connu en tant que chef d'entreprise... Il arrive à des journalistes de me citer dans des articles sur la société de consommation, et même à des syndicats de me vouer aux gémonies.

— C'est vrai, monsieur, on ne peut pas absolument déduire qu'il s'agit d'un membre du personnel; seulement, cette fois, ce n'est pas tellement une attaque contre vous, c'est ça qui est bizarre, ce serait presque une apologie.

— Oui, j'ai remarqué ça, c'est assez curieux.

— Notez bien, monsieur, que lorsque nous aurons la suite, nos idées pourront peut-être s'éclaircir.

Saint-Ramé sursauta :

— La suite, dites-vous ?

— Oui, c'est en somme annoncé dans ce texte; il est même écrit que le sujet en sera « Le rôle économique et financier du capital ».

Saint-Ramé retira ses lunettes, ce qui était relativement rare et toujours le signe d'une profonde réflexion. Au bout de quelques minutes, il murmura :

— Vous avez raison; au fond, ce texte est assez curieux... Que diable peut-il bien signifier ?

J'eus tout à coup ce qu'on appelle communément une bonne idée : répéter avec son secrétariat l'expérience que j'avais faite avec le mien. Je demanderais à sa secrétaire de lire ce texte et de me le commenter. Pendant ce temps, lui, Saint-Ramé, se cacherait derrière la porte pour écouter. Évidemment, jouer en quelque sorte la comédie ne convenait pas du tout à Henri Saint-Ramé, dont le sens de l'humour n'était pas proverbial. Je lui adressai donc ma proposition avec prudence et avec de nombreux détours. A mon étonnement, il coupa lui-même au plus court et me dit assez brusquement :

— Allons-y, ne perdons pas trop de temps avec ces fariboles, mais vérifions-en les effets éventuels sur notre personnel : que fait-on, alors?

— Eh bien, monsieur, vous vous cachez derrière la petite porte qui ouvre sur votre secrétariat; moi, j'entre par la porte du hall et vous écoutez; lorsque vous en saurez assez, vous me ferez appeler.

Je sortis de son bureau et entrai dans celui de sa secrétaire.

Mme Dormun était une jeune femme assez cultivée, parlant plusieurs langues, mariée à un fonctionnaire chargé au ministère des Finances de calculer les taxes sur le pétrole et le mazout, mère d'un enfant de dix-huit mois qu'elle laissait chez elle aux bons soins d'une dame puéricultrice hollandaise. Bref, Mme Dormun était une jeune femme très moderne et d'un agréable commerce.

— Bonjour, madame Dormun! Comment allez-vous?

— Ça va, le patron est de bonne humeur aujourd'hui »... et, se rapprochant de moi en baissant la voix : « Il déjeune avec Taboul, le sous-directeur de cabinet du ministre... » et enfin, retrouvant son ton habituel : « La mort d'Arangrude l'attriste beaucoup, ça ne s'annonce pas facile de trouver quelqu'un chez nous pour le poste de directeur du *marketing*, qu'en pensez-vous?

— J'en pense qu'en effet ce sera difficile... Tiens! m'exclamai-je innocemment en désignant du doigt le rouleau posé sur un coin de table, vous aussi vous avez reçu ça?

— Quoi donc? Ah, ce rouleau! Ne m'en parlez pas, je suis envahie de prospectus, comme si M. Saint-Ramé avait le temps de lire les dépliants publicitaires!

Je me saisis du rouleau, le déroulai et feignis de le lire.

— Voilà qui est curieux, dis-je au bout d'un moment, tenez, lisez vous-même, ça vous changera des prospectus habituels.

Mme Dormun parcourut d'abord rapidement, puis plus lentement, le parchemin.

A la fin, elle me demanda :

— Qu'est-ce que c'est?

— Ma foi, je n'en sais rien, je trouve ça plutôt comique, pas vous?

— Ah non! Je ne vois pas ce qu'il y a de comique là-dedans! Les syndicats seront furieux!

— Les syndicats?

— Oui! On leur raconte que les dirigeants savent tout et que le personnel ne sait rien!

— Je n'aurais pas songé à ça, dis-je, sincère ; j'aurais plutôt pensé que ce texte se moquait de M. Saint-Ramé en caricaturant ses connaissances.

— Je ne crois pas... C'est vrai qu'il sait tout ça.

— Oui, mais c'est un peu simpliste... il sait ça et beaucoup d'autres choses.

— C'est exactement ce qui est écrit dans ce texte, qui n'est qu'un début... On s'apercevra que, pour diriger une entreprise, il faut justement savoir de plus en plus de choses difficiles.

— Mais enfin, madame Dormun, la façon dont ces choses sont dites est si rudimentaire...

— Mais non! Je suis sûre que les gens apprendront un tas de notions qu'ils ignoraient ou qu'ils croyaient savoir.

Dès lors, je fus pressé de rejoindre Saint-Ramé et j'apportai une conclusion rapide à cette conversation. Je trouvai le directeur général irrité de s'être prêté à cette expérience, mais dérouté par son résultat.

— Alors? questionna-t-il, votre secrétaire rigole et la mienne se félicite gravement au point qu'elle craint une réaction des syndicats : que faut-il en penser?

— Ma foi, monsieur, tout cela est bien ambigu.

— C'est le moins qu'on puisse en dire... Moi, j'ai une idée : laissons cela, il sera toujours temps d'aviser; quoi qu'il en soit, nous n'avons aucun moyen d'éviter que le personnel prenne connaissance de ce.. de ce papier; lorsque chacun l'aura lu, nous verrons bien; en attendant, essayez discrètement de vous faire une idée de son auteur; il ne doit pas y avoir ici trente-six personnes capables d'écrire un truc pareil et, surtout, d'en avoir envie, de le distribuer, sans doute pendant la nuit! Tout ça est plus rocambolesque que méchant; avant de partir, dites-moi : qui voyez-vous chez nous pour la direction du *marketing?*

— Peut-être Brignon, monsieur, il est le chef de la section Marché français.

— Brignon, murmura Saint-Ramé, pourquoi pas? La formation est bonne, l'homme est agressif, mais il est quand même un peu jeune et depuis peu de temps à son poste... Enfin, nous verrons. Avez-vous donné des instructions pour les avis de décès?

— Oui, ils seront affichés en fin d'après-midi.

— Bien. Quand voyez-vous la veuve?

— Cet après-midi à 16 h.

— Parfait.. Vous me parlerez de tout cela demain matin.

Je pris congé. J'avais à peine refermé la porte que je crus entendre un fort éclat de rire. Stupéfait, je me précipitai chez Mme Dormun :

— C'est vous qui avez ri?

La secrétaire me dévisagea avec étonnement :

— Moi? Mais non, c'est M. Saint-Ramé qui a ri; il a bien le droit, non? D'ailleurs, je vous croyais avec lui?

— J'étais avec lui, balbutiai-je, en effet, mais je pensais que vous aviez ri vous aussi, vous savez, au sujet de ce texte?

— Ah, ce fameux papier! Mais ma parole, il va vous empêcher de dormir!

Je souris bêtement et refermai la porte. Comme je m'acheminais, un peu désemparé, vers mon bureau, je fus accosté par une personne affectée au service du matériel de l'entreprise :

— Ah, monsieur, on vous cherchait! Vous devez descendre au sous-sol, il paraît qu'il y a une fêlure!

— Une fêlure!

— Oui, monsieur, une grosse fêlure dans l'un des murs porteurs du soubassement est.

— Merci. Je vais y voir.

Avant de descendre au sous-sol, j'éprouvai le besoin de m'isoler quelques minutes. Je regagnai mon bureau, marchai vers la fenêtre et contemplai le panorama. L'immeuble de verre et d'acier de Rosserys & Mitchell-France dominait la place Voltaire, la place de la Nation, la place de la Bastille, la place de la République. Que de noms prestigieux! A soixante kilomètres de là, notre gigantesque usine de Méligny employait 8 500 ouvriers, techniciens et ingénieurs. Nous-mêmes, dressés là, au cœur de l'Histoire de France, nous jetions en pâture à nos ordinateurs des milliers de données déjectant des milliers de résultats et de probabilités pesant lourd sur l'économie du Mexique et de la Côte-d'Ivoire. Je songeai aux poètes inhumés, au pied de notre forteresse, dans l'enceinte du cimetière de l'Est, ce Père-Lachaise où les cadres de la firme Rosserys & Mitchell-France avaient, aux beaux jours, l'habitude de se promener comme dans un parc. Étions-nous les seuls cadres du monde à aimer flâner entre 12 h et 14 h dans un cimetière? Que tout cela me paraissait soudain menaçant. Je devais maintenant examiner cette fêlure. Je fermai la fenêtre et quittai mon bureau. Dans l'ascenseur qui plongeait vers les entrailles de l'entreprise, j'emportai l'image de trois ou quatre grands tombeaux.

IV

Je me rends compte que l'accumulation de tant d'événements en une seule matinée supposerait une ébullition extrême de ce qui fut mon entreprise. Mais, qu'on y réfléchisse : Rosserys & Mitchell-France occupait et remplissait un immeuble de verre et d'acier de 11 étages! 1 100 personnes y travaillaient et bon nombre d'entre elles avec le monde entier. Jusqu'ici, ma relation des incidents ne s'applique qu'aux réactions de l'état-major. Il était naturel que tout fait un peu particulier aboutît au sommet et que, en qualité de directeur adjoint des Relations humaines, j'en fusse rapidement averti. La majorité des collaborateurs ne connaissaient Arangrude que de nom et ignoraient tout (ou presque) de sa fonction. Et, qu'une fêlure de quelques millimètres de large et d'au maximum 1 m de long fût découverte dans les soubassements n'avait *a priori* que peu de chances d'arriver aux oreilles du personnel. Seul ce rouleau était de nature à susciter les jacasseries des employés en raison de sa vaste diffusion, et quel qu'en fût au demeurant le contenu. Donc, ce matin-là, en dépit de l'impression que j'ai pu en donner, Rosserys & Mitchell-France ne présentait pas de signes notables d'agitation. Il reste que j'eus sous les yeux cette fêlure. Le gardien de nuit l'avait signalée au service compétent de l'entreprise, lequel la soumettait à son tour à mon jugement, ce qui était bien normal. Les deux hommes qui m'avaient guidé jusque-là ne se doutaient pas que le directeur adjoint des Relations humaines détaillait ce long trait noir sous l'empire d'une forte émotion, car pour moi, au contraire du personnel, la matinée n'en finissait pas. La mort d'Arangrude, le rouleau et la fêlure constituaient une série qui commençait à me mettre mal à l'aise. Est-ce que j'exagère aujourd'hui le malaise que je ressentis alors? Vraiment je ne le crois pas. Encore une fois, je ne prévis rien du tout. Simplement, la suite des événements me surprit moins que d'autres, moins que tous les autres, à l'exception formidable de l'imprécateur lui-même. Quoi qu'il en fût, je procédai à une inspection minutieuse de l'ensemble des sous-sols (je ne les avais jamais visités aussi complètement). L'immeuble prenait racine là où, autrefois, on avait enterré beaucoup de morts. Durant sa construction, on avait mis au jour d'anciens cimetières, comblé de nombreuses galeries, pompé l'eau de petits lacs souterrains. Les autorités de la Ville de Paris avaient exigé que fussent respectés des catacombes et des ossuaires de part et d'autre du terrain acquis par les Américains, ce qui avait conduit les architectes à murer l'entrée des souterrains préservés. On avait à cet effet utilisé des pierres spéciales de Pennsylvanie. Rosserys & Mitchell réservait ces caves au classement des archives, au logement du Grand Ordinateur, et une immense bibliothèque avait été aménagée, qui servait aussi à la fête de fin d'année ou aux cérémonies officielles de l'entreprise. Par exemple, le jour où Saint-Ramé avait reçu l'ordre du Mérite au titre du ministère du Développement industriel, la cérémonie avait eu lieu dans cette salle magnifiquement conçue, fonctionnelle, moderne, propice au délassement, accueillante, dotée de mille jeux de lumière qui enchantèrent longtemps le personnel. Je ne puis contenir mon attendrissement à l'évocation de ces heures de détente dont je fus si souvent l'ordonnateur prisé.

Lorsque j'eus terminé mon inspection, j'enjoignis aux responsables du service du matériel d'alerter le maître architecte parisien et de me tenir au courant de son diagnostic et de ses intentions. Allais-je ou non redemander à Saint-Ramé un rendez-vous d'urgence? Il me sembla que c'était inutile, et dangereux pour l'idée qu'il pourrait se faire de moi. Ne penserait-il pas à la longue que mes nerfs me trahissaient et que, par conséquent, le moment était venu de me remplacer? Je chassai ces méchantes idées et retrouvai à propos mon sens de l'humour en allant aux toilettes. Et si demain je lisais : *Vive le rouleau!* sur les murs des toilettes de l'entreprise, mon devoir serait-il d'en rapporter à Saint-Ramé? Revigoré, je m'en fus déjeuner.

Parfois, pour relater les événements, j'ai recours à des notes ; parfois, je me fie en bloc à ma mémoire, et alors je n'en restitue que les lignes essentielles. Mais il advient que je revoie en détail certaines tranches de temps, et le souvenir de ce déjeuner, le jour du premier rouleau, s'est gravé dans ma cervelle.

Ils sont là, contents, joyeux, empressés, gras, l'appétit aiguisé, tous ceux qui travaillaient à l'époque chez Rosserys & Mitchell-France et qui se répandaient dans le quartier, chacun courant s'attabler au restaurant ou au bistrot correspondant à son salaire et à son rang. Saint-Ramé avait préféré la solution des tickets de restaurant à celle d'une cantine d'entreprise. Il voulait que les employés puissent s'ébrouer, se montrer à leur aise, user de leur liberté. Il avait longuement traité ce sujet dans un article célèbre publié par un hebdomadaire qui jadis professait à l'endroit des États-Unis d'Amérique du Nord une admiration sans bornes. Oui, ils sont là, et quoique le récit de leur déjeuner ne doive ajouter que fort peu à l'intérêt de mon récit, mon désir de saluer leur mémoire l'emporte et m'emporte vers eux. Ah, cadres d'état-major, mes chers collègues d'antan ! Bonjour et bon appétit ! Voici le cadre Brignon, l'un des plus beaux espoirs du *marketing* de notre pays, chef de la section Marché français, postulant au poste que Saint-Ramé destinait à ce pauvre Arangrude. Mais qu'il est jeune en effet ! Il s'approche et me salue bas :

— Bonjour, monsieur.

Ce n'est pas qu'il me voue un respect religieux ni qu'il me craigne, mais il se sait engagé dans une lutte imprévue, prématurément ouverte par la mort d'Arangrude, et il ne veut pas négliger l'appui marginal d'un aîné qui rencontre le directeur général au moins une fois par jour. On disait de Brignon qu'il était le seul cadre commercial européen de la compagnie qui fût connu et apprécié des ingénieurs du centre de recherches de Des Moines. Cette réputation s'était établie sur une prouesse du jeune homme, prouesse qui mérite d'être rappelée : un ingénieur du Kansas avait présenté à l'état-major américain le brevet d'une fouilleuse-pelleteuse à forage vertical. Cette invention avait passionné les techniciens-chercheurs de la firme, qui avaient poussé à son achat ; mais elle s'était ensuite heurtée à l'opposition et au pessimisme des cadres commerciaux : ils affirmaient qu'aucun pays du monde n'en verrait l'utilisation. L'engin nouveau était déclaré, à l'unanimité, *invendable*. Brignon persuada Saint-Ramé de s'intéresser à cet engin au nom de la filiale française en lui démontrant qu'il pouvait être vendu dans les Vosges et à l'est du Massif central. Des Moines autorisa l'expérience et celle-ci réussit. L'avenir de l'engin était trouvé : s'appuyant sur le succès français, les chefs de Rosserys & Mitchell présentèrent l'outil dans tous les pays dont le relief offrait des similitudes avec le relief vosgien. Des Moines félicita Saint-Ramé, et les ingénieurs américains demandèrent le nom du jeune artisan de cette réussite. C'est ainsi que Brignon vit s'ouvrir devant lui de belles perspectives.

— Bonjour, cher Brignon.

— Que faites-vous à déjeuner, monsieur?

— Ma foi, je n'en sais rien.

— Portal, Chavégnac, Le Rantec et moi nous déjeunons ensemble aujourd'hui; voulez-vous être des nôtres?

— Volontiers, Brignon; toutefois, je vous rejoindrai, car j'ai une petite course à faire; où allez-vous?

— Nous déjeunons *Chez Baptiste*.

— Ah, *Chez Baptiste*, très bien, Brignon, merci et à tout à l'heure. Avant de m'installer à une table, je voulais faire un petit tour dans le coin, serrer la main à quelques collaborateurs, prendre le pouls de l'entreprise, dénicher ici ou là d'éventuelles réactions à cette affaire de rouleau. *Chez Baptiste* était l'un de ces restaurants dont s'emparaient un beau matin les journalistes de la société mercantile de l'époque pour le désigner à l'attention des principaux cadres et de leurs chefs. La plupart des cadres de ce temps-là ne manquaient jamais la lecture des rubriques où leur étaient indiqués tel fromage de chèvre, tel boudin rose, tel petit vin, telle moutarde, tel chocolat. Et ils disaient fièrement à leurs amis invités :

— Prenez donc de cette moutarde, elle n'est pas comme les autres, elle est fabriquée à la main dans telle montagne.

Au fond, ils répudiaient dans le privé les produits qu'ils vendaient au public. *Chez Baptiste*, les déjeuners coûtaient cher, on était mal assis, et le patron vous rudoyait. Mais des chapelets de saucissons lombards pendaient au plafond et on pouvait y déguster de la salade de pissenlits.

Bonjour, Terrène, chef du marché régional, à qui Brignon avait imposé sa fouilleuse verticale et qui, par conséquent, détestait

Brignon. Salut à vous, Yritieri, stagiaire de première catégorie au service juridique. Paix à vous, Sélis, directeur adjoint à l'importation! Je les croise tous à la sortie de l'entreprise, joyeux, empressés, gras, l'appétit aiguisé. Bonjour, Samueru, chef de l'export Allemagne-Japon! Bonjour, Vasson, chef de l'export pays de l'Est! Salut à vous, Fournier, chef de la section Engins nouveaux! Bonjour, Abéraud, directeur adjoint des Prévisions! Les voilà tous qui marcheront plus tard en rangs serrés vers les grands fonds. Souvenirs, souvenirs! Brignon, Chavégnac, Portal, Le Rantec et moi-même, attablés *Chez Baptiste*, silencieux et graves : Arangrude est mort. Du coup, mes cadets m'interrogent sur les chemins qui aujourd'hui mènent au pouvoir au sein des entreprises géantes, multinationales. Je n'ose parler du rouleau. Ou ils ne l'ont pas lu ou ils n'osent pas non plus. Je réponds à leur attente et développe en un langage dont je sais qu'il leur plaît :

— Voyez-vous, la première voie, c'est la maîtrise d'une technique; le directeur d'une usine de Rosserys & Mitchell peut-il un jour devenir le chef? Oui, il le peut. La deuxième voie, c'est la finance : le directeur financier peut-il un jour devenir le chef? Oui, il le peut. La troisième voie, c'est le commerce; le directeur des ventes et du *marketing* peut-il devenir le chef? Oui, il le peut. Enfin, dis-je préparant mes effets, nous en venons à un concept nouveau, distinct de tous les autres, prenant un peu à tous, c'est celui de la gestion; un gestionnaire n'est ni financier, ni technicien ni commerçant; je crois qu'il organise un peu tout; d'ailleurs, des écoles américaines enseignent cela et, dans notre pays, elles naissent, grandissent et finiront peut-être par supplanter toutes les autres écoles; la voie de la gestion conduit à ce qu'on appelle le *management*. Le *management* consiste à dépouiller le plus possible les plans, les chiffres, les organisations, les transactions, en somme toutes les décisions imaginables, de leurs facteurs émotionnels. C'est ainsi que, pour un grand *manager*, il n'existe aucune différence entre les religions, les régimes politiques, les syndicats, etc. C'est pourquoi tous les *managers* du monde, russes, américains, africains, asiatiques, européens, se ressemblent, pensent de la même manière; le *management* exige le neutralisme le plus absolu, un non-engagement radical. Le problème est de savoir si une entreprise est rentable ou pas, si elle peut s'autofinancer ou non. Peu importe que les dirigeants se déclarent ensuite de droite ou de gauche.

Il s'ensuit un nivellement général des comportements et des idées. Les antagonismes politiques cèdent le pas à la circulation pacifique des capitaux et des marchandises, ce qui, forcément, ne peut conduire qu'à l'harmonie et la fraternité mondiales.

— Saint-Ramé est-il un *manager?* interrogea Portal, chef de l'export Italie-Belgique-Pays-Bas.

Je vis le piège et répondis en souriant :

— Oui, c'est un *manager*, mais un grand *manager*.

Je lus sur ces jeunes visages ambitieux et impatients les signes d'une réelle admiration. N'avais-je point subtilement répondu? Sans me déjuger et sans me compromettre? C'est cela qu'ils devraient apprendre pour atteindre un jour les sommets.

— Quand enterre-t-on Arangrude? demanda Brignon.

— Je ne sais pas... Sans doute demain dans la matinée.

— Devrons-nous aller aux obsèques? s'enquit Chavégnac.

— Vous serez informé en temps voulu.

— De quoi est-il mort au juste? questionna Portal.

— Tempe droite enfoncée... collision avec un camion Sotanel.

— Sotanel? dit Brignon, bonne boîte, j'y ai un copain de promotion... 6 000 F par mois... C'est le quatrième fabricant français de poids lourds.

— Implanté au Benelux, précisa Portal.

— Il appartenait à Amel Frères.

— Amel? Bonne boîte aussi... le deuxième transporteur routier..., circule aussi beaucoup au Benelux.

— Pauvre Arangrude, soupira Brignon.

— Il avait des enfants?

— Deux.

— Et sa femme?

— Je la vois cet après-midi.

Un nuage passe maintenant devant mes yeux et je ne distingue plus que leurs silhouettes transies. Quand je pense qu'ils avaient dit : « Pauvre Arangrude! » Je me souviens qu'après ce déjeuner, au lieu de rentrer tout de suite dans mon entreprise, j'étais allé me promener au Père-Lachaise.

Sans me douter qu'il serait pardonné aux cadres qui traverseraient aux heures ouvrables les vastes cimetières.

V

La veuve était fatiguée. Elle portait une jupe à raies noires et blanches, un chemisier noir, un collant noir, des chaussures blanches; un foulard noir et blanc enveloppait sa chevelure. Les Arangrude occupaient un appartement de cinq pièces sur les collines de Saint-Cloud. Ils l'avaient acheté à crédit. J'en savais long au sujet de leur situation dans ce domaine puisque, en ma qualité de directeur adjoint des Relations humaines, j'avais été amené à superviser la constitution de leur dossier. L'entreprise leur avait avancé de l'argent pour compléter ce qu'on appelait, à l'époque, l'apport personnel. Il était en effet totalement impossible à des cadres, fussent-ils d'état-major, d'acheter un appartement tant ça coûtait cher. Alors ils s'endettaient et payaient pendant vingt ans des mensualités astronomiques car ils voulaient habiter dans de beaux quartiers. Cette particularité leur rendait difficiles les manifestations d'indépendance. Et, quand un directeur du *marketing* perdait son emploi, il perdait en même temps ses illusions sur le rôle qu'il se persuadait de jouer dans la société de son époque. La fortune était réservée à d'autres, à ceux qui jonglaient avec l'argent, qui le considéraient comme une fin et non comme un moyen d'échange et de production. Qu'allaient devenir la veuve d'Arangrude et ses enfants? Il faudrait vendre la télévision en couleurs, la chaîne stéréo, les meubles scandinaves, les verres normands, les fourchettes de bois fabriquées à la main par les Esquimaux, les luminaires décorés par les contestataires américains, la grosse voiture du mari, la petite voiture de la femme, le berger d'Écosse, les sacs et les foulards importés de Macao par la femme d'un ministre tenant boutique à Saint-Germain, reprendre aux promoteurs et aux organismes de crédit le maximum possible de l'argent apporté en espérant une revente rapide de l'appartement, dire adieu à toutes les femmes de cadres connues ou amies, renvoyer la bonne et la jeune fille à mi-temps de l'Alliance française, annuler la location de la villa d'été varoise, détaler enfin vers la province où les loyers sont moins chers, après avoir obtenu de Saint-Ramé

30

une recommandation d'emploi chez un sous-traitant marseillais de Rosserys & Mitchell-France. Mort d'un cadre sur le point d'être nommé directeur. J'étais assis devant elle, et elle me parlait doucement :

— Roger est mort, et je vais vous dire qui est Mme Arangrude. Mon père était fonctionnaire dans les services de Travaux publics à la préfecture de l'Hérault. J'ai passé mon bachot, j'ai préparé une licence d'italien, je suis devenue professeur et j'ai enseigné dans un collège de Mulhouse. Un dimanche, j'ai vu passer sous mes fenêtres des chariots décorés de jambonneaux. Sur ces chariots, des hommes déguisés en saucisses étaient assis en rond au centre d'une surface cartonnée qui figurait une poêle. Je me pris à rire car le spectacle était comique. Soudain, un jambonneau plus important que les autres leva un bras vers moi en criant : « Mademoiselle, venez me manger ! » C'était Roger; il avait organisé cette promotion au profit d'une industrie locale pour laquelle il travaillait et qui devait devenir la société Korvex. Plus tard, je descendis faire les courses et retrouvai la caravane sur la place de la gare. Roger me reconnut; nous décidâmes de nous revoir le soir. C'est ainsi que je devins sa femme. Il était ambitieux, intelligent; il travaillait seize heures par jour. Il fit progresser spectaculairement les ventes de charcuterie dans la région.

— Oui, fis-je doucement, lui et Brignon étaient les deux seuls cadres d'état-major à avoir réellement participé sur le tas à des opérations commerciales. Saint-Ramé connaissait cette affaire de jambonneaux, et il en parlait souvent aux jeunes en citant votre mari en exemple.

— L'année suivante, reprit la veuve, il fut engagé par Rosserys & Mitchell; j'étais heureuse de monter à Paris. Nous eûmes notre premier enfant et notre premier salaire au-dessus de 5 000 F par mois. Malgré sa réussite, Roger restait modeste et accrocheur. Il étudiait tous les soirs les problèmes d'engins. A le voir plongé dans ses courbes de ventes et ses statistiques, mon admiration pour lui grandissait. Cette période fut aussi pour lui celle de la culture monétaire. Il ne voulait pas être dépassé par les événements : aussi lisait-il de nombreux articles sur l'or, le dollar, le franc, le mark, que sais-je encore...

— La livre et la lire, murmurai-je.

— Ah, oui, la livre et la lire! Il se moquait souvent de moi parce que je les confondais! dit-elle, retrouvant soudain un peu de gaieté à l'évocation de ces souvenirs poignants; et elle poursuivit : Il apprit très vite ce qu'étaient un chiffre d'affaires, un revenu, une marge, un profit, un investissement; vous savez, ses facultés d'assimilation étaient prodigieuses...

C'est alors qu'on entendit au-dehors des véhicules s'arrêter sous les fenêtres de l'appartement en un grand bruit de freins.

— Oh, gémit-elle, mon Dieu, ils sont là... Excusez-moi, je ne vous l'avais pas dit, mais vous comprendrez, je suis toute seule, si désemparée, je n'ai pas pensé à vous prévenir...

— Que se passe-t-il? demandai-je en me levant de mon pouf.

Elle éclata en sanglots et dit :

— Ils ramènent le corps.

— Ah, répétai-je, ému et désorienté, ils ramènent le corps.

Je n'avais vraiment pas prévu cela. Je posai une main sur l'un de ses bras et, tout en le tapotant machinalement, j'essayai de me composer une attitude. Il est certain que, prévenu, je ne serais pas arrivé à ce moment pénible. Nous avions rendez-vous à 16 h et Mᵐᵉ Arangrude ne m'avait pas signalé son intention de faire ramener le corps. Je m'attendais d'autant moins à cela que cette coutume funèbre me paraissait tombée en désuétude, en tout cas en ville. Comme si elle avait deviné mes pensées, la veuve me dit :

— Je ne savais pas ce qu'il fallait faire... J'étais épuisée, j'avais passé la nuit à l'hôpital... Vers midi, ils m'ont demandé si je voulais qu'on ramène le corps à la maison... J'ai répondu oui... sans réfléchir.

Tout à coup, une hypothèse préoccupante traversa mon esprit et accrut notablement ma crainte. Je demandai :

— Mais, est-ce qu'on ramène le corps de votre mari ou le cercueil dans lequel il repose?

— C'est que, dit-elle, je ne sais pas.

— Vous ne savez pas? répétai-je, interloqué.

— Non, j'ai simplement répondu oui. Je vous l'ai dit, j'étais perdue, je ne connais pas les usages. Je vous en supplie, ajouta-t-elle, de peur de me voir partir en prétextant l'intimité de l'instant, je vous en supplie, restez près de moi, mes parents arrivent ce soir ou demain matin, mais je suis seule, ne me laissez pas maintenant.

— N'ayez pas peur, je reste, mais je devrai partir au plus tard à six heures.

On frappa à la porte. Je m'en fus ouvrir et me trouvai devant trois hommes, deux en blouse blanche, un en paletot noir.

— Mme Arangrude, c'est ici?

— Oui, dis-je, elle est là.

— Où devons-nous poser le corps?

— Est-il dans son cercueil? demandai-je.

— Non, nous n'avons pas reçu d'instructions de ce genre.

— Attendez un instant.

Je m'approchai de la veuve et lui expliquai tout bas :

— Le corps n'est pas dans son cercueil, où faut-il le mettre?

Mme Arangrude prit son visage entre les mains et souffla :

— Dans sa chambre, ici à gauche.

— Allons, du courage maintenant, dis-je, un peu énervé par cet incident; où sont vos enfants?

— Chez des amis.

— Très bien, venez guider ces messieurs.

Les hommes, aidés du chauffeur de l'ambulance, montèrent le corps étendu sur un brancard, et recouvert d'un drap blanc; ils le déposèrent sur un lit. Ensuite, ils annoncèrent qu'ils reviendraient le lendemain pour le mettre en bière. Ils n'avaient rencontré aucune difficulté à le monter en raison de la largeur du grand escalier de marbre dont le promoteur avait doté cet immeuble de cadres d'état-major. Nous nous retrouvâmes donc, la veuve et moi, au chevet d'Arangrude étendu raide, une bande Velpeau immaculée autour du front. Nous nous assîmes en silence. Cela faisait beaucoup de temps que je n'avais eu de contact avec la mort. Mon dernier défunt était un cousin de mon âge qui s'était noyé au large de Majorque au cours d'une chasse au thon organisée par des fabricants de matériel de camping. Nous nous recueillîmes un bon quart d'heure, ce fut la veuve qui rompit le silence. Elle avait recouvré son calme et me dit :

— Excusez-moi, vraiment, mais je vous assure, ce n'est pas commode pour une femme de se trouver brutalement dans ce genre de malheur; les administrations, les hôpitaux accomplissent le minimum; ils vous posent sèchement des tas de questions, agissent en fonction des réponses apportées et se soucient peu de vous fournir des explications. Ils m'ont dit : « Doit-on ramener le corps chez vous? » J'ai dit oui.

— Au fond, observai-je, ce n'est pas une mauvaise coutume; enfant, j'ai aussi veillé mes grands-parents, un voisin, je n'en garde pas de trop mauvais souvenirs. Peut-être faut-il, puisque le corps est là, que ses principaux collègues viennent le veiller. Voulez-vous que j'en parle à M. Saint-Ramé?

— Oh, je ne voudrais obliger personne.

— Je pense que certains d'entre eux aimeront lui rendre un dernier hommage.

— Vous ferez pour le mieux, monsieur. Je vous laisse vous en occuper si ce n'est pas abuser.

— Oh non, après tout, ne suis-je point directeur adjoint des Relations humaines, et d'ailleurs, c'est à ce titre que j'avais un rendez-vous avec vous; je voulais vous entretenir de la question des obsèques : où allez-vous enterrer votre cher disparu?

— Au cimetière de Saint-Cloud; plus tard, son père voudra peut-être le ramener chez lui, mais pour l'instant, il n'existe pas là-bas de caveau familial.

— Et désirez-vous que ces obsèques soient intimes, ou alors ses collègues, amis et collaborateurs peuvent-ils y assister?

— Je ne vois pas d'inconvénients à cela.

— M. Saint-Ramé appréciait énormément Roger Arangrude; comme vous le savez, il le destinait au poste de directeur du *marketing* de l'ensemble de la firme, ce qui représente une fonction considérable; songez que Rosserys & Mitchell est la plus grande société multinationale du monde!

— Je sais, dit la veuve, en regardant étrangement le mort.

— M. Saint-Ramé serait disposé à prononcer un discours sur la tombe de ce collaborateur hors pair, qu'en pensez-vous?

— Je pense que Roger aurait été content de l'apprendre.

Le silence revint. Je réfléchissais à une quantité de sujets qui venaient à moi en vrac, et d'abord à cette journée que je commençais à juger tourmentée quoique je ne fusse point prédestiné aux rêveries. Mais, justement, c'était la deuxième fois que des forces curieuses tentaient de me faire basculer dans une sorte de torpeur, de détachement par rapport à ce monde rationnel et automatisé où j'avais jusqu'ici si bien gagné ma vie. Déjà, à la fenêtre de mon bureau, j'avais éprouvé ce vague à l'âme. Et, à l'heure présente, au chevet de ce cadre mort, je résistais mal au poids cumulé de ces événements. Était-il donc écrit quelque part que ce jour serait, pour moi aussi, très chargé? Aurais-je pu une seconde me douter, à mon lever, ce matin-là, que j'aurais à traiter successivement de problèmes aussi curieux et désagréables que la mort d'un collègue haut placé dans la firme, un rouleau contenant un texte à mi-chemin entre le canular et l'admonestation déguisée, une fêlure dans les soubassements et, surtout, cet incroyable malentendu qui m'avait transformé en croque-mort et à la suite duquel je me tenais là, assis aux côtés de Mᵐᵉ Arangrude, silencieux et inquiet, l'œil immobilisé par cette horrible bande Velpeau ceignant le front du défunt. Au soir de ma longue vie, je mets en garde les citoyennes et les citoyens qui n'attacheraient pas l'importance qui convient aux faits qui les surprennent et qui les laissent rêveurs. Sans verser dans la superstition, je les invite sincèrement à prendre de tels faits au sérieux. Je le sais, aujourd'hui que je raconte cette histoire singulière dont je connais et le diabolique déroulement et le mystérieux épilogue.

Des considérations plus pratiques se mêlaient à cette prise de conscience confuse mais réelle d'un avenir empli de traquenards et de supercheries. Par exemple, comment procéder pour informer Saint-Ramé et les principaux cadres de l'éventualité d'une veillée funèbre? Nul ne s'attendait à cela et je m'y étais presque engagé. Était-il, au fond, obligatoire de mettre le directeur général au courant? Après tout, les cadres, collègues et collaborateurs du mort avaient le droit de tenir compagnie à Roger Arangrude. Je brisai le silence en reprenant la conversation interrompue par l'arrivée du corps :

— Que disions-nous tout à l'heure?

— Je ne sais plus, je vous parlais de lui, de nous, de ses débuts, je crois. Mais je ne veux pas vous ennuyer avec ça.

— Mais ça ne m'ennuyait pas du tout... Je crois que vous parliez de chiffre d'affaires, de marges, de profits, et des facultés d'assimilation de votre mari, qui apprenait tout très vite...

— Ah oui, j'étais enceinte, nous avions emménagé à la va-vite et loué un petit appartement rue de Rennes. Roger me promettait que bientôt j'en aurais un bien plus beau et plus grand, qu'il ne tarderait pas à réussir chez Rosserys & Mitchell. Il tint promesse d'ailleurs, comme vous savez... Quand je le vois là, étendu, raide et tout blanc avec ce bandeau, je n'arrive pas à y croire... J'ai l'impression qu'il va se lever et me parler de l'inflation, de la hausse des prix...

— Oh dis-je, il vous parlait aussi de cela...

— Oui... et ces derniers temps il était inquiet... M. Saint-Ramé l'avait fait appeler pour le nommer et il craignait que les prix des engins fabriqués en France n'augmentent trop et qu'on ne puisse plus en vendre à l'étranger comme avant, et qu'à Des Moines on ne décide de reconvertir les usines dans les carrosseries.

— Il était pessimiste, observai-je, mais c'était surtout dû à la conscience qu'il avait de ses responsabilités.

— Ça, vous pouvez le dire. Il attendait beaucoup de l'Europe... Il disait que si les États-Unis, l'Europe et aussi le Japon se mettaient d'accord, on vendrait encore plus d'engins aux autres pays du monde; il voulait aller en Chine car, disait-il souvent, les Chinois avaient grand besoin d'engins... Vous voyez? Il ne partageait pas les idées des Chinois, mais il voulait quand même leur vendre des engins... il était gentil... peut-être aurait-il fait un jour de la politique...

— Je suis sûr qu'un jour viendra, dis-je avec gravité, où nous vendrons de nombreux engins aux Chinois... Maintenant, je dois vous quitter si je veux arriver à temps rue Oberkampf pour prévenir ses collègues... cela m'ennuie de vous laisser seule...

— La bonne vient vers 17 h 30.

— Eh bien, je reviendrai dans la soirée... je suis très impressionné par votre courage, madame Arangrude, au revoir...

Elle m'accompagna jusqu'à la porte. Dans la rue, je hélai un taxi et lui donnai l'adresse de Rosserys & Mitchell.

VI

A mon retour au bureau, j'éprouvai une vive surprise : Saint-Ramé m'invitait à dîner le soir même. Je m'enquis auprès de ma secrétaire des conditions dans lesquelles le directeur général avait fait parvenir son message.

— Mme Dormun a téléphoné vers 11 h, précisa-t-elle.

Aussitôt je rappelai le secrétariat de Saint-Ramé; on confirma l'invitation en m'informant que je devrais me rendre directement au logis du patron, celui-ci étant absent de l'entreprise et n'ayant pas manifesté l'intention d'y revenir avant l'heure du dîner, fixée à 20 h 30. J'étais donc convié chez lui par Saint-Ramé pour la troisième fois depuis mon arrivée dans la firme, les deux précédentes occasions ayant été l'une, un dîner-buffet collectif fêtant l'ordre du Mérite du directeur général; l'autre, un dîner plus intime où figuraient deux directeurs de division et leurs femmes, et Bernie Ronson, délégué de Des Moines en France, dîner organisé en l'honneur d'un Américain célèbre pour sa théorie sur la communication interne au sein des entreprises géantes et multinationales. Serais-je cette fois le seul invité? Je regrettai de n'avoir pas posé la question à Mme Dormun qui savait tout, mais je répugnai à la rappeler à ce sujet. Au reste, je commençais à me familiariser avec l'étrangeté de cette journée fertile en incidents, et cette nouvelle disposition de mon esprit facilitait ma réflexion. Je ne me sentais plus empêtré dans un réseau d'événements incompréhensibles dans la mesure où je m'assurais qu'il concernait aussi d'autres personnes que moi. Si l'avenir s'annonçait incertain, il ne s'annonçait pas différent pour Saint-Ramé et les cadres d'état-major. Au moment où j'écris ces lignes, je me souviens nettement de mon moral à la fin de cet après-midi : eh bien, il redevenait excellent. Mû peut-être par une prémonition tout animale, j'avais entrevu que je n'assumerais plus en solitaire le fardeau des complications qui surgiraient dans l'entreprise. C'était vrai que, jusque-là, le destin m'avait placé aux avant-postes puisque celui qui avait eu à charge l'interprétation du rouleau initial, l'examen approfondi de la fêlure, les conséquences immédiates de la mort d'Arangrude, celui-là c'était moi, sans aucun doute. Mais cela ne signifiait pas que ces affaires fussent dirigées contre ma personne ni même contre ma fonction. Bientôt, demain, après-demain, les questions soulevées par cette série de phénomènes se poseraient à tous, et j'en serais libéré pour une large part. Certes, je n'imaginais point à l'époque non seulement que j'aurais raison mais qu'en outre je survivrais pour éclairer la nouvelle justice qui traiterait, longtemps après, les séquelles de l'ébranlement des nerfs et des murailles. Mais le sentiment de ne m'être pas exposé moralement à de graves reproches me soutint très fort et me rendit presque guilleret dans l'exécution de la tâche que j'accomplis ce soir-là. Il devait être 18 h 30. Le personnel se préparait à partir. Je demandai à ma secrétaire de se livrer à une activité ultime : convoquer les principaux cadres de l'entreprise en vue d'une communication urgente. C'était le genre d'ordre du jour dont les cadres étaient friands. Assurément, lorsque la convocation émanait de Saint-Ramé, leur excitation était complète. Cependant, ils avaient dû peu ou prou saisir que la journée du directeur adjoint des Relations humaines avait été anormalement agitée et, surtout, qu'il s'était entretenu deux fois avec Saint-Ramé, ce qui rehaussait l'intérêt de ma réunion. De fait, ils ne tardèrent pas à se montrer et, un quart d'heure plus tard, furent réunis dans mon bureau : Brignon, Portal, Samueru, Vasson, Abéraud, Yritieri, Chavégnac, Terrène, Fournier, Sélis, Le Rantec. Je les contemplai avec une indéniable délectation. Il faut me comprendre : un directeur des Relations humaines tirait son influence des rapports qu'il entretenait ou non avec les dirigeants suprêmes et non du rayonnement et de la noblesse de son titre. Mes initiatives avaient la plupart du temps peu d'effet sur les cadres tendus vers la réalisation de leurs objectifs commerciaux. Au mieux, ils me témoignaient une courtoisie condescendante ou alors, à l'instar de Brignon, ils me ménageaient à tout hasard. J'avais donc rarement l'occasion de les réunir au complet et si vite. Par-dessus tout, ce que j'avais à leur dire ce soir-là était exceptionnel dans la carrière d'un directeur de Relations humaines.

Voici en effet que je m'apprêtais à les surprendre. Voici que j'allais leur apprendre que là-bas, sur les Hauts de Saint-Cloud, était étendu roide et tout blanc un excellent collègue, la tête ceinte d'une bande Velpeau. Voici que j'allais leur proposer une veillée funèbre. Comment ne me serais-je pas délecté?

Je pris la parole d'un ton léger :

— Messieurs, bonsoir, je vous remercie d'être si vite accourus et si nombreux à cette réunion, dont je vous prie d'excuser le caractère impromptu. Mais, n'est-ce pas, ce sont les événements qui commandent. Vous n'êtes pas sans savoir, hélas, que Roger Arangrude s'est tué la nuit dernière sur le boulevard périphérique nord; sa voiture est entrée en collision avec un camion Sotanel roulant pour le compte de la firme Amel Frères, société bien connue de vous tous puisqu'elle occupe la deuxième place de son marché. La tempe droite de notre cher Arangrude fut enfoncée, ce qui entraîna la mort instantanée. Ceci peut nous faire penser que notre cher collègue n'a pas souffert, ce dont, je suis sûr, nous nous réjouissons tous. M. Saint-Ramé m'a chargé de veiller à l'organisation de ses obsèques et c'est donc en son nom, au nom de l'entreprise, par conséquent en votre nom à vous, que cet après-midi je me suis rendu au domicile du défunt avec mission de rencontrer sa veuve et de déterminer la part que notre firme doit prendre dans les obsèques. Notre directeur général prononcera probablement un discours sur la tombe; néanmoins, les consignes définitives seront données demain matin car elles seront établies ce soir. M. Saint-Ramé m'a invité à dîner chez lui à cet effet. Le but de cette réunion n'est donc pas de vous fournir des instructions puisqu'elles ne sont pas encore officiellement fixées. Mais il se passe qu'entre-temps, une triste et noble tâche nous attend tous. Mme Arangrude a désiré que le corps de son mari soit ramené chez lui, dans son appartement, dans son lit, plutôt que de l'abandonner dans une glacière de l'hôpital. Il vous est donc facile d'appréhender qu'à l'instant précis où je vous adresse ces paroles, Roger Arangrude, votre cher collègue, repose chez lui, étendu sur son lit, roide et majestueux; j'ajoute qu'une bande Velpeau ceint son front et que cela ne va pas sans accentuer la majesté de son masque mortuaire. Peut-être certains d'entre vous s'étonnent-ils un peu, au fond d'eux-mêmes, d'entendre le directeur adjoint des Relations humaines s'exprimer de la sorte. Sans doute est-ce là un langage insolite que d'aucuns jugeront pompeux. Mais je n'ai pas, moi non plus, vous le savez, l'habitude de parler ainsi. Bien plus que mon langage, ce sont les événements qui sont insolites. N'est-ce pas singulier de perdre aussi brutalement et stupidement l'homme en qui notre directeur général voyait le futur responsable du *marketing* de notre firme? N'est-il pas singulier que, renouant avec la chaude et poétique tradition, la femme du défunt décide de le ramener à la maison et de lui tenir une dernière fois compagnie? N'est-il pas extrêmement singulier, enfin, que le défunt soit ceint d'une bande Velpeau immaculée? Moi-même, je n'aurais certainement pas tenu de pareils propos avant de l'avoir vu, mais je l'ai vu, messieurs, et mon émoi est grand. J'ai, au nom de l'entreprise, assuré Mme Arangrude de notre soutien agissant, je lui ai puissamment exprimé les regrets et la tristesse de notre directeur général, et aussi, messieurs, vos regrets et votre tristesse. Je lui ai promis que, cette nuit, ceux sur qui reposent la croissance et l'expansion de l'entreprise viendraient la visiter et se recueillir au chevet de celui qui était l'un des meilleurs d'entre nous. C'est pourquoi, messieurs, je vous invite à participer à cette veillée à l'heure qui vous conviendra. Je vous demande simplement de ne pas tous vous présenter en début de soirée, car la nuit sera longue et vous aurez en quelque sorte à vous relayer. N'apportez pas de fleurs, car elles encombreraient l'appartement. Moi-même, à la fin du dîner, je me rendrai à Saint-Cloud où je suis sûr de retrouver la majorité d'entre vous. C'est tout, messieurs. Si quelqu'un souhaite des explications supplémentaires, je suis à sa disposition.

Telles furent les paroles que j'adressai à cet auditoire choisi et en des circonstances qui ne l'étaient pas moins. Je n'étais pas peu fier de cette allocution. Visiblement, les principaux cadres de Rosserys & Mitchell-France étaient désemparés. De plus, j'avais laissé dans le vague un aspect capital de cette opération : Saint-Ramé participerait-il ou non à cette veillée funèbre ? Je connaissais bien mes collègues et je n'ignorais pas qu'au-delà de la mort d'Arangrude et de sa bande Velpeau, la question qui les tracassait était celle-là. En outre, l'annonce, faite par moi négligemment, de mon dîner chez Saint-Ramé les obligeait à une sérieuse réflexion sur la conduite à adopter. Que voulait dire le directeur adjoint des Relations humaines ? Cette veillée était-elle facultative ou obligatoire ? Saint-Ramé faisait-il savoir par ma bouche que les cadres d'état-major devaient se présenter à Saint-Cloud et y rester la nuit entière ? Il leur était difficile de poser directement la question en raison de son indécence manifeste : si Saint-Ramé y va, j'y vais. C'est pourtant ce qu'ils tenteraient de déceler. Vasson prit la parole :

— Monsieur, afin de ne pas trop déranger Mme Arangrude, à quelle heure est-il le plus convenable de se présenter ?

— A mon avis, répondis-je, en proie à une satisfaction coupable, entre minuit et quatre heures du matin.

Il y eut un silence. Vasson continua :

— Est-ce qu'on peut y aller accompagné de sa femme ?

A vrai dire, je n'avais pas pensé à cela. Beaucoup de ces messieurs auraient du mal à convaincre leur femme qu'ils ne découcheraient pas. Allez donc expliquer à une femme de cadre que vous devez veiller toute la nuit un collègue à Saint-Cloud! D'un autre côté, je souhaitais éviter la cohue. Décidément en excellente forme intellectuelle, je déclarai :

— Celles de vos femmes qui ont eu l'occasion au moins une fois de déjeuner ou de dîner, *a fortiori* de passer un week-end en compagnie du couple Arangrude, pourront vous accompagner. Les autres, s'ils en voient la nécessité, pourront me demander d'intervenir auprès de leur épouse pour se libérer dans la nuit.

C'est alors que se produisit la première escarmouche de la journée au sujet de ce rouleau que tout le monde semblait avoir oublié. Le Rantec prit la parole :

— Monsieur, si personne n'a plus de questions à poser au sujet de la veillée funèbre, j'aimerais profiter de ce que les principaux responsables de l'entreprise sont ici réunis pour m'informer sur un rouleau de papier que j'ai reçu ce matin, que j'ai lu cet après-midi, et qui, d'après ce que j'en sais, aurait été reçu par l'ensemble du personnel. J'ai bien conscience que ma question peut tomber à plat dans une réunion ayant un aussi grave objet que la mort de notre regretté collègue, mais j'avoue que ce rouleau me tracasse et je suis sûr d'ailleurs d'être à cet égard représentatif de ce que pensent plusieurs de mes collègues ici présents et même des collaborateurs qu'ils ont sous leurs ordres. Peut-on parler de cela?

Le Rantec occupait un poste curieux qui faisait fureur à l'époque dans la plupart des firmes importantes : celui de secrétaire général. Les avis des cadres sur l'intérêt de ce poste étaient partagés. Les uns pensaient que cette fonction constituait un marchepied vers le pouvoir dans les sociétés qu'on désignait sous le vocable de *holding*, du verbe anglo-saxon : *to hold*, tenir. Être secrétaire général d'une société *holding*, c'était apparemment pouvoir mettre son nez partout et, atout non négligeable, assister aux Grands Conseils, fût-ce en subalterne, donc se faire connaître des présidents et des administrateurs. Les autres cadres soutenaient que le secrétariat général était une voie de garage, un titre pompeux ne voulant rien dire, une position de laquais des présidents de sociétés.

Cette question du cadre Le Rantec altéra ma bonne humeur. J'hésitai sur la suite à lui donner. Il m'était commode d'exciper de l'heure tardive, du dîner qui m'attendait, de la gravité de la réunion, pour remettre à plus tard, une discussion sur le rouleau. Mais je sentais bien que la mort d'Arangrude les intéressait moins que le parchemin distribué le matin dans l'entreprise, et ceci représentait pour moi une précieuse information. Au fond, j'étais mis en présence de la première réaction des principaux cadres à l'apparition de ce rouleau. Ce que Saint-Ramé et moi nous cherchions en éprouvant nos secrétaires, je l'avais devant moi : désormais, il était acquis que les cadres d'état-major de Rosserys & Mitchell-France s'étaient émus du texte écrit sur ce parchemin. Je me promis de rapporter cela au directeur général. Je consultai ostensiblement ma montre, et m'appuyant sur l'horaire, je décidai d'en entendre un peu plus sur cette affaire mais pas trop. Je dis d'une voix ferme :

— Messieurs, comme vous, j'ai eu ce rouleau entre les mains. Je n'aurais pas pensé qu'il justifiât une discussion entre nous, et en tout cas pas ce soir. Cependant, il se pourrait que certaines implications de ce texte m'aient échappé; je reconnais n'avoir pas passé de longues heures à en faire l'exégèse. Il me reste à peu près un quart d'heure; après quoi, vous me comprendrez, je devrai vous quitter. Quelqu'un parmi vous désire-t-il m'interroger sur la veillée funèbre? Sinon, je veux bien qu'on discute de cet incident.

Ils se turent, ce qui signifiait que le rouleau mobilisait leur attention. Arangrude était mort et déjà enterré. Je fus repris de sombres pressentiments :

— Messieurs, commençai-je, nous avons un quart d'heure pour échanger nos impressions au sujet de cette espèce de tract. Je me permets de vous rappeler ou de vous apprendre que, jusqu'ici, cet incident n'a donné lieu à aucune délibération de la direction générale et qu'au surplus, si nous ne disposons ce soir que de quinze minutes, cela est dû aux circonstances tragiques que vous connaissez tous et non à une attitude délibérée de la direction qui, vous ne l'ignorez pas, est prête à tout moment à parler de n'importe quel sujet. Monsieur Le Rantec, vous aviez demandé ce débat, je vous passe la parole.

Ceux qui, aujourd'hui, seraient outrés de compter de ma part autant de mensonges en si peu de temps doivent montrer de l'indulgence à l'auteur de ces lignes : il accumule les circonstances atténuantes. En particulier, le ton que je m'efforce de retranscrire fidèlement était tout à fait normal en ce temps-là au sein des entreprises. Il ne trompait personne. Ainsi, les cadres réunis dans mon bureau ce soir-là ne croyaient pas un traître mot de ce que je leur déclarais au sujet de ce rouleau. La façon même dont j'avais présenté la discussion, les longs euphémismes utilisés pour assurer que le parchemin n'avait pas retenu l'attention de la direction générale prouvaient tout le contraire. Semblablement, le rappel d'une politique de libre expression à l'intérieur de la société traduisait plus un usage discursif, un procédé verbal, qu'une réalité. Il ne serait venu à l'esprit d'aucun cadre, y compris du plus téméraire, de prendre au mot les paroles des dirigeants. Les membres du personnel auraient jugé du plus mauvais goût une initiative de Vasson, par exemple, qui, transgressant les saintes règles du *management*, m'aurait interpellé ainsi :

« Eh bien, monsieur le Directeur adjoint des Relations humaines, puisque vous m'y autorisez, je vous parlerai très franchement, et j'exprimerai tout haut et librement ce que bon nombre de mes collègues pensent tout bas : *a*) je sais de source sûre que vous-même d'abord, le directeur général ensuite, êtes très inquiets de ce texte aussi naïf que provocant; au point que l'un et l'autre, probablement affolés, vous vous êtes livrés à des expériences sur vos secrétaires respectives pour jauger l'éventuelle nocivité du texte auprès du personnel; *b*) puisque vous parlez de libre expression et d'information à tous les niveaux (pour reprendre l'une de vos nombreuses et creuses formules), laissez-moi vous dire que l'entreprise est dirigée par un technocrate orgueilleux et arrogant, entouré de mauviettes fascinées par la vie quotidienne inespérée que les hasards de la société de consommation leur procurent. » Une pareille intervention aurait soulevé la désapprobation unanime et Vasson ne serait pas resté longtemps à Rosserys & Mitchell. C'est pourquoi le langage que je leur tins au cours de cette réunion n'était faux qu'en apparence du moment que personne ne lui ajoutait foi. En revanche, chacun me savait gré d'utiliser adroitement les règles de communication en vigueur à l'époque. Rien n'était pire en ce temps-là que d'avoir du talent ou de la perspicacité. Le Rantec reprit donc la parole :

— J'ai trouvé que ce texte risquait de perturber l'entreprise en ceci qu'il ne ressemble à aucun texte connu. Ce n'est pas un tract syndical, ce n'est pas un texte de propagande politique, c'est un texte simpliste et sans motivation. Il n'est pas signé et cependant il a été distribué à tout le monde. Je pense donc : *a*) qu'il est nécessaire de découvrir le but, s'il existe, de la diffusion de ce texte; b) qu'il est nécessaire aussi d'enquêter pour savoir dans quelles conditions un tract ou un document quelconque peuvent être distribués en si grand nombre à l'insu de la direction. C'est tout ce que j'avais à dire, conclut Le Rantec, en remuant avantageusement les épaules.

— En ce qui concerne le but recherché, répondis-je, la direction s'en préoccupera, mais vous-même avez justement signalé combien ce texte était incohérent. La direction aura donc bien besoin de vous tous pour établir en quoi il peut être intéressant de développer à l'intention du personnel les mécanismes de la loi de l'offre et de la demande. Pour ce qui est de l'enquête, je suis tout à fait d'accord avec vous; elle sera diligentée dès demain et sans attendre les obsèques d'Arangrude.

Brignon revint sur le contenu de ce texte :

— Vous vous êtes demandé en quoi ce texte était susceptible d'éveiller l'intérêt du personnel : moi aussi, comme vous, je l'ignore. Mais j'ai une idée : ce texte n'est pas fait uniquement de considérations sur la loi de l'offre et de la demande; il cite à plusieurs reprises M. Saint-Ramé et il ne cesse de louer notre directeur général. J'ai remarqué, quant à moi, un saisissant contraste entre l'extrême simplicité, à la limite le caractère rudimentaire de l'exposé sur l'offre et la demande, et l'outrance des louanges adressées à M. Saint-Ramé pour son savoir. Ne serait-ce pas là une manière de se moquer de lui, de caricaturer ses connaissances? Car, enfin, admirer quelqu'un parce qu'il sait que trop de produits font baisser les prix, c'est étonnant; je serais curieux de connaître l'opinion de mes collègues à ce sujet.

Ce fut le signal d'une des plus vivantes discussions de cadres auxquelles il m'ait été donné d'assister au long d'une carrière pourtant solide et mouvementée.

Sélis, directeur adjoint à l'Importation, se crut visé, car il était parmi eux celui qui possédait le mieux le domaine des prix. Il s'écria :

— Voyons, Brignon, vous n'allez pas prétendre que la loi de l'offre et de la demande est convenablement exposée dans ce torchon!

— Certes, rétorqua Brignon d'un ton aigre, je n'ai point soutenu que ce torchon, comme vous dites, est de nature à satisfaire un directeur adjoint à l'Importation, mais disons qu'il est plus incomplet que faux.

— Vous donnez l'impression, dit Sélis, vexé, de trouver tout cela très bien.

— Je vous en prie, Sélis! Je suis simplement partisan, dans ce cas comme en d'autres, d'analyser froidement un fait, qu'il soit agréable ou non. Je ne suis pas, moi, un spécialiste éminent des mécanismes de formation des prix, mais je constate que ce qui est exposé à ce sujet dans ce texte est exact.

— Qu'est-ce qui est exact? demanda Sélis, cette fois assez irrité.

— Il est juste d'écrire que les prix baissent lorsque l'offre augmente et qu'ils montent lorsqu'il y a pénurie.

— Justement! s'écria Sélis, c'est ce qu'on croit partout, et même, hélas! ajouta-t-il, hargneux, au sein de grandes entreprises comme la nôtre! Vous décrivez là un mécanisme vulgaire de la formation des prix qui date des libéraux du XIXe siècle! De nos jours, cette loi s'est compliquée!

— Quel que soit l'intérêt de ce dialogue, fis-je, voyant que ça tournerait mal, je vous rappelle que nous ne sommes pas réunis ici pour analyser la loi de l'offre et de la demande... Qui veut la parole?

— Moi, dit Fournier, chef de la section Engins nouveaux, je suis heureux d'avoir lu dans ce texte la différence entre les biens matériels et immatériels; ça ne paraît pas, mais beaucoup de gens l'ignorent; et je ne suis pas loin de penser que le service de formation permanente devrait s'en occuper.

— Moi, articula Terrène, chef du marché français, célèbre pour sa voix traînante et aussi pour son bon sens, je ne parviens pas à m'esbaudir; je ne vois pas en quoi le fait d'écrire qu'une leçon de littérature est un bien immatériel et une machine à coudre un bien matériel ferait avancer notre réflexion et celle du personnel; je crois fermement, messieurs, que ce texte est un canular et que son auteur, s'il n'est pas malintentionné, a voulu se moquer de nous.

— Bravo, Terrène! s'exclama Sélis, telle est mon opinion.

— Messieurs, dis-je, je vous propose de remettre à plus tard la suite de cette réunion; je dois maintenant lever la séance; sans doute vous retrouverai-je cette nuit à Saint-Cloud chez Mme Arangrude; ceux qui voudraient me joindre pourront me téléphoner chez moi jusqu'à 20 h. Bonsoir, messieurs!

Ils s'en furent. Je les entendis s'éloigner dans le brouhaha.

Je me souviens d'être resté un long moment à méditer dans mon bureau avant de rentrer pour me changer en vue du dîner chez Saint-Ramé. Je songeai à ces jeunes gens qui ne s'aimaient pas. Ce constat ferait sourire si on ne le complétait ainsi : ils ne s'aimaient pas, en quelque sorte, par définition. Ils ne fondaient pas leurs détestations réciproques sur des critères ordinaires. Par exemple, ils auraient pu se haïr pour des raisons politiques, sociales, raciales, sentimentales. Chavégnac, cadre de gauche et du Midi, aurait pu exécrer Le Rantec, cadre de gauche et Breton. Yritieri, cadre basque de droite, aurait pu mépriser Samueru, cadre juif et anarchiste. Abéraud, cadre progressiste du Massif central, aurait pu haïr Portal, cadre gascon issu d'une famille fortunée. Le cadre Brignon, époux vivace d'une femme mièvre et bornée, aurait pu envier au cadre Fournier sa splendide et perverse femelle. La femme du cadre Terrène aurait pu le tromper avec le cadre bellâtre Vasson. Point du tout. Il n'existait à l'époque et à ma connaissance aucun contentieux de cet ordre, qui aurait au moins expliqué les conflits. Leur inimitié fondamentale venait de ce qu'ils étaient tous des cadres d'état-major, des cadres du *staff* pour reprendre le terme des théoriciens de l'époque, tous salariés par Rosserys & Mitchell, tous semblables, sachant et ignorant à peu près les mêmes choses, promis au même type de réussite, soumis aux mêmes aléas, rapidement bloqués par les mêmes limites.

A peine l'un d'eux était-il recruté par la firme que, selon son salaire et son poste, il devenait illico un collègue et un ennemi. La haine était donc à la fois artificielle et permanente. Artificielle car elle excluait l'insulte et la bataille physique puisque personne n'avait volé la femme de personne. Permanente, car, n'étant pas enracinée dans le terreau de sanglants ressentiments, elle pouvait dès lors se répandre sans risque de provoquer des rixes et de furieuses mêlées. Je songeai aussi à leur incapacité de se concentrer sur un sujet de discussion donné. La moindre allusion au secteur d'activités de l'un d'eux déplaçait immanquablement le débat vers ce secteur. Un chien avait-il mordu une fillette? Oui. Avec ses dents de devant? Oui. Non! s'écriait alors celui qui s'occupait des dents de devant, jamais un chien ne mord totalement ainsi. Et il s'ensuivait une longue diversion permet-

46

tant au spécialiste de rappeler que, s'il était cher payé, ce n'était pas pour des prunes. En échange, il respectait son collègue des dents latérales et, pour rien au monde, il n'aurait émis une opinion dans ce domaine. Ils se conduisaient tous comme des molosses gardant un minuscule territoire autour de leurs niches. Cet état d'esprit finissait par rendre secondaire le véritable objet d'une discussion. C'est ainsi qu'il était possible d'organiser une réunion sur n'importe quel ordre du jour. Les réactions de ces cadres à la lecture du rouleau le prouvaient abondamment. Perdant de vue qu'un matin plus d'un millier d'exemplaires d'un texte bizarre avaient été, pendant la nuit, distribués dans l'entreprise, ils se seraient plongés avec ardeur dans les joies et les subtilités de la loi de l'offre et de la demande. Quoique fort prévenu de ces aberrations, je sentais m'envahir inquiétude et désarroi. Si cet incident se reproduisait, si un deuxième rouleau apparaissait, la discorde ne s'abattrait-elle pas sur notre firme? Je résolus d'en parler le soir même au directeur général. Avant de partir, j'ouvris grand la fenêtre et contemplai Paris. Les gens rentraient chez eux. D'interminables files de voitures automobiles encombraient les places et bouchaient les artères. Là-bas, à droite, des projecteurs arrosaient d'une lumière hypocrite les dalles et les tombeaux.

Je me rasais quand retentit la sonnerie du téléphone. C'était Roustev, le directeur général adjoint. Il me fit part de son mécontentement de n'avoir pas été informé de la réunion que je venais de tenir.

— Il me semble, grogna-t-il, que je suis au moins aussi concerné que vous par la mort d'Arangrude, et d'abord, expliquez-moi un peu cette mascarade?

— Quelle mascarade, monsieur?

— Vous avez réuni les principaux collaborateurs de la maison pour les convier à une veillée funèbre, est-ce bien exact?

— Oui, monsieur.

— Saint-Ramé est-il au courant?

— Non, monsieur, je n'ai pas eu le temps de l'y mettre, le corps a été ramené sans que j'en fusse averti, et je me trouvais là.

— Ramené où?

— Chez lui.

— Je ne comprends rien à ce que vous racontez, dit Roustev, je vais téléphoner à Saint-Ramé, j'espère qu'il m'en dira plus, bonsoir.

Ce bref entretien téléphonique me fournit l'occasion de dresser un portrait de M. Roustev et un tableau de sa position assez spéciale au sein de Rosserys & Mitchell-France. Il y eut une fois un entrepreneur français qui fabriquait des machines destinées aux travaux publics. Il s'appelait Gabriel Antémès. Grâce aux marchés que lui réservait l'État et à ses compromissions, il fit fortune. Mais il n'était pas très intelligent. Bon technicien et malin, il possédait deux usines et avait un faible pour le jeune et ambitieux directeur de l'une d'elles, qui se nommait Roustev. Un jour, il lui donna sa fille, grasse et mal élevée, en mariage. Les milieux patronaux de l'époque virent en Roustev la nouvelle étoile et le futur chef des entreprises Antémès. Mais voici que, pour survivre, comme on disait en ce temps-là, il fallut croître et croître sans cesse. Le gouvernement, à qui Antémès devait sa fortune, exerça des pressions et, sous la houlette du ministre des Finances, grand fauconnier des banques, favorisa une alliance entre la société Rosserys & Mitchell et la société Antémès. Une année plus tard, la seconde tombait sous le contrôle de la première. Roustev fut supplanté par le technocrate moderniste Saint-Ramé.

L'entreprise, lorsque apparurent la fêlure dans les soubassements et le rouleau initial, restait dominée par la lutte dégoûtante que se livraient toujours les deux hommes. Tel était l'individu qui m'avait téléphoné courroucé. Tout en revêtant une tenue de nature à s'accorder à la fois à un dîner chez mon directeur général et à une veillée funèbre, je préparai mentalement le plan de ce que j'exposerais à Saint-Ramé. Il m'ennuyait que Roustev fût le premier à s'entretenir avec le patron de cette histoire de veillée. Mais, connaissant le mépris dans lequel ce dernier tenait le gendre d'Antémès, je fis à cet ennui sa juste place. La sonnerie du téléphone retentit de nouveau. C'était Rumin, le leader incontesté des forces syndicales de l'entreprise.

— Monsieur, dit-il, vous avez tenu une réunion portant sur une question d'intérêt général; pourquoi les syndicats n'ont-ils pas été informés?

Cette fois, je dus me montrer plus prolixe, car il entrait dans mes fonctions de ne pas éconduire un personnage aussi important et sourcilleux. Saint-Ramé ne me l'aurait pas pardonné. J'expliquai donc largement d'où était venue cette idée de veillée funèbre.

— Moi, déclara Rumin, je trouve cette idée excellente et, bien qu'Arangrude ait été un ennemi de classe et que maintenant il soit mort, je pense qu'une veillée nous ramène à de saines traditions populaires et apporte une note d'humanité dans une entreprise d'ordinaire si glaciale; mais que doit faire le personnel? Est-ce que vous le jugez indigne de veiller un cadre mort?

— Voyons, Rumin, vous soupçonnez partout des pièges ou des offenses! m'écriai-je, impatienté par les proportions que prenait mon initiative, je vous ai dit que ce n'était pas prémédité de ma part. Qu'auriez-vous fait, vous, Rumin, si, en visite de condoléances chez le mari d'une secrétaire de deuxième catégorie à l'échelle 4, vous aviez soudain vu apparaître le corps de la défunte? Et si, de surcroît, vous aviez appris que ce renvoi du corps à la maison était le résultat non de la volonté du mari mais de son affolement à l'hôpital? L'auriez-vous laissé seul? N'auriez-vous point convié les collègues et les amies de la morte à lui tenir compagnie pendant la nuit? Et pensez-vous que je vous aurais téléphoné pour me plaindre que la direction des Relations humaines n'eût pas été avertie?

— Je suis bien d'accord, vous n'auriez peut-être pas téléphoné parce que vous dînez en ville! Mais moi, je vous dis que le personnel doit être pleinement associé à la mort d'un collaborateur, même s'il s'agit d'un cadre supérieur.

— Écoutez, Rumin, répliquai-je, excédé, faites ce que vous voulez! Si ça vous paraît normal, allez-y! Je vous rappelle simplement qu'en l'occurrence la maîtresse d'œuvre est Mme Arangrude et non l'entreprise; bonsoir, Rumin!

Je raccrochai brusquement l'appareil et respirai un grand coup. Les choses tournaient mal. Des cadres empêtrés dans une histoire de rouleau, un chef syndicaliste furieux de ne point participer au deuil, et un directeur adjoint suant l'amertume. Rumin me tracassait. Il devait à une audace peu commune et à un art consommé du spectacle de s'être hissé au sommet de la hiérarchie syndicale. Il flairait les conflits « payants », ceux qui placeraient publiquement les dirigeants en porte à faux. Il manipulait les journalistes aussi bien que Saint-Ramé. Il résistait mal à la tentation d'engager des batailles d'avant-garde, par exemple sur les conditions psychologiques du travail, l'organisation des loisirs, etc. Beaucoup voyaient en lui l'un des futurs généraux du syndicalisme national. S'il décelait dans cette pauvre aventure de veillée funèbre un conflit de ce type, il était capable de défiler en pleine nuit sous les fenêtres du mort à la tête de ses militants de choc. Soucieux, je décidai de requérir l'appui total de mon directeur général et de lui raconter par le menu tout ce qui m'avait soit intrigué soit perturbé au long de cette journée. Le cœur plus serré que prévu, je me rendis 12 *ter*, avenue Georges-Mandel.

Ce dîner et cette veillée marquèrent ma mémoire. Chez Saint-Ramé, j'eus l'émotion de rencontrer deux hôtes extrêmement illustres que je ne m'attendais guère à voir ce soir-là. Tout cadre d'état-major se fût réjoui d'être ainsi invité à rejoindre le sérail. Moi, j'y humai de sinistres présages. Oh, mes chefs! Où êtes-vous? Dormez-vous d'un sommeil paisible ou continuez-vous d'errer en blasphémant dans les dédales?

VII

Henri Saint-Ramé avait invité à sa table Adams J. Musterffies, vice-président international chargé des finances en Europe (que je savais en tournée d'inspection à Londres et Amsterdam), Bernie Ronson, délégué de Des Moines en France, Mme Musterffies et moi-même. Mme Saint-Ramé et sa fille Betty participèrent à ces agapes. Je ne m'étais jamais trouvé en aussi bonne et intime compagnie profes-sionnelle. A eux seuls, Musterffies et Saint-Ramé détenaient le pouvoir de décider presque tout. Les cadres étaient à l'affût de ce genre de dîner, et peu d'entre eux bénéficiaient au cours de leur carrière de cet honneur et de cette occasion d'accélérer leur ascension et l'élévation de leur salaire. Ces occasions avaient leurs revers dans la mesure où une erreur même légère engendrait le résultat inverse. Je compris que le texte maudit avait déterminé Saint-Ramé à consulter Musterffies et à bousculer le protocole de l'entreprise en me convoquant chez lui. Je m'aperçus en effet que j'avais été convoqué plus qu'invité. Ces messieurs m'entraînèrent au salon et allèrent au-devant de mes désirs en me priant d'exposer les événements de la journée. Cette méthode me plut, car elle me permettait d'entrer dans les détails, donc de me justifier abondamment. Ils m'écoutèrent sans m'interrompre. A ma satisfaction, je sentis qu'ils ne nourrissaient aucun grief à mon endroit, mais qu'au contraire ils se concentraient sur les faits, tentaient de les interpréter. L'atmosphère était grave, parfois tendue, et ceci me remplissait de joie. Mon poste sortirait renforcé, grandi, de cette épreuve. Ces hommes, jusque-là préoccupés du prix de la main-d'œuvre dans le Sud du Mexique, dépensaient leur temps précieux à écouter le directeur adjoint des Relations humaines décrire une fêlure et le crâne d'un cadre mort. Au surplus, je parlais un remarquable américain, ce qui ne manquerait pas d'être apprécié. A la fin de mon récit, un domestique brisa le silence : « Madame est servie! » Nous passâmes à table. On nous servit des avocats à la vinaigrette. Ayant beaucoup parlé, je me tus, attendant d'être interrogé de nouveau. J'en profitai pour compléter mes analyses psychologiques de la situation. Saint-Ramé n'était pas loin de susciter mon admiration. Je l'avais quitté en fin de matinée avec l'impression qu'il n'attribuait pas une juste importance au texte maudit, et cette quasi-indifférence m'avait déçu. Mais il avait feint ce détachement pour ne pas affoler son collaborateur. Puis, seul dans son vaste bureau, face à ses responsabilités, il avait réfléchi. Il s'était pénétré du caractère louche de ce rouleau, en avait subodoré les funestes conséquences, avait décidé d'employer les grands moyens. Il avait dérangé Musterffies, lui avait demandé d'accourir de Londres. N'était-ce point là un chef? Perspicace et serein? Ah oui, nous avions un homme de valeur à la tête de notre firme. Après les avocats à la vinaigrette, on apporta du gigot d'agneau et des haricots verts. Mes prestigieux commensaux tardaient à donner leur opinion. Soudain, Musterffies me questionna :

— Pensez-vous que ce texte ait été rédigé et distribué par l'un de vos collaborateurs?

— Sincèrement, monsieur, je ne saurais l'affirmer, répondis-je sur-le-champ.

J'avais eu en quelques secondes à opérer un choix délicat. D'une part, n'ayant pas du tout apprécié l'expression « vos collaborateurs », j'aurais pu observer qu'il s'agissait des employés de Saint-Ramé, à la limite des siens, mais certainement pas des miens. Était-ce une provocation? Me rendait-il responsable des troubles? Son intention était-elle de dissocier Saint-Ramé, patron de la firme, du directeur adjoint des Relations humaines, responsable, à l'intérieur, des événements touchant au personnel? Et, alors, était-ce là le fin mot de ma présence à ce dîner? N'étant pas sûr de ces hypothèses, j'avais donc choisi de ne pas discuter immédiatement la formulation de la question, d'autant que je risquais de contrarier fort son auteur. D'autre part, je savais qu'une réponse rapide, prononcée d'une voix forte et au timbre neutre, plaisait à ces chefs d'outre-Atlantique, car elle impliquait selon eux une pensée claire et une connaissance approfondie du dossier en discussion. Ronson changea de sujet et aborda le problème des universités françaises.

— Les seuls cadres correctement formés dans ce pays ont tout appris aux États-Unis, dit-il; vous en êtes, mon cher Henri, l'exemple le plus brillant que je connaisse.

— On peut même dire, renchérit Musterffies, que, lorsqu'ils ont appris nos règles, ils les appliquent mieux que nous.

— Comme les Japonais, hasarda Mᵐᵉ Saint-Ramé.

— Oui, nous possédons là-bas d'excellents cadres, acquiesça Musterffies; à mes débuts dans la compagnie, j'avais fait un assez long séjour au Japon et j'avais prédit dans un rapport que ces gens-là supplanteraient notre commerce; que voulez-vous, ils ne sont pas obligés, comme nous, de payer des salaires exorbitants.

— Mais vous, mademoiselle Betty, vous étudiez aux États-Unis, je crois? demanda Ronson.

— Oui; et, quand je reviens en France et que je me promène au quartier Latin, c'est comme si je revenais des siècles en arrière.

Ils rirent. Et ils poursuivirent cette conversation sans s'occuper de moi. Au dessert, on nous servit une glace.

— Alors, grommela tout à coup Musterffies, vous ne pouvez pas répondre à ma question?

Voilà qui était net. Que j'avais été naïf! Un moment, j'avais cru que les plus hautes autorités de l'entreprise, ébranlées par un acte indéfinissable, avaient associé à son éclaircissement le responsable des Relations humaines de leur société. Mais non. Ils avaient sûrement délibéré en secret et conclu à la nécessité de me tirer les vers du nez. Après tout, n'étais-je pas l'homme qui avait attiré l'attention là-dessus? Le ton discourtois de l'Américain m'amena à une grotesque supposition : est-ce que, par hasard, ils ne me soupçonneraient pas d'être l'auteur du texte? Au lieu de m'angoisser, cette idée me hérissa.

— Monsieur, dis-je assez sèchement, je ne puis répondre à votre question parce que personne ne peut y répondre. Cependant, puisque vous désirez qu'à toute force je m'exprime, voici ce que je pense au fond : ou nous avons affaire à un canular et, en ce cas, je crois à une intervention extérieure à l'entreprise, celle par exemple d'un groupe d'étudiants d'extrême gauche souhaitant tourner en dérision les facultés des dirigeants de notre époque; ces derniers, en effet, pourraient être tentés de croire que Pythagore, Newton, Edison ou Faraday ont travaillé et sont morts pour qu'un jour le monde, bénéficiant de la somme de leurs géniales inspirations, ne vive que pour faire de l'argent. Sans eux, il est certain qu'il n'y aurait pas d'usines; ou nous avons affaire à une forme nouvelle de subversion adaptée au prolétariat intellectuel des entreprises géantes, c'est-à-dire à la masse des cadres et, plus particulièrement, de ceux qui emballent et qui vendent, et alors je crois que l'auteur est employé chez nous, qu'il est cultivé ou désireux de l'être. Dans ce deuxième cas, mon opinion est que, si l'on ne découvre pas le coupable, cette affaire peut prendre de grandes proportions. Enfin, monsieur, je puis vous assurer que je ne suis pas l'auteur de ce texte.

Ils me dévisagèrent stupéfaits, puis ils se récrièrent. Prudente, Mᵐᵉ Saint-Ramé me proposa une liqueur. Adams J. Musterffies mâchonna son cigare et me dit :

— J'aime la manière dont vous avez réagi; si vous êtes parmi nous ce soir, c'est que nous sommes inquiets, mais qu'en revanche nous savons très bien que nous avons à Paris l'un de nos meilleurs directeurs des Relations humaines; le seul qui soit sans doute meilleur que vous est à San Francisco, nous autres nous disons Frisco, et encore n'est-ce qu'en raison de sa plus longue expérience. Bientôt, mon cher, vous serez aussi bon que lui; pas vrai, Bernie?

Il cligna de l'œil. Bernie Ronson branla du chef. Saint-Ramé m'adressa de la main un signe de connivence et de protection. Voici que nous étions ramenés à mon hypothèse du début de soirée : j'étais un cadre fin, reconnu tel, et la firme comptait sur moi pour élucider le mystère. Pourtant, je restai sur mes gardes. Ils m'avaient obligé à aller trop loin pour que je leur prodigue des remerciements.

— Comment pensez-vous que nous devrions procéder pour mener une enquête? demanda Saint-Ramé.

— Dans un premier temps, l'entreprise doit enquêter par ses propres moyens : d'autant que tout indique qu'après ce texte en viendra un deuxième.

— Un deuxième rouleau! s'écria Musterffies.

— C'est bien possible, expliqua Saint-Ramé, l'auteur le laisse prévoir.

— Moi, j'ai mon idée sur ce texte, déclara Musterffies péremptoire; c'est un canular.

Alors survint une douloureuse péripétie. Betty Saint-Ramé, dont j'avais remarqué la pâleur croissante depuis un bon moment, eut un malaise. Elle se mit à trembler de tous ses membres, lâcha son verre et s'effondra sur le tapis. Là, elle commença à se rouler et à se tordre. Une bave légère apparut à la commissure de ses lèvres. Et elle émit d'affreux gémissements. Nous prîmes peur. Mme Saint-Ramé téléphona à un médecin. L'état de la jeune fille s'aggrava à une vitesse incroyable. Elle sombra dans le délire. J'entendis des bribes incohérentes du genre : pardon... Dante... le paradis... le démon... 45 dollars 10 cents... vive Los Angeles... zéro.

Le médecin arriva vite. Il refusa de la transporter dans sa chambre et l'examina sous nos yeux. Son examen terminé, il dit :

— Ce n'est pas beau tout ça, il faut la porter à l'hôpital. » Puis il parla à Saint-Ramé : « J'ai quelque chose de grave à vous communiquer, voulez-vous que je le fasse ici ou en privé?

En un sursaut d'orgueil, Saint-Ramé assura :

— Je n'ai rien à cacher aux personnes qui sont ici », ce qui m'emplit de confusion.

— Eh bien, monsieur, votre fille est droguée : le saviez-vous?

— Non, murmura le directeur général, en êtes-vous sûr, docteur?

— Oui, monsieur; non seulement j'en suis sûr mais sachez qu'elle est dans un état sérieux... Quel âge a-t-elle?

— Dix-sept ans.

— Que faites-vous, monsieur?

— Je dirige la société Rosserys & Mitchell-France.

— Mes compliments. Mais, ce n'est pas la première fois que je rencontre un cas de ce genre. La semaine dernière, c'était le jeune fils du directeur de la Banque régionale européenne. Je finirai par croire, messieurs, conclut-il à la cantonade, que vous dirigez mieux vos affaires que vos enfants.

Jamais un praticien d'un rang élevé ne se serait permis pareille liberté de langage. Mais Mme Saint-Ramé avait appelé à la hâte le premier médecin libre, et j'appris par la suite que celui-ci exerçait dans un quartier populaire.

Saint-Ramé, d'ordinaire si prompt à la réplique, se tut. Les Américains avaient assisté à cette scène sans y rien comprendre, car leur libéralisme international n'allait pas jusqu'à apprendre la langue des pays où ils gagnaient de l'argent. Une élémentaire courtoisie consistait à leur traduire l'essentiel. Je fus ennuyé d'être désigné par Saint-Ramé pour cette tâche.

— Dois-je tout leur traduire, monsieur?

— Oui..., tout. Il s'excusa et sortit du salon en compagnie du médecin.

Betty s'était un peu calmée. Elle était étendue à même le tapis; sa mère, Mme Musterffies, un domestique et une femme de chambre s'affairaient auprès d'elle.

— Est-ce grave? me demanda Ronson.

— Oui, dis-je, c'est la drogue.

— La drogue? s'étonna Musterffies, et qu'a dit le médecin?

— Il a dit : « Vous dirigez mieux vos affaires que vos enfants. »

— Oh, murmurèrent avec un bel ensemble les deux Américains.

Plus tard, deux ambulanciers enlevèrent la jeune fille. Les invités prirent maladroitement congé et nous nous retrouvâmes dans l'avenue Georges-Mandel.

— Ce malheur m'a bouleversé, dit Musterffies, je n'ai pas envie de dormir; d'ailleurs, nous n'avons pas épuisé notre sujet, j'avais d'autres questions à vous poser; voulez-vous qu'on poursuive notre conversation au bar de mon hôtel ou êtes-vous fatigué?

— Je suis plus navré que fatigué, et prêt à vous rejoindre chez vous; à quel hôtel êtes-vous?

— Au George-V; avez-vous votre voiture?

— Oui, je vous suivrai.

Musterffies fit signe à son chauffeur d'avancer. Ronson et lui s'engouffrèrent dans l'immense véhicule et attendirent que je fusse moi-même derrière eux. Après quoi, nous partîmes en direction de l'hôtel George-V.

VIII

Les gens qui cherchent les traces de ce que je fus et de ce que j'ai vécu m'ont visité ce matin. Ils sont pleins de prévenances. Cependant, ma création les laisse sceptiques. Dès le début, ils ne m'avaient pas caché que mon récit leur procurait un vif plaisir, qu'il était de nature à tenir en haleine citoyennes et citoyens, mais qu'il était hasardeux de l'appuyer sur une réalité historique. Ils me demandent où j'en suis de mon travail, me promettent de revenir bientôt et de m'alerter aussitôt qu'ils auront découvert du nouveau, puis ils m'embrassent et cèdent leur place au médecin. Celui-ci, lui aussi affectueux et attentionné, m'examine longuement. Après, il hoche la tête. Personne ne me contrarie jamais. Une fois pour toutes, j'ai été averti : mes aventures valent par leur romanesque, leur intensité, mais elles se rapportent à des faits inconnus. Je suis vivant, je mange, je bois, mais les noms de lieux et d'individus que je cite depuis ma résurgence n'évoquent rien. Devant mon obstination à désigner des endroits précis, ils doutent parfois d'eux-mêmes. En revanche, d'apparentes inexactitudes renforcent leur incrédulité. Ainsi, je fais inlassablement allusion à des procès; or aucun procès de ce genre n'est en cours ni en perspective. Au fond, je suis persuadé qu'eux et moi nous sommes également indécis et troublés. Eux, ne réussissent pas à m'identifier et à expliquer ma présence; moi, je ne sais pas où je suis. Je me suis habitué à ce climat d'incertitude et me suis résolu à écrire. J'espère avoir la force de pousser jusqu'au bout mon ouvrage. Ce qui me réconforte, c'est que l'extrême perfectionnement technique que je côtoie ne paraît nullement entamer l'importance de la création d'un livre. Ou ces gens me mentent et m'abusent, ou écrire semble les transporter. D'où vient qu'ils attribuent tant de valeur à un acte solitaire si peu productif? Peut-être l'apprendrai-je avant que la mort enfin ne me saisisse à la dernière ligne, au terme d'un effort ultime pour chanter la péroraison.

La nuit où je fus entraîné au bar par le patron de la société multinationale qui m'employait, je me souviens que, vers 1 h du matin, Mᵐᵉ Musterffies prit congé de nous et monta se coucher. Nous avions bu du whisky et, comme pour saluer le départ de sa femme, le vice-président commanda du champagne. C'est que, entre notre départ du domicile de Saint-Ramé et 1 h du matin, les rapports s'étaient détériorés entre les époux américains. Il semblait que la crise dont avait été victime Betty Saint-Ramé eût remué de mauvais souvenirs dans le ménage Musterffies. Madame avait bu de nombreux alcools, son mari aussi, et ils en vinrent à commenter ce dîner avec aigreur, sous l'œil impassible de Bernie Ronson, leur compatriote, l'œil de Des Moines, qui, lui, était resté sobre. Je comprenais moins bien leur langue hachée et argotique. Musterffies reprochait à sa femme l'éducation de leurs enfants et soutenait, légèrement ivre, qu'il devait en être de même chez les Saint-Ramé. Henri, gros travailleur, homme irréprochable à tous égards, s'était reposé sur sa femme, ce qui était naturel, pour élever leur fille unique; et voilà ce que ça donnait! rugissait le chef du trust, le visage congestionné. Ce médecin n'avait vu qu'une partie de la vérité, il aurait dû tancer Mᵐᵉ Saint-Ramé et lui dire : « Madame, si votre mari dirigeait sa firme comme vous avez élevé sa fille, eh bien, il s'ensuivrait une baisse puis une disparition des profits, un ralentissement puis un arrêt des investissements, un recul de la production, une chute des ventes, l'irruption du chômage, la hausse des prix, la perte des marchés sous-développés envahis par les Japonais, les Russes et les Allemands, l'effondrement des valeurs mobilières, l'écrasement du dollar et la mort de l'Amérique! »

J'étais embarrassé par cette tonitruante tirade qui avait attiré près de nous quelques riches noctambules appâtés par un industriel américain à moitié ivre et peut-être sur le point de livrer des secrets. C'est alors que Mᵐᵉ Musterffies, outrée, nous avait abandonnés. Nous restâmes donc tous les trois et on nous apporta du champagne.

— Vous verrez, mon vieux, disait Musterffies en me tapant sur l'épaule, un jour les Russes exigeront plus de cochons et de bœufs de leur gouvernement; et, quand leurs magasins seront pleins, leur système s'écroulera sous le poids des appétits des ménagères d'Ukraine et de Géorgie! C'est le président des États-Unis lui-même qui me l'a affirmé; pas vrai, Ronson?

— Absolument exact, répondit celui-ci, toujours impassible.

J'étais intrigué par la personnalité de ce Ronson. Il portait le titre officiel de délégué de Des Moines en France. Chaque pays autre que l'Amérique du Nord devait en effet adjoindre à son état-major national un délégué américain. Ils étaient en général à l'image de Ronson : froids, courtois, discrets. Dans certains cas, ils parlaient la langue des pays où on les envoyait, fait exceptionnel pour les Américains de cette époque. Que faisait Ronson? Le bruit courait qu'il expédiait deux fois par an des rapports secrets à Des Moines sur les dirigeants Saint-Ramé et Roustev, sur la situation politique et, surtout, économique de la France, sur les activités de la concurrence et les projets de l'État. A la vérité, Ronson entretenait des liens étroits avec les membres de cabinets de trois ou quatre ministères (Économie et Finances, Affaires étrangères, Information), quelquefois avec les ministres et de hauts fonctionnaires. Ses relations avec l'ambassadeur des États-Unis en France et avec la plupart des ambassadeurs occidentaux à Paris étaient notoires, réputées pour leur chaleur et leur fréquence. Partout, dans la capitale française, Ronson promenait sa silhouette carrée, son cou épais, ses yeux bleus minuscules, et, prétendaient les mauvaises langues, ses fausses lunettes. Nous avions à peine vidé la bouteille de champagne que Musterffies fut secoué d'une crise d'hilarité, ce qui ne modifia pas pour autant l'attitude de Ronson mais, en revanche, accrut mon embarras. La tête alourdie par une consommation exagérée d'alcool, j'avais du mal à garder les idées claires. Je frémis en songeant au sort que les puissants personnages réservaient à ceux des subalternes qui avaient été les témoins de leurs frasques ou de leurs écarts. En politique, on les ramassait souvent dans les fossés, ou défigurés sur les grèves désertes.

— Ah! çà, hoquetait Musterffies, les Français, vous ne changerez jamais! Un rouleau, une fêlure, et tout ça chez nous, à Paris, chez Rosserys & Mitchell! Et moi, je saute dans un avion à Londres pour écouter ça! D'un autre côté, c'est magnifique! Ce n'était jamais arrivé, ni chez nous, ni chez les concurrents! Une fêlure! Mais ça va peut-être faire tomber tout ça! Heureusement, il y a les usines! Je suis sûr que, dans toutes nos firmes du monde, nous pouvons supprimer le siège! Ce qu'il faut, c'est l'acier, la fonte, les peintures, le pétrole!

Nous avons les meilleurs tracteurs de la planète! Alors la fêlure, ça ne va pas nous empêcher de dormir! Et puis ce mort, c'est lui qui vous inquiétait, je crois; qu'est-ce que c'est, déjà, ce mort? On m'a parlé d'un mort chez Rosserys & Mitchell-France, pas à vous, Ronson?

— Si; c'est un cadre qui est mort: Arangrude; il allait être nommé directeur du *marketing;* il s'est tué avant-hier soir en voiture.

— Mais que diable m'a raconté Saint-Ramé à ce sujet... Où est-il, en ce moment, ce cadre mort?

— Chez lui, monsieur.

— Ah, j'y suis! Les cadres veillent leur collègue mort! Mais nous devons y aller, sacrebleu! Je suis de passage à Paris et je suis certain que, si j'y vais, ce sera d'un excellent effet sur les collaborateurs! Vous vous rendez compte, Ronson? Adams J. Musterffies en personne au chevet du directeur de *marketing* mort! Croyez-vous que le vice-président de Romney & Proudy se déplacerait lui-même pour veiller le directeur du *marketing* de sa firme française? Après tout, Ronson, qu'est-ce qu'un directeur du *marketing?* Vous et moi l'avons été dans notre jeunesse, et encore en ce temps-là le *marketing* était-il à inventer! Mais nous savons bien, nous, pas vrai Ronson, ce que c'est? Vous vous souvenez?

Musterffies dut ranimer des souvenirs prodigieusement comiques, car son hilarité devint contagieuse; même Ronson ébaucha un large sourire à cette réminiscence. Quant à moi, imaginant la confusion que provoquerait Musterffies débarquant dans cet état chez la pauvre veuve, j'en fus, disons, dessoûlé. Je cherchai désespérément le regard de Ronson qui, lui, était en mesure d'exercer une influence sur le vice-président et de l'inciter à renoncer à cette folle expédition. Mais Ronson se montra impitoyable. Si Musterffies, maintenant plus qu'éméché, s'entêtait, ma situation au sein de l'entreprise serait sérieusement compromise. Quel scandale! Du coup, mon esprit redevint clair et je vis se dessiner le scénario de mon licenciement : ayant pris seul l'initiative d'organiser une veillée funèbre au domicile du cadre décédé Arangrude, j'y avais emmené le vice-président international de notre société non sans l'avoir au préalable copieusement imbibé d'alcool en le traînant dans le « gai Paris » à l'issue d'un dîner chez le directeur général. Ce faisant, j'avais trompé la confiance de tous : celle de Mme Arangrude, ulcérée d'accueillir chez elle un énergumène dont désormais le rang lui était indifférent; celle des cadres, furieux d'être tombés dans une sordide embuscade; celle de l'état-major de Des Moines, qui ne me pardonnerait pas d'avoir abusé de la cordialité de l'un de ses membres; celle, enfin, de Musterffies, qui n'oublierait pas de me couvrir de reproches. Le vice-président nous invita à nous presser de façon à ne pas arriver trop tard chez Arangrude. Je fis alors deux tentatives afin d'assurer ma sauvegarde.

— Et si vous acceptiez, monsieur, que je vous offre à mon tour une bouteille?

— Non, non, mon vieux, ici c'est moi qui paie! cria-t-il, allons, dépêchons-nous, j'avais oublié ce mort, un de nos meilleurs cadres! Si nous attendions davantage, nous serions incorrects! » Sur ces mots, il se leva en titubant un peu.

— C'est que, balbutiai-je, je ne suis pas sûr de me souvenir de l'adresse.

— Eh bien, passons d'abord la prendre à votre bureau.

— D'accord, dis-je, d'une voix défaite.

Nous sortîmes : Musterffies, la démarche mal assurée mais ravi, Ronson imperturbable, et moi angoissé. Le vice-président héla un taxi à qui je lançai l'adresse : au coin de la rue Oberkampf et de l'avenue de la République, non loin du cimetière de l'Est.

Le taxi nous déposa près du cimetière. Durant le trajet, le chef américain n'avait cessé de répéter l'entrée qu'il se proposait d'effectuer au domicile de Mme Arangrude. Ronson était sorti de sa réserve pour le dissuader, quand même, de disposer les cadres de part et d'autre de l'escalier. Moi, je refoulais péniblement une violente contrariété. J'avais retardé cette impudente expédition en prétextant ne pas détenir l'adresse du cadre défunt. Et je me torturais la cervelle pour inventer une astuce permettant d'utiliser ce répit et de ramener Musterffies à son hôtel. Rue Oberkampf, j'eus une lueur d'espoir lorsque le vice-président manifesta le désir de visiter le cimetière. Je calculai aussitôt qu'il en aurait pour la nuit et finirait par s'endormir sur une tombe. Nous marchâmes donc vers l'entrée qui était fermée. Moi, j'en connaissais une autre, fermée elle aussi mais facile à ouvrir. Sous ma conduite, nous nous dirigeâmes vers l'ouest. Tandis que nous longions le mur, j'entendis un bruit montant d'un caveau imposant érigé à une dizaine de mètres. « Halte », soufflai-je, et nous écoutâmes. Le bruit se reproduisit plus loin mais plus net. Il n'échappa point à Ronson qui, à cet instant, leva le doigt. Musterffies demanda la permission d'uriner, ce qui lui fut accordé. Ronson saisissait-il ma manœuvre ? Avait-il compris qu'en choisissant de marcher à l'air frais de la nuit j'escomptais réveiller le bon sens de Musterffies et le détourner de son projet ? Je ne sus le diagnostiquer. Ce qui est sûr, c'est qu'il ne fit rien pour entraver mes efforts ou compromettre mes chances de succès. Nous repartîmes, et c'est en passant juste sous le caveau que le bruit parvint une nouvelle fois à mes oreilles. Musterffies l'entendit. Il chuchota : « Il y a quelqu'un là-dedans. » Qu'il ait chuchoté plutôt que crié me rasséréna quelque peu. Un homme ivre parle toujours trop fort. Encore un kilomètre, pensai-je, et il sera dessoûlé.

— Ce doit être un chat, dis-je.

— Un chat dans le caveau ?

— Non, à l'extérieur, il a dû renverser un pot de fleurs ; le Père-Lachaise est réputé pour le nombre de chats qui y circulent la nuit.

— Ça, je ne le savais pas, murmura Musterffies.

Ce bref échange m'encouragea et je pressai le pas. Un quart d'heure plus tard, Musterffies s'arrêta brusquement et dit :

— Bien, maintenant j'ai assez marché ; je me sens beaucoup mieux ; je vous remercie de cet excellent exercice ; revenons rue Oberkampf pour y prendre l'adresse de ce cadre mort ; la nuit est avancée et, si nous tardons davantage, nous arriverons à la mise en bière.

Stupéfait, je restai silencieux de longues minutes. Il n'avait donc pas été abusé. Son observation était-elle pour moi amène ou menaçante ? Est-ce parce qu'il prévoyait cela que Ronson, ami de vingt ans de Musterffies, ne s'était pas inquiété ? Nous refîmes le chemin en sens inverse. Et je ressentis une fatigue physique et nerveuse. Je récapitulai ma journée et les événements se brouillèrent. J'avais bu moi aussi, modérément mais plus qu'à l'habitude. J'avais endossé à peu près toutes les décisions qui s'étaient imposées. Une furieuse envie de dormir m'assiégea et je pris à mon tour la place de celui qui traînait. Une exclamation de Musterffies me fit sursauter : « Nous y voilà ! »

Nous étions avenue de la République. Là-bas, très loin, je distinguai l'imposante masse scintillante de l'immeuble de verre et d'acier. Musterffies avait retrouvé ses forces et sa lucidité. Je le suivis péniblement. Des idées saugrenues heurtaient de temps à autre mon front comme les vagues des récifs : était-ce parce qu'il supportait la veille et les boissons mieux que moi qu'Adams J. Musterffies gouvernait à Des Moines? Ronson était-il un agent secret de la CIA? Betty Saint-Ramé était-elle morte? Fallait-il que les cadres se postassent dans l'escalier ou devant la porte de l'ascenseur?

— Eh, monsieur le Directeur adjoint des Relations humaines, ma parole, vous dormez en marchant, ça ne va pas? Nous arrivons; et je vous ai posé une question!

— Excusez-moi, j'ai eu un coup de fatigue.

— Alors, qu'en pensez-vous : faut-il que les cadres se postent dans l'escalier ou devant la porte de l'ascenseur?

— Comment? Vous m'avez posé cette question?

— Il faut vous réveiller, mon ami, je vous l'ai même posée deux fois.

— Ah, dis-je, nerveusement choqué, vous pensez vraiment qu'il faut les aligner?

— Pas pour me présenter les armes, bien sûr; mais, si eux me connaissent au moins de vue, moi je ne les connais pas du tout : où ferez-vous les présentations? Dans l'appartement du cadre mort? Ce ne serait pas convenable, voyons! Je ne vois pas ce qui vous tracasse?

— Rien, monsieur, simplement, je n'avais pas pensé à ça.

— Alors, comment entre-t-on dans cette diable de boîte? » demanda Musterffies en tapant des deux poings sur le verre incassable et ceinturé d'acier de la porte. « Un gardien est là, je suppose?

— Oui, dis-je, ils sont même nombreux.

J'appuyai sur le bouton avertisseur.

— Ouvrez-nous! criai-je, vous me reconnaissez? Et le monsieur que voilà est vice-président de la compagnie!

— Ah, vous venez aussi pour la veillée? s'enquit l'un des gardiens en déverrouillant la porte.

— Quelle veillée?

— La veillée funèbre.

— Oui, mais comment le savez-vous? demandai-je, subitement réveillé.

— C'est qu'ils sont déjà là depuis au moins deux heures.

— Qui est là?

— Eh bien, les employés... le catafalque est dressé dans le grand hall.

— Qu'est-ce qu'il dit? s'informa Musterffies.

Je traduisis ces invraisemblables propos.

— Entrons, dit Ronson doucement, nous verrons bien.

Nous escaladâmes le monumental escalier de marbre et nous débouchâmes sur le grand hall. Le spectacle qui s'offrit alors à nos yeux me parut irréel. Au centre de ce large espace s'élevait un catafalque encerclé d'impressionnants candélabres. Autour, silencieux, immobiles, je reconnus Brignon, Portal, Chavégnac, Fournier, Sélis, Le Rantec et leurs femmes; puis Samueru, Yritieri, Abéraud, Terrène et Vasson; puis, Roustev et sa femme Rosine Antémès. Et, massés à l'arrière-plan, Rumin et une cinquantaine de militants. Isolée au pied du catafalque : Mme Arangrude. Ils étaient tous assis dans des fauteuils rouges. Je contemplai, sidéré, cette étrange cathédrale. L'image de la mort bivouaquant en pleine nuit au rez-de-chaussée du siège de la filiale française de Rosserys & Mitchell-International dansa devant mes yeux écarquillés et douloureux. Je battis des paupières et perdis connaissance.

IX

Lorsque je revins à moi, j'étais dans mon bureau. Musterffies, Ronson, Roustev, Rumin et l'un des gardiens de l'immeuble m'entouraient.

— Que s'est-il passé? demandai-je d'une voix faible.

— Mon pauvre, dit Ronson, vous vous êtes écroulé en haut de l'escalier, sans doute à cause de la fatigue et de l'émotion. Vous vous êtes blessé à la tempe.

— A la tempe? répétai-je, reprenant peu à peu mes esprits; portant la main à ma tête, je sentis un pansement.

— Ce n'est pas grave, dit Musterffies, mais vous avez encaissé un rude choc à la tempe droite; grâce à ce monsieur, ajouta-t-il en désignant Rumin, nous avons déniché la pièce à pharmacie de l'entreprise et on vous a enroulé une bande Velpeau autour du crâne; tenez, buvez ça, ça réveille.

Il me tendit un gobelet de whisky et me força à l'avaler. Ma tête était lourde, mais je ne souffrais pas. Cette bande Velpeau me rappela Arangrude : ainsi, je lui ressemblais maintenant. Cette pensée me fut désagréable.

— Je suis resté combien de temps évanoui?

— Une vingtaine de minutes, dit Rumin.

— Pourquoi et comment êtes-vous venus ici? demandai-je.

— Saint-Ramé a eu l'idée, expliqua Roustev, il a envoyé les Pompes funèbres aux frais de l'entreprise et ils se sont occupés de tout.

— Qui a prévenu le personnel?

— Saint-Ramé également, dit Rumin, et il a eu raison.

— Je ne vous avais jamais dit que j'étais contre, soupirai-je.

— Vous sentez-vous suffisamment rétabli pour assister à la réunion? s'enquit Musterffies.

— Quelle réunion?

— Saint-Ramé, Ronson, Roustev, ce monsieur Rumin et moi-même allons nous réunir pour étudier les faits; nous attendons Saint-Ramé, qui a passé la moitié de la nuit à l'hôpital, il ne va pas tarder.

— Je me sens bien, dis-je; dans un quart d'heure, ce sera parfait.

— Reposez-vous encore, nous, nous redescendons dans le hall pour veiller autour de ce catafalque puisqu'il est là... et Musterffies eut un geste fataliste.

— Dès que Saint-Ramé est là, on passe vous prendre; voulez-vous que j'éteigne la lumière?

— Non, dis-je précipitamment, non, laissez allumé.

Ils s'en furent. Je me levai, ouvris la porte de mon bureau, marchai vers les toilettes et me regardai dans la glace. Ils m'avaient affublé d'une énorme bande Velpeau arrangée un peu n'importe comment. Excepté une pâleur extrême de mon visage et cette espèce de turban, je me trouvai normal.

Je m'aspergeai d'eau fraîche et regagnai mon bureau. Saint-Ramé avait-il vraiment donné ces instructions? Voilà qui me paraissait assez peu vraisemblable. Enfin, il s'expliquerait lui-même. Ce qui me gênait, c'était la présence de Rumin dans cette réunion. Si celle-ci se déroulait normalement, ce n'était pas très grave. Mais si, au contraire, nous constations que depuis trente-six heures l'entreprise était le théâtre d'agissements bizarres et non identifiés, Rumin n'hésiterait pas à exiger une commission d'enquête interne légalement constituée, c'est-à-dire avec lui; en ce cas, j'étais incapable de prévoir ce à quoi nous aboutirions. Rumin alerterait à coup sûr les salariés du siège et, au besoin, les ouvriers des usines si le cours des événements lui paraissait scabreux et dangereux pour la sécurité de l'emploi. Or j'étais convaincu qu'il fallait éviter cela. Le malheur, c'est que l'affaire du rouleau, la fêlure et les effets extraordinaires de la mort d'Arangrude engendraient une confusion, une panique potentielle sur lesquelles la direction n'avait pas plus de prise que le personnel. Il devenait donc urgent, soit, s'il y avait agression, de démasquer le ou les agresseurs, soit, s'il n'y avait pas agression, de réduire les incidents en les démystifiant, d'en rire et surtout de faire rire l'entreprise. J'en étais là de mes cogitations quand la porte s'ouvrit. Ronson m'annonça que la réunion commençait dans le bureau de Saint-Ramé. J'avais retrouvé mon sang-froid et mon équilibre. Je consultai ma montre : 4 h 30. Bientôt, 1 100 personnes envahiraient l'immeuble. Notre réunion devait absolument aboutir à une décision intelligente. A défaut de quoi, l'hystérie déferlerait sur la compagnie Rosserys & Mitchell-International.

D'emblée, la réunion prit un style et une tournure qui me déplurent et me firent mal augurer de son efficacité. Il ne m'échappait pas que la présence d'un responsable syndical interdisait la connivence, voire la familiarité qui règnent fréquemment dans les conseils suprêmes de direction, je parle des vrais conseils, et non de ceux qui rassemblent au sein de pseudo-assemblées de direction les cadres supérieurs et leurs directeurs. Je comprenais que Saint-Ramé fût énervé de devoir constater le dérapage d'incidents en eux-mêmes mineurs, de constater aussi que, par le truchement de Rumin, le personnel y était mêlé d'aussi près. De là à nier la réalité, à se comporter comme si l'on se préparait à discuter un train d'augmentations de salaires, il y avait un pas que je jugeai maladroit de franchir. Le directeur général offrit de lui-même une image compassée et ouvrit la réunion par ces paroles :

— Monsieur le Président, messieurs, je vous propose de remettre à plus tard les éclaircissements que la situation exige et d'adopter tout de suite les mesures concernant les obsèques d'Arangrude. En ce moment, ses collègues, une délégation du personnel, sa veuve et son corps sont en bas, dans le hall, à quoi il convient d'ajouter le matériel funèbre. J'ai pu, en arrivant, m'entretenir brièvement avec Mme Arangrude; sa famille et celle du défunt seront à Paris ce matin. Les obsèques sont prévues demain matin en l'église de Saint-Cloud. J'ai décidé que notre firme en supporterait les frais, et je suis certain que vous n'objecterez pas à cette décision. D'autre part, comme il n'est pas possible de laisser le catafalque dans le grand hall toute la journée, j'ai pris les dispositions nécessaires pour que, ce matin à 6 h 30, les services des Pompes funèbres viennent reprendre le cercueil, le catafalque, les candélabres et les fauteuils et réinstallent le tout dans l'un de leurs salons funéraires. Là encore, notre firme paiera. Ces décisions seront communiquées aux personnes présentes en bas dès la fin de notre réunion. Enfin, je vous propose de nous revoir cet après-midi à 15 h pour examiner divers aspects de la vie de notre entreprise telle qu'elle s'est déroulée depuis hier matin. Messieurs, c'est tout ce que j'avais à vous dire.

Ce monologue appelle de ma part deux commentaires. D'abord, il ne faut pas s'étonner du caractère personnalisé, un peu dictatorial, de cette déclaration effectuée pourtant en présence d'un homme, Adams J. Musterffies, plus élevé que Saint-Ramé dans la hiérarchie. Le directeur général connaissait par cœur ses patrons américains, et ce qu'il redoutait le plus c'était d'engluer un membre de l'état-major de Des Moines dans cette sombre histoire. En s'exprimant de la sorte, il confinait Musterffies dans un rôle lointain de super-observateur, de façon que Rumin ne puisse profiter de l'aubaine de cette auguste présence pour fabriquer un scandale international et qu'à Des Moines on sache bien que Musterffies, de passage à Paris, avait à peine été effleuré par cette ridicule affaire. Imaginez un patron inaugurant une usine sous la pluie, trébuchant et chutant dans la boue? A choisir, ne vaut-il pas mieux qu'il y soit poussé par un subalterne sur qui retombera la faute et l'indignité? Mon deuxième commentaire touche à la tactique adoptée par le directeur général. L'alternative était la suivante : ou il arrivait à la hâte, non rasé, accablé de soucis privés et professionnels, englouti dans l'imbroglio, et il disait : « Messieurs,

66

je ne suis pas en présence d'une crise normale et nous sommes tous logés à la même enseigne. Je vous saurais gré d'expliquer à tour de rôle votre présence ici et celle de ce catafalque. Je vous préviens cependant qu'en tout état de cause nous devrons prendre des mesures rapides avant la levée du jour et l'heure d'ouverture des bureaux. » Ou alors il optait en faveur d'une attitude classique pour affronter une situation qui ne l'était pas, ce qu'il fit. Cette nuit-là, Saint-Ramé ne manqua ni de courage ni de caractère, mais il présida cette réunion comme si l'on avait interrompu son sommeil en lui annonçant que les ouvriers occupaient le siège social. Aujourd'hui, je sais pourquoi, mais il est si tard. Ce qui devait se passer se passa. Rumin éberlué demanda :

— Monsieur, je suis bien d'accord avec vous pour restituer le grand hall à sa destination, mais j'ai l'impression que quelque chose m'échappe, qu'on me cache la vérité; qu'entendez-vous par : divers aspects de la vie de l'entreprise depuis hier matin?

— Écoutez, mon cher Rumin, l'heure ne se prête pas à des discussions, je vous promets d'y consacrer l'après-midi.

— Je n'ai pas l'intention de discuter maintenant, monsieur, mais comment pourrais-je participer à un débat que je n'aurais pu préparer alors qu'au contraire vous avez, vous, tout le temps d'y réfléchir? Qu'est-ce qui semble gêner tout le monde ici! ajouta-t-il en s'enflammant, c'est quand même curieux et je n'y mets pas de mauvaise volonté! M. Arangrude s'est tué et j'ai demandé et obtenu que le personnel soit représenté à la veillée funèbre; ça peut se discuter, mais la veillée aussi peut se discuter! Si les rapports étaient meilleurs entre les syndicats et la direction, je ne serais pas ainsi à l'affût! Mais je suis obligé d'être vigilant. Avez-vous déjà vu à Paris des cadres veiller un collègue mort? Non? C'était donc troublant. Il était normal de m'inviter. D'ailleurs, vous-même m'avez informé du contrordre en m'expliquant que, veiller pour veiller, autant valait que ce fût dans l'entreprise car l'appartement de Mme Arangrude était trop petit. Tout ça est un peu curieux mais pas dramatique! Les deux seules choses qui soient vraiment tragiques, conclut Rumin, c'est d'abord que M. Arangrude soit mort, et qu'il soit cadre supérieur n'empêche pas que ce soit triste, et ensuite qu'on se méfie sans cesse du personnel que je représente.

Saint-Ramé dut alors comprendre qu'il s'était trompé de tactique.

Je lus sur son visage la fatigue et l'accablement qu'il avait essayé de dissimuler. Il regarda longuement Rumin et dit dans un silence pesant :

— Rumin, je ne vous ai pas appelé.

— Comment! sursauta le syndicaliste outré, j'ai moi-même répondu au téléphone!

— Sans doute, Rumin, sans doute, mais ce n'était pas moi... quelqu'un a dû contrefaire sa voix et imiter la mienne.

— Ah, dit Roustev, insensible au désarroi général, c'est par là qu'il fallait commencer; si je comprends bien, nous avons participé à une mascarade; parce que, à moi aussi vous avez demandé de venir ici.

Saint-Ramé écarta les mains, puis les joignit en signe d'impuissance. Paraissant se souvenir d'une anomalie, il se tourna vers moi :

— Mais vous, messieurs Musterffies et Ronson, on vous a téléphoné aussi?

— Non, répondis-je, non, c'est par hasard... je voulais éviter... enfin, nous nous préparions à nous rendre à Saint-Cloud mais j'avais oublié l'adresse... Alors, M. Musterffies a proposé qu'on passe d'abord à mon bureau pour la prendre.

Saint-Ramé parut très intrigué. On l'aurait été à moins, c'est pourquoi je ne m'offusquai pas de l'entendre reposer la question à Musterffies. Celui-ci confirma ma version et en profita pour se faire traduire l'essentiel des propos de Rumin. Il hocha longuement la tête et s'absorba dans une méditation. Peut-être cherchait-il dans son riche passé un événement semblable? Mais cette fois il ne s'adressa pas à Ronson en s'écriant : « Ah, Bernie, ça me rappelle cette aventure à Santiago du Chili quand nous avions obtenu l'achat à tempérament de tonnes et de tonnes de cuivre! Pour presque rien! Vous vous souvenez, Bernie? » Au contraire, il commença à dévisager chacune des personnes présentes avec intérêt. Ronson se pencha à l'oreille de Saint-Ramé, lequel déclara aussitôt : « Messieurs, à cet après-midi. »

Nous nous levâmes. Rumin et moi nous prîmes le même ascenseur et nous descendîmes sans échanger une parole. J'informai les cadres, et lui, le personnel, des décisions qui venaient d'être adoptées. Le chef syndicaliste me tendit la main en me regardant droit dans les yeux :

— A tout à l'heure, dit-il, j'espère que vous pourrez participer à cette réunion sans bandeau.

J'avais oublié le bandeau. Je compris pourquoi Mme Arangrude m'avait examiné, quelques minutes plus tôt, d'un regard apeuré. Les employés des Pompes funèbres firent diligence. A 6 h 30, le hall était vide. Seul à l'endroit où s'était dressé le catafalque, je réfléchis sur ce que je pourrais entreprendre en attendant 9 h. Dormir? Le temps de rentrer chez moi et il serait 7 h : je devrais me réveiller une heure et demie plus tard. J'étais pourtant bien las. Une voix venant de derrière un pilier me fit sursauter. C'était Saint-Ramé. Il s'approcha de moi et me dit gentiment :

— Allez chez vous, reposez-vous, dormez jusqu'à midi; on n'aura pas besoin de vous avant; et changez votre pansement.

Pour ne pas être en reste, je lui demandai :

— Comment va votre fille?

— Beaucoup mieux, merci. » Puis il ajouta, la voix légèrement tremblante : « Beaucoup mieux que nous, en tout cas.

— Que voulez-vous dire, monsieur?

— Vous le savez bien; tenez, avant de partir, dites-moi : connaissez-vous quelqu'un dans notre entreprise qui soit capable d'imiter ma voix? » J'eus une moue dubitative. « En tout cas poursuivit-il, voilà qui désormais restreint les recherches : celui qui a écrit cette imprécation me côtoie assez pour m'imiter parfaitement.

— Une imprécation? m'étonnai-je.

— Oui, ce texte est une véritable imprécation en dépit de ses apparences; il est chargé de mort. Le plus dur, c'est que nous l'avons sans doute pour une part mérité; croyez-moi, j'y ai songé, nous avons chez nous un imprécateur.

Il me salua et disparut, le dos courbé, au fond du hall. Je demandai au gardien-chef de m'appeler un taxi. Le jour se levait quand, m'étant débarrassé de cette bande Velpeau, je m'enfouis sous les draps. Et, brusquement, l'idée me vint de consulter le dictionnaire : c'était quoi, au juste, un imprécateur?

Je sautai du lit, courus à ma bibliothèque. Voici ce que je lus : *Imprécation : malédiction. Figure de rhétorique qui consiste à souhaiter des malheurs à ceux de qui ou à qui l'on parle. — Imprécateur : personne qui profère des imprécations.*

— Malédiction, murmurai-je avant de m'endormir.

X

Ce jour-là, j'arrivai à mon bureau vers 14 h 45. A 15 h, je montai chez Saint-Ramé. Ronson, Rumin et Roustev étaient déjà là. Saint-Ramé me sourit et m'invita à prendre place à sa gauche. Cette place était pour moi si inhabituelle que les vieux routiers de la firme, Rumin et Roustev, froncèrent les sourcils. Le directeur général prit la parole :

— Messieurs, Adams J. Musterffies nous rejoindra dans une heure; cette fois, à ma demande, sa présence sera officielle. Je crois que notre entreprise est l'objet, ces temps-ci, de manœuvres et de facéties visant à détourner les collaborateurs de leur travail. Cette nuit, par exemple, nous avons été abusés dans des circonstances qui auraient requis de la solennité et du recueillement. Je suis content de voir le personnel associé à sa direction en cette occasion, et je salue M. Rumin ici présent. Le directeur adjoint des Relations humaines va nous exposer en détail ce qui s'est produit chez nous depuis hier matin.

Je fis alors une excellente rétrospective. Pendant celle-ci, Rumin n'avait cessé de prendre des notes. Roustev avait lui-même écrit quelques lignes. Saint-Ramé reprit la parole :

— Je remercie monsieur le Directeur adjoint des Relations humaines pour la concision mais aussi la chaleur de son exposé. Deux possibilités s'ouvrent maintenant à nous : ou MM. Roustev et Rumin complètent ce récit en nous racontant comment ils ont été convoqués en pleine nuit au siège de l'entreprise, ou l'un d'entre vous souhaite poser des questions tout de suite; que préférez-vous?

Roustev déclara que la procédure lui était indifférente et qu'il aurait en effet de multiples questions à poser. Rumin se trémoussa sur sa chaise, signe que la situation le passionnait, ce qui m'inquiéta quelque peu.

— Je voudrais, dit-il d'une voix assurée, éclaircir certains points : de toute façon, ce que je pourrai compléter dans le récit qu'on vient d'entendre se réduit à peu de chose; M. Saint-Ramé ou, d'après ce que j'ai cru comprendre, quelqu'un qui imitait sa voix, m'a téléphoné pour me prévenir que la veillée se ferait dans le hall de l'entreprise et qu'elle commencerait à 11 h. J'eus un mal fou à toucher les militants que j'avais convoqués en fin de journée et qui s'étaient donné rendez-vous à Saint-Cloud. Je fus obligé d'en poster un à la porte de l'immeuble de Mme Arangrude. C'est tout ce que je puis dire, et j'espère, ajouta-t-il d'un ton plein de sous-entendus, que les dirigeants de l'entreprise seront en mesure de nous renseigner davantage : car le personnel finira par ne plus rien comprendre à ce qui se passe. Mais voici les points sur lesquels je voudrais être éclairé : si j'ai bien suivi, dit-il en s'adressant à moi, vous avez vu hier matin M. Saint-Ramé à deux reprises — une fois au sujet de la mort d'Arangrude, une autre au sujet du rouleau; je voudrais donc savoir si vous liez les deux affaires et si vous considérez qu'en définitive la distribution de ce rouleau est plus importante que le décès du cadre. Un deuxième point obscur, bien que vous l'ayez expliqué, c'est votre arrivée rue Oberkampf. Il est incroyable que le hasard d'une adresse à rechercher vous ait conduit tout droit là où nous étions, autour du mort! Enfin, j'estime indispensable que Mme Arangrude, malgré l'épreuve qu'elle subit, vienne témoigner elle-même de ce qui s'est passé puisqu'elle est au centre de ces incidents.

Rumin, extrêmement satisfait, croisa ses jambes et alluma une cigarette. A cet instant, la porte s'ouvrit et Musterffies apparut. Les participants se levèrent et présentèrent leurs respects au vice-président. Celui-ci apaisa d'un geste paternel l'agitation soulevée par son apparition et la réunion reprit. Saint-Ramé fit à l'intention de Musterffies l'affreux et traditionnel résumé de « ce qui a été dit avant » qu'on présente rituellement aux chefs tout-puissants qui viennent en retard aux réunions de leurs collaborateurs. L'Américain remercia d'un sourire inexpressif. Et, soudain, il signifia qu'il allait parler. Il tint à Saint-Ramé un long propos au sujet de Rumin et que le directeur général résuma ainsi au chef syndicaliste : « Monsieur Rumin, j'ai résumé à M. Musterffies les questions que vous avez posées; le président pense que vous avez parfaitement raison de les poser, et il vous en félicite. Il ajoute qu'il est indispensable d'envoyer chercher immédiatement Mme Arangrude. » Sur ce, Saint-Ramé appela sa secrétaire et la chargea d'envoyer son chauffeur à Saint-Cloud. Après quoi, le directeur général reprit la parole en français :

— En attendant, je puis quand même vous répondre, monsieur Rumin, sur la plupart des points que vous avez abordés. Voici mon emploi du temps de la nuit précédente : j'ai eu à dîner M. Musterffies et sa femme, M. Ronson, notre directeur ici présent. Nous avons discuté de l'organisation des obsèques de notre cadre décédé, puis, en effet, de l'origine possible du rouleau. Vers minuit, mes invités ont pris congé et je me suis couché. J'ai été réveillé plus tard par M. Roustev, qui s'étonnait de ne pas me voir à la veillée funèbre du grand hall. Je fus vraiment stupéfait. Je me suis habillé à la hâte et me suis rendu rue Oberkampf. Maintenant, les curieux mouvements qui entourent la mort d'Arangrude et l'existence de ces rouleaux ont-ils un lien? C'est ce que j'ignore, monsieur Rumin, et je compte tout particulièrement sur vous pour nous édifier dans les jours qui viennent.

— Que voulez-vous dire? demanda Rumin, sur ses gardes.

— Simplement que votre qualité vous permet de recueillir plus facilement que nous des informations et...

— Mais je ne suis pas un espion, monsieur!

— Ne vous emportez pas, Rumin, il ne s'agit pas d'espionner mais d'unir, en ces circonstances troublantes, les efforts du personnel et ceux de la direction; cela dans l'intérêt de tous; nous ne devons pas attribuer à ces rouleaux plus d'importance qu'ils n'en ont, mais nous serions irresponsables de traiter ce problème à la légère.

— Puis-je parler, maintenant? questionna Roustev d'un ton amer.

— Mais certainement, André, dit Saint-Ramé.

— Voici mon opinion, déclara, sentencieux, le directeur général adjoint; il se passe ici de drôles de choses et, d'ailleurs, ce n'est pas d'aujourd'hui; j'aurais beaucoup à dire sur les erreurs commises ces deux dernières années, mais je m'en tiendrai aux événements actuels. Quelqu'un dans cette entreprise se moque du monde; il écrit un texte stupide, le fait imprimer, trouve, ce qui est quand même extraordinaire, le moyen de le distribuer la nuit sur tous les bureaux à plus de mille exemplaires et à la barbe des gardiens! Que font-ils, ces gardiens? Ils dorment? Nous devons immédiatement cesser notre collaboration avec cette compagnie de gardiennage et réclamer des compensations. Ensuite, cet individu imagine un scénario macabre, profite de la coïncidence entre son projet de semer le trouble chez nous et la mort de notre cadre; il apprend qu'une veillée ridicule est organisée au pied levé au domicile de la veuve, il imite la voix du directeur général et procède en plusieurs temps : a) au nom de l'entreprise Rosserys & Mitchell, il ordonne aux Pompes funèbres d'installer dans

le grand hall un catafalque, des candélabres, des fauteuils, et d'y transporter le corps; *b*) l'individu prévient Mme Arangrude d'une pré-
tendue décision de l'entreprise selon laquelle la veillée aurait lieu rue
Oberkampf dans le but de rendre un hommage officiel et spectaculaire
au défunt; *c*) les syndicats, les cadres, moi-même sommes prévenus
de la même façon. Ce que je dis là a été vérifié par mes soins. Vous
comprenez, j'ai fait mon enquête, moi, et la veuve vous confirmera
mes propos. Dès lors, on aperçoit clairement le lien entre ces rouleaux
et cette veillée grand-guignolesque. Ce lien, c'est l'imposteur, le
semeur de troubles. Il s'agit de quelqu'un qui connaît à fond notre
maison et ses principaux responsables. Par moments, on a même
l'impression qu'il connaît les intentions des dirigeants. Nous devons
démasquer cet individu en faisant appel à une agence sérieuse de
détectives privés. Voilà une petite partie de ce que j'ai à dire. Un jour,
j'espère qu'on procédera à une analyse détaillée des carences qui ont
créé des conditions telles que l'entreprise la plus puissante que le
monde ait jamais connue a pu subitement devenir le siège d'un défoulement collectif et la scène d'un théâtre morbide et déliquescent.

Ayant dit, Roustev jeta un coup d'œil avantageux aux deux Américains, qui n'avaient pas bronché, et un regard venimeux à son rival
exécré, Henri Saint-Ramé. J'avoue sans ambages que j'étais bien loin
de me douter de la pièce renversante et implacable qui se jouait sous
mes yeux en cet après-midi truqué. La suite me sera la plus atténuante
des circonstances. Aucun esprit, si averti qu'il eût été, n'aurait rien
décelé d'inhumain ni de surnaturel. Il aurait simplement, comme moi,
noté une surprenante anomalie : André Roustev, antisyndicaliste
notoire et conservateur extrémiste, n'était pas parvenu à faire taire
ses griefs à l'encontre de son rival en présence de Rumin. D'ordinaire,
Roustev savait garder secrètes ses rancunes et ses hargnes; sa patience
et son obstination, le goût qu'il avait d'ourdir des machinations lui
avaient fait une réputation que d'aucuns appréciaient. Moins fin que
Saint-Ramé, probablement moins bon gestionnaire, il passait en
revanche à Des Moines pour un dirigeant plus brutal, hypocrite et
rusé. C'est pourquoi il était tenu éternellement en réserve et non,
ainsi que le croyaient de nombreux cadres, en raison uniquement de
sa situation familiale. Roustev abhorrait les dialogues avec les syndicats et torpillait sans cesse autant qu'il le pouvait toute tentative de
rapprochement ou de détente. Sous l'empire de quelles forces

bizarres ou en vertu de quels calculs sordides, le directeur général adjoint de Rosserys & Mitchell-France s'était-il abandonné à son ressentiment? Il me sembla que cette attitude surprit Saint-Ramé, Rumin et les Américains tout autant que moi. Saint-Ramé eut du mal à ne point se départir de son flegme légendaire, et Rumin vint certainement à son secours en parlant le premier :

— Je remercie M. Roustev d'avoir été si franc et si net. Le devoir d'un syndicaliste est de s'éloigner le plus possible des conflits de personnes, de ne se soucier que de l'intérêt de ses mandants et de celui de l'entreprise. Peu importe que la vérité sorte de telle ou telle bouche. Quelles qu'aient été et quelles que soient les divergences profondes qui séparent le personnel du directeur général adjoint, je constate que je suis d'accord avec ce qu'il a dit. En particulier, je pense moi aussi qu'une enquête doit être ouverte d'urgence; mais je suis partisan de constituer une commission paritaire. C'est sous le contrôle de cette commission qu'une agence de détectives privés pourrait remplir sa tâche. Enfin, je signale qu'un événement lui aussi survenu hier a été passé sous silence : une fêlure est apparue dans le mur du soubassement est, côté cimetière. J'en ai été alerté par hasard ce matin, et je regrette que l'information ne soit pas venue de la direction.

— Monsieur Rumin, dis-je, je vous en prie, on ne va pas s'attarder sur tous les menus incidents qui jalonnent la vie quotidienne d'une grande entreprise comme la nôtre.

— Vous appelez ça un menu incident, protesta Rumin, une fêlure de 1 m 60 de haut et de 6 millimètres de large.

— D'où tenez-vous ces chiffres? m'enquis-je, un peu démonté.

— Je les tiens du service du matériel et, qui plus est, je suis allé les vérifier moi-même.

— Hier, dis-je, la largeur de la fêlure ne dépassait pas 3 millimètres, j'ai donné instruction de convoquer l'architecte.

— Il vient en fin d'après-midi, confirma Rumin, décidément très au courant, je me suis renseigné aussi sur ce point; mais, entre-temps, la fêlure s'est élargie et l'homme que j'ai eu au téléphone n'a pas manqué de s'inquiéter.

— Que se passe-t-il? interrogea soudain le taciturne Ronson.

Je traduisis. Alors le visage de l'Américain s'anima. Il échangea de brèves paroles avec Musterffies, lequel s'adressa à Saint-Ramé d'un ton de patron. Cela aussi, c'était nouveau :

— Qu'est-ce que c'est, cette histoire de fêlure, vous étiez au courant?

— Non, répondit Saint-Ramé.

Je lui fus reconnaissant de ne pas user de cette lâche attitude adoptée par presque tous les chefs sermonnés par leurs super-chefs et se retournant lamentablement vers leurs subordonnés pour les accabler de la responsabilité en ayant l'air de dire : « Alors, mon vieux, cette histoire de fêlure? Vous avez entendu le président Musterffies? Vous le saviez, et vous ne m'avez pas mis au courant? » Au contraire, Saint-Ramé fit face :

— Mon directeur adjoint des Relations humaines a vécu une journée et une nuit éprouvantes; les événements qui se sont succédé, ne présentant aucun aspect technique, financier ou commercial, étaient tous de son ressort. Il a dû affronter tous les problèmes à la fois; du moins, en ce qui concerne la fêlure, a-t-il pris les dispositions qui s'imposaient; on ne peut lui reprocher de ne pas m'avoir informé de son existence.

— Certes, dit Ronson imperturbable, mais le fait est que cette fêlure s'élargit; qu'en pensez-vous, monsieur Roustev?

Cette invite pesait un poids immense pour quiconque était capable de déchiffrer ce que le langage d'entreprise de cette époque recouvrait de pensées et d'arrière-pensées. Et nous tous, dans ce bureau, vieux routiers des intrigues, étions dans ce cas. Le gendre de Gabriel Antémès, le rustaud, reprenait une importance en laquelle peut-être il n'espérait plus. Habile, il n'abusa pas de la situation, mais apporta néanmoins à la question une réponse qui, sous couvert de modestie, était fort pernicieuse.

— Ma foi, c'est là un bien grave problème, grogna-t-il; et, bien sûr, je n'étais pas informé; il faudrait, pour répondre, avoir étudié de près la question, mesurer cette fêlure sans parti pris, conférer sur-le-champ avec les experts: je ne vous cache pas, conclut-il, que ce fait est à mes yeux plus important que la distribution de ces diables de rouleaux et que les funérailles grotesques qu'on prépare à ce malheureux Arangrude et, croyez-moi, je le regrette autant que vous sinon plus.

Voilà qui était retors. Roustev avait interprété l'éveil verbal de Ronson avec la rapidité de l'éclair. Il avait compris que les Américains commençaient à trouver agaçants les remous entraînés par la mort de ce cadre et l'apparition de ces rouleaux. Et il allait au-devant de leurs préoccupations secrètes en déclarant que l'annonce d'une fêlure était plus alarmante que ce qu'ils devaient considérer comme des histoires de sorcières. Musterffies sut gré à Roustev de sa position, car il laissa tomber sèchement :

— Je suis d'accord avec vous, André, je crois que, vous et Henri, vous devriez vous partager la tâche; vous prendrez en main l'affaire de la fêlure et Henri supervisera les questions de rouleaux et de funé-railles.

Cette répartition des tâches parut imparfaite à Roustev qui, pous-sant cette fois cyniquement son avantage, avança :

— Je me demande si Henri aura le loisir de s'occuper seul des rouleaux; il me semble que, lui et moi, ensemble, nous devrions régler l'affaire des rouleaux, cependant que chacun de nous suivrait pour son propre compte, lui les funérailles du cadre mort, moi la réduction de la fêlure.

— Voilà! Réduire la fêlure! dit avec satisfaction Musterf-fies, c'est exactement ce qu'il faut faire; qu'en pensez-vous, Henri?

Rumin, Saint-Ramé et moi avions assisté silencieux, mais aux aguets, à cet échange à trois. Une espèce de coalition s'était établie, réunissant les Américains et Roustev; par une sorte de réaction naturelle, une autre se noua pour l'affronter : Rumin, Saint-Ramé et moi. C'est sans doute le moment de souligner combien l'attitude du directeur général était singulière pour ceux qui le pratiquaient chaque jour. Les mains jouant négligemment avec une paire de dés en ivoire, les yeux presque rêveurs, il semblait plus serein que flegma-tique. Et, répondant à Musterffies, il prononça cette phrase pour le moins inattendue :

— C'est vrai, André Roustev a raison, réduction est le mot juste; une entreprise n'est-elle pas en tout point comparable à un être humain? Il faut réduire cette fêlure comme on réduit une fracture, et je ne doute pas qu'André ne se révèle excellent médecin.

Personnellement, cette réponse m'enchanta. Faut-il préciser que la manière dont il m'avait protégé en mettant en relief la diffi-culté de ma tâche m'avait empli de reconnaissance, et même d'admi-ration? La réponse m'enchanta par son caractère imprévu et poétique, et aussi par l'usage mordant du verbe « révéler ». Roustev, s'il réduisait sa fêlure, en serait en effet à sa première opération réussie. Enfin, cette façon de répondre indirectement à la question de la répartition des responsabilités permettait de dire un oui gros d'humour et de réserve. C'était vraiment du beau travail de dirigeant de l'époque. Évidemment, cette prouesse ne passa pas inaperçue des personnes présentes qui eurent là, si besoin était, confirmation de la classe du directeur général. Rumin fixait Saint-Ramé d'un regard inquisiteur. Nul ne savait comment reprendre une conversation si brillamment interrompue, lorsque la secrétaire de Saint-Ramé entra à pas feutrés et glissa quelques mots à l'oreille de son maître.

— Qu'elle entre, dit celui-ci d'une voix forte.

Et Mme Arangrude apparut. Elle fut invitée à s'asseoir par Musterffies; puis Saint-Ramé, après s'être excusé de l'avoir dérangée, lui dit :

— Madame, pouvez-vous nous éclairer sur les conditions dans lesquelles le corps du regretté Roger fut transporté de chez vous dans le grand hall de l'entreprise?

— Oh! monsieur Saint-Ramé, je ne vous remercierai jamais assez, répondit la veuve, qui paraissait avoir récupéré un peu de ses fatigues; mon pauvre Roger me disait souvent : « M. Saint-Ramé, c'est vraiment l'un des hommes dont dépend l'avenir du pays, et il parviendra au sommet grâce à ses qualités de cœur. » Si vous saviez comme vous m'avez fait plaisir hier soir en m'apprenant la décision que vous aviez prise; comme Roger aurait été content! Vous voyez, je pense même qu'on devrait le faire savoir à tous ces gens qui croient que les grosses entreprises ne sont pas humaines; si vous voulez, je vous autorise à publier les photos qui ont été prises la nuit dernière.

— Quelles photos? demanda Saint-Ramé.

— Les photos qu'on a prises juste avant votre arrivée; j'ai regretté que vous ne soyez pas à côté de moi et du catafalque.

— Ah oui, c'est vrai, dit Saint-Ramé, j'avais oublié qu'on devait en effet prendre des photos.

— Une demi-heure après votre coup de téléphone, poursuivit-elle, les Pompes funèbres étaient là; je n'ai eu à m'occuper de rien; j'étais même soulagée; j'appréhendais l'arrivée des amis de mon mari dans mon appartement, un peu petit pour ça; je me suis dit : « Tiens, ils y ont pensé eux aussi. » Si Roger n'avait pas été mort, j'en aurais presque sauté de joie; j'ai téléphoné à la famille, dans les Ardennes, pour leur annoncer la nouvelle : « Roger va recevoir un ultime hommage dans le grand hall de Rosserys & Mitchell-France. » Ils avaient peine à le croire. Je voudrais, ajouta-t-elle en se tournant vers les deux Américains ébahis, car ils devinaient que de grandioses idées se développaient en faveur de leur firme, je voudrais, monsieur Saint-Ramé, qu'en mon nom et au nom de la famille vous remerciiez ces messieurs et aussi tout le personnel. Roger sera enterré demain à 10 h à Saint-Cloud; je sais que vous allez faire un discours, toute la famille sera là; bien sûr, tout ça ne me rend pas mon mari, mais je veux me montrer digne de lui, il n'aurait pas aimé que je pleure. C'est sans doute pour organiser les obsèques que vous m'avez envoyé votre chauffeur, monsieur Saint-Ramé?

— Oui, c'est pour ça; nous serons tous demain à 9 h 45 devant l'église de Saint-Cloud. Je vous remercie d'être venue, madame Arangrude, malgré toutes les fatigues qui sont les vôtres; je vais vous faire raccompagner.

Saint-Ramé se leva, imité par les autres. La veuve du cadre mort salua et sortit. Le directeur général revint deux minutes plus tard, reprit sa place, résuma en américain, ce qui fournit au mystérieux Ronson l'occasion de se manifester de nouveau :

— Qui a pris ces photos?

— En effet, dit Roustev, je me souviens de plusieurs éclairs de flashes qui venaient de derrière les gros piliers.

— C'est exact, confirma Rumin.

— Mais qui prenait les photos? insista Ronson.

— Je l'ignore, dit Roustev, ça se fait habituellement; j'ai pensé que cela faisait partie du service rendu par les Pompes funèbres; c'est un peu ce qui se passe pour toutes les cérémonies.

— Nous devrons interroger, un à un, tous ceux qui étaient dans le grand hall cette nuit, déclara Musterffies.

Après consultation des Américains, Saint-Ramé décréta la réunion terminée.

— C'est que je vais en tenir une deuxième, avec les cadres cette fois, dit-il en guise d'excuse.

— Allez-vous les interroger sur l'identité de ce photographe? demanda Musterffies.

— Oui; auparavant, je vais téléphoner aux Pompes funèbres à ce sujet.

Visiblement de méchante humeur, les Américains quittèrent alors la pièce sans saluer qui que ce soit. Mais j'entendis Musterffies grommeler : *Hell, where are we?* Ce qui signifiait en français : « Enfer, où sommes-nous? » Ou peut-être : « Au nom du diable, où avons-nous mis les pieds? »

XI

Dès la fin de cette réunion, Rosserys & Mitchell-France allait peu à peu s'enfoncer dans une épaisse nappe de suspicion. N'était-il pas clair désormais que l'entreprise abritait un provocateur dont certains signes indiquaient qu'il devait occuper un poste de responsabilité? Le premier cadre que je rencontrai en sortant du bureau de Saint-Ramé fut Le Rantec, attaché à la direction générale. Il fut donc celui que je m'exerçai à soupçonner le premier, ce qui exigeait, comme on va le voir, une bonne dose d'imagination. Qui était ce Le Rantec? Un homme de taille moyenne, brun, aux yeux très noirs, portant des costumes sombres rayés. Il se piquait d'économie et, à cet égard, représentait assez bien une cohorte de gens de 30 à 40 ans, tous semblables et vivant d'une identique illusion : celle d'appartenir à la catégorie de ceux qui savaient gérer et créer du profit. Savaient-ils vraiment? Disposaient-ils d'une science et d'une culture véritables? Rien n'était moins sûr. La plupart avaient étudié dans des écoles classiques : Institut d'études politiques, École centrale, diverses écoles commerciales; puis ils avaient assimilé quelques-unes des informations dispensées par les principaux journaux. Ils lisaient, assidûment, en particulier, les éditoriaux de deux ou trois individus qui répandaient des idées reçues et des lieux communs. Ils apprenaient rapidement quelques règles vulgaires permettant de comprendre un bilan et les lois régissant les créations de sociétés; ils assaisonnaient le tout d'un vocabulaire anglo-saxon simpliste et faisaient grand cas et grand tapage de l'ensemble. Ils s'intitulaient eux-mêmes économistes et vouaient un mépris ostentatoire à autrui. Ils détestaient assumer de réelles responsabilités au sein des entreprises et recherchaient les postes d'influence situés à la périphérie des présidences et des directions générales. En revanche, ils détalaient comme des lapins à la perspective de diriger les hommes et les machines qui fabriquaient les produits. Mais ils excellaient à donner leur avis sur les méthodes qu'il convenait d'utiliser, et parfois même en inventaient. La seule carte des États-Unis d'Amérique du Nord pendue à un mur leur procurait des jouissances intenses. Ils proclamaient à la cantonade qu'ils enverraient leurs enfants étudier aux USA. Ils disaient n'importe quoi au sujet des hommes dont ils se réclamaient : McLuhan, Marcuse, Galbraith, Bloch-Lainé, idoles éphémères qui se seraient peut-être bien passées de ces adorateurs ignares qui ne les avaient ni étudiés ni lus! Le Rantec avait circonvenu Saint-Ramé et les Américains. Il jouissait à l'intérieur de la firme d'une réputation de compétence et d'intelligence. Celui qui aurait examiné de près sa carrière aurait découvert que jamais le cadre Le Rantec n'avait commandé, ni organisé. Mais il réunissait à l'intention des cadres de nombreuses conférences où les mots : *cash-flow, staff and line, international management*, capitaux, bilan, taxes, trésorerie, actions, *holding*, Europe, Amérique, Japon, pays de l'Est, Chine, export, import, optimisation, etc., abondaient et rutilaient. Et personne ne levait le doigt pour s'enquérir et déclarer : « J'ai lu, pendant le dernier week-end, l'ouvrage de Marshall McLuhan intitulé *la Galaxie Gutemberg*, ou celui de John K. Galbraith, *le Nouvel État industriel*, ou celui de M. Bloch-Lainé sur la participation, et il me semble, les ayant lus, que leurs auteurs soutiennent le contraire de ce que vous dites. » Celui qui aurait levé le doigt aurait encouru l'opprobre de l'auditoire, tant il était admis en ce temps-là que le fait de prononcer certains *mots* à un micro était signe de puissance et dispensait du savoir.

Le Rantec, lorsque je le rencontrai en sortant du bureau de Saint-Ramé, donnait des signes d'agitation. Un moment, j'eus peur que l'entreprise mal et prématurément informée des troubles dont elle était le siège ne fût déjà bouleversée au point qu'il fût difficile de la reprendre en main. Mais non. Le Rantec parcourait les couloirs en soliloquant sur les questions du soja, de la viande bovine et des relations économiques internationales. Il n'y connaissait vraiment pas grand-chose, mais il fallait être fin observateur pour s'en apercevoir.

— Vous avez vu ça? me dit-il, les taxes à l'importation sont rétablies sur la viande bovine! Le cacao et le cuivre montent! Nos matières premières vont être inabordables bientôt! J'ai l'intention d'organiser une réunion avec Abéraud et Sélis, et peut-être même d'y inviter le patron.

Voilà. Cet homme, incapable de commander un service ou une usine, qui n'avait pas la moindre idée des problèmes d'atelier, qui n'avait reçu aucune formation sérieuse d'économiste, qui avait appris dans des revues comment s'élaborait le budget de l'État, se proposait de réunir ses collègues pour débattre des conséquences sur notre entreprise de la hausse des matières premières. C'était l'époque où ceux qui ressemblaient à Le Rantec étaient légion. L'odeur pestilentielle du mépris sécrétée par les états-majors d'entreprises ou de ministères venait en grande partie d'eux. Écrivains, artistes, chercheurs, artisans, techniciens, professeurs et instituteurs furent en ce temps-là moqués comme jamais ils ne le furent pour la raison qu'ils ne gagnaient pas d'argent. Or ils se réveillèrent et annoncèrent turbulences et complications, convièrent les maréchaux et les spéculateurs tapis derrière leurs tentures d'or à mieux écouter les supplications du verbe enchaîné et les plaintes des peuples aux désirs exacerbés par les incitations mielleuses des maîtres du commerce, de l'industrie et de la banque. Pour avoir tout déposé entre les mains de l'État prolétarien, des millions d'êtres vivaient dans une oppression bureaucratique et glaciale. Pour avoir lâché la bride aux marchands impies, des millions d'autres risquaient la décadence et le dérèglement. Pauvre Le Rantec! Évoquant sa pitoyable figure, je me convaincs qu'il a disparu sans trop souffrir. Et je prie pour qu'un fantôme charitable jette en passant son manteau sur son âme transie.

— Le soja! La viande bovine! Ah! oui, avais-je répondu à cet adepte artificiel et inconditionnel de la Business School de Harvard; c'est vrai, vous avez raison, les matières premières vont augmenter.

Sans doute discerna-t-il dans ma réponse comme du détachement, car il marmonna, sentencieux :

— Oui, je vois que vous traitez cela légèrement; c'est pourtant fondamental, la politique économique; comment voulez-vous jouer un rôle si votre esprit ne franchit pas les limites de l'entreprise? Je ne nie pas que les secrétaires enceintes et la psychologie des cadres soient des problèmes importants, mais enfin il me semble que nous, à Rosserys & Mitchell, sommes directement concernés par les négociations économiques actuelles.

— Vous avez raison, dis-je; trop de cadres, dont moi-même, je l'avoue, sont ignorants de ces difficiles questions; allez savoir, ajoutai-je, s'il est bon ou mauvais de réévaluer le franc! Il est impossible de se faire une opinion à défaut d'une solide formation économique.

Le Rantec me dévisagea ravi. Il devint aimable et même prévenant; me prenant par le bras, il consentit à s'intéresser à moi :

— Mon cher collègue, chuchota-t-il, vous me paraissez soucieux, que se passe-t-il? Des ennuis avec le patron? Je peux arranger ça, si vous voulez.

Ainsi se nouaient les coalitions au sein des entreprises de ce temps-là. Toi, tu reconnais ma supériorité économique sur les autres cadres; en échange, je fais de toi le meilleur des directeurs des Relations humaines. Puis, bras dessus bras dessous, suzerain et vassal déambulaient ensemble le long des couloirs, l'un rêvant au pouvoir total, l'autre calculant qu'il louerait bientôt un appartement plus vaste et plus cher.

Le Rantec était-il l'imprécateur? Je décidai de le brusquer.

— Écoutez, dis-je, avez-vous lu le texte contenu dans ces rouleaux qui ont été distribués la nuit dernière?

— Oui, par acquit de conscience; c'est un torchon ridicule, un canular d'étudiants; nous avons hébergé de nombreux étudiants de l'École de commerce au cours des trois derniers mois; je suis sûr que ça vient de là.

— Auriez-vous pu l'écrire?

— Bien sûr que j'aurais pu l'écrire, répondit-il en se rengorgeant, c'est le B A BA de l'économie, l'exposé de ce qu'est l'environnement d'une entreprise moderne, les contraintes qui l'enserrent : le marché des matières premières, le marché de la consommation, la distinction de base entre les capitaux, le circuit des marchandises, la loi de l'offre et de la demande; tout ça est un peu sommaire, mais c'est vrai; j'attends impatiemment la suite qui, elle, est plus subtile; avec les institutions financières et l'administration, ça se complique.

— Vous attendez impatiemment la suite? répétai-je, interloqué.

— Mais bien sûr, l'auteur du tract le laisse prévoir; vous l'avez lu, n'est-ce pas?

— Je l'ai lu, mais je ne suis pas aussi serein que vous.

— Qu'est-ce qui vous inquiète? Je vous dis que c'est un canular d'étudiants.

— Dans ce cas, répliquai-je un peu irrité, vous irez le dire au patron.

Je savais que la phrase porterait. Le Rantec fronça les sourcils et demanda :

— Le patron est inquiet de ça? Il vous en a parlé?

— Je ne dirai pas qu'il s'inquiète, mais je suis officiellement chargé par lui de découvrir l'origine de ce maudit papier; alors, pourriez-vous en être l'auteur?

— Que voulez-vous dire?

— Eh bien, c'est clair.

— J'aurais pu l'écrire, ça oui; mais je ne veux pas croire que vous me soupçonniez d'être l'artisan ou même l'initiateur de ce canular.

— Je vous répondrai à la manière des inspecteurs de police, dis-je en essayant de plaisanter pour éviter qu'il ne provoque un scandale; je soupçonne tout le monde et personne.

Le Rantec me regarda mi-figue mi-raisin, puis il prit brusquement congé. L'après-midi était avancé. Je me tenais seul dans le petit hall sévère mais douillet de la direction générale. Ma tâche promettait d'être rude : d'innombrables conflits endormis dans un sommeil trompeur s'animaient, s'étiraient et ne tarderaient pas à se réveiller. Ainsi de la lutte qui opposait Roustev à Saint-Ramé, celui-ci à Musterffies et surtout à Ronson, sans parler des rivalités entre cadres, entre patrons et syndicats. Mais il me paraissait inédit, en somme révolutionnaire, que ces batailles se livrassent autour d'une fêlure dans le soubassement, des obsèques d'un cadre ou d'un canular d'étudiants. Cela me conférait une position privilégiée : celle de l'homme compétent. Il incombait en effet au directeur adjoint des Relations humaines de régler ces questions au mieux des intérêts de la firme. Me laisserait-on le temps de réfléchir? Saint-Ramé me confierait-il les clés de son comportement? Et cette fêlure? Je ne l'avais pas examinée depuis hier. Si je n'y allais pas au moins deux fois par jour, on m'accuserait d'impéritie. Cela me détermina à descendre dans les fonds de l'entreprise avant de regagner mon bureau. En bas, je ne rencontrai personne. Les sous-sols étaient plongés dans l'obscurité, ce qui me surprit. Je me dirigeai vers l'emplacement du tableau électrique et, à la lumière de mon briquet, j'y découvris un carton suspendu et portant les mots : *en panne*. Voilà qui était curieux et qui renforça mon intention d'examiner la fêlure. Heureusement, je connaissais comme ma poche les dédales souterrains des caves de Rosserys & Mitchell-France et je parvins à m'orienter aidé de la seule lumière de mon briquet. Ayant marché quatre ou cinq minutes, j'aperçus une lueur tremblotante à l'extrémité d'un couloir. « Diable, me dis-je, si je ne m'abuse, il s'agit là de l'emplacement de la fêlure. » Je progressai lentement et, je ne sais pourquoi, le cœur battant, en direction de la lueur. Lorsque je fus à quelques mètres d'elle, j'éteignis mon briquet et donnai libre cours à ma stupeur. Un début d'échafaudage encadrait la fêlure, prouvant que des travaux avaient commencé. Mais les planches étaient éclairées par une douzaine de bougies, ce qui dotait ces préparatifs d'un caractère singulier, presque irréel, presque fantastique. Des ouvriers surpris par cette panne d'électricité avaient-ils disposé et allumé des bougies? Mais alors, où étaient-ils passés? Je m'efforçai de bâtir plusieurs hypothèses rationnelles et capables d'expliquer cette étrange mise en scène. N'avais-je point tendance à interpréter trop de faits de façon rocambolesque? Qui d'autre que les ouvriers aurait pu allumer ici ces bougies? Je fis un rapprochement idiot entre cette fêlure ainsi éclairée et le catafalque d'Arangrude entouré de candélabres géants. Soudain, j'eus peur et me précipitai vers la salle de loisirs. L'ascenseur des bas-fonds était situé là, juste devant la porte. Au moment où j'y arrivai, la lumière électrique jaillit tout d'un coup. Alors, rassuré, un peu honteux de ma fuite, je revins sur mes pas. La fêlure était là, sous mes yeux, les planches aussi. Mais les bougies avaient disparu.

XII

Beaucoup plus tard, une version officielle de ces faits circula et fut acceptée par les enquêteurs qui sollicitèrent mon témoignage : les ouvriers, surpris par une panne d'électricité, avaient utilisé des bougies pour signaler les travaux et les avaient retirées dès le retour de la lumière. Mon interprétation des incidents divers qui jalonnèrent en cette période la vie de l'entreprise fut en général jugée alarmiste. Néanmoins, on me félicita de ce pessimisme actif qui montrait à tout le moins ma pointilleuse vigilance. Cela dit, j'avais quand même vu cette fêlure et constaté que Rumin avait raison : l'élargissement et l'allongement étaient notables. Je remontai dans mon bureau, et là ma secrétaire m'informa qu'une réunion des cadres directeurs et chefs de service se tiendrait à 17 h dans la salle de conférence n° 4 située au sous-sol, non loin précisément de cette fêlure. Je traitai rapidement quelques dossiers secondaires, répondis à des lettres et, à 17 h, repris l'ascenseur des bas-fonds. Saint-Ramé présida cette réunion avec Roustev à sa droite et moi à sa gauche.

Ah, j'aurais tant voulu leur parler! Mesdames, messieurs, vous qui êtes là, vous tous les pivots de notre entreprise, vous si pleins d'intelligence et de vertus, grâce à qui Rosserys & Mitchell-International s'enorgueillit de si formidables progressions dans les ventes d'engins, vous qui avez si largement contribué à l'essor en France des nouvelles charrues, vous, là-bas au fond, si pâle et concentré, abritant sous votre front en pente douce les calculs qui propulsèrent le marché des moissonneuses-batteuses, et vous, en apparence si frêle et si discret, qui avez su mener à bien la pénétration sur le marché espagnol de nos fameux pressoirs et de nos roulottes inégalables, et vous aussi, là, devant moi, au premier rang, fier et farouche, indomptable, qui avez su regrouper la gestion et l'administration de tous les secteurs d'engins de préparation du sol, et vous enfin, le sage, le pondéré, qui avez réussi les négociations sur la reconversion dans la fabrication des moteurs de camions de notre usine du Nord-Ouest, à vous tous que j'estime et que j'aime, je dis : attention, nous avons une fêlure. Nous avons une fêlure tout près, là, à côté de nous, elle s'allonge et s'élargit chaque jour sous l'œil écarquillé de Roustev. Une fêlure qui bée et qui commence à énerver sérieusement les Américains, nos patrons, dont vous appréciez tant le sens de l'humour. Faut-il que cette blessure soit grave, saignante et boursouflée au pourtour, travaillée par la purulence, pour qu'ils le perdent, ce sens de l'humour! Mais sachez qu'on va la réparer, que des instructions ont été données, que les médecins vont accourir pour la soigner, cette fêlure, la panser et en détruire les effets perturbateurs. Le courroux de Roustev va servir à notre entreprise car nous l'avons habilement aiguillé vers cette fente horrible qui tuméfie le soubassement et pourrit les entrailles de notre entreprise. Oui, sachez tout cela, hommes et femmes de cette fin de siècle! Allez à votre travail en paix, abritez-vous derrière vos dirigeants équilibrés et amènes, ne leur ménagez pas votre confiance, fabriquez, emballez, vendez, programmez, optimisez sans relâche cependant que vos chefs, libérés de la progression et de l'enflement des marchés, consacreront leurs efforts et leur perspicacité à l'annihilation de la fêlure invraisemblable et mauvaise, fente énigmatique, audacieuse et perverse que nous éventrerons totalement avant de la combler puis de la murer d'un ciment spécial et redoutable des carrières secrètes du Nevada et du Colorado. Et maintenant qu'a sonné le tocsin, mobilisant les énergies contre cette fente monstrueuse, que celui qui a écrit et distribué le texte lève le doigt! Que celui qui a roulé le parchemin et noué le ruban vert et noir se lève et se dénonce! Il sera pardonné. Mieux, il lui sera reconnu un talent pédagogique certain, une évidente disposition à enseigner et vulgariser la dure économie de notre temps. On lui saura gré d'avoir détendu les nerfs de l'entreprise. Il lui sera même proposé de continuer l'expérience dans la bonne humeur, d'écrire la suite et, s'il le désire, la direction française et l'état-major de Des Moines lui accorderont l'autorisation d'enrouler le papier et de distribuer la nuit ces rouleaux talentueux. L'usage du ruban noir et vert sera perpétué. Chaque mois les collaborateurs, du plus humble au plus huppé, du plus miteux au plus resplendissant, du plus bête au plus intelligent, du plus riche au plus pauvre, recevront démocratiquement leur rouleau de science économique et gestionnaire. Celui qui a fait cela, qu'il lève le doigt! Il sera même récompensé puisqu'il aura innové! Il aura inventé un système de communication interne révolutionnaire! Il aura découvert la solution au problème dont hérite notre civilisation occidentale, d'autre part si allègre, celui de la communication entre les hommes, où qu'ils soient et particulièrement à l'intérieur des entreprises géantes, américaines et multinationales. Moi-même, directeur adjoint des Relations humaines de cette belle firme, j'en suis jaloux! Ah, que j'aurais aimé inventer cela! Que j'aurais été heureux, la nuit, dans ma petite chambre de la rue Burnouf, d'écrire un pareil texte, de l'imprimer clandestinement et de le distribuer à la faveur des ténèbres en trompant adroitement la vigilance des gardiens. Où est-il, celui qui a écrit, enroulé et noué?

Qu'il se montre, qu'on le félicite, qu'on le congratule, qu'on élève ses émoluments, qu'il soit promu, qu'on l'envoie se perfectionner dans le Massachusetts et qu'il en revienne, oui, qu'il en revienne encore plus savant, encore plus averti sur l'amortissement et le mouvement des capitaux, sur les comptes de résultats, sur les provisions, les réserves, l'autofinancement, le crédit, les immobilisations, les marges, les taxes, les prix, les impôts sur les sociétés, le capital social, les emprunts obligatoires! Ah, oui, vraiment, qu'il en revienne du Massachusetts et qu'il nous écrive de bons et longs rouleaux sur ces sujets complexes! Que celui qui a écrit, roulé, noué, distribué, se lève, et qu'il soit loué par tous! Et maintenant, maintenant qu'il s'est levé, que tous se lèvent et observent une minute de silence en l'honneur et à la mémoire de ce cher Roger Arangrude, l'homme qui, tout jeune, a fait faire un bond immense au *marketing* de la charcuterie sous cellophane, celui dont les mérites étaient si grands qu'à l'heure où la mort l'a saisi sur le périphérique, il allait être nommé, oui, mesdames et messieurs, il allait être nommé directeur du *marketing* de Rosserys & Mitchell-France! A cette occasion, je veux dire à l'occasion de sa mort, je félicite une fois de plus et très sincèrement celui qui s'est levé tout à l'heure avant les autres, celui-là même qui a écrit, enroulé, noué et distribué, car il ne s'est pas contenté de cette prouesse, mais il a poussé plus loin encore son attachement à notre firme splendide et vigoureuse. Qu'a-t-il fait? Je vais vous le révéler : il a eu l'idée de rendre un dernier hommage à notre cher Arangrude! Il a pris l'initiative originale d'ordonner aux Pompes funèbres une veillée dans notre grand hall de marbre! Voyez-vous ça! Nous avions décidé de veiller à Saint-Cloud chez la valeureuse Mme Arangrude et, lui, il a pensé que la qualité de ce cadre mort justifiait qu'on lui rendît hommage chez nous! Et il exécuta sa manœuvre avec une audace, une précision qui ont suscité l'admiration de nos chefs! C'est ainsi que, la nuit dernière, un catafalque fut dressé, je l'avoue humblement, à notre insu mais à notre joie, à l'intérieur de l'entreprise, que de géants candélabres furent disposés, de magnifiques fauteuils rouges installés. Là, le personnel, dignement représenté par M. Rumin et par une délégation de cadres, entourèrent d'une affection profonde et discrète la veuve et les dirigeants, auxquels le président Musterffies avait librement accepté de se joindre. (L'émotion fut si vive que votre pauvre directeur adjoint des Relations humaines en défaillit un court instant.) Demain, nous enterrerons notre ami sans apparat superfétatoire mais très officiellement. D'ailleurs, pour marquer que l'hommage rendu par nous cette nuit au cadre défunt était aussi votre hommage à vous, que nous le rendions en votre nom, nous nous sommes permis avec l'autorisation de Mme Arangrude de prendre quelques photographies. Celui qui tout à l'heure s'est levé, celui qui a écrit, roulé, noué, distribué, ordonnancé la veillée funèbre est aussi celui que nous avions choisi pour photographier le catafalque. Nous afficherons ces photographies, dans les jours qui viennent, aux tableaux réservés à cet effet dans l'entreprise. Enfin, mesdames et messieurs, chers collègues, chers collaborateurs, vous apercevrez en sortant de cette salle, au fond du couloir et à votre droite, des planches arrimées au mur. Ne vous étonnez pas, ne vous effrayez pas, il s'agit simplement de la fêlure que nous réparons activement sous la haute supervision de notre directeur adjoint M. Roustev, qui connaît mieux que personne les problèmes de bâtiment et de soubassement en raison de la formation qu'il reçut jadis de son très honorable beau-père Gabriel Antémès, le célèbre entrepreneur. Et si, par hasard, l'un d'entre vous découvrait dans les sous-sols ou ailleurs une poignée de bougies à demi consumées, je vous serais reconnaissant de bien vouloir les rapporter à son propriétaire, celui qui s'est levé, qui a écrit, roulé, noué, distribué, ordonnancé, et aussi allumé ces bougies lors d'une panne d'électricité afin d'éviter que la fêlure encadrée de solides billots ne passe inaperçue, faute de signalement, et qu'elle ne soit cause d'accidents. Voilà, mesdames et messieurs, ce que j'avais à vous dire; et, même si ce n'est pas encore l'heure, l'entreprise vous autorise à partir dès maintenant, ce qui vous épargnera peut-être les embouteillages.

Ces propos, j'aurais aimé les tenir dans cette réunion d'information. Je suis sûr qu'ils auraient désamorcé les projets machiavéliques de l'imprécateur. Se serait-il levé? On peut en discuter interminablement. Ce dont je suis certain, hélas, c'est qu'aujourd'hui il est vain de se le demander. Je suis persuadé que, si les dirigeants américains avaient eu alors l'idée de ce qui se préparait, ils auraient volontiers accepté de parler un tel langage en échange d'une préservation générale et d'un enrayement du processus. Mais voilà : l'histoire des peuples et des entreprises montre qu'il est impossible de faire entendre normalement des propos prémonitoires. Ils apparaissent toujours aux contemporains des tragédies comme fantaisistes, déplacés et, quelquefois, déments. Plus tard, à la faveur de lamentables épilogues, on admet qu'ils étaient intelligents. Saint-Ramé, de loin le plus fin des dirigeants et des personnes présentes, s'il n'avait dit oui à un destin hors série, serait probablement parvenu à une solution de ce genre, c'est-à-dire à l'instauration d'un débat réel, complètement libre, à l'élimination radicale des sangsues d'état-major, des pseudo-cadres modernes et dynamiques, des pseudo-économistes, des faux experts, de tous ces gens qui avaient obtenu une part minuscule du pouvoir parce qu'ils avaient appris à établir un plan de financement et qui, médiocres, ébahis d'être si haut assis, se mêlaient d'apprendre à vivre à des hommes et des femmes qui travaillaient toujours à l'extrême limite de leurs nerfs, et qui, possédant télévision et réfrigérateur, ne s'en matraquaient pas moins sauvagement au moindre accrochage de leurs véhicules sur la voie publique, et qui encore, la nuit, dans leurs fragiles logements, étaient réveillés en sursaut par la chasse d'eau du voisin pissant de l'autre côté d'une paroi économique et dix fois plus mince que la paroi de l'appartement du promoteur. Cette usurpation, le danger inouï qu'elle impliquait pour la survie du système économique des démocraties occidentales, constamment guettées par les révoltes, bêtement obligées d'assommer ses jeunes filles et ses jeunes gens ou d'interdire l'accès des jardins publics, les chefs capitalistes ne le comprirent que trop tardivement. Sans doute manquaient-ils par trop d'intelligence et d'âme. Prévoir trois années à l'avance le succès commercial d'une fourchette pliante, démontable et transformable en fume-cigare, intriguer pour transférer des fonds avec profit ou abattre Salvador Allende au Chili, c'était évidemment plus facile que de concevoir et d'appliquer une psychologie du commandement rendue épineuse par la société d'abondance et d'accepter le sacrifice des égoïsmes, l'arrestation des usuriers, pour sauver les pays libres. Mais, la liberté pour un milliardaire suisse entassant à New York au fond de ses caves blindées les chefs-d'œuvre de la peinture mondiale, était-elle autre chose que la liberté de s'enrichir ? N'aurait-il pas accepté n'importe quelle dictature en échange de sa fortune ? Diriger une armée en temps de paix est une tâche délicate qui, si elle n'est pas accomplie avec lucidité et caractère et loin des démagogies, risque de détruire un pays de l'intérieur aussi sûrement qu'une agression barbare. Il en allait de même pour les entreprises.

Elles se précipitèrent en rangs serrés vers la faillite alors que, pourtant, jamais leurs caisses n'avaient été si bien remplies.

Le directeur général prit la parole et informa largement l'auditoire. Oui, une fêlure était apparue. Oui, ce rouleau, ma foi, était rigolo, bien écrit, bien roulé, bien noué, bien distribué. Oui, demain on enterrerait solennellement Arangrude. Oui, on l'avait veillé dans le grand hall de marbre. Ardent et rêveur, j'écoutais ces paroles. Au fond, Henri Saint-Ramé ressentait les mêmes choses que moi. La différence entre le discours que j'avais imaginé et le sien était mince. Cela prouvait que nous avions porté un diagnostic identique sur la situation de l'entreprise, les remèdes à y apporter, les faits à révéler, ceux qu'il convenait d'atténuer. A quoi tenait cette différence? Au verbe. Ce que Saint-Ramé ne sut ou ne voulut pas dire ce soir-là, c'est le fameux : que celui qui a écrit, roulé, noué, distribué, ordonnancé, allumé, se lève, qu'il se lève et il sera récompensé! Et pourtant, si celui-là s'était levé, croyez-moi, ça aurait arrangé bien des choses. Aujourd'hui que je sais, je conviens que ce n'était guère possible : l'imprécateur avait déjà décidé que jamais plus il ne se lèverait. Le sort en était jeté : l'entreprise géante, américaine et multinationale boirait le calice jusqu'à la lie.

XIII

A la fin de cette journée, la deuxième après l'apparition du rouleau initial, je conférai avec les gardiens de nuit de notre immeuble de verre et d'acier, auxquels s'était joint le patron des femmes de ménage. Je requis d'eux une vigilance accrue et leur annonçai les deux mesures prises par la firme : l'embauche de six gardiens supplémentaires, la promesse d'une forte prime à chacun d'entre eux au cas où ils surprendraient un homme ou une femme ou un groupe d'individus distribuant tracts et prospectus pendant la nuit dans l'entreprise. Mais je fixai ces consignes sans conviction. J'étais persuadé que l'adversaire employait des moyens inconnus de nous ou, alors, que de toute façon il possédait sur nous un énorme avantage — dont au demeurant je n'avais aucune idée. D'une certaine manière, j'étais un peu envoûté. Une conversation téléphonique avec le directeur de notre compagnie de gardiennage m'avait appris que les travailleurs nocturnes affectés à Rosserys & Mitchell appartenaient depuis longtemps à sa compagnie, qu'ils étaient fichés, de sorte qu'il semblait déraisonnable de soupçonner l'un ou plusieurs d'entre eux. La nuit de la distribution, ils n'avaient rien vu, rien entendu. A la question : « N'avez-vous pas remarqué au petit matin qu'un rouleau attaché d'un ruban vert et noir était posé sur les bureaux? », ils répondirent *non*. De si nombreux papiers de toutes sortes et de toutes formes jonchaient les tables qu'un de plus ne pouvait attirer l'attention. J'admis cette explication d'autant mieux que les collaborateurs eux-mêmes, croyant voir là un prospectus quelconque, n'en avaient pas été intrigués à leur arrivée. La majorité n'en prit connaissance qu'au milieu de la journée. J'étais absolument certain de l'apparition prochaine d'un deuxième rouleau. J'espérais seulement que, cette fois, mis en éveil et stimulés par la promesse d'une prime, les gardiens compliqueraient la tâche de l'imprécateur. Faudrait-il qu'il témoignât de l'astuce pour berner la nuit des gens sur leurs gardes et distribuer du haut en bas de l'immeuble 1 100 exemplaires d'un nouveau rouleau! Pourtant, fasciné par la tournure des événements, je ne doutais plus du caractère presque surnaturel de ces manifestations, caractère qui s'imposerait non plus à moi seul mais à tous si l'opération réussissait. En admettant qu'un ou plusieurs hommes parviennent à s'introduire et à se mouvoir à l'intérieur de l'immeuble, les gardiens verraient quand même fleurir ces rouleaux sur les tables, rouleaux qui révéleraient la présence de l'*intrus*. Une analyse correcte de la situation mettait donc en relief l'impossibilité matérielle d'exécuter semblable opération. Qu'en serait-il si, par malheur, cette analyse était démentie? Je n'osais envisager cette hypothèse. Elle impliquait un échauffement des esprits, peut-être une panique, dont les conséquences pourraient bien se révéler funestes pour l'entreprise. Si le bruit se répandait, par exemple, qu'elle avait le mauvais œil? Nous subirions une hémorragie de collaborateurs, une quantité de démissions, nous aurions du mal à trouver des remplaçants; ou alors nous serions obligés d'offrir des salaires doubles ou triples de ceux des concurrents, ce qui ruinerait la firme. C'est à la fin de cette journée que je me convainquis de la gravité économique de l'affaire. Si un deuxième rouleau apparaissait, l'avenir de la firme française serait compromis. Et qui sait, de fil en aiguille, de bouche à oreille, la réputation s'établissant au-delà des frontières, c'est la société multinationale elle-même qui tremblerait sur ses puissantes colonnes. Tout ça pourquoi? A cause de qui? D'un individu répandant un texte sur la loi de l'offre et de la demande! Il devait être plus de 20 heures lorsque, fatigué par ces élucubrations, je jugeai convenable de quitter mon bureau. Est-il besoin de préciser que les cadres de cette époque se seraient crus indignes de leurs minuscules privilèges s'ils étaient arrivés et partis à l'heure des secrétaires! Il est vrai que, parmi ces privilèges, celui de ne venir le matin qu'à 9 h 30 tenait une bonne place. Je mis mon pardessus et m'en fus. C'était l'heure où la rue Oberkampf commençait à se décongestionner, et là n'était pas la moindre des raisons qui incitaient les cadres à demeurer tard dans l'entreprise. Ainsi faisaient-ils d'une pierre deux coups : ils se construisaient une image de gros travailleurs encore à leurs dossiers après le départ du petit personnel et ils évitaient les embarras de la circulation. Je marchai d'un pas rapide vers la rue des Cendriers où nous autres, cadres supérieurs, nous rangions nos voitures. Nous n'avions pas droit au parking souterrain de notre firme. Cette rue des Cendriers offrait l'avantage d'échapper, pour des motifs non élucidés, à la sagacité des policiers, et c'est un cadre qui l'avait repérée le premier. Les employés subalternes respectaient cette habitude de leurs supérieurs et ils ne garaient jamais leurs véhicules rue des Cendriers. Ils en avaient déniché une aussi bonne : la rue de La-Pierre-Levée. Je m'installai dans ma voiture et j'allais démarrer quand, dans mon rétroviseur, j'aperçus des silhouettes qui ne m'étaient pas inconnues. J'éteignis aussitôt la lumière et j'observai. Un groupe d'hommes avançait dans ma direction. Je me tassai sur mon siège et ils passèrent sans me voir. Je redressai prudemment la tête et j'identifiai Roustev, Brignon, Samueru, Vasson, Yritieri, Terrène, Fournier, Portal et Chavégnac. Ils remontèrent la rue des Cendriers, puis tournèrent à droite dans la rue des Amandiers. Que diable signifiait cette expédition? Car, toujours porté à dramatiser, je n'imaginai pas un instant qu'ils puissent simplement dîner ensemble. Quoi qu'il en fût de leurs projets, j'étais cependant certain que les événements survenus dans l'entreprise formaient le prétexte de cette équipée insolite. Une voix me souffla que ma journée n'était pas terminée :

dans les circonstances que nous vivions chez Rosserys & Mitchell, le devoir d'un directeur adjoint des Relations humaines était de descendre de sa voiture, de rattraper le groupe et de le suivre. La même voix me conseilla vivement de ne pas être repéré, ce qui m'incita à coiffer une vieille et large casquette noire et imperméable qui gisait éternellement au fond de ma boîte à gants et que je n'arborais qu'à la campagne par mauvais temps. Je relevai le col de mon pardessus et, ainsi accoutré, je me lançai à la poursuite de mes collègues cadres supérieurs et de notre directeur général adjoint. Rue des Amandiers, je ne trouvai personne. Songeur et dépité, je m'apprêtais à rebrousser chemin quand je crus reconnaître Sélis s'engouffrant dans une petite rue adjacente. Je me rappelai qu'il ne figurait pas dans le groupe de Roustev et cela me redonna espoir. Il avait peut-être rendez-vous avec eux. Je courus vers l'endroit où il avait disparu. J'entendis claquer une porte que je m'efforçai de situer avec précision. J'étais à l'entrée de l'impasse des Ronces. Je m'approchai à pas de loup et en rasant le mur de l'immeuble d'où ce claquement était venu. C'était une maison de quatre étages, massive et carrée. Que cherchaient-ils dans cette maison? L'impasse était déserte et j'étais assiégé de sentiments désagréables. Maintenant que je savais où ces messieurs s'étaient rendus, j'avais le droit de repartir et de leur demander des explications le lendemain. Cette pensée me parut sage et je m'éloignai de ce lieu. J'avais à peine parcouru une cinquantaine de mètres lorsque j'entendis une porte s'ouvrir. Je me cachai derrière une voiture et je vis Sélis ressortir et examiner les autres immeubles comme s'il était perdu. Après quelques minutes de réflexion, il s'enfonça plus profondément dans l'impasse. A ce moment, un homme sortit d'une minuscule taverne que je n'avais pas remarquée et il s'éloigna vers la rue des Amandiers. Celui-là, me dis-je, c'est Abéraud, notre directeur adjoint des prévisions, mais lui, il s'en va. Que se passe-t-il ce soir dans cette impasse des Ronces, où les principaux cadres de l'entreprise circulent comme des voleurs? J'en conçus de l'irritation. De qui se moque-t-on, songeai-je, qui a monté ce vaudeville? Et, n'essayant plus de dissimuler ma présence, je fourrai la casquette dans ma poche, rabaissai le col de mon pardessus et revins d'un pas martial vers ma voiture. Rentré chez moi, j'appelai Saint-Ramé au téléphone et lui contai par le menu les allées et venues de Sélis, d'Abéraud et la disparition du groupe Roustev.

— Vous êtes sûr de tout ça? demanda le directeur général.

— Monsieur, répondis-je indigné, je n'ai pas encore perdu la tête, quoique les récents incidents aient de quoi malmener un cerveau équilibré.

— Ne vous fâchez pas, mon ami, dit doucement Saint-Ramé, je ne pense pas un seul instant que vous soyez plus fou que les autres, mais vous auriez pu confondre; cette impasse, m'avez-vous expliqué, était obscure.

— Je n'ai pu confondre Roustev et ceux qui l'accompagnaient, ils sont passés à côté de moi rue des Cendriers.

— Oui, mais vous ne les avez plus revus, ils sont peut-être allés dîner; les seuls que vous avez cru distinguer impasse des Ronces étaient Sélis et Abéraud, et là, vous avez pu vous tromper.

— C'est une possibilité, avouai-je, pourtant...

— Écoutez, interrompit Saint-Ramé, vous avez bien fait de me téléphoner; sachez que cet incident me préoccupe; par conséquent, ne regrettez pas de m'avoir dérangé; mais le plus simple est de vérifier demain; je ne vois pas de quelle mission secrète Roustev aurait pu être chargé à mon insu. Faites comme moi, reposez-vous cette nuit : à demain.

Je raccrochai l'appareil brutalement. Décidément, Saint-Ramé lui-même ne comprenait rien. J'étais tellement furieux que je ne fus pas loin ce soir-là de souhaiter que l'imprécateur parvienne à ses fins qui, je n'en doutais plus, seraient catastrophiques.

Le lendemain, les choses tournèrent à ma confusion. Roustev avait invité les principaux cadres à dîner pour faire le point de la situation, ce qui était son droit le plus strict. Ce qui révélait aussi sa détermination d'exploiter à fond la conjoncture pour ressaisir la première place. L'invitation ayant été adressée tardivement, cela expliquait que quatre d'entre nous ne l'eussent point reçue : on n'avait pu nous prévenir. Sélis, Abéraud, Le Rantec et moi-même étions, paraît-il, introuvables à 20 h. Or, moi, j'étais dans mon bureau. M'avait-on manqué d'une minute? Sélis et Abéraud, adroitement questionnés par Saint-Ramé, déclarèrent avoir passé la soirée chez eux. Peut-être m'étais-je trompé au sujet du groupe Roustev. C'est vrai que j'avais perdu Roustev de vue rue des Amandiers alors qu'il tournait à droite. Étaient-ils allés impasse des Ronces? Je ne le saurais que bien plus tard.

J'ai à me souvenir maintenant de l'enterrement de Roger Arangrude, cadre d'élite qui disparut prématurément de l'organigramme de la société Rosserys & Mitchell-France.

Une foule immense piétinait sur le parvis de l'église de Saint-Cloud, débordait dans les rues avoisinantes, en attendant l'arrivée du fourgon. La réflexion que ce spectacle amena aux lèvres de Musterffies résonne encore à mes oreilles : « Qui diable enterre-t-on ? », grogna-t-il. On était, en effet, en droit de s'interroger. En quel honneur tous ces citoyens s'étaient-ils déplacés ? Le cadre Arangrude se serait-il imaginé que, le jour de sa mort, le peuple se serait ainsi dérangé, amassé, presque courbé au passage de son cercueil de luxe commandé et payé par sa puissante entreprise ? Les effectifs du siège de Rosserys & Mitchell-France ne suffisaient pas à constituer cette foule où de trop nombreux visages m'étaient inconnus... Dans un souci louable, Saint-Ramé avait ordonné de placarder des faire-part autorisant n'importe qui à assister à la cérémonie. De surcroît, ayant flairé là des manœuvres obscures de la direction, Rumin avait envoyé ses militants. On comprendra alors que les deux tiers des effectifs de l'entreprise se soient pressés sur le parvis. En revanche, je fus moi-même pris au dépourvu en reconnaissant dans la foule des dizaines et des dizaines de cadres d'état-major et réputés technocrates. Qui les avait prévenus ? Il est vrai que nous avions respecté la coutume des firmes en envoyant aux principaux journaux imprimés un avis de décès : *Adams J. Musterffies, vice-président de Rosserys & Mitchell-International, chargé des finances en Europe, la direction générale de Rosserys & Mitchell-France, les syndicats et le personnel de l'entreprise ont la douleur de vous faire part de la mort* ⸓accidentelle *de Roger Arangrude, directeur du* marketing *pour le Benelux, ancien élève de l'École des hautes études commerciales, mort sur le périphérique nord de Paris vers 22 h.* Au-dessous de notre faire-part, celui de la famille. Et, au-dessous de celui-ci, on lisait un troisième faire-part ainsi rédigé : *La société Korvex, deuxième en Europe pour les charcuteries sous cellophane et première en Afrique, apprend avec un regret profond et une grande tristesse le décès subit de Roger Arangrude, ancien élève de l'École des hautes études commerciales, ancien et brillant chef de produit de la société (jambon Korvébon).*

A y réfléchir de près, la présence de tant de cadres d'état-major aux obsèques d'Arangrude trouve dans ces faire-part une explication simple. Jusque-là, je n'avais jamais vu de syndicats s'associer publiquement à la perte d'un cadre : en général, on se contentait de la formule : « la direction et le personnel ». Or Rumin, affriolé par le tumulte énigmatique qui s'emparait de la société, avait exigé des dirigeants que les syndicats fussent associés au détail des opérations. Jusque-là, j'avais rarement vu des chefs américains de si haut niveau pleurer officiellement la perte de l'un des directeurs de *marketing* de l'une de leurs firmes. Enfin, la précision apportée à la fin de notre avis : mort sur le périphérique nord vers 22 h, était inhabituelle. Elle sonnait comme un « mort au champ d'honneur » et, ainsi, était propre à éveiller l'attention. Et c'est ce qui, selon moi, se produisit. Les cadres d'état-major parisiens se sentirent, comme on disait à l'époque, concernés. Ils durent éprouver une émotion violente et un émerveillement sans précédent à la lecture de ce faire-part signé d'une griffe à leurs yeux prestigieuse : Rosserys & Mitchell. Que les syndicats et les maîtres américains, unis par une même et déchirante désolation, rendissent un hommage posthume aussi vibrant à l'un d'entre eux, un collègue, pas un faux cadre, un vrai, de l'École des hautes études commerciales, ayant dans sa jeunesse victorieusement vendu une denrée aussi délicate qu'un jambon sous cellophane, s'étant imposé ensuite au sein d'une super-puissance industrielle et commerciale réellement américaine, pas italienne ni britannique, ni russo-hollandaise, une authentique compagnie américaine où ceux qui réussissent sont les meilleurs, les plus intelligents, où donc la justice règne puisque la hiérarchie intellectuelle est respectée, que pareil hommage fût donc adressé à Arangrude, n'était-ce point une manière d'honorer les cadres de France, du Japon, d'Allemagne et du monde entier ? Et les syndicats étaient-ils enfin prêts à reconnaître la valeur des cadres d'état-major, le rôle décisif qu'ils jouaient dans la politique du pays et des entreprises, la vigueur et la clairvoyance de leur contribution au maintien et à l'épanouissement des valeurs morales et culturelles de la civilisation occidentale ? Et cette façon de préciser le lieu et l'heure de l'enfoncement de la tempe, n'était-ce point souligner la fatigue extrême, consécutive à 16 heures de travail, qui pesait ce soir-là sur les épaules du cadre Arangrude? Ah! non, il n'avait pas grand-chose à envier à ces femmes, ces hommes, ces étudiants fusillés dont une plaque perpétuait parfois le souvenir à l'intention des passants : *Ici, le 1er août 1943, à 10 h, l'agent Gontier est tombé sous les balles de l'occupant nazi.* Ou encore : *Ici ont étudié les jeunes Français fusillés par l'ennemi le 3 novembre 1942 pour faits de résistance.* Oui, c'était cela; et ils avaient montré le faire-part à leurs femmes. Et l'idée de se cotiser pour édifier une plaque sur le périphérique avait certainement surgi de leurs cervelles enfiévrées. *Ici, à 22 h, Roger Arangrude, ancien élève de l'École des hautes études commerciales, directeur du* marketing *pour le Benelux de la société Rosserys & Mitchell-France, ancien chef de produit à la société Korvex, deuxième en Europe et première en Afrique pour la charcuterie sous cellophane, eut la tempe droite enfoncée, victime à 22 h d'une journée de 16 h de travail. Passants, souvenez-vous.*

La société Korvex elle-même, reconnaissante, n'avait pas oublié Arangrude, ce qui était plus rare encore. Combien de jambons Korvébon avait-il dû se vendre partout en Europe, en Afrique et en Océanie, pour que le souvenir d'Arangrude fût resté si vivace au sein d'une entreprise désertée par lui depuis si longtemps! Ces considérations avaient en conséquence drainé vers Saint-Cloud les cadres d'état-major de tous les coins de Paris. Ils étaient là. Je les apercevais du fond de la voiture, identiques, homothétiques, émus, et certains même au passage du fourgon essuyaient de grosses larmes derrière les verres épais de leurs grosses lunettes. Arangrude prenait figure de symbole : il était le premier cadre démuni de capital à accéder à des funérailles d'habitude réservées aux maréchaux du système. Or, une fois de plus, ces malheureux cadres étaient dupés. Celui qui, un porte-voix à la main, aurait soudain bondi sur le toit du fourgon et les aurait harangués pour ouvrir leurs yeux embués se serait exposé aux huées et quolibets, puis à la mise à mort, tant était irrémédiable leur vision égoïste et bornée du bonheur de vivre et de la liberté : « Vous qui vendez sans relâche et du matin au soir des amas de marchandises ou, comme le dit le professeur Monod Jacques, des milliards de tonnes d'artefacts, que pensez-vous donc? Croyez-vous assister à de solennelles obsèques paraphant le bien-fondé de votre vie et de votre mort future de vendeurs de denrées, services et machines? Non, ces obsèques, messieurs les technocrates de la fabrication, de l'emballage et de la vente, sont truquées! Vous assistez au contraire au descellement des idoles. L'homme qui gît à l'intérieur de ce cercueil de luxe commandé et payé par la firme, cet homme qui emporte dans la mort, en même temps que son turban de bande Velpeau, ses cogitations sur les marchés de la grue à tomates, cet homme vous ressemble et comme vous, même mort, il est trompé. La veillée dans le grand hall, les faire-part qui vous ont attirés, l'escorte massive des militants syndiqués ne sont que le fruit d'une machination somptueuse. Des forces s'ébranlent au fond des entrailles de Rosserys & Mitchell-France, porteuses d'affrontements et de panique, et déjà elles produisent leurs effets. Heure par heure, les dirigeants déconcertés reculent, escomptant, par leur retraite, récupérer, neutraliser. Ils ont été obligés de veiller le corps du cadre mort, chez lui d'abord, au cœur de l'entreprise ensuite, obligés d'assister aux obsèques, obligés d'associer le personnel aux cérémonies, de payer le cercueil, de publier des faire-part! Chassez vos illusions! Regardez le maréchal Musterffies, comme il se crispe! Voyez comme il semble avancer un pistolet dans les reins! Observez la haine contenue de Ronson, la démarche empruntée de Saint-Ramé! Savez-vous à quoi ils songent? A mettre très vite de l'ordre là-dedans, à fuir le plus tôt possible cette infernale situation, à prendre l'avion pour Des Moines, et à rendre compte : là-bas, en France, à Paris, dans notre immeuble de verre et d'acier, nous avons reniflé l'odeur du démon. Un cadre est mort et nous l'avons enterré bizarrement. Qui sait si son fantôme ne va pas maintenant hanter les dédales, fouiller les bureaux, distribuer d'autres rouleaux, élargir la fêlure, compromettre la croissance, l'expansion, l'autofinancement, l'amortissement, l'exportation! Qui sait si, à travers le monde, des milliers d'Arangrude ne vont pas la nuit se réveiller et parcourir les carrières d'où nous tirons nos pierres, les forêts d'où nous tirons notre bois, les mines d'où nous tirons notre fer, notre cuivre, notre étain, notre aluminium, les aciéries où nous coulons notre fonte, puis s'assembler autour de nos puits et uriner dans notre pétrole. Oh, messieurs du conseil suprême, prenez au sérieux la menace! Imaginez le spectacle de ces hordes terrifiantes de cadres aux têtes enveloppées de bandes Velpeau dévastant NOS champs de café au Brésil, NOS mines au Chili, NOS plantations en

Afrique, NOTRE gaz en URSS, NOS poissons en mer de Chine, NOS têtards dans les étangs de France, NOS moutons en Australie, NOS porcs en Nouvelle-Zélande! Et surtout, je vous le répète, craignez qu'ils n'urinent dans nos puits de pétrole, partout dans le monde où, grâce à notre seul génie et à la complicité exclusive de Dieu, nous les avons creusés! »

Celui qui aurait bondi sur le toit du fourgon et qui, embouchant son porte-voix, se serait ainsi adressé aux cadres massés à l'entrée de l'église de Saint-Cloud, aurait été mis au ban, incarcéré et muselé. Sa voix aurait été couverte aussitôt par des milliers de voix entonnant le chant de guerre qui, en ce temps-là, remuait les âmes et gonflait les cœurs : « Fabriquons, emballons, vendons, et que cela soit! » Ils avaient pris parti. Ils avaient perdu leur imagination. Ils ne voyaient plus le monde que dans le rétroviseur de leur voiture.

Au cimetière, Henri Saint-Ramé prononça un discours surprenant auquel je ne prêtai pas une attention suffisante. Je le regrette amèrement aujourd'hui, mais j'étais vraiment contrarié ce jour-là par la morgue et la cupidité des empires économiques et financiers de l'époque, dont les égarements, le fol orgueil menaient à la destruction les sociétés libres d'où ils étaient issus, dont pourtant ils se réclamaient, qu'ils prétendaient défendre et même incarner, auxquelles ils avaient dérobé leur pouvoir extravagant, sociétés libres que ces empires poussaient vers la décadence. Des millions de jeunes filles et de jeunes gens des pays industrialisés, dégoûtés des assassinats perpétrés par ces puissances financières internationales et de leur insolence politique, écœurés de payer si cher la liberté de consommer, tournaient innocemment leurs espoirs vers des socialismes travestis et d'impitoyables dictatures. Les démocraties de ce temps-là paraissaient à bout de souffle. Ainsi, un pays d'Amérique du Sud qui s'appelait le Chili fut un jour poignardé dans le dos par les financiers de Wall Street et leurs complices des beaux quartiers de Santiago. Les hommes d'État de l'Occident, ne sachant, par manque d'imagination et de caractère, comment se dépêtrer à l'intérieur de leurs propres pays des menaces communistes ou révolutionnaires, tremblèrent à l'idée de risquer une apologie du front populaire chilien en condamnant l'assassinat. Ils choisirent donc la lâcheté. Ces considérations expliquent pourquoi je n'accordai pas sur le moment tout l'intérêt qu'il méritait au discours ambigu prononcé par l'un des dirigeants les plus stéréotypés de l'époque devant la tombe ouverte de son collaborateur et au milieu d'une foule de travailleurs et de cadres qui avaient envahi le champ de repos de Saint-Cloud. Voici, à peu près retransmis, ce panégyrique :

« Le cadre qui gît au fond de cette tombe n'est pas un cadre ordinaire. Tout d'abord, et je supplie le Ciel de ne voir là aucune trace d'effronterie, Roger Arangrude était un cadre de la société Rosserys & Mitchell. Il assumait brillamment, depuis deux ans, les responsabilités du *marketing* de nos engins destinés à nos amis belges, néerlandais et luxembourgeois. Il avait accompli cette mission avec tant de bonheur que nous étions sur le point de lui confier la charge écrasante de la direction du *marketing* de notre firme, lorsqu'un soir, il fut rappelé à Dieu sur le boulevard périphérique nord. Ne doutons pas un seul instant qu'en dépit du magnifique avenir qui s'ouvrait à lui dans sa vie terrestre, Dieu médita de lui en offrir un bien supérieur dans son royaume. Tel est le sens qu'il convient de donner à la foi quand on la possède. Et, quoique cela n'entre pas dans mon rôle, je me permettrai de vous lire cet extrait réconfortant d'une sainte et belle épître où il est écrit que ceux qui croient ne sont jamais désespérés : 'Mes frères, je vous annonce un mystère à tous. Il est vrai, nous ressusciterons, mais nous ne serons pas transformés en un seul instant, en un clin d'œil, au dernier son de la trompette, car la trompette sonnera en ce jour, tous les morts ressusciteront et nous serons tous changés. Il nous faut quitter cette corruption pour revêtir l'incorruptibilité, quitter ce corps mortel pour le reprendre un jour immortel. Alors sera réalisée cette parole de la Sainte Écriture : O mort, où est maintenant ta victoire?

Roger Arangrude est donc vivant pour ceux qui croient, mais il l'est aussi pour ceux, nombreux, qui l'ont aimé et l'ont estimé. A ses obsèques, la foule est accourue et elle est là qui écoute et se recueille. Pourquoi? Certes, Roger Arangrude, j'en suis absolument convaincu, aurait atteint les sommets de sa profession; fauché en pleine force et en pleine ascension, il n'était encore qu'au seuil de la célébrité dans le monde des affaires. Alors, pourquoi la multitude émue s'est-elle déplacée? En bien, c'est que tout simplement nous enterrons ce matin un caractère exemplaire de notre civilisation libre et industrialisée. J'ai longuement conversé avec la courageuse Mme Arangrude et ce que j'ai appris m'a déterminé à parler sur ce ton que vous avez découvert et que probablement la majorité d'entre vous aura jugé inhabituel, peu académique. C'est que, je vous l'ai dit au début, le cadre que nous inhumons n'est pas un cadre ordinaire. Quelles que fussent son assiduité, son ardeur au travail, elles ne l'entraînèrent jamais à sacrifier ce pour quoi un homme doit vivre, c'est-à-dire la culture, la méditation, l'amour. Roger Arangrude passait de longues veillées en compagnie de sa femme et l'un faisait à l'autre, et vice versa, la lecture des poèmes fondamentaux de l'humanité. Il advenait même que certains soirs les époux exerçassent leur sensibilité et leur intelligence sur les textes de jeunes poètes méconnus dont ils s'efforçaient de pénétrer l'univers. Où sont les cadres qui, de nos jours, lisent des poèmes? Roger Arangrude ne rentrait pas chez lui pour dîner en silence, embrasser ses enfants, tirer très vite de son journal quelques idées politiques et économiques vulgaires; il ne regardait pas l'œil vide ou goguenard son écran de télévision à tout propos. Il se repaissait chaque année d'une dizaine de romans modernes, de trois ou quatre ouvrages de politique ou d'économie qu'il annotait soigneusement, il relisait en vacances au moins un grand roman classique, et malgré cela, il ne travaillait pas seize heures par jour! Sa dernière relecture était *Guerre et Paix*. Où sont les cadres qui ont lu ou, *a fortiori*, relu ce livre d'une extrême épaisseur? Que leur importe de savoir comment Tolstoï a vu Napoléon envahir sa patrie? Pourquoi Arangrude relisait-il Tolstoï? Et en quoi cela pouvait-il contribuer à augmenter les ventes d'engins? Et puis, Roger Arangrude méditait souvent, visitait les musées, parcourait les expositions. Il était agréable à ses chefs de savoir, lorsqu'ils écoutaient ses lumineux exposés sur la grue à tomates, que, sous ce crâne, la mécanique commerciale en perpétuel mouvement était huilée par les soupirs d'Anna Karénine ou les murmures de Boris et Natacha. J'y puisais quant à moi un réconfort indicible. Enfin, Roger Arangrude aimait son prochain. Sa femme était sa principale confidente, ses enfants ses principaux associés, ses amis ses principaux partenaires. Il n'abordait jamais chez lui ou en compagnie les questions concernant notre firme. Le plus haut salaire du monde n'aurait pas acheté son renoncement à la culture, à la méditation, à l'amour, en un mot, à sa personnalité. Alors, qu'un homme si profondément engagé dans les mœurs de son siècle, si maître de lui dans ses activités professionnelles, placé au cœur de la plus puissante société multinationale de tous les temps, ait néanmoins su rester lui-même en cette époque provocante, voilà qui valait que je prisse des libertés avec les règles usuelles de ce genre de discours. C'est donc devant la tombe de cet homme que je m'incline ce matin et c'est à lui que je dis adieu. »

Ainsi parla Henri Saint-Ramé, directeur général de Rosserys & Mitchell-France.

A la sortie du cimetière, les commentaires allaient-ils bon train? Point du tout. La plus grande partie de la foule, placée trop loin de la tombe, n'avait rien entendu. Quant à ceux qui avaient perçu ou mieux encore suivi mot à mot le discours, ils repartaient en silence, tête basse et mains derrière le dos. Seuls les Américains, incapables de comprendre plus de dix ou quinze mots de français, semblaient soulagés de savoir Arangrude sous la dalle, bien calé, bien vissé à l'intérieur de son cercueil. Ils n'en étaient pas hilares pour autant, et un collaborateur avisé devinait aisément que désormais les choses sérieuses commenceraient. Des Moines avait, sans aucun doute, été informé par le menu de l'agitation dans la firme française et, s'il ne parvenait pas rapidement à rétablir le calme, Saint-Ramé lui-même aurait à se défendre. Ma certitude qu'une volonté et non le hasard perturbait l'entreprise depuis trois jours s'était accrue, mais en contrepartie mes idées s'étaient obscurcies. Un point me tracassait : Arangrude était-il vraiment l'homme que Saint-Ramé avait emphatiquement décrit? La veuve ne m'avait pas parlé de Tolstoï. Si les principaux cadres de la firme avaient quitté le cimetière en silence, c'est que probablement ils se posaient la même question. Que la réponse fût ou non affirmative, elle soulevait dans les deux hypothèses des problèmes nouveaux et assez considérables. Ainsi, dans l'affirmative, si Saint-Ramé avait reçu de Mme Arangrude des précisions sur la vie intime de son mari, il ne ressemblait guère au directeur général d'y sauter à pieds joints et d'en tirer un tableau romantique. Pourquoi Saint-Ramé témoignait-il soudain d'un pareil engouement pour la culture, la méditation et l'amour? Dans la négative, pourquoi aurait-il brossé un faux portrait du défunt? Que ce fût Brignon, Le Rantec ou moi-même, tous excellents exégètes de la politique intérieure de notre entreprise, nous nous sentions désorientés. Le silence des cadres provenait donc de leur incapacité de juger s'il convenait ou non de manifester de l'enthousiasme au sujet de ce discours. Personne ne voulait courir le risque d'émettre une opinion.

Le cas était rarissime. Les présidents et directeurs généraux de cette époque pouvaient, à l'instar de Néron ou Dracula, se permettre toutes les fantaisies sous les yeux de leurs cadres les plus intelligents sans que ceux-ci réagissent, tant il était vital pour eux de conserver leurs hauts salaires. Les démocraties occidentales avaient donc leurs despotes; mais, au lieu que ceux-ci fussent logés dans les palais de l'État, ils trônaient dans d'immenses et luxueux bureaux au faîte de leurs immeubles de verre et d'acier. La maladie se propageait aux étages inférieurs, car chacun s'estimait le roi de quelqu'un d'autre. Cette consternante psychologie du commandement influença lourdement le processus de dégradation qui rongea le foie des pays libres. C'est dire que la retenue des principaux cadres à l'égard du discours de Saint-Ramé était significative de leur désarroi. Brignon et moi nous montâmes dans la voiture de Le Rantec, et je vérifiai pendant le voyage l'embarras que ce discours nous causait. Alors qu'il occupait nos esprits, nous n'en parlâmes pas une seule fois.

Lorsque nous arrivâmes rue Oberkampf, j'aperçus la limousine des Américains (elle n'avait pas été épargnée par les embouteillages). Peu désireux de me mêler à mes chefs, je m'empressai de disparaître à l'intérieur de l'entreprise. Un quart d'heure plus tard, je fus convoqué par Adams J. Musterffies au petit salon de réception. « Les ennuis commencent vraiment », me dis-je, et je me rendis à la convocation.

XIV

L'Américain n'était pas seul. Un individu à la carrure monstrueuse était affalé dans un canapé. Il m'adressa de la main un signe familier comme si nous avions fait ensemble le service militaire et me dit : « Hello. » Je le saluai à mon tour. Puis Musterffies m'invita à m'asseoir, et voici ce qu'il me déclara :

— Je vous présente Harold King Vosterbill, que nous appelons chez nous King Voster; il est notre détective privé attitré et exerce avec bonheur son talent là-bas, chez nous, dans l'Iowa, depuis près de dix ans. Nous lui avons demandé de se joindre à nous; notre cher Henri s'est de son côté assuré les services d'un détective français et c'est lui qui sera officiellement chargé de l'enquête. Nous avons, nous autres Américains, une grande confiance dans la police privée française. La présence de King n'est pas à interpréter comme un déni de cette confiance, mais il nous a semblé que les choses étaient si ténébreuses qu'il n'était pas superflu de réunir nos forces et nos sciences. Et puis, il faut bien que King justifie son salaire! » Cette plaisanterie déclencha chez eux une grossière et bruyante crise d'hilarité. « Dans cette affaire, reprit Musterffies, je vous ai désigné comme l'homme pivot pour trois motifs; d'abord, en raison du poste que vous occupez : le directeur adjoint des Relations humaines est concerné au premier chef par une provocation qui ne peut trouver sa source que sous un crâne délabré; ensuite, vous parlez très bien notre langue, ce qui est indispensable dès lors que nous autres Américains avons décidé la nuit dernière à Des Moines de superviser l'enquête afin de faciliter le travail de nos amis français Roustev et Saint-Ramé; enfin, je vous ai apprécié à chacun de nos contacts et vous paraissez discret, modeste, mais en même temps courageux et volontaire. Dois-je ajouter que je suis sûr de votre innocence; peut-être même à la limite seriez-vous le seul ici à échapper à tout soupçon. Nous avons en effet passé la nuit cruciale ensemble, à l'hôtel, au cours de notre promenade, pendant la veillée funèbre. Je ne vous ai pas quitté depuis 20 h 30, heure à laquelle nous nous rencontrâmes au dîner chez Saint-Ramé. Or, cette nuit-là, un homme s'est à l'évidence follement moqué de nous puisque, imitant la voix de ce cher Henri, il a envoyé Mme Arangrude, le corps de son mari, les Pompes funèbres, vos collègues cadres et ces militants syndicalistes dans le grand hall de marbre non sans avoir au préalable, deux jours auparavant, distribué ces satanés rouleaux. Oui, vous seul, Saint-Ramé et Roustev, j'ajouterais pour ma part ce Rumin, contrairement à l'avis de Ronson, échappez aux soupçons. Vous comprenez, Rumin est aussi membre du parti communiste français et la distribution de textes aussi stupides ne ressemble pas aux méthodes qu'ils emploient. A partir de là, nous sommes obligés de soupçonner tout le monde. D'ailleurs, Saint-Ramé est d'accord avec nous à ce sujet. Là où nos opinions divergent, c'est sur la tactique. Là-bas, aux États-Unis, nous sommes habitués à foncer droit au but, à ne pas nous faire une montagne du « qu'en-dira-t-on ». Un problème se pose, il existe, il faut le résoudre et cela seul importe. Ici en France, vous êtes plus prudents, plus soucieux d'étouffer, de circonscrire un incident. Si ça ne tenait qu'à nous, on avertirait tout bonnement le personnel qu'une enquête va se dérouler qui a pour objectif de démasquer celui qui nous empêche de travailler, de produire, de vendre, de profiter et, grâce à tout cela, de payer nos collaborateurs, de leur offrir de belles et bonnes primes l'été et à la fin de l'année. Henri préfère ne pas ébruiter la chose et procéder plus clandestinement. Son détective sera censé représenter une firme belge désireuse d'associer son sort au nôtre, ce qui lui procurera toute facilité de séjourner dans nos murs, de circuler où bon lui semble, de visiter les services. King passera pour l'un de mes assistants à Des Moines. D'un commun accord, Henri et moi sommes convenus d'un délai maximum d'une semaine. Si, au terme de ce délai, nous n'avons pas démasqué l'imposteur, alors, nous emploierons ma méthode. En vous demandant de venir ici je voulais vous présenter King Voster et vous mettre dans le secret. En dehors de Ronson, Saint-Ramé, Roustev, King Voster, le détective français et moi-même, vous êtes le seul cadre de notre firme dans le secret. Que pensez-vous de tout cela?

Qu'était-il judicieux de répondre au vice-président? Certes, les pensées ne me faisaient pas défaut. Elles se bousculaient même dans ma tête, mais elles étaient enchevêtrées, quelque peu confuses, voire contradictoires. A mes yeux, le facteur dominant de cette longue instruction était celui-ci : les Américains avaient définitivement pris l'affaire en main. Les lourdes allusions à l'accord d'Henri Saint-Ramé sur cette procédure le démontraient clairement. Musterffies et Ronson avaient communiqué avec Des Moines, probablement avant la nuit dernière, sans quoi King Voster ne serait pas arrivé si vite malgré la rapidité des moyens de transport. Dès le commencement de l'histoire, j'avais décelé une mésentente entre le directeur général français et ses patrons américains. Or ceux-ci venaient en fait de dessaisir celui-là de ses prérogatives, ce qui confirmait également la gravité que l'état-major de Des Moines attribuait aux dérangements qui sévissaient en France. Je ne pus exclure qu'ils détinssent des renseignements inconnus de moi et tels qu'ils se fussent déterminés très rapidement à prendre les rênes. Quels griefs nourrissaient-ils donc contre Henri Saint-Ramé pour le mortifier si ostensiblement? Était-ce qu'à cette occasion des comptes sordides et inaccessibles à un cadre supérieur normal se réglaient entre ces messieurs? Un rouleau, une veillée funèbre, un discours relativement humaniste me paraissaient constituer en ce cas une « opportunité » bien légère. Roustev jouait-il un rôle dans cette partie serrée? Disposait-il à Des Moines d'appuis nouveaux et insoupçonnés? J'avais de quoi me torturer les méninges si je cherchais dans cette voie. Mais il existait une hypothèse différente : je la subodorais par intermittences depuis vingt-quatre heures. Tantôt j'étais certain de sa valeur, tantôt je l'abandonnais précipitamment tant elle était fantasque.

De toute façon, le lieu se prêtait mal à ce genre de réflexions et je répondis :

— Monsieur, je pense que l'essentiel pour moi est de mettre hors d'état de nuire le ou les provocateurs et que, par conséquent, quelle que soit la méthode choisie, je suis à mon poste pour l'exécuter. Cependant, j'ai une question à poser : dois-je ou non participer moi-même à l'enquête? Par exemple, puis-je interroger des membres de notre personnel au sujet des faits qui se sont produits?

— Vous avez raison de poser cette question, dit Musterffies; je ne sais pas ce qu'en pense King, mais mon opinion personnelle est que vous devriez pouvoir interroger sous le sceau d'une absolue discrétion vos collègues cadres supérieurs; vous obtiendriez ainsi de précieux renseignements sans affoler le personnel.

Le détective américain approuva du chef.

— Auprès des principaux cadres, puis-je me réclamer des dirigeants, et de vous en particulier?

— Absolument, dit Musterffies, absolument, vous serez mon porte-parole.

A ce moment, la porte du petit salon s'ouvrit et Ronson apparut, le visage gris et tendu. Il ne fut pas étonné de me voir là et, à ma surprise, me serra la main. Et il nous annonça la nouvelle :

— La fille de Saint-Ramé vient de mourir à l'hôpital.

J'eus peur. Tout cela n'était pas naturel. Pour la première fois, l'idée me vint que nous ne tarderions pas à mourir nous tous et sur place. Comme si j'avais besoin d'une confirmation, un commentaire stupide d'Harold King Vosterbill claqua dans la pièce :

— Espérons maintenant, dit-il d'une voix vulgaire, que nous ne retrouverons pas son cercueil cette nuit dans le grand hall de marbre.

Je ne m'en souviens plus nettement, mais je crois bien que Musterffies et Ronson eux-mêmes n'apprécièrent qu'à moitié. Je pris congé, triste et découragé. Je fus rappelé un quart d'heure plus tard dans le petit salon. Cette fois, six personnes me contemplèrent en silence. Je restai debout, ne sachant que faire. Je pensai intelligent d'adresser mes condoléances à Henri Saint-Ramé. Celui-ci devina mon intention et, levant doucement son bras, il me dit :

— Non, grâce au Ciel, ma fille n'est pas morte. Elle est même rétablie et à la campagne depuis hier.

Je m'assis sur un pouf. Ronson m'informa brièvement d'une voix caverneuse :

— Voici à peu près trente minutes, la voix d'Henri m'a annoncé au téléphone qu'il annulait un rendez-vous que nous avions pour se rendre à l'hôpital; sa fille était morte; ce n'était pas vrai; c'est pourquoi on vous a rappelé. L'avez-vous dit à quelqu'un?

— A ma secrétaire, soufflai-je, soudain terrorisé.

— Ah... Que pouvez-vous faire? demanda Musterffies.

— Je vais vite lui donner la contre-information.

Et, tandis que je me levais, Ronson m'intima de rester :

— Téléphonez d'ici, vous gagnerez du temps.

Je courus au téléphone situé près de la fenêtre et appelai ma secrétaire :

— Mademoiselle? C'est moi... oui... écoutez, j'ai mal compris ce que j'avais entendu, Mlle Saint-Ramé est vivante et bien portante... Oui... L'avez-vous dit à quelqu'un? Ah très bien... tant mieux... tout ça est de ma faute, excusez-moi, à tout à l'heure...

Je raccrochai. J'étais mal à l'aise et furieux. Après tout, je n'avais commis aucune erreur. Il était normal que j'informasse ma secrétaire de la mort de Betty Saint-Ramé, mieux : c'était dans mon rôle. Musterffies me fit un geste rassurant comme s'il avait compris mon état d'esprit. Il me devint sympathique une fraction de seconde. Ronson me dit :

— Excusez-nous, vous n'êtes pour rien dans tout ça, mais il était important de tuer une fausse nouvelle de cette importance.

— C'est un peu la suite de notre entretien, ajouta Musterffies presque amical; quelqu'un, je vous l'ai dit, se moque de nous chez nous; cette fois, le provocateur a joué d'audace, il a téléphoné sur la ligne intérieure et pas à n'importe qui, à Bernie Ronson! Il finira par se trahir. Qui dans cette entreprise est capable d'imiter votre voix ainsi, Henri?

— Tous ceux qui m'entourent ou me côtoient.

Le détective français, croisant mon regard, me sourit et me dit :

— On ne nous a pas présentés, je m'appelle Redan, détective privé.

— Enchanté, dis-je, et je me présentai à mon tour.

— Avez-vous donc essayé d'imiter votre directeur général? » me demanda-t-il en riant, et, voyant que je fronçais les sourcils, il m'expliqua : « Vous savez, nous n'obtiendrons aucun résultat sans nous détendre et nous glisser dans la peau de l'imposteur.

Alors j'imitai la voix d'Henri Saint-Ramé.

— Bravo! s'écria le détective, bravo! Recommencez, maintenant.

J'obéis. Et, cette fois, même les Américains me congratulèrent.

Je quittai la pièce avec leur permission sous les vivats des policiers et de l'état-major.

Le Rantec fut ma première victime. Je le convoquai sur-le-champ, et d'un ton si péremptoire qu'il rappliqua dans mon bureau plus ahuri qu'indigné quelques minutes après :

— Ah, lui dis-je, mon cher Le Rantec, je dois maintenant prendre sérieusement les choses en main, rien ne va plus chez nous, excusez-moi de vous brusquer mais le temps presse : imitez donc la voix de notre directeur général, imitez, cher Le Rantec, ne protestez pas, pliez-vous à la dure et collective discipline qui seule pompera les flots infectés qui ont envahi la cale de notre navire amiral, pompons, mon cher, pompons, comme nous y invite une chanson célèbre; après quoi, nous colmaterons! Non, je vous en prie, ne vous insurgez point, ne pensez pas que je sois fou, je suis au contraire mandaté par nos chefs bien-aimés pour vous tenir ce langage, imitez la voix d'Henri Saint-Ramé, je vous accorde deux essais, comment? De quoi je me mêle? Ne m'insultez pas, mon cher, ne suis-je pas directeur adjoint des Relations humaines? Je vous ai abandonné discours et péroraisons sur l'équilibre du budget neutre, laissez-moi donc les homélies sur l'équilibre de l'entreprise, je veux parler bien sûr de l'équilibre mental et non de celui de ses recettes et de ses dépenses! Remettez-vous, Le Rantec mon collègue et ami, je travaille pour vous, je suis lancé aux trousses de votre concurrent, cet imprécateur qui par ses cours magistraux sur l'économie finirait bien par vous supplanter! Or, je vous préfère, mon cher, je vous préfère, vous Le Rantec, cadre de gauche et breton, à cet économiste improvisé et primaire surgi tout gluant d'on ne sait où, là-bas au fond, en bas, sous les soubassements suintants, non loin des célèbres ossements et squelettes du cimetière de l'Est. Quelle idée aussi de construire si près des morts une rutilante demeure afin d'y abriter les pionniers fringants de nos modernes croisades, de notre affriolante aventure douanière! Était-ce que le prix du terrain était bas? Vous devez savoir ça, vous, Le Rantec, combien coûtait à l'époque des fondations le mètre carré au coin de l'avenue de la République et de la rue Oberkampf? Essayez de vous rappeler, mon cher, dites-moi ça en dollars, et dites-le à la manière de Saint-Ramé; ainsi ferons-nous d'une pierre deux coups, nous apprendrons ce prix et je verrai si oui ou non vous êtes soupçonnable.

— Je vais de ce pas me plaindre à Saint-Ramé, coupa Le Rantec hors de lui, et il s'en fut en claquant la porte.

Mais il revint vite, escorté des Américains, de Saint-Ramé, de Roustev qui, par leur attitude, nous montraient nettement, à Le Rantec aussi bien qu'à moi-même, que la période de rigolade était terminée.

— Allez, insistait Musterffies, imitez, dear Le Rountec, ne vous formalisez pas, peut-être notre ami des Relations humaines s'y est-il pris maladroitement avec vous, mais il a raison, il est investi, il doit enquêter et démasquer l'imposteur, moi-même j'ai imité et d'ailleurs je vais recommencer ici pour vous décontracter et vous libérer de tout sentiment de ridicule, tenez, écoutez : « Allo, Mr. Le Rountec? Ici, c'est Saint-Rémé, votre directeur général... » Vous voyez? J'y arrive, ce n'est pas mal, je pourrais être le coupable; ah, ah, ah, Le Rountec! Si Adams J. Musterffies était le coupable, ce serait colossalement historique! Allez, prêtez-vous avec abnégation à l'expérience et, surtout, ensuite, ne la révélez à personne; nous vous connaissons, dear Le Rountec, nous autres Américains à Des Moines, nous vous avons remarqué, estimé, et nous savons que vous êtes l'un des rares cadres français capables de nous dire combien valait le dollar en 1923, allez, courage, nous vous enverrons bientôt en stage de perfectionnement dans le Massachusetts! Si vous n'êtes pas coupable, bien sûr, ah, ah, ah! Et souvenez-vous, on sent tout de suite si quelqu'un tente volontairement de mal imiter, pas vrai, Bernie?

— Sûr, grogna Ronson.

A ce moment, King Voster fit son entrée. Le Rantec, suffoqué par le ton et le langage que nous avions employés à cinq minutes d'intervalle, Musterffies et moi-même, crut défaillir à l'apparition du policier du Kentucky. Sans doute, moins bien préparé que moi à l'ébranlement des nerfs de l'entreprise, craignit-il qu'on ne le torturât dans mon bureau pour le faire avouer. Dieu sait pourtant que la seule évocation du Kentucky suffisait en général pour que Le Rantec succombât à l'extase en gémissant : « Ah, le Kentucky, les États-Unis, les campus d'outre-Atlantique, l'année prochaine, j'y enverrai mon fils... »

Cette dévotion ne lui fut d'aucun secours lorsqu'il s'entendit sommer par Musterffies de s'exécuter sous les yeux de King Voster :

— Allons, Le Rountec, un sursaut, que diable, n'ayez pas peur de cet homme, c'est un de mes vieux collaborateurs, Harold King Vosterbill, chargé à mes côtés du dépouillement des statistiques, né dans le même village que Ronson, pas vrai, Bernie ?

Le Rantec obéit, l'air effaré. Et il imita la voix de Saint-Ramé.

— Ah, pas mal, mon cher, pas mal, encore une fois !

Le deuxième essai fut jugé excellent :

— C'est moins bon que notre directeur adjoint des Relations humaines, mais ce n'est pas mal du tout, déclara Musterffies.

C'est alors que Le Rantec comprit qu'avant lui j'avais été soumis au même exercice :

— Vous aviez donc imité avant moi ? me souffla-t-il.

— Eh oui, mon cher, vous le constatez, ce n'est pas moi qui suis fou, pas plus d'ailleurs que ces messieurs; nos cadres principaux vont devoir se plier dès aujourd'hui à cette discipline; vous comprenez, l'imprécateur imite la voix de notre directeur général pour perpétrer ses forfaits.

— L'imprécateur ?

— Oui; l'homme qui secoue l'entreprise, organise en sous-main des veillées funèbres, répand de fausses nouvelles, conçoit, rédige, imprime et distribue ces maudits rouleaux, est un imprécateur.

Et, tout à coup, je fus tenaillé par l'envie d'utiliser la situation à mon profit, de mettre en relief mon attachement à l'entreprise, ma fidélité au système, mon dévouement à la cause de notre civilisation. Jamais un responsable des Relations humaines n'avait l'occasion de briller. Il n'y avait d'exploits à accomplir que dans le triple domaine de la fabrication, de l'emballage et de la vente des marchandises. J'étais frustré de compliments et j'éprouvai brusquement un désir furieux de rattraper le temps perdu. Alors, j'ajoutai à l'adresse de Le Rantec, mais en réalité à celle de l'état-major réuni au complet dans mon bureau :

— Vous comprenez, Le Rantec, nous autres cadres sommes considérés par nos chefs comme des pivots indispensables de la firme et on nous fait une confiance absolue. C'est pourquoi nous devons surmonter, unis, ces épreuves, et nous imposer le test de l'imitation. Je ne vous soupçonne pas, le président Musterffies, MM. Ronson, Saint-Ramé et Roustev ne vous soupçonnent pas non plus, mais notre devoir est de commencer l'enquête par nous-mêmes. Voici que notre entreprise n'a plus simplement besoin d'habiles vendeurs, de techniciens astucieux mais d'hommes de caractère et d'imagination. Un danger mortel menace notre firme, peut-être aussi s'agit-il seulement d'une cocasserie, d'une manœuvre loufoque; mais, tant que nous n'aurons pas identifié le mal ou la plaisanterie, nous n'aurons le droit ni de pleurer ni de rire. Certes, il est peu banal, dans une entreprise comme la nôtre et quand on y occupe de hautes fonctions, d'être convié à imiter en public la voix de son directeur général. L'instant de stupeur passé, n'entre-t-il pas dans notre destinée, dans notre raison d'être, d'utiliser tous les moyens à notre disposition pour chasser le démon? Quelqu'un, Le Rantec, parmi les 1 100 personnes de la firme, est fou. Voilà la vérité. Et ce fou est ingénieux. Voilà la difficulté. L'heure est venue de nous unir étroitement et de soutenir nos dirigeants dans cette curieuse période. Et permettez-moi de vous le déclarer avec simplicité : je vois une sorte d'honneur, un de plus, qui est rendu à la puissante et bonne compagnie Rosserys & Mitchell dans le fait que c'est contre elle que se manifeste pour la première fois un mal nouveau qui contourne sournoisement les obstacles que la psychosociologie moderne élève autour des firmes pour réduire les velléités révolutionnaires ou subversives. A tout seigneur, tout honneur, donc. Adams J. Musterffies est là, en personne, parmi nous, suzerain vigoureux qui délaisse son bureau de Des Moines pour se jeter au cœur de la mêlée et nous guider dans ce combat. Henri Saint-Ramé est son jeune et entreprenant vassal. Et nous, Le Rantec, nous sommes leurs chevaliers. Revêtons nos cottes de maille, abaissons nos heaumes, bouclons nos cuirasses, et courons sus à la bête monstrueuse qui tente de percer les intestins et la rate de notre déesse gonflée d'abondance et de générosité, Rosserys & Mitchell, la plus grande entreprise de fabrication et de vente d'engins de tous les temps, dont le budget annuel est supérieur à celui de la plupart des États de notre humble planète couturée de cicatrices qu'un esprit malin tente de rouvrir dans l'ombre pour qu'elles ressaignent éternellement. Le Rantec, mobilisons nos compagnons, ils ne sont que dix. Avec vous et moi, nous serons douze, douze cadres d'état-major qui, ce soir, devrons tous avoir imité. Pendant ce temps, nos chefs auront pris leurs dispositions pour approcher le personnel par une méthode différente, car le personnel est versatile, il peut se précipiter dans les bras de n'importe qui, même dans ceux du démon. Or imaginez, Le Rantec, que le démon ait élu domicile chez nous, en bas, sous les soubassements! Imaginez, Le Rantec, que Satan ait comploté contre nous, irrité de voir que, grâce à nos engins, notre Terre se débarrasse de ses broussailles, de ses jungles au profit du soja et du sénevé! Voilà, Le Rantec, la vengeance de Satan qui comprend que l'homme a payé sa dette et qu'après avoir sué, saigné, expié, il redevient enfin heureux. Alors Satan sort de sa tanière de flammes et il s'attaque à ceux dont dépendent la prospérité et le bonheur du monde. Et parmi ceux-là, qui voit-il, Le Rantec, qui voit-il? Il voit quelque part en France un immeuble de verre et d'acier dressé au coin de l'avenue de la République et de la rue Oberkampf, non loin du cimetière de l'Est. Il lit en lettres de feu éclatantes et visibles de tout Paris : *Rosserys & Mitchell.* Hypocrite et cruel, il pénètre par-dessous la terre, guidé par les âmes damnées du cimetière, et Dieu sait, Le Rantec, si celui-ci en contient; il s'introduit dans les soubassements. Un soir, je vous le dis, nous verrons remuer un bout de sa queue verdâtre et purulente derrière un pilier du grand hall de marbre. Voilà, Le Rantec; assurément, je ne vous ai pas parlé comme il sied à un cadre soucieux de concision et d'une marge commerciale accrue, mais je vous ai tenu les seuls propos qui dans les circonstances actuelles me paraissent dignes du directeur adjoint des Relations humaines!

C'est ainsi que je fus nommé directeur tout court. Évidemment, je m'étais exprimé en américain. Les esprits étaient si commotionnés par les avatars de la firme que mon discours, qui en des temps ordinaires m'eût valu un séjour à l'infirmerie, non seulement flatta les chefs mais les galvanisa. J'observai que le policier américain ne me regardait plus de la même façon et je regrettai l'absence du détective français. Adams J. Musterffies se leva et dit :

— Magnifique! Je vous ai découvert aujourd'hui! Je suis persuadé maintenant que vous êtes aussi bon que ce directeur des Relations humaines de San Francisco! Henri, Bernie, André, nommons-le directeur! Que diable signifie cette histoire d'adjoint! Nommons-le, nommons-le! s'écria-t-il en proie à une excitation de plus en plus vive.

— Oui, nommons-le! approuvèrent les autres en chœur.

Après les félicitations d'usage, ils sortirent, réjouis, de la pièce. Le Rantec ne bougea pas de sa chaise. Pâle, mal remis de cet épisode agité, il semblait se demander si ce qu'il venait de vivre était réel. Enfin, il se leva, essuya son visage avec un mouchoir, et me tendit la main :

— Je vous félicite, moi aussi, dit-il d'une voix blanche, j'ai besoin de réfléchir, je rentre chez moi.

Et il partit. A mon tour, j'épongeai mon front puis j'ouvris la fenêtre. L'air frais caressa mon visage. J'aperçus dans le lointain, par-dessus les immeubles, des enfants qui jouaient dans la cour d'une école. J'allumai une cigarette. Un étrange silence enveloppait notre entreprise, d'habitude si bruyante. En bas, dans la rue, la circulation me parut anormalement ralentie. La fatigue s'emparait de moi. Je pris soudain conscience qu'un fait considérable s'était produit. Je ne pensais pas à ma promotion inattendue, mais au langage utilisé pendant près d'une heure. Que c'était curieux! Des gens aussi peu fantaisistes que les Américains, Saint-Ramé, Roustev, avaient élevé la voix, presque chanté : « Nommons-le, nommons-le! » Tout juste s'ils n'avaient pas gambadé, effectué des pirouettes. Moi-même, j'hésitais à me souvenir des paroles que j'avais prononcées. Ma comparaison avec les chevaliers du Moyen Age me sembla ridicule. Étions-nous ivres?

Je me penchai à la fenêtre. A ma droite s'étendait le Père-Lachaise. Un serpent à longue queue verdâtre se cachait-il là-dessous? Un mauvais génie raillait-il en ce moment dans l'ombre des soubassements de l'immeuble en constatant que le langage, lui aussi, était atteint? Dans une semaine, m'interrogeai-je angoissé, les collaborateurs de Rosserys & Mitchell en viendraient-ils à s'exprimer en chantant? Qui réglerait cet opéra démoniaque? Où se terrait celui qui déclenchait de si terribles perturbations?

Ce soir, tandis que j'écris ces lignes, et bien que rompu par mon effort littéraire, je n'ai pas envie de m'endormir. Mon souvenir de ces instants est trop vivace, il s'accompagne de trop de terrifiantes visions.

Cette nuit, mon sommeil sera cauchemar. Et je serai certainement réveillé en sursaut par le bouillonnement des remous infâmes, glacé par les grondements de cataracte annonciateurs du déferlement de l'hystérie.

Or c'était le temps où les pays riches, hérissés d'industries, touffus de magasins, avaient enfin découvert une loi nouvelle, un projet digne des rudes efforts imposés à l'homme et consentis par lui depuis des millénaires : faire du monde une seule et unique entreprise.

XV

Au lendemain de cette journée, 1 100 personnes employées au siège de la société Rosserys & Mitchell-France reçurent à domicile un rouleau maintenu par un ruban vert et noir. C'était la deuxième imprécation, dont je donne ci-dessous le texte intégral avant de rapporter les commentaires et mouvements divers qu'elle suscita. La mise en page et la typographie étaient en tout point semblables à la première.

QUE SAVENT-ILS,
CEUX QUI DIRIGENT ROSSERYS & MITCHELL?

Ceux qui dirigent Rosserys & Mitchell savent plus qu'on ne croit. Et si certains collaborateurs sous-estiment les connaissances de leurs chefs, cela est dû à l'exceptionnelle modestie de ceux-ci. En effet, ceux qui aujourd'hui embrassent les vastes horizons mondiaux, échafaudent les projets cosmiques, ceux-là qui, grâce à leur éducation, leur science, leur intrépidité, ne craignent plus les mystères de l'univers, aux yeux de qui Pluton est une réserve d'énergie et non plus un point magique du ciel, ceux-là donc, contrairement à ce que l'on aurait pu en attendre, sont modestes et vivent frugalement. Leur savoir passe inaperçu. Alors, il advient que les citoyennes et les citoyens qui les croisent dans la rue ou

114

dans les couloirs de l'entreprise ne les reconnaissent plus, ou bien que, trompés par leur amabilité, leur simplicité, leur naturel, la pauvreté de leur mise, ils se méprennent et se disent : « Au fond, ces gens, qui sont nos chefs, que savent-ils de plus que nous? » Or, parmi les mots, les concepts, les formules qui égaient leur vie quotidienne et qui finissent par leur devenir familiers, il en est qui dissimulent une complexité dont le vulgaire n'a pas une idée juste. Il en va ainsi par exemple des mots suivants : capital, investissement, amortissement, concentration, revenus, monnaie, impasse budgétaire. Nous avons vu qu'un capital pouvait circuler selon qu'il était fixe ou non. Mais la plupart de ceux qui sont dirigés s'arrêtent à cette notion alors que leurs chefs, eux, la dépassent audacieusement. Comment former le capital? Comment faire face à son usure et à son renouvellement? Voilà des questions auxquelles il se révèle particulièrement ardu de répondre. Ceux qui dirigent y ont répondu. Prenons l'acier; c'est une matière première qui circule puisque, si un entrepreneur achète de l'acier pour fabriquer une automobile, l'acier contenu dans le véhicule sort de l'usine avec lui et s'en va circuler sur les routes pittoresques de notre pays. Mais, pour acheter cet acier, l'entrepreneur a dû débourser de l'argent. Eh bien, cet argent qu'il faut posséder pour acquérir ce capital de matières premières, s'appelle capital monétaire. Oui; mais qui va le donner à l'entreprise, ce capital monétaire? Eh bien, ce sont les citoyennes et les citoyens. Car, l'argent qu'ils reçoivent en échange de leur travail, ils ne vont pas le dépenser entièrement. Ils vont l'épargner. Une partie de cette épargne sera déposée dans les banques et diverses institutions financières, une autre partie sera consacrée à l'achat d'actions et d'obligations. Ah, les actions et les obligations! Les masses non averties et parfaitement ingrates à l'égard de la science financière ne se sont jamais pénétrées de la différence de fond qui sépare une action d'une obligation. Elles ne se sont pas avisées que celui qui détient une action est un acteur de l'entreprise alors que celui qui détient une obligation en est l'obligé. L'actionnaire est un associé, il est convié à agir; sa participation est en somme considérée comme une action, et rien ne le distingue à ce titre de ceux qui possèdent ou dirigent l'entreprise. Détenir une action, c'est devenir un acteur de la société à laquelle on s'est associé. Par conséquent, il est naturel que l'actionnaire soit voué à partager les bons et les mauvais moments. Et, en effet, selon le cas, l'action monte ou elle descend. L'obligation est, elle, plus hargneuse, plus cynique que l'action. Un homme prête son argent à l'entre-

prise, laquelle est obligée de lui verser chaque année un intérêt, quelle que soit la période qu'elle traverse; après quoi, à l'expiration du terme, elle remboursera cet argent au prêteur. Ceux qui président aux destinées de Rosserys & Mitchell ne se contentent pas d'assimiler ces notions, ils entrent dans les détails et, au moyen de la mathématique, ils réduisent à merci les forces impersonnelles de l'argent. Il arrive qu'une société émette des obligations à un prix E inférieur au prix de remboursement R. Vous en doutiez-vous? Et savez-vous comment s'appelle la différence entre R et E? Cela s'appelle : prime de remboursement. Par conséquent, si X est le nombre d'obligations émises, la prime s'élève pour l'ensemble de l'emprunt à X (R—E). Et avez-vous une idée de ce qu'est une annuité? Eh bien, c'est une somme payée annuellement. Payer en dix annuités, cela signifie donc que, chaque année pendant dix ans, une somme est payée. Entrons témérairement dans les complications qui sont le lot de ceux qui dirigent économie, science et monnaie, et apprenons à notre tour que les annuités peuvent être soit fixes soit variables. Humilions-nous enfin en contemplant respectueusement les formules qui permettent d'établir avec précision le montant d'une annuité, par exemple, fixe :

$$a = \frac{Ar\,(1+r)\,n}{(1+r)\,n - 1}$$

où A représente le capital à rembourser, r l'unité de 1 franc pendant l'unité de période et n le nombre de périodes. Maintenant, remontons à la surface et attardons-nous sur cette notion d'investissement, clé de voûte de notre prospérité. Une entreprise ayant trouvé son capital, tenue désormais de payer les intérêts de ses obligations et rassurée d'être sortie de sa solitude, marchant en avant protégée par ses escouades d'actionnaires, que va-t-elle entreprendre? Eh bien, elle va investir. Ceux qui dirigent Rosserys & Mitchell excellent à investir pour notre plus grand bien. Ils agrandissent leurs installations, les modernisent, créent de nouvelles usines, augmentent les stocks. C'est là qu'il est fondamental de prévoir. De même qu'il est indispensable de prévoir l'usure du matériel et des murs. Il faut donc constituer des réserves destinées à renouveler les capitaux fixes. D'où tirer ces réserves? Ceux qui dirigent ont étudié la question et ils l'ont résolue. Ils vont inclure dans le prix de vente des produits une provision qui représentera l'usure des machines. Voyez comme parfois les problèmes les plus difficiles appellent les solutions les plus simples. Ainsi, ils calculent qu'une machine produira par exemple 200 000 produits, après quoi elle sera usée ou démodée. Si cette machine a coûté 400 000 francs, on divisera 400 000 par 200 000, ce qui donne 2 francs. Et le prix de chaque produit comprendra donc ces 2 francs. Cette géniale opération se nomme : amortissement. Investissement et amortissement constituent les deux piliers sur lesquels s'appuient ceux qui nous font vivre. C'est pourquoi ils y attachent un soin attentif. Chaque année, notre cher Henri Saint-Ramé, dans la paix de son bureau, prend sa plume et calcule. Il déduit la somme totale des amortissements de la somme totale des investissements. Il obtient alors, le croiriez-vous, l'investissement net, baromètre infaillible de la santé et du dynamisme d'une firme. Ce survol sommaire et volontairement éclectique des mécanismes de la formation et de l'emploi du capital, cette plongée soudaine au fond des grandes fosses des calculs boursiers et financiers, souffrent, bien sûr, de tout ce qui n'a pas été vu et qui est immense. Il s'agit là d'un aperçu minuscule des phénomènes qui régissent notre monde et des préoccupations oppressantes qu'ils entraînent pour nos chefs, des facultés intellectuelles impressionnantes qu'ils exigent d'eux. Que ma contribution modeste à l'explication de leur dur labeur soit comprise ainsi. Je souhaite que, sans verser dans une admiration déplacée, les citoyennes et les citoyens, les collaboratrices et les collaborateurs, un peu plus conscients désormais des mérites et des responsabilités écrasantes de ceux qui les dirigent, en viennent naturellement à les remercier, d'un sourire discret, d'un clignement des yeux affectueux, d'un signe quelconque exprimant leur dévouement et leur reconnaissance, lorsque par hasard ils les croisent dans la rue ou dans un couloir. Bientôt, votre admiration pour eux dépassera toutes les bornes quand je vous aurai brièvement exposé les doux et chaleureux schémas de l'organisation interne des entreprises que prévoient nos bons maîtres, staff and line, direction par objectifs. Alors, à n'en pas douter, l'émotion serrera gorges et cœurs et qui sait, citoyennes et citoyens essuieront en cachette une ou deux larmes rondes et salées.

En attendant, prions Dieu que notre société gagne la guerre économique pour le plus grand bonheur de tous les hommes, et supplions-Le de garder en bonne santé les chefs qui veillent sur notre croissance et notre expansion. En dévoilant un peu de ce qu'ils savent et de ce qu'ils supportent, j'aurai contribué à les faire mieux respecter.

Ce matin-là, donc, à l'heure d'ouverture des bureaux, les habitants du quartier Bastille, Nation, République, Père-Lachaise, furent intrigués en voyant se presser aux portes de Rosserys & Mitchell-France des cohortes de gens tenant tous à la main un rouleau de papier attaché par un ruban vert et noir. Bien que je m'attendisse à recevoir tôt ou tard un deuxième exemplaire de ce maudit parchemin, mon cœur battit lorsque je le reconnus parmi les lettres et imprimés qui encombraient ma boîte aux lettres. Quoique légèrement en retard, je ne résistai pas à la curiosité de le lire et je le déroulai. Le texte ne m'apprenait rien. Il poursuivait dans le simplisme, la naïveté et, selon moi, dans l'ironie. Je l'enfonçai dans ma poche et montai dans un autobus. Pendant le trajet, l'envie me vint à plusieurs reprises de le relire mais je n'osai l'exhiber en public. Pourtant, j'imagine que personne ne m'eût tapé sur l'épaule en s'exclamant : « Je reconnais à ce rouleau que vous appartenez à la société Rosserys & Mitchell, géante, américaine et multinationale ; alors, que dit-il, cette fois ? Est-il question de l'euro-dollar ? Vos dirigeants savent-ils aussi des choses là-dessus ? Vous en avez de la chance, dans cette entreprise, d'apprendre l'économie et la finance par une méthode si originale ! Toutes les firmes devraient receler, nourrir et honorer un mystérieux correspondant de cette espèce ! J'ai entendu dire que les Américains expérimentaient là une nouvelle technique d'information qui viendrait parfaire et couronner la direction par objectifs, la délégation de pouvoir aux unités décentralisées et centres de profit, la communication montante et descendante. Il paraît qu'un spécialiste de l'Arizona, Robert Alan Dormeth, aurait démontré que les mouvements de l'information au sein des grandes entreprises modernes seraient calqués sur le mouvement des marées. Si l'on compare au Soleil l'état-major central et multinational américain, à la Lune les dirigeants français, hollandais, allemands, britanniques, italiens, danois, irlandais, etc., les informations monteraient et descendraient en fonction des lois réglant les marées. En quelque sorte, chaque entreprise serait baignée d'un océan d'informations toutes identiques et n'ayant en elles-mêmes que peu d'intérêt et d'importance. Elles ne se pareraient d'un attrait que dans la mesure où l'état-major américain et ses satellites européens leur en conféreraient un. Ainsi, chaque jour, une ou plusieurs de ces informations sélectionnées par les chefs, donc hissées à la crête des vagues, descendraient vers les collaborateurs, leur mouilleraient la pointe des pieds, puis remonteraient chargées de leurs odeurs, donc de leurs souhaits, vers les astres et les planètes. Les périodes de crise proviendraient alors de la densité de ces flux et de ces reflux. Trop d'informations trop influencées submergerait le personnel, qui n'aurait pas eu le temps de se retirer vers les hauteurs et les falaises, et l'irriterait. Trop de souhaits, trop de désirs refluant vers les états-majors les crisperait et les durcirait. L'éminent Robert Alan Dormeth les aurait qualifiées, ces crises, de raz de marée *staff* contre *line*, apportant ainsi une contribution remarquée à l'affinement des méthodes d'organisation en vigueur. Monsieur, vous qui travaillez chez Rosserys & Mitchell, est-ce que vous avez eu vent de cela? Ne vous récriez pas, monsieur, j'ai reconnu ce rouleau fameux et son ruban vert et noir, vous êtes bel et bien un collaborateur de cette opulente et pulpeuse société d'engins! N'ayez pas honte, soyez gentil, montrez-moi ce rouleau! »

En débarquant de mon autobus, je mesurai une fois de plus les effets pernicieux de cette action clandestine. Une foule de questions se bousculaient dans ma tête et, à peine avais-je débouché rue de la Folie-Méricourt, que la réponse à l'une d'entre elles me fut apportée sans aucun ménagement : des centaines d'employés de notre firme se dirigeaient vers la rue Oberkampf en gesticulant et en brandissant ces rouleaux. C'est donc que tous les avaient trouvés, comme moi, le matin, dans leur courrier. Du coup, désireux de ne pas me singulariser, je tirai le mien de ma poche. A l'inverse de l'autobus, la rue Oberkampf et ses environs délimitaient un territoire à l'intérieur duquel il devenait malséant d'apparaître exempté de ces tracasseries. En marchant, j'examinai de près ce rouleau et constatai qu'il ne portait pas le cachet de la poste. L'imprécateur et ses complices l'avaient distribué eux-mêmes à domicile. A défaut d'avoir utilisé de nombreuses équipes de distributeurs, cela tenait du prodige. Les employés de Rosserys & Mitchell étaient logés un peu partout dans Paris, disséminés quelquefois dans de lointaines banlieues. Il m'appartiendrait, dès ce matin, de vérifier si les 1 100 personnes travaillant au siège avaient reçu ce rouleau. Voilà qui retarderait d'autant l'interrogatoire des principaux cadres. Mais, après tout, songeai-je, cela est mieux ainsi et facilitera ma tâche; la nouvelle manifestation de l'imprécateur replace mon enquête dans un contexte d'actualité brûlante. D'ailleurs, cette distribution à domicile avait son côté rassurant : elle prouvait que les dispositions adoptées pour renforcer la garde de nuit avaient été efficaces.

Elles avaient gêné le provocateur au point de l'astreindre à une vaste opération nocturne et à un recrutement en conséquence. Il me sembla que la promesse d'une récompense alléchante permettrait d'entrer en relation avec l'un des individus ayant participé à cette expédition. Enfin, ce changement de méthode redonnait à son auteur un caractère et un visage humains. Nous n'affrontions plus des forces surnaturelles. Le démon, des fantômes auraient trompé notre surveillance de nuit. Le génie de l'imprécateur, mis en échec par des équipes de gardiens de nuit en chair et en os, était ramené à des proportions raisonnables. Mais, au revers de ces réflexions positives et rassérénantes, on trouvait l'entreprise elle-même. Une entreprise en ébullition, à en juger par les attroupements et la confusion qui régnait aux portes du grand hall de marbre. L'heure réglementaire était passée depuis un quart d'heure et le personnel campait à l'entrée. Je faillis m'étonner qu'ils eussent tous apporté leur rouleau, mais je me rappelai qu'ils en avaient déjà reçu un, et que découvrir le deuxième dans sa boîte aux lettres ne manquait pas de sel. Je me coulai dans la foule et tâchai de me pratiquer un chemin vers les portes monumentales. Certains me reconnaissaient au passage et me saluaient sans cérémonie, joyeux, rieurs, détendus, ce qui m'inquiéta. Diable, me dis-je, mais on les croirait en fête! Ils échangeaient des avis, s'extasiaient, palabraient, s'interrogeaient, s'interpellaient :

— Dis, Irène, tu as vu le coup sur les annuités?

Et tous de s'esclaffer.

— Tu crois, toi, que c'est vrai, cette formule?

— Dis donc, tu as vu l'histoire de l'amortissement?

— Eh bien quoi, c'est normal, c'est vrai qu'il faut amortir!

Je parvins dans le grand hall de marbre. J'aperçus Rumin, Saint-Ramé, Roustev et la plupart des cadres principaux. J'eus la désagréable impression que le personnel prenait des libertés avec les marques élémentaires de respect. Moi qui n'attachais que peu de prix à ces grimaces, je fus choqué de leur disparition. On aurait dit que l'imprécateur, sublime et hors d'atteinte, intemporel et détaché, réunissait à un cocktail d'après-guerre officiers, soldats, barons et ouvriers pour entonner ensemble et démocratiquement : « Elle aime à rire! elle aime à boire... » De quoi ces gens se sentaient-ils délivrés sous le prétexte que chacun d'entre eux avait au matin reçu un rouleau? Peut-être avaient-ils acquis la certitude qu'une vaste plaisanterie chahutait l'entreprise, ou que les dirigeants, transportés par l'accroissement des marges bénéficiaires, offraient un divertissement d'avant-garde, qu'ils rédigeaient eux-mêmes les textes de ces rouleaux, qu'ils les imprimaient et les distribuaient aux frais de la firme. L'atmosphère était bon enfant. A Saint-Ramé, je soufflai :

— Monsieur, que doit-on faire ?

.— Je crois que je dois prendre la parole, qu'en pensez-vous, Rumin ?

— Monsieur, dit Rumin, mon rôle n'est pas de faire rentrer le personnel, pour la bonne raison que je ne l'ai pas fait sortir ; je me demande ce qui se passe ici ; j'ai pris contact avec ma centrale, qui n'apprécie pas du tout ce folklore ; on va encore raconter que nous sommes à l'origine de cette agitation. C'est une provocation ; les syndicats ne font pas du théâtre de boulevard quand ils revendiquent ; vous devez leur parler ; je me tiendrai silencieux, mais à côté de vous.

— D'où vais-je leur parler ?

— Peut-être de mon bureau, monsieur, dis-je, la fenêtre est bien placée, à la hauteur idéale, ni trop bas ni trop haut.

— La mienne est aussi bien placée que la vôtre, objecta Brignon, qui avait tendu l'oreille.

Je lui décochai un coup d'œil méprisant. Alors que l'entreprise affrontait une situation difficile, il ne pensait, lui, qu'à son ascension. Je me promis de lui faire imiter la voix de Saint-Ramé plus de trois fois.

— Croyez-vous qu'ils vont tous m'entendre ? s'inquiéta le directeur général.

— Je puis vous prêter mon porte-voix, proposa Rumin, si toutefois cela ne vous gêne pas ; il sert d'ordinaire à propager des mots d'ordre.

— Est-ce qu'on reconnaîtra de loin qu'il s'agit de votre porte-voix ? s'enquit Roustev.

— Non, il est comme tous les porte-voix, assura Rumin.

— En prenant la parole d'une fenêtre et avec le porte-voix de Rumin, ne vais-je point grossir inconsidérément cette affaire ? demanda Saint-Ramé.

— Il me semble, dis-je, qu'elle est suffisamment grossie.

Roustev et Rumin acquiescèrent. Alors Saint-Ramé nous entraîna vers l'ascenseur et nous nous rendîmes dans mon bureau. Rumin nous rejoignit avec son porte-voix.

— Comment fonctionne cet appareil ? s'enquit Saint-Ramé.

Rumin le lui expliqua. Le directeur général s'avança vers la fenêtre, ayant à sa droite Roustev et à sa gauche Rumin. Je me tins juste derrière le chef syndicaliste. Dès que Saint-Ramé apparut, une clameur s'éleva sans qu'aucun de nous sût l'interpréter. Rumin fronça les sourcils, Roustev se frotta longuement le menton.

— Mesdames, messieurs, chers collaborateurs! commença Saint-Ramé, ce matin, vous avez trouvé dans votre boîte aux lettres un rouleau maintenu par un ruban vert et noir! Eh bien, je vais vous dire : « moi aussi, je l'ai reçu, ce rouleau! » Un tonnerre d'applaudissements ponctua ces paroles. « D'ailleurs, poursuivit le directeur général, je l'ai là, sur moi, dans la poche... Le voici! » Ce fut du délire. Médusé, je passai la tête entre Saint-Ramé et Rumin, et ce que je vis me laissa pantois : un millier de bras brandissant un millier de rouleaux saluaient le directeur général, lui-même le bras tendu et montrant à la foule son rouleau à lui! Puis, je fus le témoin d'un spectacle inoubliable : gênés et pris de court, Rumin et Roustev tirèrent lentement eux aussi leur rouleau et, s'abstenant de lever le bras, ils le tinrent au niveau de la barre d'appui. Risquant de nouveau un œil, je crus distinguer un peu à l'écart de la masse Le Rantec déchaîné, agitant son rouleau et par moments sabrant l'air. Était-ce que la séance de la veille lui avait quelque peu dérangé le cerveau? « Mesdames, messieurs, continua Saint-Ramé, je ne vous en dirai pas plus! Qui que soit l'auteur de ce rouleau, je le félicite pour son humour, pour son aptitude à détendre l'entreprise, pour son habileté à le distribuer! Et maintenant, je vous demande de vous mettre au travail, d'attendre dans le calme le prochain rouleau, et de servir comme vous avez su le faire jusqu'ici notre firme, de la hisser toujours plus haut, de façon que nos engins soient de plus en plus vendus de par le monde, que nous puissions accroître sans cesse nos investissements qui, comme le souligne à juste titre l'auteur de ce rouleau, représentent avec les amortissements les deux piliers sur lesquels s'appuient ceux qui dirigent! Quant à moi, je vais de ce pas dans mon bureau, où m'attendent en effet des tâches ardues, parmi lesquelles se place en priorité celle de vous rendre heureux! »

À ces mots, la foule ovationna le directeur général et, sans autre incident, s'engouffra en bon ordre à l'intérieur de l'entreprise.

XVI

Ce matin-là, les cadres et le personnel de l'entreprise eurent pour la première fois sous les yeux le cabinet de guerre de Rosserys & Mitchell-France. Il se constitua naturellement à la faveur de cette manifestation joviale et improvisée sous la fenêtre de mon bureau. Saint-Ramé, Roustev, Rumin et moi-même nous apparûmes aux collaborateurs, et ceux-ci, prompts à saisir le moindre changement couvant ou intervenant dans la hiérarchie, ne manquèrent pas de déceler celui-là. Que le chef des syndicalistes et le directeur des Relations humaines fussent si ostensiblement conviés à partager les responsabilités de la direction générale témoignait en même temps de l'étrangeté croissante de la situation et du bouleversement des priorités qu'elle engendrait. A quoi auraient servi en effet le cadre vendeur le plus agressif, l'ingénieur le plus habile, le gestionnaire le plus avisé, dans le débusquement, la pourchasse, le cernement, la capture, et la mise à mort de l'imprécateur? Et ces opérations n'étaient-elles point urgentes, prioritaires? De leur succès rapide dépendaient directement le maintien de la croissance et de l'expansion de notre firme, la conquête par elle de marchés nouveaux, l'élévation continue de son taux d'autofinancement, donc l'épaississement et la progression massive de son *cash-flow*. Car c'est ce que redoutaient le plus les dirigeants : détournés de leurs tâches par les agissements de l'imprécateur, les travailleurs, perdant de vue leur intérêt essentiel, c'est-à-dire celui de leur société, fabriqueraient moins bien, emballeraient à la va-vite, vendraient mollement, abaisseraient à leur insu le célèbre taux de rentabilité de Rosserys & Mitchell et affaibliraient ainsi l'entreprise en la frappant au cœur : son *cash-flow*. C'est que, à cette époque, contrairement à des idées reçues simplistes, l'accumulation des profits et bénéfices ne constituait pas un objectif « correct » pour les firmes géantes, américaines et multinationales. Le but, c'était de faire de l'argent, d'amasser des sous, de disposer de monticules de moyens de paiements, de les lancer à l'attaque en bataillons serrés afin de s'emparer de nouveaux butins, afin de transformer en montagnes impériales les monticules insuffisants. Je ne m'étendrai pas maintenant sur la mystique du *cash-flow*, puisque quelqu'un s'en chargera bientôt à ma place à l'occasion d'une imprécation fastueuse et romantique. En revanche, il m'est agréable de m'attarder sur l'embarras prodigieux dans lequel semblait patauger le pauvre Rumin, qui passait insensiblement du rôle de chef syndical à celui de dirigeant. Il m'avoua ce jour-là ne plus savoir en fonction de quoi déterminer son attitude. Sa méfiance maladive à l'égard du patronat lui faisait soupçonner sans cesse des manœuvres, et il crut longtemps que ces imprécations émanaient d'un syndicat autonome fasciste et clandestin. Cependant, il eut des éclairs de plus en plus fréquents et, redoutant lui aussi de voir brisé l'essor de l'entreprise, il hésita à se retirer, à tenir le personnel à l'écart de ces événements. Et puis, il était effrayé à l'idée qu'on puisse l'accuser d'arrivisme, d'utiliser à son avantage les privilèges de son mandat. C'est au cours de cette période que Rumin me devint sympathique, me parut profondément estimable. J'essayai, non sans y réussir parfois, de lui montrer combien étaient insaisissables les problèmes que nous avions à résoudre et combien aussi, à cet égard, dirigeants et syndicalistes étaient logés à la même enseigne. Il finit par accepter à peu près en bloc les arguments que je lui représentai et, dès ce moment, nous collaborâmes efficacement.

Saint-Ramé nous convoqua dans son bureau dix minutes environ après qu'il eut prononcé son allocution. Autour du directeur général, je retrouvai Roustev, les Américains, les deux détectives et le commissaire de police du quartier venu s'enquérir.

— J'ai des ordres, dit-il; en cas d'émeute, un dispositif approuvé par le ministre de l'Intérieur est prévu pour assurer la protection des banques et des grandes sociétés comme la vôtre, si les masses essaient de les détruire.

Saint-Ramé remercia le représentant de l'ordre et s'excusa au nom de l'entreprise des embouteillages provoqués par l'agitation de son personnel. Il assura que cela ne se reproduirait plus, mais que, ce matin-là, cadres, employés, agents de maîtrise et dirigeants avaient l'esprit en fête. L'incident fut clos pour le commissaire de police. Il ne le fut pas pour nous, est-il besoin de le préciser. Une longue réunion commença, plus tendue, plus ambiguë que toutes les précédentes. Adams J. Musterffies, nerveux et colérique, fixa lui-même l'ordre du jour et dirigea les débats. Il interrompit brutalement et à plusieurs reprises les dirigeants français et m'interdit de parler durant les deux premiers tiers de la discussion. En revanche, il prêta une oreille attentive aux opinions de Rumin, que je fus sommé de traduire dès le début de la réunion. Un mystère se dissipa très vite : celui de la distribution des rouleaux, mais ce ne fut que pour en épaissir un autre : celui de l'imitateur de Saint-Ramé. Vers 10 h, un nommé Rabeau, chargé des opérations de promotion publicitaire, demanda à être reçu d'extrême urgence par les chefs. Il avait, fit-il dire par Mme Dormun, une information importante à communiquer sur-le-champ au sujet de la distribution des rouleaux. Musterffies ordonna de l'introduire. Rabeau nous expliqua que Saint-Ramé lui avait prescrit de passer une commande à une société spécialisée dans l'acheminement du matériel promotionnel et il produisit le bordereau correspondant à l'opération. Certes, précisa-t-il en réponse à de nombreuses questions, il n'était pas habituel que le directeur général procédât en personne, et à sa connaissance c'était même la première fois; mais Saint-Ramé lui en avait exposé les raisons par téléphone. Il montra alors à l'auditoire éberlué une feuille de papier sur laquelle il avait inscrit les notes prises par lui au cours de cet entretien téléphonique. Il les déchiffra ainsi : « Entrez en relation avec la société Distribex-Promotion, et dites-lui qu'elle se tienne prête à une distribution importante et nocturne. Le matériel et le lieu du stockage seront indiqués ultérieurement. » La date envisagée coïncidait avec celle de la distribution des rouleaux, et c'est pourquoi, lui Rabeau, estimant peu orthodoxe de dépenser ainsi l'argent du budget de son service, souhaitait être couvert avant de payer.

— Vous avez eu raison, Rabeau, dit Saint-Ramé calmement; j'ai en effet donné ces instructions, mais elles ne concernaient pas ces rouleaux; quelqu'un a dû détourner à son profit cette commande; ne vous occupez plus de l'affaire et réglez la note à Distribex-Promotion.

Rabeau s'en fut et Saint-Ramé fit appeler Distribex. Voici ce qu'il apprit :

— Nous avons mobilisé soixante-quatre équipes, plaida le directeur, croyant que Saint-Ramé voulait négocier les prix; l'opération était difficile, non en raison de la quantité plutôt limitée des documents à distribuer, mais à cause de l'extrême dispersion des destinataires.

— Où avez-vous pris livraison du matériel? demanda Saint-Ramé.

— Dans votre entrepôt de l'impasse des Ronces.

Saint-Ramé raccrocha, songeur. Puis il expliqua :

— Nous avons en effet impasse des Ronces un vieil entrepôt qui ne sert plus depuis deux ans; nous y conservons des vieilleries et je cherche à m'en défaire au prix du terrain; je n'ai pas encore trouvé d'acquéreur. L'homme a donc une fois de plus imité ma voix, stocké en toute tranquillité impasse des Ronces, voyant que les effectifs avaient été renforcés à l'intérieur de l'immeuble.

Alors s'éleva, incrédule, la voix de Rumin :

— Que signifie cette histoire?

Nous avions oublié tout simplement que le syndicaliste n'était pas dans la confidence. Pendant quelques minutes, un flottement certain s'établit, les membres de l'état-major n'étant pas pressés de répondre. Ronson, qui ne devait plus ouvrir la bouche par la suite, sortit de son mutisme pour déclarer :

— Bien, puisque M. Rumin est parmi nous et compte tenu de sa fonction syndicale et de sa qualité de responsable, je juge opportun de lui révéler nos informations, qu'en pensez-vous, Adams?

Musterffies opina et invita Saint-Ramé à le faire. A mesure que le directeur général parlait, la physionomie de Rumin allait de métamorphose en métamorphose. A la fin, stupéfait et scandalisé, il lança à la ronde en dépit du rang élevé de certains de ses interlocuteurs :

— Alors, si je comprends bien, vous êtes dans la merde!

Je fixai le bout de mes chaussures. Les Américains, comprenant que cette courte phrase était bondée de sens, en exigèrent la traduction. Roustev s'en chargea. Musterffies subitement détendu se tourna vers Rumin et lui dit :

— Absolument, nous sommes dans la merde et nous comptons sur vous pour en sortir; vous avez exprimé non seulement la réalité mais ce que nous pensons Ronson et moi; nous n'avons jamais vu ça et, je peux vous le révéler maintenant, mon cher Roumine, depuis le début de cette affaire affolante je me tiens en communication avec mes amis de Des Moines, qui se moquent de moi; avant cette réunion, j'ai téléphoné aux États-Unis, j'ai expliqué ce qui s'était passé ce matin, et le président de notre firme m'a demandé en riant de surveiller ma consommation de champagne! Que pensez-vous de ça, monsieur Roumine? Suis-je arrivé là où je suis pour m'entendre conseiller cela, dans ma position et à mon âge? C'est que, là-bas, ils réagissent comme j'ai réagi moi-même au commencement : ils rigolent! Allez donc leur dire, vous, que la firme française est en train de perdre les pédales! En quelques jours, nous avons assisté à une série d'incidents abracadabrants! Comment concevoir qu'un seul individu puisse berner les dirigeants de la compagnie la plus puissante du monde! Vous ne croyez pas, monsieur Roumine, que nous avons d'autres chats à fouetter? Savez-vous qu'en ce moment j'ai à étudier le dossier du prix des métaux et des accidents monétaires qui leur sont liés? En 1939, l'aluminium coûtait aux USA 70 % plus cher que le cuivre; trente ans plus tard, mon cher Roumine, le cuivre se vend en dollars deux fois et demi plus cher que l'aluminium! Et l'indice des prix de détail chez nous, là-bas, de l'autre côté de l'Atlantique étant de 300 %, le dollar actuel vaut le tiers du dollar de 1939! Pas vrai, Bernie? Appliqué au cours américain du nickel, ce calcul fait apparaître une hausse de 45 %! Cette année, j'ai sur le dos ces diables de fournisseurs d'Amérique du Sud, d'Afrique et d'Australie! Je leur ai fait des contrats en dollars et, maintenant que nous avons dévalué, ils sont en colère! Ils disent qu'on leur vole leur fer et leur manganèse! Vous me voyez, mon cher Roumine, voler du fer et du manganèse! Qu'y puis-je, moi, si, en défendant les libertés partout dans le monde, notre dollar se saigne à blanc! Ah, j'en ai des soucis, pas vrai, Bernie? Et voilà que tout d'un coup quelqu'un imite la voix d'Henri, installe un catafalque au centre de notre grand hall, diffuse de fausses nouvelles, commande des distributions de rouleaux lucifériques! Et voici qu'un matin le personnel manifeste devant nos portes! Ah, bien sûr que là-bas, à Des Moines, on croit que je m'amuse; mais, si ça continue, je vais les faire venir, moi, et ils coucheront ici, ils verront bien! Gardez ces terribles nouvelles pour vous, mon cher Roumine, vous ne le regretterez pas! Là-bas, aux États-Unis, les chefs de nos syndicats sont aussi puissants que nous, ils sont respectés, le monde entier les admire tant sont réputés leur morale, leur honnêteté, leur attachement aux valeurs humaines! Et vous, mon cher Roumine, si vous nous aidez à franchir ce cap diabolique, je vous le jure, foi de Musterffies, vous deviendrez quelqu'un chez nous!

Ayant ainsi déclamé, le vice-président croisa énergiquement les jambes et jeta un coup d'œil satisfait à la ronde. Saint-Ramé me demanda de traduire.

— Le président, dis-je à Rumin, est d'accord avec le diagnostic truculent mais juste que vous avez porté sur la situation; il pense que celle-ci a assez duré et il est irrité d'avoir à s'occuper de sornettes alors qu'un dossier difficile l'attend, qui concerne les accidents monétaires et les prix des métaux. Il vous remercie de bien vouloir collaborer avec la direction en cette grotesque occasion et, en particulier, de garder pour vous la vérité sur les obsèques d'Arangrude et l'existence d'un imitateur de la voix de notre directeur général au sein de notre entreprise. Il vous prédit un grand avenir en tout point comparable à celui des dirigeants syndicalistes américains, dont la moralité et l'esprit de sacrifice sont, comme vous le savez, proverbiaux.

Abasourdi, Rumin écouta attentivement puis il eut un geste impossible à interpréter clairement mais qui pouvait signifier : « Au point où nous en sommes, allons-y de bon cœur et continuons. » Ce que nous fîmes, en analysant la deuxième imprécation. Tous les participants convinrent qu'elle se distinguait de la première par le ton de sa conclusion. Il était manifeste que, cette fois, l'auteur se moquait de « ceux qui savaient ». Une expression du genre « larmes rondes et salées » ne laissait aucun doute à ce sujet. Pourtant, le personnel n'en avait pas abusé, et son respect pour Saint-Ramé semblait intact. Tout au plus avait-on observé une détente, une bonne humeur, à mettre au crédit de cette imprécation. D'ailleurs, expliqua le directeur général, c'est ce qui a dicté ma conduite. Lorsque j'ai vu la foule brandir les rouleaux, j'ai choisi la voie de l'humour. Quelle autre attitude aurait pu si rapidement clore ces réjouissances populaires matinales? De fait, les employés, dès la fin de mon allocution, ont réintégré leurs bureaux le cœur léger, visiblement réjouis de cet entracte imprévu.

A plusieurs reprises, je fus tenté de prendre la parole; mais j'en fus empêché par Musterffies qui m'incitait de la main à m'armer de patience. Il me rendit service, car je conservai par devers moi l'essentiel des réflexions que m'inspiraient ces faits nouveaux et leur recoupement avec des faits antérieurs qui m'avaient passablement intrigué. Ainsi en était-il de ce fameux entrepôt de l'impasse des Ronces, abandonné par l'entreprise parce qu'il était devenu trop petit mais qu'on espérait vendre à un important promoteur immobilier au prix d'un terrain à bâtir. J'avais présente à ma mémoire cette soirée où Roustev, accompagné de quelques-uns de ses cadres, s'était, selon moi, dirigé vers cet endroit. A l'époque, je n'avais pas pensé à l'entrepôt désaffecté. Je n'étais pas très au courant des affaires immobilières de l'entreprise et je savais seulement qu'elle possédait ici ou là quelques constructions et hangars qui ne lui servaient plus à rien et qu'elle cherchait à céder à un prix avantageux pour elle. Si, ce soir-là, je m'étais rappelé cet entrepôt impasse des Ronces, j'aurais établi un lien entre lui et les allées et venues de Roustev, Abéraud et Sélis. Je m'étonnai que cette relation ait échappé à Saint-Ramé, à qui j'avais rendu compte au téléphone. Certains cadres de l'entreprise sauraient-ils alors des choses ignorées de moi? Ou le directeur général avait-il raison de prétendre que j'avais été abusé à la fois par l'obscurité et par mon imagination? C'était quand même une curieuse coïncidence. Je me promis d'aller faire un tour dans le coin le soir même.

Les détectives nous présentèrent un rapport complet de leurs activités depuis la veille. L'un et l'autre avaient couché dans l'entreprise, visité les caves, et ceci nous amena à discuter de la fêlure. Sa réparation, affirma gravement Roustev, était en bonne voie. A la fin de la semaine, il n'y paraîtrait plus. Décidément, Rumin apprit beaucoup ce matin-là et, en découvrant le souci que cette fêlure causait aux dirigeants, il acquit la conviction que quelque chose était pourri chez Rosserys & Mitchell-France. Je le tiens de lui directement, car c'est ce qu'il me souffla à l'oreille à la sortie de la réunion, me démontrant par là, soit dit en passant, une confiance dont je m'honore aujourd'hui. Quand enfin j'eus la possibilité de m'exprimer, voici ce que je dis :

— L'intérêt de l'entreprise et lui seul devant commander toutes les opinions, toutes les attitudes, toutes les décisions, il devient donc obligatoire de communiquer librement ses idées même si elles contredisent en apparence celles des autres. C'est ce qui m'autorise à suggérer que le secret sur la présence et l'action néfastes d'un imitateur de la voix de notre directeur général soit levé. En effet, nous nous exposons dans le cas contraire à toutes sortes de déconvenues. Si le personnel n'est pas averti de ce danger, l'imposteur pourra tranquillement poursuivre son œuvre maléfique. En revanche, si nous publions une note mettant les employés en garde contre toute instruction verbale émanant de M. Saint-Ramé, exigeant d'eux une recherche immédiate d'authenticité, nous rendons la tâche impossible au fou qui rôde autour de nous; de même qu'en renforçant notre dispositif de surveillance nous l'avons empêché d'opérer chez nous la nuit, de même, en diffusant une pareille note, nous lui interdirons désormais de propager de fausses nouvelles ou instructions. Pourquoi, sous prétexte de ne pas émouvoir un personnel déjà fort perturbé, se priver d'une arme de contre-attaque si simple et si efficace?

Mon intervention fut accueillie dans le plus grand silence. Je comprenais très bien ce qui s'opposait à ma proposition. Il faut n'avoir jamais dirigé une collectivité quelle qu'elle soit pour adopter une médication susceptible de se révéler plus nocive que le mal. Qu'auraient décidé les professeurs de ce temps-là? Eux qui savaient tant de choses sur la naissance, l'enfance, l'adolescence, le grandissement des firmes, que savaient-ils de leur mort? Certes, il convenait de ne pas employer plus de personnel qu'on n'en pouvait payer, de ne pas gaspiller les bénéfices, de ne pas vendre au-dessous du prix de revient, de ne pas acheter trop cher fournitures, machines, matières premières, de ne pas trop diminuer les cadences et les journées de travail, de ne pas trop allonger les congés ni augmenter les salaires, de ne pas se tromper trop souvent sur les produits à fabriquer, et de prévoir au plus juste le développement des marchés nouveaux; tout cela, ils le savaient, les chers professeurs de ce temps-là; mais ils n'avaient point découvert de remèdes à ces sortes de leucémies qui s'attaquèrent un jour aux immenses corps lardeux qui s'assoupissaient vautrés sur l'univers, et c'est pourquoi aucun d'entre eux n'eût accepté de gaieté de cœur ma chirurgie : dire la vérité au personnel, couper ainsi les moyens d'action et la retraite de l'imprécateur. Ce n'est pas l'envie qui manqua ce matin-là à l'état-major de Rosserys & Mitchell-France de convoquer les 1 100 personnes du siège et de leur crier : « Aidez-nous, mesdames et messieurs, nous sommes dépassés, paralysés par un désarroi extrême. Voici que l'audace d'une vermine qui s'attaque traîtreusement à votre outil de travail, à votre moyen de vivre et de jouir, ne connaît plus de bornes! Le moment est venu de l'union sacrée. Votre excellent représentant Rumin vous le confirmera, et Dieu sait qu'il nous mène la vie dure; vous avez su le choisir! Faites-lui confiance, il ne vous trahit pas, bien au contraire, jamais il ne s'est montré si méchant, si ingrat à notre endroit! Mais, lui aussi, comme nous, flaire la mort qui erre dans notre entreprise. Nous vous avions caché qu'Henri Saint-Ramé n'a pas organisé lui-même la veillée funèbre, et cela uniquement afin de ne pas vous affoler; mais l'heure arrive de serrer les coudes! Riez un bon coup, et puis groupez-vous autour de vos chefs; à partir de maintenant, j'ai décidé, moi, Henri Saint-Ramé de ne plus donner d'instructions verbales, jusqu'à nouvel ordre. Par conséquent, si quelqu'un vous téléphone et que vous reconnaissiez ma voix, signez-vous avant de raccrocher et dites-vous : 'Tiens, c'était lui.' Après quoi, informez mon secrétariat de cet appel. Mesdames et messieurs, face à l'imprécateur, unissons-nous! » Ils se turent donc un long moment. Les yeux de Ronson luisaient comme s'ils réprimaient le sentiment que ma proposition était une idée de choc capable de casser l'offensive des forces vilaines qui montaient à l'assaut de la compagnie. Et puis, Musterffies parla :

— C'est tentant, je dirais mieux, c'est ce que probablement on devrait faire. Mais qu'allons-nous déchaîner? Nous finirons sous les quolibets. » Et c'est alors qu'il nous livra à voix basse une information capitale : « J'ai à vous apprendre la position définie par l'état-major multinational de Des Moines. La voici : les événements qui troublent la firme française appartiennent au domaine de la plaisanterie; il serait indécent que ces phénomènes ne soient pas maîtrisés rapidement; nos usines allemandes sont pour la première fois de leur histoire en grève illimitée, ce qui nous inflige des préjudices que vous imaginez facilement; comment envisager de perdre notre temps à distraire les employés français en entrant dans ce jeu stupide et qui a assez duré! Les problèmes allemands, les questions monétaires, la mauvaise humeur de nos fournisseurs en Amérique du Sud et en Orient, la préparation des élections présidentielles chez nous, constituent autant de préoccupations qui nous mobilisent à juste titre et doivent nous épargner de concentrer nos efforts à Paris, au coin de l'avenue de la République et de la rue Oberkampf, non loin du cimetière de l'Est. Correct? conclut Musterffies en s'adressant à moi.

— Correct, dis-je, surpris de cet éclair d'humour.

La chose était dite. Le personnel n'aurait pas accès à la vérité. En dehors des Américains, de la direction générale, des deux détectives, seuls Rumin et moi-même resterions au courant. Inquiet, je me fis préciser les consignes en ce qui concernait les dix cadres auxquels je devais demander une imitation de la voix de Saint-Ramé :

— S'ils m'interrogent sur les raisons de cette investigation, que dois-je leur répondre?

— Dites-leur, proposa Saint-Ramé, qu'outre les imprécations, l'imposteur a utilisé ma voix pour répandre de fausses nouvelles; la mort de ma fille, par exemple; l'explication suffira.

Les Américains et Roustev acquiescèrent. Et la réunion s'acheva. Tandis que je refermais la porte de son bureau, Saint-Ramé me retint par le bras, et, vérifiant qu'il ne serait pas entendu, il glissa dans mon oreille ces propos inconcevables, si peu conformes à l'image que ses collaborateurs et moi-même nous avions de lui :

— Monsieur le Directeur des Relations humaines, murmura-t-il en insistant sur mon titre, Rumin a raison : nous sommes bel et bien dans la merde.

A peine remis de cette liberté de langage de la part de mon directeur général et alors que je m'apprêtais à liquider quelques affaires courantes encombrant mon bureau, ma secrétaire m'informa que Brignon désirait me voir le plus tôt possible :

— Il n'a pas l'air de bonne humeur, dit-elle en haussant les sourcils.

— Bon, ça tombe bien, j'avais à lui parler, faites-le monter, et surtout je ne veux être dérangé par personne, je ne suis là que pour l'état-major.

Dix minutes plus tard, Brignon entra, me serra mollement la main et s'assit.

— Mon cher Brignon, je me préparais justement...

— Oui, je sais, coupa-t-il, vous alliez m'appeler pour me faire imiter la voix de Saint-Ramé; c'est pour cela que je voulais vous voir, car j'ai une mission à remplir de la part de mes collègues qui sont aussi les vôtres, si je puis encore me permettre, puisque, si j'ai bien compris, notre société est depuis ce matin dirigée par vous et par Rumin.

Je ne me laissai pas démonter par cette agressivité. Je m'attendais que les cadres des services de gestion et de *marketing* acceptassent mal ma cooptation soudaine par la direction générale. D'autre part, l'expérience m'avait enseigné que roucouler, s'excuser, se récrier, n'apportait que des ennuis et l'affaiblissement immédiat d'une position acquise alors qu'une sèche résistance et, à la limite, une certaine dose d'infatuation étaient appréciées des cadres. Ils se précipitaient chez le nouveau promu, avides de vérifier s'ils pourraient dans l'avenir le manœuvrer ou si, au contraire, il valait mieux le respecter. Ils en revenaient d'ordinaire la queue basse, mielleux, obséquieux, en quête de prébendes diverses, humant la possibilité d'une augmentation de salaire, d'une prime sur frais généraux, d'une nomination anticipée ou, tout bêtement, du rétablissement d'une position difficile. C'est donc peu disposé à courber sous l'insulte que j'affrontai cet entretien. Néanmoins, Brignon possédait une chance appréciable en ceci que je désapprouvais en mon for intérieur la méthode des imitations forcées de la voix de Saint-Ramé. J'estimais que cette procédure grotesque, au lieu d'éclaircir la situation, l'aggravait et la compliquait. C'est, par conséquent, amoindri par cette arrière-pensée que je répondis à mon collègue. :

— Brignon, vous devez faire un effort dont je vous sais capable pour aborder un domaine qui n'est pas le vôtre, celui de la psychologie d'entreprise. Bien sûr, si vous déclarez tout de go à un quidam : « Chez Rosserys & Mitchell, ils deviennent fous, figurez-vous qu'ils nous obligent à imiter la voix de notre directeur général », vous serez entendu et on nous enverra à l'asile! Alors, je vous prie de bien vouloir considérer le contexte. D'abord, quelqu'un ici crée des difficultés et peut, à la longue, faire subir de graves préjudices à notre société en diffusant de fausses nouvelles; il est vital pour nous que l'imposteur soit rapidement démasqué.

— Voulez-vous dire, interrompit Brignon, que les principaux cadres font l'objet de soupçons?

— Laissez-moi donc vous expliquer jusqu'au bout; je n'ai jamais dit ça, en tout cas pas comme ça. N'importe quel collaborateur est soupçonnable, c'est ce qui se passe dans une enquête de police ordinaire; la direction générale enquête discrètement mais minutieusement du côté du personnel, tâche délicate comportant des risques politiques réels; c'est pourquoi Rumin a été mis dans le coup, non sans mal; quant aux principaux cadres, ils sont tellement au-dessus de tout soupçon que, pour respecter les convenances et une équité élémentaire, Musterffies et Saint-Ramé ont pensé qu'un collègue, directeur des Relations humaines, valait mieux qu'un policier. Vous vous voyez, mon cher Brignon, interrogé par un policier, vous qui allez à coup sûr remplacer Arangrude?

— Saint-Ramé vous l'a dit? questionna Brignon avidement.

— Il ne me l'a pas dit expressément; mais, quant à moi, je vois mal qui, en dehors de vous, serait capable au pied levé d'assumer une aussi lourde charge.

Brignon, modeste, baissa les yeux. Je sentis l'instant propice à lui tirer les vers du nez :

— A votre tour, mon cher Brignon, expliquez-moi, que s'est-il passé entre vous?

— Le Rantec nous a raconté son entretien avec vous; nous étions incrédules et indignés; ce n'est pas que mon estime pour Le Rantec soit débordante, mais, à travers son récit, nous éprouvâmes le sentiment d'être tous visés. Nous n'avons pas étudié dans nos écoles, suivi les cours de gestion, d'économie et d'organisation, visité les États-Unis et, pour certains, reçu l'enseignement des maîtres de Harvard, ou du Massachusetts pour, à trente ou trente-cinq ans, imiter la voix de notre directeur général dans votre bureau. Alors, nous avons décidé à l'unanimité de refuser cette expérience : moi, je suis délégué pour vous dire ça.

C'était la révolte des principaux cadres. Ils refusaient d'imiter. Bravement, ils s'insurgeaient. J'en fus soulagé. Je me réjouis de constater que nos cadres français savaient, quand c'était nécessaire, élever le ton, préserver leur dignité d'hommes. Que ne racontait-on pas en ce temps-là! Les cadres manquaient de caractère, disaient les envieux et les jaloux, ils n'étaient que les prolétaires de luxe du système, ils ronchonnaient dans leur coin mais acceptaient lâchement toutes sortes d'humiliations. Ils flattaient leurs chefs. Des listes iné-puisables de ces flatteries circulaient de bouche à oreille. Par exemple, louer le chef pour la pertinence de ses vues sur la politique, l'avenir du monde, l'éducation des enfants, son bon goût vestimentaire, l'excellence de sa cuisine. Ces louanges emplissaient d'orgueil pré-sidents et directeurs généraux, car elles s'appliquaient à des domaines purement sensibles et intellectuels, s'ajoutant donc à la seule perspi-cacité professionnelle. Les chefs de cette époque ne se contentaient plus de la traditionnelle flatterie : « Vous êtes le meilleur de tous les patrons de fabriques d'engins », il leur fallait : « Vous qui êtes le meilleur de tous les patrons de fabriques d'engins, vous êtes de surcroît génial et vos avis en matière politique, sociologique, cultu-relle et d'art de vivre, devraient être suivis par les peuples et les gouvernements. » Si bien qu'un président uniquement flatté pour sa réussite professionnelle était capable de se vexer si l'on s'opposait à lui sur la réforme de l'enseignement. Et les pauvres cadres étaient accusés de se prêter à ces courtisaneries! L'attitude de Brignon et de ses compagnons témoignait au contraire d'une disposition à vivre dignement leur métier, à ne pas payer n'importe quel prix pour arriver ou, simplement, pour conserver leur salaire élevé. Cela étant, j'avais, moi aussi, une mission à remplir et je devais la mener à bien. Sa colère n'avait ôté à Brignon ni sa mémoire ni ses espoirs. Arangrude était mort et il faudrait pourvoir le poste qu'il allait occuper.

— Mettez-vous à ma place, dis-je, que feriez-vous? Vous avez à faire exécuter par vos collègues ce qui en somme n'est qu'une formalité : comment vous y prendriez-vous? Brignon hésita, puis il dit :

— D'abord, dites-moi franchement quelle est la situation; je ne me sens pas heureux ces jours-ci; que se passe-t-il vraiment dans notre entreprise? On parle à mots couverts et un peu trop à mon gré de cette fêlure, de manigances, de complots autour de la mort d'Arangrude. Après tout, puisque vous êtes directeur des Relations humaines, vous devez être informé; et je suis sûr que, si vous nous réunissiez en nous exposant objectivement et en détail les faits et vos hypothèses, nous nous prêterions volontiers à ce qui n'est encore pour nous qu'un vaudeville humiliant.

Ces propos me parurent sensés et judicieux. Mais comment y répondre convenablement? Et surtout en gardant secret ce qui devait l'être? Je respirai un grand coup et renvoyai la balle, ma foi assez habilement, dans le camp de mon collègue.

— Brignon, répondez-moi, comment voyez-vous l'avenir de la société de consommation?

— Comment? dit l'autre, surpris, en quoi votre question répond-elle à la mienne?

— Ah, mon cher Brignon, murmurai-je, hélas! elle y répond. J'ai la conviction qu'un commando subversif a choisi Rosserys & Mitchell pour aiguiser ses dents, que l'objectif est de semer le trouble à l'intérieur de notre entreprise, la suspicion au plus profond des meilleurs esprits, et que cette agression vise à long terme le pourrissement des sociétés occidentales pourvues et industrialisées. Avez-vous oublié les imprécations? Avez-vous observé l'agitation qui s'est emparée du personnel? Avez-vous, comme moi, contemplé cette gaieté bizarre, cette bonne humeur choquante qui ont envahi soudain l'entreprise? Deux ou trois cuves de bon vin n'auraient pas fait mieux, mon cher Brignon, j'en suis convaincu. Ce matin, les collaborateurs étaient pompettes comme on peut l'être quand on a bu un coup de trop! Mais qu'en sera-t-il si, un matin, nous nous retrouvons non pas gais mais ivres morts? Personne n'a en ce moment et à ma connaissance le pouvoir de sévir contre cette imposture malsaine. Songez, Brignon, que nul n'est capable de comprendre le sens, la raison, de ces imprécations! Les uns les trouvent charmantes, ironiques, débordantes d'humour, les autres les jugent ennuyeuses, sommaires, tirées par les cheveux! La vérité, Brignon, c'est qu'on nous impose un traitement jadis infligé aux Indiens par les marchands d'armes américains : on nous soûle, on nous drogue, on nous place dans une situation intenable, car elle fait appel à des réflexes que nous n'avons pas, ou que nous avons perdus : l'audace verbale, le défoulement contrôlé. A la folie montante on ne peut opposer que la folie descendante, mais sommes-nous, mon cher Brignon, assez forts pour sécréter notre propre folie et la contrôler? Tenez, le discours même que je vous tiens, vous l'estimez déraisonnable, j'en suis persuadé, et hier, qu'a pensé Le Rantec? Que j'étais fou, que notre état-major était fou, et, vous et vos collègues, en décidant de refuser d'imiter la voix d'Henri Saint-Ramé, n'étiez-vous point soumis au réflexe naturel de la raison? Qu'avez-vous pensé? Que vous étiez de grands garçons, des cadres adultes rémunérés par la société multinationale la plus puissante du monde et qu'il était inadmissible, dément, de vous obliger à cet exercice. Oui, Brignon, croyez-moi, en vous réunissant, vous et vos compagnons, vous ne vous êtes pas insurgés contre un abus de pouvoir, car de ces abus-là vous avez l'habitude, mais contre une manifestation hystérique de l'état-major. C'est cela que vous craignez : que la folie ne capture l'entreprise qui vous paie vos hauts salaires. Eh bien, laissez-moi vous le dire, Brignon, vous avez raison, c'est cela que vous devez craindre : la folie guette notre firme, elle n'est même plus aux portes, elle est dedans, elle s'enroule, elle se serre, probablement quelque part au-dessous des soubassements et c'est sans doute cela qui explique l'apparition de cette diable de fêlure! Ah, Brignon, vous ai-je donc répondu! Et allez-vous m'édifier à votre tour sur l'avenir que vous accordez à la société de consommation? Où trouverons-nous, Brignon, de quoi alimenter nos hauts fourneaux, les moteurs de nos véhicules, si, emportés par la furie de la croissance pour la croissance, nous nous condamnons à produire pour produire? Où puisera-t-on l'énergie? Et puisque ceux qui gouvernent et ceux qui ordonnent les fabrications apparaissent aux masses démunis de système d'alarme, la folie n'est-elle pas le seul frein qui nous reste ? Si nous devenons fous avant les grandes crises politiques et économiques qui nous attendent, peut-être parviendrons-nous à les éviter. Qu'en pensez-vous, Brignon ? Accepteriez-vous maintenant d'imiter la voix de votre aîné admirable, Henri Saint-Ramé, né à Pouligny dans l'Indre, diplômé de Harvard, maître à bord après Dieu et les Américains, et qui me semble bien le seul de tous les dirigeants à pressentir la nature du mal qui nous assiège et qui bientôt va nous ronger !

Brignon avait écouté ma déclaration avec un intérêt évident, quelque peu tempéré par la surprise que lui causait ma théorie, et voici qu'il frottait son menton, perplexe et concentré.

— Alors, Brignon, insistai-je, durement cette fois afin d'exploiter mon avantage, où iriez-vous en démissionnant ? Expliquerez-vous à un autre Saint-Ramé qu'on devient fou chez Rosserys & Mitchell, et que cette démence vous en a chassé ? Pour lire le lendemain dans un journal professionnel que Portal vous a remplacé à votre poste et Samueru à celui qu'on destinait à Arangrude ? Alors que votre salaire va s'élever à bref délai, et quasi vertigineusement ? Pourquoi ne pas répondre à ma question sur la société de consommation ?

Brignon crut apercevoir une faille et bondit aussitôt :

— Vous me parlez continuellement de la société de consommation, mais vous en êtes l'un des principaux bénéficiaires ; alors, qu'avez-vous contre elle ?

— Rien, mon cher Brignon, rien, mais une différence fondamentale nous sépare, c'est que je suis moi, en ce moment, chargé de la protéger en obtenant de vous que vous imitiez la voix de notre directeur général et que, si nous en sommes là, nous avons dû, vous, moi, les autres, et ceux de tous les pays industrialisés, commettre bon nombre d'erreurs. Nous sommes voués en effet à fabriquer n'importe quel produit pourvu qu'il soit nouveau, faute de quoi notre système est ainsi fait qu'il s'écroulera à la moindre faiblesse, au plus petit raté. L'industriel qui, l'année prochaine, ne trouvera pas son nouveau produit et son nouveau marché est condamné. Trouvez-vous cela normal, d'inventer sans cesse non pour satisfaire les besoins mais pour nourrir la machine économique ? Trouvez-vous normal que nos *managers* ou nos fonctionnaires des Finances parlent sans cesse de clignotants et de tableaux de bord? La société économique serait-elle donc une espèce de Boeing 727? Aurait-on oublié que, si un avion vole, c'est pour transporter des passagers d'un point à un autre et que cela seul en justifie la fabrication? Et que, s'il convient, certes, de surveiller son tableau de bord et ses clignotants, c'est uniquement pour veiller à ce qu'il ne s'écrase pas, et que cela est dans la nature des choses mais ne constitue pas un objectif? Le but d'un avion n'est pas de voler, Brignon, cela, c'est simplement sa fonction. Nous sommes victimes de l'orgueil et du manque d'imagination conjugués des économistes des vingt dernières années, voilà ce que je voulais vous faire dire, Brignon. Voilà ce qui rend les entreprises fragiles et les gouvernements de plus en plus cyniques et autoritaires. Le bonheur de consommer s'accompagne de versatilité et d'angoisse. Le premier idiot venu, en écrivant des imprécations, compromet l'équilibre des forces de production lancées follement dans un développement artificiel qui néglige le bien public, les peuples malades auxquels on dérobe les matières premières. Le pouvoir politique ayant presque partout abdiqué, sa place est occupée par des mouvements révolutionnaires exacerbés, des jeunesses dégoûtées contre lesquelles il ne sera pas toujours aisé ou loisible de faire donner la police. Brignon, les nerfs de notre société sont tendus et il n'en faudra plus beaucoup aux populations endormies et consentantes ainsi qu'on l'est après un repas de communion pour se livrer nues aux dictatures. Croyez-moi, la surconsommation effrénée, l'inflation généralisée et traitée en complice coquine et pas farouche par les ministres des Finances eux-mêmes, finiront par détruire les démocraties occidentales. Et le jour approche peut-être où les États-Unis d'Amérique dépêcheront leurs marines à Riad ou à Tripoli. Et puis, au fond, qui me dit, Brignon, que vous n'êtes pas l'imprécateur? Qui peut jurer que celui-ci ne se cache pas sous les traits d'un cadre principal? L'imposteur est fou, c'est vrai; mais, Brignon, vous et vos compagnons seriez-vous donc à l'abri de ce genre de folie? Je ne suis spécialiste ni d'économie ni de politique, et pourtant je viens de vous exposer ma pensée de citoyen. Peut-être est-ce aussi la vôtre? Et, dans ce cas, vous et moi ferions d'excellents imprécateurs.

Brignon leva vers moi un regard transformé. Je l'avais démobilisé. Je me souvins alors qu'il était mandaté par ses collègues, lesquels devaient attendre impatiemment sa sortie de mon bureau. Désireux de lui éviter une gêne bien compréhensible, je lui proposai de le dispenser d'imiter la voix de Saint-Ramé, de revenir après avoir réfléchi :

— Je ne veux pas d'un pâle imitateur, plaisantai-je; ce qu'il me faut c'est un vrai Brignon, susceptible d'être accusé.

Il sourit. Puis, à ma stupéfaction, il dit calmement :

— Non, je vais imiter la voix de Saint-Ramé et j'expliquerai aux autres les raisons de mon attitude.

Il imita. Sa voix s'éleva claire, presque enfantine, et réjouit mon oreille. Il imita cinq fois, avec goût, discernement. Bravo, Brignon! Que votre âme repose en paix. Votre directeur des Relations humaines ne vous oublie pas. Il ne vous oubliera jamais. Il retiendra que, dans des circonstances difficiles et même dangereuses, vous n'avez pas hésité à vous sacrifier à la bonne marche de notre société Rosserys & Mitchell-France, fille de la compagnie géante, américaine et multinationale dont l'immeuble de verre et d'acier se dressait en ce temps-là à Paris, au coin de l'avenue de la République et de la rue Oberkampf, non loin du cimetière de l'Est.

XVII

Ceux qui m'entourent et me soignent se déclarent résolument optimistes en ce qui concerne mon état. Ils me paraissent même soulagés comme si je venais de franchir un cap difficile dans l'évolution de ma maladie. A les entendre, je ne tarderai pas à sortir, à respirer l'air frais, à reprendre des activités. Mais ils se refusent toujours à m'éclairer sur le mal qui m'a abattu, sur les conditions de mon sauvetage, sur les raisons véritables de mon hospitalisation. Ce qui me réjouit surtout, c'est que les périodes au cours desquelles j'ai la force de parler s'allongent sensiblement. Certes, je retourne encore très vite à ma prostration, mais je ne suis plus angoissé à la perspective de subir ces interminables sommeils. Alors que jusqu'ici ils me fatiguaient, maintenant ils me sont réparateurs. D'ailleurs il me semble que j'écris de mieux en mieux. Les épisodes fantastiques et cruels ne m'effraient plus, ils sèment moins de désordre dans mon esprit. Au surplus, il advient que les masses apeurées et les dirigeants rondouillards qui peuplent ma mémoire me deviennent sympathiques. M'étant confié à ce sujet au médecin-chef, il m'a expliqué qu'une réconciliation générale entre le monde et moi était en vue. Ainsi, à mesure que le livre avançait, nous nous acheminions la main dans la main, lui vers sa fin, moi vers la guérison.

Alors, je me revois planté au seuil de l'impasse des Ronces, ébloui par une évidence majeure, à savoir : la place capitale du cimetière de l'Est dans la vie de la société Rosserys & Mitchell-France et le rôle qu'il jouait dans les récents événements. D'abord, avait-il été raisonnable d'édifier le siège d'une compagnie multinationale si près d'un aussi vaste cimetière? Était-il sans danger que les principaux cadres et une bonne partie du personnel s'y promenassent si souvent? La fréquentation d'un tel lieu était-elle compatible avec la virulence, l'agressivité commerciales requises de cadres responsables? Comment, tout à la fois, passer en revue tombeaux et mausolées et bâtir correctement un plan d'invasion de nos grues à tomates, la conquête des marchés bulgares par nos presses et nos tracteurs? Je n'avais pas attendu les troubles pour me poser ces questions. Bien avant la fêlure, la mort d'Arangrude et la première imprécation, j'avais caressé le projet d'interdire aux collaborateurs de notre entreprise, et quel que fût leur rang, de flâner au Père-Lachaise. J'y voyais de sinistres présages, et moi-même, je ne m'y rendais qu'entraîné par la routine, par la certitude que, quelle que soit l'heure, j'y rencontrerais un ou deux cadres avec qui j'échangerais utilement des vues. J'y allais aussi, est-il nécessaire de l'ajouter, dans le cadre de mes fonctions et afin de m'assurer que le personnel n'abusait pas de ces promenades. Cependant, je n'avais pas osé proposer une mesure d'interdiction, convaincu qu'elle aurait été repoussée et que bien des gens m'auraient accusé d'abus de pouvoir ou même de délire maniacal. Je ne souhaite à aucun directeur de Relations humaines d'avoir à exercer ses fonctions à proximité d'un cimetière. Or, tandis que je me pénétrais de l'importance de cette proximité, une multitude de détails affluaient à ma mémoire, contribuant à fixer mon attention sur ce périmètre morticole : la nuit où les Américains et moi avions longé le mur, des bruits que j'avais attribués à un animal nous étaient parvenus. L'entrepôt désaffecté jouxtait presque la chapelle hermétique en marbre noir d'Alfred Chauchard, le fondateur des grands magasins du Louvre. Mais était-ce là une raison suffisante d'interdire au personnel l'accès du cimetière? Une fois de plus, je me heurterais à l'incapacité, chez nos dirigeants, de comprendre que seule une réflexion hors du commun, empruntant des voies irrationnelles, permettrait de venir à bout de ce type de subversion. Qui aujourd'hui me reprocherait de n'avoir point adressé un rapport circonstancié à Musterffies, renfermant une supplique ardente où je l'aurais adjuré de se garder d'un cimetière? Mieux valait embaucher deux détectives incapables, et pour cause, d'établir une relation entre la croissance et l'expansion d'une société multinationale et les mouvements louches d'un cadre fantomal, d'un directeur général adjoint fugace, d'un imprécateur quasi translucide, d'un directeur général occultant, d'un directeur des Relations humaines au bord de l'envoûtement. Et voici au fond la clé de cette affaire : sa solution était *impensable*. *Impensable!* Dès lors, celui qui désirait s'obstiner dans la recherche de la vérité devait s'écarter de toute rigueur et s'habituer à envisager l'*impensable*, l'inconcevable, le non-naturel; bref, il devait imaginer. Et chacun sait que l'imagination est le trésor le moins bien réparti du monde, le plus rare mais aussi le plus dangereux, donc le plus pourchassé, le plus surveillé, le plus encachoté. C'est donc plus par manque d'imagination que par excès de cupidité que les maréchaux perdirent la bataille. Car l'imagination n'est rien sans la mise en œuvre des moyens formidables que suppose sa protection. Plus une idée est bouleversante, plus elle est destinée à bouleverser, plus elle rencontre de résistances, plus il faut de caractère pour les briser. Tant il est vrai que si les responsables de Rosserys & Mitchell, leurs banquiers, leurs ministres, leurs informateurs s'étaient un instant hissés à quelque hauteur, ils auraient consenti les sacrifices nécessaires. Hélas, ils en étaient bien incapables. Ils s'étranglèrent dans leurs sarcasmes et hoquetèrent lamentablement : « Ah, mon cher, je vais vous en raconter une bien bonne, tout à fait authentique! Nous avons chez nous un drôle de directeur des Relations humaines! A l'entendre, nous devrions sans délai mobiliser nos énergies pour étudier les mystères d'un cimetière, vous savez, ce Père-Lachaise qu'ils ont là-bas, en France, non loin de notre immeuble de verre et d'acier! Et tout ça pourquoi? Je vous le donne en mille! Pour découvrir l'auteur de ces textes rigolards dont je vous ai parlé la semaine dernière au téléphone pour savoir si ça pouvait justifier des licenciements! Un cimetière! Où diable allons-nous si nos meilleurs cadres ne savent plus regarder en face et sans sourciller quelques couronnes, croix de pierre, bustes verdis! Leurs nerfs sont bien fragiles! Et si encore il nous apportait des preuves, des présomptions raisonnées! Mais non, pas du tout! Si nous l'écoutions, il faudrait exhumer les défunts, s'armer de torches et de fourches, obtenir de notre cher préfet que, pendant huit jours, l'entrée soit interdite! Et pourquoi tout ça! Pour élucider le mystère de l'imprécateur de Rosserys & Mitchell-France! Au diable leurs imprécations! Si les Français ne veulent plus de nous, eh bien, nous irons en Espagne! Là-bas, au moins, ils font des processions tous les jours, ils ont partout des calvaires, et chaque cadre a une statue de la Vierge sur son bureau! Ils ne manquent pas d'exorcismes, eux! J'espère, mon cher ministre, que tout ça ne vous empêchera pas d'obtenir une large dérogation, une éternelle concession et de vous faire inhumer dans ce cimetière huppé! Enfin, ne parlons plus de ça, nous avons encore de beaux jours devant nous, des quantités d'engins à fabriquer et à vendre, et vous, mon cher ministre, d'innombrables décrets à signer, ah, ah, ah, d'innombrables décrets, ah, ah, importons, exportons, fabriquons, emballons, croissons, et vive le soja, mon cher, loués soient les betteraves, le maïs et le blé, et puis le porc aussi, et la viande de bœuf, importons les beaux morceaux, le rond de gîte et le rumsteck, la bavette et le filet, l'entrecôte et l'onglet, et l'aiguillette baronne, seigneur, et l'aiguillette baronne, exportons la queue et le tendron, la poitrine, le gros bout et le collier, et la macreuse roulée, seigneur, et la macreuse roulée! Enseignons le pot-au-feu aux masses déshéritées, et vive le Père-Lachaise, ah, ah, ah, et son accouplement avec notre compagnie charnue, Rosserys & Mitchell la belle, gorge blanche et cul lardeux, buvons, mon cher ministre, à la santé de notre directeur de Relations humaines et que, en témoignage de notre gratitude, vous et moi nous le pistonnions et lui arrangions un petit trou, secteur 7, division 7, entre Héloïse et Abélard, ah, ah, Abélard, belle et lard, belle gorge et cul lardeux, belle gorge et cul lardeux! »

Non, songeai-je tristement en regagnant mon entreprise, quelle que soit la valeur de mon intuition je crains qu'elle ne soit moquée par ces messieurs. C'est donc seul, ce soir, que j'escaladerai le mur de ce cimetière, manière d'aller jusqu'au bout de mon idée. Dieu nous préserve d'être de nouveau gouvernés par ceux qui détiennent les lingots et les moyens de paiement : voici qu'ils n'avaient plus peur de rien. Mais les démons se firent pressants : ils sortirent de leurs repaires et vinrent renifler derrière les portes capitonnées des maréchaux. En somme, les démons, eux aussi, s'enhardirent.

Abéraud était un cadre progressiste du Massif central. Il était directeur adjoint des Prévisions. En cette période d'imprécations et de fêlure, cet ancien élève de l'École des mines, que des gains rapides avaient attiré dans les vastes espaces commerciaux, jouissait d'une curieuse réputation. Chacun savait qu'il ne monterait jamais plus haut, victime de la terrible autodéfense des cadres de ce temps-là qui déclaraient, goguenards : « Les mathématiques font-elles nécessairement de bons vendeurs ? » Et, plus généralement, ce raisonnement était appliqué à tout individu débarquant dans l'entreprise et auréolé d'un bagage universitaire consistant. Les cadres commerciaux faisaient taire alors leurs ressentiments, resserraient des rangs clairsemés par les dures jalousies et les médisances vulgaires, proclamaient dans les couloirs: « Eh quoi! Tout le monde s'extasie sur le nouveau, il paraîtrait qu'il a une agrégation de droit, une licence de physique, un doctorat de philosophie! D'accord, c'est très bien, mais en quoi leur science, leur culture permettront-elles d'augmenter les ventes? Ce qu'il faut aujourd'hui à nos entreprises, ce sont des gens simples ne coupant pas les cheveux en quatre! Ah, vendre, on croit que c'est facile! Eh bien, il verra, notre nouveau! Qu'il aille donc faire un tour dans nos villages et nos faubourgs, qu'il rende visite aux millions de consommateurs de base, il comprendra peut-être que, pour vendre, il ne faut pas voler trop haut! Heureusement que nos firmes ne sont pas entre les mains des intellectuels : que deviendrait notre société de consommation! Rien ne vaut un cadre solide et carré, qu'une éclipse de soleil ne plonge pas dans la perplexité, qu'un vol de papillon ne bouscule pas dans la rêverie, qui à défaut de voir loin aperçoit à sa porte, juste sous ses pieds, les citoyennes et les citoyens motorisés roulant vers nos magasins, libérés des sous-ventrières pétant sous la pression des ventres replets. C'est vrai, poursuivaient ces cadres vendeurs, que nous nous écartâmes avec horreur des professions jadis honorées et que, ce faisant, nous ne martyrisâmes point nos cervelles dans d'ingrates et fastidieuses études, mais nous reçûmes en échange de quoi vendre et dextrement emballer. Quant à la soi-disant élite, qu'elle reste donc dans ses laboratoires, qu'elle cherche à améliorer nos machines, nos engins, nos méthodes de communication, notre matériel hospitalier, les moteurs de nos voitures, la capacité de nos congélateurs. Qu'elle ne vienne pas se mêler de nos affaires, de nos firmes, de nos ventes, de notre croissance. Est-ce que nous prétendons, nous, enseigner à leur place ? »

Abéraud avait par conséquent été neutralisé, et l'entreprise lui savait gré d'honorer de sa présence les réunions d'état-major de Saint-Ramé ; celui-ci, en public, ne manquait pas une occasion de faire valoir son éclectisme et la hardiesse de sa politique de recrutement en citant le cas de cet ingénieur des Mines. Du coup, Abéraud n'était redouté d'aucun de ses collègues, qui désormais ne voyaient plus d'inconvénients à lui céder le pas sur le plan intellectuel : nous avons chez nous un type rudement intelligent, dommage pour lui qu'il y soit entré. Tel était, en résumé, l'honorable arrêt de mort dont avait fait l'objet l'homme qui se tenait assis devant moi. l'œil singulièrement perçant et attentif. Était-il progressiste ? On le disait ici et là, et lui ne l'avait jamais démenti. Notre époque rendait aléatoire tout jugement sur l'engagement politique d'un citoyen cadre. Il existait, certes, des partis de gauche qui réclamaient un changement plus ou moins radical de la société, mais il devenait malaisé de distinguer leurs adeptes au sein des entreprises. Abéraud et Le Rantec se ressemblaient étrangement et ressemblaient aussi à tous les autres. Sans doute avaient-ils en commun de « savoir », comme écrivait l'imprécateur, et ils s'accordaient sur la nécessité pour diriger d'appliquer certaines méthodes. Être capable de soutenir une discussion sur l'importation du pétrole avec un sous-directeur du ministère de l'Économie et des Finances était en ce temps-là mieux porté que d'avoir perçu à travers de vastes analyses les problèmes politiques et militaires que la question de l'énergie soulèverait vingt ou cinquante ans plus tard. En quelque sorte, brosser des fresques attirait la commisération, supputer le cours de la lire ou de la couronne suscitait l'admiration et décernait à l'anticipateur audacieux son brevet de dirigeant. Alors, on exhibait sans trop s'en soucier des appartenances politiques aussi fluctuantes que les monnaies de l'Occident. De nombreux cadres supérieurs gesticulaient, hâbleurs et impertinents, et, jouant d'un paradoxe facile, clamaient aux oreilles de leur patron ravi qu'ils militaient à gauche. Celui-ci, à la fin des dîners en ville, chuchotait à ses commensales pâmées :

— Vous voyez ce jeune homme, là-bas, c'est mon secrétaire général, je lui prédis un avenir radieux, son salaire est étonnamment élevé pour un jeune homme de son âge; eh bien, mes chères amies, il est inscrit au parti socialiste révolutionnaire. » Et, joyeux de l'effet produit, le magnat d'ajouter : « Aujourd'hui, il n'y a plus à avoir peur de la gauche; nous avons taillé aux Russes et aux Américains un lit sur mesures, avec des draps fins et des couvre-pieds parfumés; seuls nous menaceraient vraiment les nègres et les moricauds; mais, concluait le maréchal en balayant la table du bras, nous leur enverrons quelques tonnes de margarine chaque année et puis, s'il le faut, hein, vous me comprenez!

Il éclatait de rire, requérait impérieusement l'attention du secrétaire général promis à un avenir radieux et inscrit au parti socialiste révolutionnaire. Le jeune homme dévoilait alors ses belles dents blanches et riait encore plus fort que Vorochilov ou Kaganovitch devant Staline!

Abéraud avait-il pris son parti de cette situation ou méditait-il une revanche? Souhaitait-il que Roustev supplantât Saint-Ramé? L'ayant assez peu fréquenté, je ne savais de lui rien de plus que ce que j'ai exposé.

— Ne prenez pas la peine, me dit Abéraud, de m'expliquer pourquoi vous voulez me voir; je suis au courant de tout; j'admire, soit dit en passant, votre puissance de conviction, car Brignon était très monté contre vous et il nous est revenu vaincu et dans tous ses états. Nous sommes donc convenus, s'agissant des imitations, que chacun aurait la liberté de s'y soumettre ou pas. En revanche, nous avons décidé de procéder nous-mêmes, sans retard, à nos propres investigations... Nous ne désespérons pas, malgré votre promotion récente, de vous avoir avec nous.

Abéraud se tassa dans son fauteuil et alluma un petit cigare. Ainsi, il m'invitait à rejoindre leur groupe. Cette proposition m'ouvrait des perspectives, mais elle exigeait de moi un jeu serré, un louvoiement délicat entre mes collègues et l'état-major de la firme qui m'avait coopté. Comment me tirer de là? Abéraud devina ma pensée :

— Je reconnais que, pour vous, il ne sera pas facile de manœuvrer et de nous rejoindre; maintenant, vous êtes peut-être trop près de la direction générale; pourtant, en dehors du ressentiment de Le Rantec, nul parmi nous ne met en doute vos capacités et votre bonne volonté; cela dit, nous avons un seul et unique but : couper court aux fadaises et aux plaisanteries qui, si elles se prolongent, ne feront plus rire personne.

— Vous avez raison, dis-je lentement, laissez-moi donc réfléchir à l'aspect particulier de notre conversation. *A priori*, je ne vois pas pourquoi une collaboration avec Saint-Ramé et Roustev exclurait ma participation à vos recherches.

— Ah, dit Abéraud, voulez-vous que nous en discutions?

— Volontiers, répondis-je sèchement, et irrité de l'assurance et de la pointe d'arrogance de mon collègue; d'après ce que je comprends, vous entrez en révolte déclarée avec la direction générale.

— C'est un peu ça, à ceci près que notre révolte, contrairement à ce que vous avez dit, n'est pas déclarée. Notre action, notre mauvaise humeur partent d'abord d'un sentiment appréciable : contribuer au plus tôt à la lutte contre l'adversaire de notre entreprise; ensuite, nos décisions ne sont pas publiques, nous n'avons pas l'intention de distribuer un rapport empaqueté et ficelé par un ruban vert et noir, rassurez-vous; on ne peut dans ces conditions parler de révolte déclarée; mais nous avons été exclus de la conduite des opérations et nous ne comprenons pas pourquoi; comme, entre-temps, les choses ne se sont pas arrangées, c'est le moins qu'on puisse en dire, nous nous interrogeons. De plus, nous avons réfléchi à ces rouleaux et à leur diffusion, et certains faits paraissent vraiment très étranges. Ainsi sommes-nous parvenus à la conclusion que seul un personnage ou des personnages ayant accès au fichier et aux dossiers de l'entreprise pouvaient disposer de la liberté de mouvement indispensable à ce genre d'activité.

— Permettez-moi de vous dire, répliquai-je, que nous ne vous avons pas attendus pour étudier cette hypothèse, et que c'est précisément pour cela que nous sommes obligés de soupçonner tout le monde, à commencer par nous-mêmes. Si vous poussiez votre raisonnement jusqu'au bout, vous accepteriez, les uns et les autres, et de bon gré, les imitations qu'on vous impose ainsi que je les ai acceptées moi-même.

— Ce que vous me dites me confirmerait plutôt que vous et la direction générale vous avez perdu la tête; ces imitations sont ridicules et tout à fait inefficaces. Quelqu'un, paraît-il, imite la voix de M. Saint-Ramé, et vous espérez le découvrir en exigeant des cadres qu'ils se prêtent à une mascarade! Ce n'est pas le sentiment d'être soupçonnés qui nous contrarie, mais l'impression que l'entreprise perd un peu les pédales. Nous ne sommes pas effrayés par les soupçons; mais, en ce cas, prenez de réelles dispositions, perquisitionnez chez nous, vérifiez nos emplois du temps, interrogez notre personnel, notre famille, nos amis, mais de grâce ne perdez plus de temps ni d'énergie à ces entretiens grotesques!

Abéraud avait raison. Tandis que je l'écoutais, je mesurais pleinement l'image pour le moins folklorique que la direction donnait d'elle depuis le début des événements. Emporté dans le tourbillon de mes tâches quotidiennes, placé malgré moi au cœur de la mêlée, ce sentiment ne m'avait jusqu'ici qu'effleuré. Voici que j'en prenais une conscience aiguë. Les attitudes des Américains et, en particulier, de Musterffies, les allocutions au personnel de Saint-Ramé, l'obligation faite aux principaux cadres d'imiter la voix de leur directeur général, m'apparurent comme d'inquiétants symptômes de laisser-aller. Devant Abéraud et son regard scrutateur, je me sentis honteux d'avoir accepté pareille mission du vice-président : mais quel est le cadre de ce temps-là qui eût bravement refusé? Abéraud rompit le silence :

— Mon point de vue personnel, dit-il, c'est que nous avons été délibérément écartés de la conduite des opérations et sans doute à notre insu. Je le répète, ceci est mon point de vue personnel; vous êtes, en dehors de ma femme, la seule personne à qui j'aie communiqué cette conviction profonde.

— Et pourquoi cet honneur? demandai-je, méfiant.

— C'est simple, mon cher Directeur des Relations humaines, répondit Abéraud en souriant, vous seul pouvez m'aider vraiment; je suis certain que vous avez été le témoin involontaire de faits, d'attitudes, de propos, qu'il me serait précieux d'interpréter maintenant et, je vous l'assure, tout s'éclaircirait. Vous ne l'avez pas fait vous-même parce que vos fonctions vous engloutissaient au cœur de l'affaire; pour résoudre un problème difficile, il faut prendre de la hauteur, puis de l'élan, et enfin fondre sur lui comme un faucon... Maintenant, ajouta-t-il, presque pour lui-même, peut-être que l'intérêt de l'entreprise, donc le nôtre, n'est pas d'éclaircir mais au contraire, au point où nous en sommes, d'épaissir, d'obscurcir davantage.

— Mais, à la fin, qu'attendez-vous de moi?

Abéraud hésita une seconde, puis il se leva, s'approcha de ma fenêtre, l'ouvrit et se pencha au-dehors.

— Que faisiez-vous l'autre soir impasse des Ronces? interrogea-t-il en se retournant brusquement.

Je bondis. L'homme me manipulait-il à plaisir depuis le commencement de notre entretien? Je réagis avec brutalité.

— Et vous? rétorquai-je, je vous ai vu sortir de la taverne!

— Ne vous mettez pas en colère, j'étais en effet dans cette taverne où j'ai coutume d'aller prendre un verre à la sortie du bureau et presque chaque soir; mais vous, et Sélis, auriez-vous par hasard découvert une autre taverne dans le coin?

— Je vous en prie, coupai-je, l'heure n'est pas aux plaisanteries; qui sait si le sort de Rosserys & Mitchell-France ne se joue pas un peu en ce moment...

— Comme vous dites, mon cher, il se joue, mais un peu seulement, car vous ne m'ôterez pas de l'idée qu'il se joue beaucoup mais ailleurs.

— Où?

— Ah! C'est ce que nous devons non seulement trouver mais prouver, dit Abéraud, car en définitive, avec un minimum de réflexion et d'intuition, ce ne devrait pas être sorcier de découvrir où; le prouver est une autre paire de manches.

Soudain excédé, je décidai de brusquer l'individu, de lui assener une de ces homélies dont j'avais le secret, qui m'avaient valu d'accéder à mes hautes fonctions et qui avaient si bien traumatisé Le Rantec et Brignon. Et à lui Abéraud, ancien élève de l'École des mines barré par les vendeurs, voici ce que je dis : « D'où tirez-vous tant de hargne et d'orgueil? Vous essayez de me circonvenir et de me pousser dans le camp de la révolte. Et pourquoi? Parce que je vous gêne. Vous êtes onze, vous voudriez être douze; et vous, Abéraud, vous enragez de me voir à l'écart, hors de votre emprise. Car vous êtes le chef de ces cadres en révolte, c'est vous qui leur montez la tête, et vous entendez vous venger de vos déboires et de votre éviction de la course au pouvoir. Qu'êtes-vous venu chercher parmi nous? Sauriez-vous seulement vendre une cravate? Où sont vos prévisions? Que prévoyez-vous? Qu'avez-vous prévu? Je vais vous le dire : vous prévoyez qu'en exploitant les troubles vous rattraperez votre retard. Peut-être d'ailleurs êtes-vous l'imprécateur! Votre logique, votre minutie, votre rancœur vous seraient des ferments suffisants pour que, par des voies diaboliques, vous réussissiez à injecter dans les entrailles de notre entreprise un poison et des virus inconnus. Vous avez l'air d'en savoir des choses, Abéraud, et vous accumulez les sous-entendus! Prêchez-vous le faux pour apprendre le vrai ou alors seriez-vous l'homme que nous recherchons? Je vous imagine très bien dans une chambre d'hôtel, rédigeant ces imprécations, vous moquant, rempli de fiel, de ceux qui savent parce que, vous, vous ne savez pas. Que ne construisez-vous des routes et des ponts pour améliorer le transport et la circulation des marchandises! Que fait un ingénieur des Mines à l'état-major de notre entreprise? Seriez-vous par hasard mandaté non par vos collègues mais par un parti révolutionnaire? Auriez-vous décidé d'utiliser tous les moyens, y compris les plus déloyaux, pour abattre notre compagnie, dérouter nos dirigeants? Agissant ainsi, vous vous rendriez coupables, vous et vos acolytes, d'un crime effroyable. La société de consommation a bon dos, Abéraud! Et vous la remplaceriez par quoi? Je reconnais en vous ce triste spécimen de cadre supérieur ennuyé, bourgeois, toujours prêt à médire et détruire sans grand risque, mais aussi à profiter et jouir en abusant des libertés que prodiguent les démocraties industrielles! J'entrevois maintenant une ouverture, une explication à l'agitation qui monte chez nous : vous la provoquez. Votre objectif est de désorganiser l'entreprise pour la réorganiser ensuite à votre profit exclusif. Vous haïssez Henri Saint-Ramé, vous manipulez Roustev et vos collègues. D'ailleurs, je suis ici investi par délégation d'un pouvoir nouveau et chargé d'une mission que j'accomplirai coûte que coûte : faire imiter la voix du directeur général par les cadres d'état-major. Je n'ai donc pas de leçons ou de conseils à recevoir de vous, et je vous demande si oui ou non vous êtes disposé à imiter!

Honte à vous, Abéraud, qui vomissez nos libertés, notre croissance, notre expansion, notre *cash-flow*, notre *staff and line*, notre loi de l'offre et de la demande, notre prospérité, notre rassasiement et celui de nos peuples! Êtes-vous maigre ou gras, Abéraud? Vous êtes gras. Mangez-vous de la bavette ou du flanchet, Abéraud? Vous mangez de la bavette. Préférez-vous le collet ou l'aloyau, Abéraud? Vous préférez l'aloyau. Rejetez-vous avec horreur la queue et le gros bout des bovins, la macreuse roulée et le gîte arrière? Oui, vous les rejetez avec horreur. Et votre salaire, Abéraud, est-il anormalement bas, mélancoliquement moyen ou méchamment élevé? Il est méchamment élevé, il se perd dans les nuages blancs qui paisiblement déambulent dans le ciel bleu de notre civilisation et que vous voulez noircir, zébrer d'éclairs hideux et crever. Et vous, Abéraud, vous rêvez de l'anéantissement de notre monde, de l'inflammation de nos puits de pétrole, de l'empoisonnement de nos bestiaux, de l'anémie de nos légumes verts, de la pulvérisation de nos légumes secs, du pourrissement de nos fruits, de la suppression de nos mayonnaises industrielles, de l'affadissement de nos multiples et flatteuses boissons, de l'assèchement de nos rivières; voilà, Abéraud, ce dont vous rêvez, mais vous n'omettez pas dans vos sinistres cauchemars de vous construire une arche de Noé dans laquelle vous emporterez le rond de gîte, le contrefilet, l'onglet, le rumsteck, la pêche rouge et renflée, l'alcool à brûler, les sondes et les foreuses, les modernes bistouris, les vins de Bourgogne et du Rhin, les cognacs, les armagnacs et toutes les putains d'URSS et des États-Unis! Hein, Abéraud, après votre déluge, vous accosterez aux rivages de Satan votre maître, et vous serez remercié. Ah, je vous vois, Abéraud, avec votre longue queue verdâtre et votre fourche d'or arpentant les grèves de ce que furent nos océans à l'époque bienheureuse où les hommes en chantonnant fabriquaient, emballaient, vendaient, épargnaient, investissaient, amortissaient gaiement! Eh bien, sachez-le, Abéraud, vous n'avez pas encore gagné, vous rencontrerez sur votre chemin des millions et des millions de citoyennes et de citoyens et, à leur tête, des milliers et des milliers de directeurs des Relations humaines, eux-mêmes entraînés, exaltés par des centaines de présidents directeurs généraux à leur tour sagement, fermement guidés par des dizaines et des dizaines de maréchaux et de chefs d'État réconciliés par la lutte contre l'affamation de leurs peuples et qui, conférant de sommets en sommets, trouveront bien la tactique appropriée qui réduira en poudre votre fourche d'or et tranchera votre longue queue verdâtre! Sus à ceux qui tentent d'ébranler nos entreprises géantes, américaines et multinationales! Et maintenant, monsieur le Directeur adjoint des Prévisions, en vertu des pouvoirs qui me sont conférés par nos chefs bien-aimés, dans l'intérêt supérieur de notre firme et aussi dans le vôtre, je vous somme d'imiter la voix d'Henri Saint-Ramé, directeur général de Rosserys & Mitchell-France! Que me répondez-vous?

— Je vous réponds, dit très calmement Abéraud que mon discours n'avait apparemment pas ébranlé, que vous devenez fou. Je viens de vérifier les appréhensions de notre collègue Le Rantec dont nous avions injustement atténué les affirmations, les attribuant à une explosion de colère momentanée. Or je constate qu'il ne se trompait pas et que son compte rendu était fidèle. Il nous jurait que vous aviez employé un ton et un langage qui n'ont cours, d'ordinaire, que sur les tréteaux d'un théâtre ou dans les maisons de fous. Selon lui, vous utilisiez d'étonnantes expressions, vos yeux lançaient subitement des flammes inquiétantes, vos bras tournoyaient dans le vide et vous regardiez à tout moment vers la fenêtre comme si l'idée de vous y précipiter ou d'y jeter votre interlocuteur venait de temps à autre à votre esprit malade. Brignon nous avait décrit son entretien à l'image d'une séance de torture. Lui, il a cru réellement que vous étiez sur le point de perdre la raison et vous l'avez tellement effrayé qu'il a imité plusieurs fois! Et voici que, moi aussi, j'ai entendu des choses extraordinaires. Passons sur le fond, il est inutile d'en discuter ici et avec vous. Mais la forme retient l'attention et est de nature à frapper de stupeur n'importe quel cadre du monde, quels que soient sa fonction, son salaire ou sa nationalité. Assurément, quelque chose ne va plus dans cette maison; et, si l'on rapproche vos trois déclarations hilarantes et désordonnées des récents discours d'Henri Saint-Ramé, on est en droit de s'alarmer d'autant que Le Rantec nous apporte la preuve formelle que notre état-major non seulement s'accommode de ce langage bizarre mais l'admire et s'en délecte! Vous auriez même, paraît-il, été promu sous les yeux de Le Rantec, à l'issue d'une envolée de ce genre où vous nous auriez comparés à des chevaliers du Moyen Age! Êtes-vous conscient de l'état dans lequel vous étiez tout à l'heure? D'où viennent ces allusions burlesques à l'aloyau, la bavette, les légumes verts, vous souvenez-vous de ma queue fourchue verdâtre? Ma parole, vous êtes surmené, mon cher, et nos amis Musterffies et Saint-Ramé aussi! Je serais curieux de savoir ce qu'un homme solide comme Bernie Ronson pense de tout ça au fond de lui-même! Roustev, qui, quoi que vous en ayez, a beaucoup de bon sens, ne doit pas avoir la tâche facile ces temps-ci. Serait-ce le résultat de cette fêlure, de ces imprécations et de ces manifestations diverses? Allons, réagissez, ne restez pas prostré ainsi tel un malade après sa crise! Je ne prends pas au sérieux les propos que vous m'avez tenus, ils sont outranciers, incohérents et ils ne vous ressemblent pas. Je vous ai toujours considéré comme un homme de valeur, bien que nos fonctions respectives nous aient peu mis en contact, et vous pourriez devenir un grand directeur des Relations humaines si vous exigiez un peu plus d'indépendance de vos chefs et si vous sensibilisiez vos collègues cadres à ces questions qu'ils ont tendance à mésestimer, moi tout le premier. Que se passe-t-il vraiment? Qu'est-ce qui vous affole et qui dérange à ce point nos dirigeants? Dites-moi la vérité sur cette veillée funèbre. Aidez-nous, aidez cette entreprise et son personnel, ne jouez pas inconsciemment le jeu de ce démon, qui, selon vous, est mon maître et mon meilleur ami. Nous avons mieux à faire, nous autres cadres, qu'à patauger dans les méandres de la sorcellerie. Rejoignez notre groupe, personne ne vous obligera à vous désolidariser de Saint-Ramé et de Musterffies. C'est dans leur intérêt, pour les servir efficacement, que vous devez coopérer avec nous. Que pensez-vous de tout ce que je vous dis là? Vous ai-je à aucun moment choqué? Me suis-je montré discourtois? Quelles preuves pourrais-je vous donner de ma bonne volonté et de la sincérité de mes efforts pour regrouper nos collègues, remonter leur moral qui, je vous l'affirme, est au plus bas, arrêter la panique et le désordre qui commencent à menacer sérieusement notre entreprise?

Ces paroles me touchèrent. D'autant que j'étais mal préparé à répondre à mon interlocuteur, car je partageais ses vues sur le délabrement du langage au sein de l'entreprise. N'avais-je pas moi-même, au soir de ma nomination, saisi cet aspect curieux du comportement des dirigeants et du mien? Mais devais-je le lui dire? Ne penserait-il pas que cette conscience que j'avais de mes anomalies verbales démontrait que celles-ci n'étaient le fruit que d'un calcul de plus? Et Saint-Ramé, Musterffies, s'écriant en sautant sur leurs pieds, sous les yeux médusés de Le Rantec : « Nommons-le, nommons-le! », avaient-ils calculé? Et calculé quoi? Je me sentais mal à l'aise.

— Voulez-vous que j'ouvre la fenêtre? demanda Abéraud, il fait chaud chez vous, nous respirerions mieux.

— Oui, c'est justement ce que je m'apprêtais à faire.

Je me levai et marchai lourdement vers la fenêtre. Abéraud me suivit. J'ouvris. Et tous deux, nous nous accoudâmes, nous contemplâmes la rue Oberkampf et là-bas, à droite, les tombeaux et mausolées du Père-Lachaise.

— Avez-vous remarqué combien l'impasse des Ronces est proche du cimetière, dit Abéraud, c'est juste à côté.

J'eus un haut-le-corps. Cet homme était diabolique. Mais cette fois je ne me dérobai pas :

— Oui, je l'ai remarqué aujourd'hui même, entre midi et deux heures, et je suis sûr que la clé de l'énigme réside dans ce cimetière.

— Ah, ah, approuva Abéraud, je suis bien d'accord avec vous; avouez que vous êtes quand même un singulier personnage, vous passez sans transition d'une fébrilité inexplicable à une faculté de juger et déduire tout bonnement impressionnante.

— C'est que je dois être malade, dis-je froidement, ayant totalement recouvré mes moyens.

Abéraud se tut. Au bout de quelques minutes, il quitta la fenêtre, se planta au milieu de mon bureau et me demanda avec un calme désarmant :

— Alors, êtes-vous d'accord pour rejoindre notre groupe, en tant que cadre supérieur, bien sûr, et non en votre qualité de directeur des Relations humaines?

— Et vous, répliquai-je sans trop réfléchir, êtes-vous d'accord pour imiter la voix de notre directeur général, ce pourquoi je souhaitais vous voir aujourd'hui?

— Oh, si ce n'est que cela, répondit-il d'un ton léger, je me suis même très sérieusement entraîné; figurez-vous que je me suis amusé hier soir à téléphoner à mes collègues en maquillant ma voix : ils sont tous tombés dans le piège. Je vais vous montrer, que voulez-vous que je vous dise?

— Ma foi, je n'en sais rien, dis-je, éberlué, dites ce que vous voulez.

— Bien. Écoutez. » Et il dit en imitant la voix d'Henri Saint-Ramé : « Monsieur le Directeur des Relations humaines, je suis heureux que vous ayez accepté, malgré la position délicate qui est la vôtre, de collaborer avec nous. Désormais, les douze principaux cadres de l'entreprise mettront en commun leurs intelligences et leurs énergies, qui sont grandes, et, n'en doutons pas, ils obtiendront des résultats rapides et spectaculaires. Pour commencer, je vous informe que notre prochaine réunion aura lieu ce soir à 21 h, dans l'arrière-salle de la taverne Goulim, impasse des Ronces, non loin du cimetière de l'Est. Au cours de cette réunion, nous échangerons librement nos vues et nos informations sur la situation présente de l'entreprise. Ceux qui le voudront auront la possibilité de souper après la réunion. Chaque cadre paiera sa note. Moi, Henri Saint-Ramé, je me réjouis de constater que les principaux cadres de mon entreprise s'unissent pour la préserver des agissements malsains de ceux qui visent à libérer les forces morbides que chacun d'entre nous entretient dans les profondeurs de son être. Nous étions bons, on veut nous faire devenir méchants. Nous étions inflexibles, on veut nous amollir. Si j'étais l'imprécateur, je m'affolerais en apprenant que les douze grands loups-cerviers de Rosserys & Mitchell-France sont désormais partis en chasse, qu'ils s'apprêtent à se faufiler la nuit le long des couloirs et des souterrains, des catacombes et des soubassements, que leurs narines palpiteront, se renfleront à l'odeur de mon poil argenté; puis que leurs crocs d'ivoire et de fer, à ma vue, surgiront d'entre leurs babines et que, pattes puissantes et reins arqués, ils me pourchasseront jusqu'au royaume des morts où ils me dépèceront. Cela vous va-t-il?

— Oui, répondis-je, bouleversé. Et le directeur adjoint des prévisions s'en fut en refermant doucement la porte. De cette imitation, déjà coulait le sang.

Honte à nous!

XVIII

A 21 h précises, je cognai à l'huis de la taverne Goulim, impasse des Ronces. Un visage surmonté d'une chevelure broussailleuse s'encadra dans un judas et une voix grasseyante me demanda :
— C'est de la part de qui?

— C'est de la part de M. Abéraud.

— Quel est votre numéro?

— Quel numéro?

— Êtes-vous ou non l'un des douze manitous de Rosserys & Mitchell-France?

— Je ne sais, dis-je impatienté, ce que vous entendez par manitou, mais j'appartiens en effet à cette société.

— Alors, vous devez avoir un numéro.

— Personne ne m'a parlé de numéro, je suis simplement invité à une réunion par Abéraud : est-il arrivé?

— Oui, le manitou Abéraud est là.

— Au diable vos manitous! m'écriai-je, si Abéraud est là, allez le chercher et dites-lui que le directeur des Relations humaines l'attend!

— Bon, j'y vais, bougonna le centaure, mais c'est bizarre que vous n'ayez pas de numéro.

Cinq minutes plus tard, il revint accompagné d'Abéraud. Le judas glissa en un sec claquement et les lunettes du directeur adjoint des Prévisions scintillèrent dans la pénombre.

— Oui, c'est lui, vous pouvez ouvrir, entendis-je.

La lourde porte tourna silencieusement sur ses gonds puis se referma dans mon dos. Lorsque mes yeux furent habitués à la semi-obscurité qui baignait l'entrée, je réprimai mal un mouvement de surprise devant l'accoutrement d'Abéraud : il était revêtu d'une cape sombre, ample, qui tombait jusqu'aux genoux. Il arborait en guise de cravate une sorte de lavallière de soie verte et bouffante que j'avais déjà vue à la gorge de quelques dandies, mais que je n'aurais pas imaginée sous le menton d'un cadre d'état-major digne de ce nom. Enfin, je remarquai, épinglé sur le côté gauche de la cape, un macaron de plastique vert portant le chiffre 5 gravé en noir. Abéraud me guida le long d'un corridor en forme de boyau qui semblait s'enfoncer progressivement et, quand nous débouchâmes dans une immense salle aux contours torturés, il n'avait pas encore prononcé une parole. Peut-être ne désirait-il pas me fournir les nombreuses explications auxquelles j'avais droit, en présence de l'énergumène qui nous avait suivi jusque-là. Abéraud saisit mon bras et m'entraîna vers une banquette de velours rouge. Là, s'assurant que nul ne surprendrait ses propos, il me dit à voix basse :

— Excusez-moi pour votre numéro; mais, quoique certain que vous viendriez à notre réunion, je ne pouvais totalement en préjuger; n'étant pas sûr de votre participation, il m'était impossible de vous confier notre code; il est très simple : désormais, nous ne communiquerons à l'intérieur de l'entreprise qu'en utilisant des numéros, ceci ne valant, bien sûr, que pour tout sujet concernant notre enquête; vous, vous avez le numéro 7. Chacun a le numéro qui correspond à son ancienneté chez Rosserys & Mitchell. Les autres nous attendent dans l'arrière-salle, que j'ai réservée pour nos réunions. Comme ils n'étaient pas certains de votre participation, ils se réjouiront de votre arrivée.

— J'ai une question, dis-je, qu'est-ce que c'est que cette histoire de manitous?

— Ah! s'exclama Abéraud, c'est le concierge de la taverne, un brave homme un peu original; il appelle parfois les clients des manitous, non pour leur attribuer de l'importance mais pour en faire des espèces de fétiches, de sorciers, vous savez que tel est le sens exact de ce mot : un manitou, c'est un grand sorcier dans les tribus indiennes des USA; comme il sait que je travaille chez Rosserys & Mitchell, il m'a affublé de ce titre; nos collègues et vous-même en avez profité : vous voilà intronisé manitou; à la vérité, ça ne nous va pas si mal, conclut-il d'un ton détaché.

Nous traversâmes la salle. Des femmes et des hommes étaient attablés, environnés de fumée, et je ne parvenais pas à distinguer les traits de leurs visages. Je fus frappé néanmoins du nombre important, et insolite pour l'époque, d'hommes à moustaches longues et effilées et de femmes à robe longue et jabot de dentelle. J'essayai de plaisanter :

— Dites-moi, cette taverne, c'est un club de moustachus?

— Taisez-vous, murmura Abéraud, ne riez pas de ces choses, ne parlez pas à haute voix de moustaches ou de vêtements; vous risqueriez de vexer des gens et de provoquer des rixes.

Surpris, je me tus tout en suivant mon guide mais en songeant que, décidément, si ces gens se fâchaient pour des motifs si futiles, c'est qu'ils devaient avoir bien mauvais caractère. Abéraud poussa doucement une porte ronde et minuscule et j'eus ensuite l'impression que nous nous enfoncions de plus en plus. Nous avançâmes selon moi presque un quart d'heure dans un corridor mal éclairé. Je n'éprouvais plus l'envie de parler et je me serais sérieusement alarmé de ce lieu où j'étais tombé si la silhouette d'Abéraud ne m'avait constamment rappelé que les cadres principaux de Rosserys & Mitchell-France tenaient réunion en cet endroit. Soudain, mon guide s'arrêta et me dit à voix basse :

— Voici les vestiaires, vous allez revêtir votre cape, fixer votre lavallière et votre macaron.

Je ne protestai pas. Pourquoi aurais-je protesté, au point où j'en étais? Certes, à l'instant où Abéraud noua ma lavallière verte, je ne jugeai pas ma mise parfaitement orthodoxe, pas plus que cette cape dont j'enveloppai mes épaules et que ce macaron que j'épinglai maladroitement et sur lequel était inscrit le chiffre 7. Mais, si mes collègues avaient accepté avant moi ce déguisement et si, ma foi, ils ressentaient le besoin de se travestir pour se réunir, j'aurais eu mauvaise grâce à refuser ces fantaisies, à moins, bien sûr, de revenir sur mes pas, de rentrer chez moi, de téléphoner à Saint-Ramé et de l'avertir : « Vos principaux cadres, monsieur, perdent la tête à leur tour. » Au surplus, n'oublions pas que j'étais en service commandé. Ma mission consistait à m'intégrer dans le groupe de mes collègues en révolte et, à ce titre, j'avais à me plier à leurs règles, à adopter leur comportement. Sans doute avaient-ils d'excellentes raisons de se retrouver au Goulim, de se donner un uniforme et un signe distinctif. Je n'avais pas pris part à leurs délibérations et je concevais mal que des cadres tels que Brignon, Sélis ou Le Rantec aient accepté de gaieté de cœur un rôle dans cette farce sans d'impérieux et secrets motifs. Abéraud m'examina de pied en cap, modifia ma lavallière et exprima sa satisfaction :

— Vous êtes celui d'entre nous à qui notre habillement va le mieux, vous allez faire des jaloux, suivez-moi.

Nous nous dirigeâmes vers une porte massive et carrée qu'Abéraud ouvrit en pesant contre elle de tout son poids. Alors je les reconnus. Ils étaient assis autour d'une table rectangulaire et dans des fauteuils au dossier très haut. Mon apparition ne souleva aucun commentaire, aucun mouvement, aucun étonnement. « Ils ont appris en peu de temps à se maîtriser, pensai-je, Abéraud a sur eux plus d'influence que je ne l'aurais cru; diable d'homme. » Abéraud m'assigna d'un geste la place qui m'était destinée, entre Chavégnac le numéro 6 et Brignon le numéro 8. Ensuite, il s'installa au fauteuil placé en bout de table face à Le Rantec qui, de ce fait, lui disputait la présidence. Abéraud prit la parole :

— Mes chers collègues, permettez-moi de me réjouir que nous soyons au nombre de douze, car cela confère un cachet nouveau et très particulier à notre association. Le nombre 12 en effet n'est pas un nombre indifférent. Il ne le sera pas non plus pour l'adversaire que nous pourchassons et qui tire du mystère l'essentiel de sa force et de sa réussite. Et, comme nous avons choisi de riposter sur son propre terrain, avec ses propres armes, il n'est donc pas indifférent qu'il ait affaire à douze cadres résolus ayant adopté un rite, une organisation, un uniforme et, bientôt, un plan d'action. Je me réjouis aussi que celui dont la collaboration a porté à douze l'effectif de notre groupe ne soit autre que notre éminent directeur des Relations humaines.

A ces mots, les cadres donnèrent enfin quelques signes de vie en approuvant du chef.

— Je ne crois pas, poursuivit Abéraud, que ce soit perdre du temps que d'expliquer à notre collègue ce qui nous a conduits à l'adoption de certaines règles propres, j'en conviens, à étonner un cadre qui n'y serait pas préparé. Ainsi en va-t-il du choix du lieu de nos réunions, du port des matricules et des caractéristiques vestimentaires. Mon cher Directeur des Relations humaines, dit Abéraud d'une voix presque suave, je vous sais gré de n'avoir manifesté que de brefs symptômes d'impatience à partir du moment où vous avez pénétré à l'intérieur du Goulim jusqu'à maintenant où vous êtes parmi nous, membre à part entière de notre groupe. Si vous aviez protesté, nous l'aurions compris, tant l'ambiance qui vous a accueilli est de nature à surprendre un honnête citoyen. Sachez, mon cher, que, pendant que nos dirigeants et leurs détectives tentent par des procédés maladroits d'élucider la situation obscure et douloureuse que subit actuellement notre entreprise, nous nous sommes, nous, engagés sur la bonne voie. Or cette voie n'est pas commune. Elle emprunte des cheminements tortueux, elle requiert un effort d'imagination, elle nous amène par des itinéraires détournés mais sûrs à la porte de l'adversaire. Si aujourd'hui l'enquête n'a pas progressé, cela est dû à deux faits également formidables : *a)* celui qui attaque l'entreprise est à peu près certain de détourner les soupçons ordinaires; *b)* les raisons de son agression tiennent de l'anomalie la plus exceptionnelle; il serait erroné de les chercher dans une déception vulgaire, une colère simpliste. Un collaborateur renvoyé, un cadre amer, un groupuscule subversif représentent de piètres véhicules, inaptes au transport de la rage froide et démoniaque dont fait l'objet notre compagnie. Ces considérations nous ont convaincus de l'inaptitude des dirigeants à vaincre ce genre de mal. Nous avons été alertés ces jours-ci par une étrange langueur, une inefficacité bizarre, un manque de détermination inhabituel chez nos chefs qui nous ont suffisamment démontré leurs qualités de financiers et de commerçants. Cependant, en l'occurrence, ils semblent frappés d'une impossibilité viscérale d'agir. C'est comme si l'adversaire, avant de commencer ses exactions, avait déposé dans l'âme et le cerveau de nos chefs un microbe, une drogue annihilante. C'est dire que les méthodes à combattre sont sournoises, insidieuses, quasi magiques. En outre, nous tenons pour acquis que les soubassements de notre firme et les sous-sols du cimetière abritent des énigmes qu'il est indispensable de résoudre si nous souhaitons vraiment protéger notre entreprise. Alors, mon cher Directeur des Relations humaines, nous avons élu domicile ici, au Goulim, qui par des boyaux profonds et sinueux est relié à bien d'autres boyaux que nous explorerons ensemble. Et puis, nous avons dû nous conditionner, exercer sur nous-mêmes des violences. Nous sommes si peu accoutumés à raisonner hors des limites de l'imaginable que, en l'absence d'un rite, nous aurions enregistré des échecs. Nous devons nous forger l'âme d'un commando. Des cadres respectueux, stylés, en complets rayés, n'auraient pas pesé lourd dans cette aventure. C'est pourquoi vous nous trouvez sans doute si changés ce soir. Et vous avez raison : nous ne sommes plus les mêmes hommes. Nous avons franchi des limites sans craindre le ridicule. Nous portons cape, lavallière et macaron. A l'armée, dans l'Église et aux cérémonies officielles, à quoi servent les uniformes, les habits de parade, si ce n'est à pénétrer les prêtres, les généraux, les hommes d'État, les fidèles, les soldats, le peuple, de la grandeur des tâches qu'un pays, une armée, une Église ont pour vocation d'accomplir. Avez-vous remarqué nos couleurs vert et noir ? Ce sont celles du ruban noué autour des rouleaux. Nous ne craignons point celui qui a entrepris de martyriser notre firme : ses couleurs sont les nôtres. Son châtiment lui sera infligé par nous, et non par une justice qui ne saurait à quelle jurisprudence se vouer. Et maintenant, notre collègue Le Rantec va nous faire le point de ce que nous pensons sur l'affaire; après quoi, nous discuterons des mesures à prendre.

Avez-vous quelque chose à dire, mon cher Directeur des Relations humaines?

Ce préambule m'avait impressionné. C'est qu'il développait des idées qui m'étaient familières, que je remuais depuis pas mal de jours et que je n'avais jamais osé exposer publiquement. Assurément, j'étais persuadé que l'entreprise avait à lutter contre de singuliers agresseurs, et combien de fois n'avais-je pas déploré le manque d'audace des dirigeants, le peu de cas qu'ils faisaient de ces forces recelées par l'homme et non maîtrisées par lui, capables de se déchaîner et de le précipiter dans la déraison. Même avant que les premiers symptômes d'un dérangement ne se manifestent, j'étais un adepte de la devise : à situation anormale, riposte anormale. Les grincements qui, en ce temps-là, montèrent aux oreilles de nos responsables ne provenaient pas des rouages de la croissance, de l'expansion, des marges, de la trésorerie, ni vraiment du mécontentement et de la hargne du personnel, mais d'ailleurs. D'ailleurs, mais d'où? Le grand état-major de Des Moines, officiellement saisi du dossier de sa firme française après que la presse s'en fut emparé, resta sourd, lui aussi, à cette plainte affolante, à cet ululement qui sortait du cerveau de l'entreprise malade et délirante, indifférent à ces ondes maléfiques qui en ébranlaient les fondations. C'est ainsi que, surmontant la mise en scène peu sérieuse que mes collègues avaient imaginée, je m'en tins à leurs paroles, et celles-ci, en revanche, touchèrent mon intelligence. Ils ne me furent pas plus sympathiques qu'auparavant, mais ce qu'ils m'expliquèrent par la bouche d'Abéraud me parut fort sensé et d'une évidente finesse. Au fond, peut-être avaient-ils raison de s'autosuggestionner, d'envoyer au loin leurs pelures de cadres insupportables, tatillons, orgueilleux, et d'endosser des vêtements leur permettant de se glisser plus aisément dans leur nouvelle peau de chasseurs du diable. Car, maintenant, plus personne, y compris moi-même, ne doutait que l'adversaire à traquer eût emprunté à Satan ses recettes. J'appréciai qu'Abéraud ait eu l'idée d'explorer cette voie si ardue et rallié ses collègues à ses vues. La performance n'était pas mince et, dès ce soir-là, je ne marchandai plus au sous-directeur des Prévisions mon admiration pour son agilité intellectuelle presque prodigieuse. Ma haine naquit plus tard, mais elle vint du changement alors imprévisible de mon opinion et de mes sentiments, eux-mêmes dus à l'évolution stupéfiante de l'affaire. Ceci est une autre histoire. A la question d'Abéraud concluant son préambule, je répondis simplement :

— Je ne puis, vous ayant écouté, que vous apporter une approbation banale car elle s'appuie sur mon analyse personnelle des faits, qui est très semblable à la vôtre. Je comprends mieux maintenant le souci que vous avez tous de veiller aux moindres détails et de vous habiller ainsi. Je comprends aussi pourquoi vous avez tenu à prendre certaines précautions à mon égard. Je ne vous en veux pas, et comme, en principe, ma collaboration avec les dirigeants doit se poursuivre, je pourrai vous être précieux par les informations auxquelles j'aurai accès.

— Au nom de tous nos collègues, je vous remercie, dit Abéraud. Nous userons des commodités diverses que votre position actuelle dans notre entreprise peut nous procurer. Je passe la parole au numéro 9, nous devons nous habituer à nos numéros.

Le Rantec, le numéro 9, déclara en se tortillant :

— Conformément à ce que nous avions décidé au cours de notre dernière réunion, j'ai déniché le plan des sous-sols de l'entreprise, grâce à l'un de mes amis, ancien élève de l'École nationale d'administration et qui travaille aux côtés du préfet; avant de le déployer devant vous et de vous le commenter, je crois qu'il serait bon que le numéro 10 nous fasse un point rapide sur les questions d'intendance. Je propose cela, car ensuite notre réunion nous mènera tard, nous souperons, et je crains qu'alors son exposé ne tombe dans l'indifférence : qu'en pensez-vous, numéro 5?

Le numéro 5 (Abéraud) acquiesça. Et la parole fut donnée au numéro 10, Sélis :

— Je rappelle au numéro 7 (c'était moi), qui participe pour la première fois à nos délibérations, et aux numéros 2, 3 et 12, qu'ils ont à me verser à la fin de la réunion le montant de leurs cotisations, les uns parce qu'ils ont oublié, l'autre parce qu'il ne le savait pas. Le montant a été fixé à 1 500 F. Nous avons déjà engagé d'importantes dépenses : 12 capes taillées par Zart & Lamer, avenue Montaigne, dans un tissu drapier authentique du village de Madre de Dios, coût : 1 100 F l'unité; + 12 lavallières de soie anglaise verte, coût : 250 F l'unité; + 12 macarons gravés, coût : 8 F l'unité. Ce qui fait un total de 16 296 F. Reste donc la somme de 1 704 F, sur laquelle nous devrons prendre la location de la salle et du vestiaire, la note du souper. Il nous restera donc peu d'argent demain. Cependant, les charges vestimentaires étant réglées une fois pour toutes, je crois que désormais nos finances seront saines à condition qu'on fasse l'effort d'une rallonge. Chacun pourrait verser demain 500 F supplémentaires, ce qui nous permettra de fonctionner jusqu'à la fin du mois au rythme de deux réunions normales, de deux soupers par semaine, plus en provision deux réunions extraordinaires sans souper. Le numéro 5 est-il d'accord pour qu'on vote sur ma proposition?

— Certainement, dit Abéraud, votons; d'ici à la fin du mois, l'affaire sera dans le sac.

Nous votâmes la rallonge à l'unanimité. Le Rantec reprit la parole. Il se leva, déroula un vaste plan et le fixa au mur par des punaises :

— Mes chers collègues, vous avez devant vous un plan du sous-sol sur lequel est bâti notre immeuble de verre et d'acier. Chacun sait que la ville de Paris est assise sur des réseaux de souterrains et de galeries. Voici le boyau qui passe et sinue sous l'avenue de la République pour aboutir au cimetière de l'Est, au-dessous duquel il se ramifie en une trentaine au moins de boyaux secondaires. Voici le souterrain de la rue des Amandiers et voici où nous sommes en ce moment, juste au-dessus de cet embranchement inextricable. Et maintenant, ouvrez bien les yeux et les oreilles : regardez cet épais trait noir, ici; eh bien, il représente un orifice qui correspond au mur qui fait face à notre salle de conférence du sous-sol. Les autres traits, moins épais, indiquent autant d'ouvertures moins importantes que cet orifice mais qui autorisent le passage d'un homme de taille et de corpulence moyennes. Il suffit, pour s'en apercevoir, de recourir à l'échelle et de mesurer avec un décimètre. Donc, il faut retenir qu'au-dessous de notre immeuble et plus particulièrement au-dessous de la fêlure s'ouvre un boyau dont l'entrée a été condamnée par les entrepreneurs mais qui existe bel et bien et, suivez mon doigt, qui descend abruptement puis qui semble s'élargir et même former là, à cet endroit, une sorte de salle ou de crypte dont je devine mal les dimensions mais qui certainement est assez vaste pour y entreposer des hommes et du matériel. Puis ce boyau se resserre, reprend son diamètre de départ et sinue longuement tel un serpent pour brusquement s'élargir de nouveau et, cette fois, à trois reprises, constituant ainsi trois salles aux dimensions égales à celles de la crypte; ici, nous apercevons une espèce d'appendice, une impasse. Après, le boyau s'étire et rejoint en ligne droite une salle véritablement gigantesque, à peu près dix fois plus grande que les précédentes. Et voici un curieux phénomène : le boyau se dilate, s'étend, devient lui-même une salle, mais du centre de cette salle naît un second boyau dont l'ouverture ressemble à celle d'un puits, qui s'enfonce à pic, puis tourne, descend encore, remonte presque à la verticale et se termine au sommet d'un accident du terrain, d'un pain de sucre, une petite montagne souterraine. Et, du pied de ce mamelon pointu, part et serpente un boyau très étroit qui fait un coude brusque et monte droit vers la surface du sol, c'est-à-dire qu'il refait en ligne droite tout le chemin que nous avons suivi à l'aller de salles en boyaux et de boyaux en puits et monticule. Et savez-vous où il ressort? En un point du cimetière de l'Est où est bâti un caveau somptuaire en marbre vert et noir. Messieurs, la visite est terminée. Mais, moi, je ne terminerai pas sans révéler ce qui nous a mis sur la voie. Ainsi que dans les énigmes les plus compliquées, la solution du mystère de notre firme était simple : il fallait y penser ou, plutôt, observer. Observer quoi, messieurs? Que les couleurs des rubans noués autour des rouleaux étaient celles de ce caveau. Et qui, mes chers collègues, a observé cela? Notre numéro 5, un jour qu'il se promenait au cimetière. Au lieu de se contenter de nous agresser, notre adversaire a voulu nous narguer! Ce fut son erreur. C'était sans compter que l'un d'entre nous pourrait un beau matin se frapper le front et s'écrier : j'ai trouvé! Ce vert et ce noir signifient sûrement quelque chose! Les couleurs du caveau! Pourquoi les couleurs du caveau? Notre cher numéro 5 veut-il continuer?

— Volontiers, enchaîna Thierry Abéraud. L'idée que ce caveau, ce cimetière, les souterrains de l'entreprise pouvaient être liés à la fêlure, à la distribution des rouleaux, commença à me hanter. Je confiai mes soupçons à Roustev, qui ne les prit pas au sérieux. La seule décision qui en résulta fut cette expédition, un soir, impasse des Ronces, pour visiter notre entrepôt désaffecté. Nous n'y découvrîmes rien, mais il faut croire que nous aurions dû le surveiller, car par la suite il abrita le stock de la deuxième vague de rouleaux. Cet incident renforça ma conviction que le périmètre délimité par l'entreprise, l'impasse des Ronces et le Père-Lachaise représentait le champ de bataille. Mais il me confirma l'inutilité d'aviser la direction générale, empêtrée dans son immobilisme et se déchargeant de l'affaire sur deux détectives privés. C'est alors qu'un projet germa dans ma tête : regrouper les principaux cadres et les rallier à mes vues. Un homme solitaire aurait échoué, ne serait-ce qu'à cause des nombreuses surveillances à établir. Nous en discuterons tout à l'heure. Je voudrais insister sur ce caveau. Il n'est pas impossible de penser que l'agitateur a retenu les couleurs de ce caveau pour symboliser la mort de notre société, sa destruction. Peut-être même ce caveau a-t-il une importance plus grande encore, j'ai là-dessus mes idées, mais nous devons être prudents et nous conformer aux lois. Ce caveau excite ma curiosité et, si je m'écoutais, j'irais y jeter un œil. Ce serait maladroitement avertir notre adversaire de nos intentions et risquer l'expulsion du cimetière. Vous n'ignorez pas que celui-ci est fréquenté par un fort contingent de familiers, qui s'aviseraient bien vite que nous rôdons un peu trop autour de ce caveau. Non, ce qu'il faut faire, c'est organiser deux ou trois descentes dans les boyaux et nous équiper en conséquences. La nuit prochaine, je propose qu'on se laisse enfermer dans les sous-sols et qu'on inspecte les lieux. Moi-même, je tenterai des reconnaissances dans la journée. Si l'une des entrées des boyaux a été descellée récemment, cela doit se voir. Quoi qu'il en soit, il nous est facile de communiquer entre nous à l'intérieur de l'entreprise et, demain à 20 h, vous saurez tous les détails de l'opération. La discussion est maintenant ouverte.

Les sentiments que j'éprouvais à ce stade de la réunion étaient mêlés et contradictoires. D'un côté, je croyais rêver, tant les hypothèses d'Abéraud étaient proches des miennes. Mon intuition ne m'avait pas trompé. J'avais, moi aussi, perçu le rôle du royaume des morts dans cette sinistre aventure. D'un autre côté, j'en retirai une frustration certaine : Saint-Ramé ne m'avait jamais donné l'impression d'être capable d'entendre mes propositions. Le soir où je l'avais informé des allées et venues de Roustev et de sa bande, il m'avait conseillé de prendre du repos. Quelle n'aurait pas été la gloire d'un directeur des Relations humaines résolvant le mystère pour le compte des dirigeants de l'entreprise multinationale la plus puissante de son époque! J'étais celui, autour de cette table qui, hormis Abéraud, avait le plus approché la vérité, et je n'en tirais aucun avantage, aucune préséance. Enfin, une aberrante sensation contribuait à me mettre mal à l'aise : il devenait clair que le groupe des principaux cadres relayait une direction générale défaillante dans la défense des intérêts de notre firme. Or, loin de me sourire, cette perspective me gênait. Je me surpris à préférer la nonchalance élégante et féline d'Henri Saint-Ramé à l'agressivité tout anglo-saxonne et au manque de romantisme de mes collègues, à leur furieux désir d'aboutir là où, selon eux, les dirigeants français échouaient. Et cette songerie m'entraîna vers des confins où je discernai les Américains sensibles à l'action de leurs cadres français, à son style et à ses résultats, louant Abéraud et ses lieutenants de leur initiative, reprochant à Saint-Ramé de n'avoir pas su utiliser leur intelligence et leur énergie. Cette affaire, me dis-je, provoquerait-elle des bouleversements dans la hiérarchie de l'entreprise et n'était-ce point le véritable objectif d'Abéraud? L'éventualité d'une sorte de coup d'État fomenté par les principaux cadres contre la direction de Saint-Ramé atténua l'enthousiasme de mon adhésion à ce groupe et m'amena à la question : « Pourquoi m'avoir si allègrement coopté? » Ne craignaient-ils donc pas que je les trahisse? Était-ce pour m'impliquer et m'avoir sous la main? Il eût été surprenant qu'un esprit aussi organisé que celui d'Abéraud ait écarté l'hypothèse d'un double jeu de ma part. Je remis au lendemain ces supputations en me disant qu'après tout l'essentiel était de démasquer l'agitateur et qu'il serait toujours temps ensuite d'étudier la situation ainsi créée. Et, comme mes informations sur les soupçons qu'ils entretenaient étaient très incomplètes, je pris la parole et m'enquis :

— Puis-je être renseigné sur ce que vous pensez des faits eux-mêmes et sur l'identité du ou des agresseurs?

— Ce que nous pensons, c'est simple, répondit Abéraud : un individu possédant des moyens d'action et de réflexion hors de l'ordinaire s'est mis dans la tête, pour des raisons que nous n'apercevons pas nettement, de couler Rosserys & Mitchell-France, et probablement, ce faisant, de porter un coup au concept de société multinationale. Voici comment il aurait pu agir : des experts consultés par mes soins ont affirmé qu'il était possible, soit en calculant la puissance d'une charge explosive, soit à l'aide d'un chalumeau à béton, soit par le moyen de l'injection d'eau, d'attaquer les piliers qui soutiennent l'immeuble, de les sectionner ou de les faire s'enfoncer, de fissurer ainsi les murs. Ce n'est pas facile, mais c'est à la portée d'un saboteur ayant une bonne connaissance de ces questions. Le génie civil brise des murs à un endroit désigné à l'avance et avec une étonnante précision; dans le cas de notre immeuble, une explosion cisaillant par exemple le poteau de béton armé qui se trouve au sommet du coude du boyau sinuant entre la crypte et la salle suivante pourrait provoquer la fêlure que nous connaissons et ne serait pas entendue du dehors. Simultanément, l'homme envoie des tracts au personnel en prenant soin de les entourer de mystère et d'ambiguïté. Il cherche à frapper les imaginations par une méthode nouvelle qui prendra les dirigeants au dépourvu. L'homme connaît à fond les sous-sols de l'entreprise, il s'y meut comme un poisson dans l'eau. Enfin, il imite si parfaitement et avec tant d'audace la voix d'Henri Saint-Ramé qu'il met un comble à la confusion en répandant de fausses nouvelles. Nos chefs s'affolent et ne savent comment réagir. Ou ils étouffent ou minimisent les faits et ils les grandissent, ou ils y répondent avec humour et décontraction et ils les aggravent. C'est ainsi que, ces derniers jours, notre directeur général a adopté des attitudes et prononcé des discours qui ne lui ressemblent guère et qui ont traumatisé le personnel; car une excessive bonne humeur n'est pas incompatible avec un traumatisme. Mais, mon cher numéro 7, je suis sûr que nos collègues brûlent d'entendre de votre bouche le récit de votre dîner chez M. Saint-Ramé et les raisons qui vous ont, vous et nos amis américains, conduits rue Oberkampf la nuit de la veillée funèbre. Nous avons pensé que la fatigue n'était pas seule responsable du malaise dont vous avez été victime en débouchant dans le grand hall de marbre. N'était-ce pas un peu la surprise, l'émotion, le saisissement? Que savez-vous de précis sur cette veillée funèbre? Nos idées à ce sujet sont vagues et il se peut que vous déteniez sans même le savoir la clé de cette mise en scène indécente.

Abéraud avait laissé percer un ton d'inquisiteur qui me déplut et je me demandai soudain si leur raison profonde de m'associer à leur groupe ne résidait pas dans leur volonté d'apprendre de moi que l'ordonnateur de la veillée funèbre n'était pas notre directeur général mais l'imposteur. Je me souvins alors que Saint-Ramé m'avait invité à jouer le jeu sans restriction aucune et que ma mission consistait à lui rapporter fidèlement les agissements et les intentions des principaux cadres. Je fis le récit détaillé de cette fameuse nuit en nuançant les termes avec lesquels je décrivis l'état de Musterffies. Lorsque j'eus terminé, mes collègues restèrent muets de longues minutes. Puis, Abéraud épilogua d'une voix caverneuse :

— Ainsi, c'est bien ce que nous pensions : la mascarade fut organisée par l'homme; et tout le monde a marché, ajouta-t-il entre ses dents, tout le monde, dirigeants en tête! Quelle déliquescence! Merci, cher numéro 7, de nous avoir éclairés et, en ce qui me concerne, d'avoir confirmé mes soupçons. Nous disposons maintenant d'un avantage énorme sur notre adversaire : la surprise change de camp. Il ignore que nous avons découvert le territoire de ses repaires. Nous partirons en chasse dès demain soir. Il pourra toujours diffuser ses imprécations ultimes, sa fin approche. Au fait, qui a baptisé ces textes des *imprécations?*

— C'est Saint-Ramé, dis-je, la nuit de la veillée funèbre.

— Ah, voilà qui est intéressant, murmura Abéraud; après quoi, il conclut : si personne n'a plus de question à poser, le souper nous attend; demain matin, ne vous étonnez pas de ne pas me voir dans notre entreprise, je resterai chez moi pour mettre au point notre expédition nocturne; dans l'après-midi, je vous ferai parvenir les instructions.

J'eus alors un réflexe habile : j'interrogeai les principaux cadres sur l'opportunité de ma collaboration avec Rumin et la direction générale.

— Ça nous sera très utile, observa Abéraud, conformément à mes espoirs; ne modifiez pas votre attitude, tenez-nous au courant des projets de la direction, prenez le pouls du personnel, les jours qui viennent seront décisifs à toutes sortes d'égards.

Nous nous levâmes et suivîmes Abéraud qui, non sans quelque ostentation, quitta la salle à pas lents. Nous longeâmes un corridor toujours éclairé de cette même lumière rare et violette, et j'eus l'impression de m'enfoncer encore davantage dans les entrailles de la terre. Il faisait chaud et je n'osais ôter ma cape. Je mesurai l'empire qu'exerçait Abéraud sur ses collègues. Nous marchions en file indienne et dans l'ordre de nos numéros. Chavégnac se retourna vers moi et m'offrit un sourire forcé et déformé par la pénombre violacée. Son visage ruisselait de sueur. Je dus lui renvoyer un étrange rictus, car il se détourna précipitamment. La marche fatale des principaux cadres de Rosserys & Mitchell commençait. L'un derrière l'autre, nous avançâmes vers notre destin, guidés par le sous-directeur des Prévisions. Enfin, nous arrivâmes dans une salle à manger circulaire faiblement éclairée. Une table ronde était dressée au centre, et des fauteuils identiques à ceux de la salle de réunion nous attendaient. A côté de chaque fauteuil, des hommes de haute taille, pâles et moustachus, se tenaient raides, immobiles, une serviette blanche sur le bras gauche.

Ils étaient vêtus de costumes noirs et portaient des chemises blanches. Abéraud s'arrêta et nous dit :

— Messieurs, ici, la température est supportable, conservons nos capes et asseyons-nous.

La température, en effet, s'était sensiblement rafraîchie, au point que des frissons parcouraient mon échine et que j'eus subitement froid aux mains. Nous nous installâmes. On nous apporta un porc rôti et les laquais émaciés remplirent de vin de lourdes coupes d'étain. Une musique sans paroles s'éleva de je ne sais où, et Abéraud leva sa coupe :

— Buvons à la santé de tous les cadres d'état-major du monde occidental et du Japon!

Nous bûmes. Cependant, les laquais blêmes découpaient prestement le cochon. Lard gras et filet s'étalèrent bientôt dans nos assiettes et les flots de vin s'engloutirent en larges rasades au fond des gorges des cadres principaux de Rosserys & Mitchell-France. Abéraud porta un toast aux démocraties de l'Occident. Les laquais blêmes changèrent nos assiettes et les remplacèrent par des écuelles géantes dans lesquelles reposaient d'épaisses tranches de viande de bœuf. Les esprits s'échauffèrent, les cerveaux s'enfiévrèrent et nous nous acheminâmes vers une ripaille qui nous eût valu les admonestations des dirigeants s'ils nous avaient surpris. Abéraud leva son verre en l'honneur des capacités industrielles et commerciales de la Hollande, puis pour saluer l'éminente participation des Belges à l'édification du Marché commun et, ensuite, pour féliciter l'Italie de son miracle économique. Enfin, il porta un toast ému à la Grande-Bretagne. Nous bûmes. Ensuite, mes collègues se déchaînèrent. Chacun se leva et choisit le sujet de son toast. Puis ce fut mon tour. Malgré d'adroites manipulations, je n'avais pu totalement me dispenser de m'abreuver, ce qui me causait un léger vertige, une sorte d'embrumement pas désagréable mais propice à l'exaltation. Je me levai donc et, tenant ma coupe à la hauteur de la poitrine, j'entamai une prière :

— Oh, vous, Seigneur, qui avez daigné favoriser la naissance, l'épanouissement et la multiplication des sociétés géantes, multinationales et américaines, accordez-nous les forces nécessaires pour les préserver! Grâce à elles, les biens et les marchandises fabriqués en ce bas monde s'accroissent et bientôt pourvoiront à la nourriture, à l'habillement, au confort et au loisir de toutes les créatures humaines que vous avez créées à votre image! Grâce à elles, Seigneur, les finances internationales sont saines, les femmes et les hommes du monde entier, par-delà les frontières, au-delà des égoïsmes nationaux et des fanatismes religieux, se tiennent par la main, se sentent solidaires et s'aiment fraternellement. Car c'est un fait, Seigneur, que depuis que ces sociétés existent et étendent leur influence, le monde n'a jamais connu un tel sursaut d'honnêteté et de justice. C'est un fait, Seigneur, que ceux qui président aux destinées de ces sociétés n'ont jamais été aussi proches de vos apôtres et que jamais hommes n'ont incarné si parfaitement votre bonté et votre magnanimité. Seigneur, ces sociétés, parce qu'elles font le bien de par notre pauvre monde, parce qu'elles utilisent leur argent à soulager les souffrances des peuples malades ou affamés, sont l'objet de la haine des méchants et des envieux. Voici, Seigneur, qu'il se pourrait que la propagation planétaire du bonheur soit compromise par les agissements des envoyés de Satan. Je vous prie instamment de veiller à ce que l'œuvre pacifique et désintéressée de ces sociétés multinationales, qui n'ont pour unique et cher désir que de panser les blessures, apaiser les colères, caresser les petits enfants déshérités, ne soit pas détruite par les forces du mal. Seigneur, vous qui avez chassé les marchands du temple, expulsez de nos murs le démon! Puissent votre bonté divine et votre infinie puissance favoriser l'expansion et la croissance des compagnies géantes, américaines et multinationales qui apportent du pain à ceux qui ont faim, de l'eau à ceux qui ont soif, de l'ombre à ceux qui ont chaud, de la chaleur à ceux qui ont froid, et que se dressent, partout où il n'existe encore que terres arides et brûlées, de nombreux immeubles de verre et d'acier, et que leurs trésoriers soient protégés par vous de la vindicte obscurantiste des destructeurs! Seigneur, je bois à votre toute-puissance et vous demande de bien vouloir pardonner leurs erreurs à douze cadres d'état-major, vos humbles serviteurs, qui, en se réunissant ici, cette nuit, tentent avec leurs modestes moyens de repousser l'envahisseur et de parer à son offensive hideuse et païenne. Buvons!

Nous bûmes. Et je lus sur les trognes enluminées que ma prière avait produit un effet certain. Dieu aussi serait donc des nôtres cette nuit-là. Brignon, le dernier à lever son verre, s'écria :

— Buvons au Japon, réjouissons-nous de l'érection massive des immeubles de verre et d'acier qui honorent et embellissent cet archipel béni des dieux!

Nous bûmes aux empires industriels et commerciaux du Soleil levant. Certains d'entre nous étaient passablement éméchés quand, sur un signe d'Abéraud, les laquais pâles ouvrirent une porte à deux battants encastrée dans l'un des murs de la pièce pour livrer passage à un orchestre. Les musiciens ne disposaient que d'instruments à vent du genre trombones et cors de chasse. La musique que j'avais perçue au début du souper et qui m'avait intriguée se fit entendre de nouveau, mais cette fois retentissante. Abéraud se leva, frappa des mains et s'écria :

— Allez! Tous dans la grande salle!

Nous formâmes donc un cortège et, précédés par les musiciens, suivis par quelques-uns des laquais émaciés, nous empruntâmes en sens inverse le corridor éclairé de lumière violette et exécutâmes ainsi une entrée tonitruante dans la salle aux contours alambiqués. Des femmes aux robes longues et aux chignons altiers, aux visages sévères, aux poitrines opulentes et durement corsetées, vinrent à notre rencontre. Les musiciens jouèrent avec plus d'ardeur encore cet air curieux sur le rythme de ce qui aurait pu être un genre de polka ou de mazurka. Cependant, cet air était privé de paroles dignes de lui et une soudaine inspiration me mit alors en vedette. J'interpellai Abéraud, qui gesticulait aux bras de l'une de ces cavalières obsolètes et musclées, en ces termes :

— Eh, numéro 5, quel dommage qu'un air si mélancolique, fataliste, soit dépourvu de paroles! J'en ai qui me passent par la tête, simples, plaisantes. Voulez-vous les entendre?

— Belle idée, numéro 7! approuva Abéraud enthousiaste; messieurs, clama-t-il tout en tournoyant, le numéro 7 va nous improviser des paroles! Vive le numéro 7!

Les musiciens s'approchèrent de moi, m'encerclèrent, et j'entonnai les paroles qui un soir, à la faveur d'une exaspération indescriptible, étaient montées à mon cerveau. Elles s'accordèrent au rythme, épousèrent la musique comme si elles leur avaient été prédestinées. A ceux qui me soignent et m'entourent de prévenances et, d'une manière générale, à ceux qui finiront par me lire, je ne saurais trop conseiller d'entonner ce chant aux moments de détresse et de vague à l'âme :

Ah, Ah
importons, exportons, fabriquons, emballons, vendons et croissons,
et vive la betterave
et vive le soja
loués soient les céréales
le maïs et le blé,
vive le porc et la viande de bœuf
importons les beaux morceaux
le rond de gîte et le rumsteck
la bavette et le filet
l'entrecôte et l'onglet
et l'aiguillette baronne
Seigneur
et l'aiguillette baronne
exportons
la queue et le tendron
la poitrine et le gros bout
le pot-au-feu et le collier
et la macreuse roulée
Seigneur
et la macreuse roulée
ah, ah,
et vive le Père-Lachaise
et vive Rosserys & Mitchell la belle
belle gorge et cul lardeux
belle gorge et cul lardeux.

Le succès de mes paroles fut considérable : reprises en chœur par les laquais farineux, les matrones hautaines et corsetées, les musiciens et les cadres d'état-major de notre compagnie, elles retentirent avec bonheur sous la voûte du Goulim. Et, lorsque nous clôturâmes cette nuit mouvementée en monôme devant les portes de Rosserys & Mitchell-France et sous les yeux ébahis du gardien-chef, nous chantions toujours sans désemparer, en tendant le bras vers la cime de l'immeuble de verre et d'acier : « Eh, bonjour la belle! Belle gorge et cul lardeux, belle gorge et cul lardeux! » L'aube naissait quand des taxis nous ramenèrent chez nous. Le jour qu'elle annonçait devait être éprouvant et tourmenté.

XIX

Je fus réveillé à 10 h par la sonnerie du téléphone. Le crâne endolori par une violente migraine, je me traînai jusqu'à l'appareil. C'était Saint-Ramé qui s'étonnait de mon absence, la déplora en termes vifs et requit ma présence à ses côtés dans les délais les plus brefs, car, précisa-t-il, des éléments nouveaux étaient intervenus en début de matinée. Je protestai mollement, excipant d'une méforme physique grave, mais il passa outre assez sèchement et me fixa rendez-vous à 11 h dans son bureau. Il raccrocha en négligeant les formules d'usage. Je disposais d'une heure, ce qui était suffisant pour me préparer et accomplir le trajet, ce qui ne l'était pas pour dissiper les vapeurs nocturnes qui embrumaient mon cerveau. J'avalai des comprimés antimigraine, me douchai à l'eau presque froide, absorbai un café et mandai un taxi. En attendant le véhicule, je tentai d'éclaircir mes idées. Avant de me trouver en face de mon directeur général, il était important que je définisse mon attitude envers lui. Allais-je lui retracer fidèlement les péripéties de la nuit ou, au contraire, les lui dissimuler ou les tronquer? D'où venait son irritation à peine déguisée de ne pas me voir à 9 h alors qu'il me savait consciencieux, dévoué, engagé sur ses propres conseils dans la révolte des cadres d'état-major? Le taxi ne tarda pas et, durant le trajet, je retournai dans tous les sens les données de ce problème. En descendant du véhicule devant la porte principale de l'entreprise, j'avais choisi de respecter la hiérarchie officielle, légale, et de la servir. Ma migraine s'était envolée et le café fort faisait sentir ses effets bienveillants. Je m'engouffrai dans l'ascenseur et montai directement à l'étage de la direction générale. Saint-Ramé me reçut aussitôt, mais il n'était pas seul : Musterffies, Ronson, Roustev, Rumin, les deux détectives étaient aussi là et manifestaient une agitation certaine. Ils m'adressèrent des regards chargés de reproches, sans doute parce que l'entreprise connaissait des troubles accrus et que, pendant ce temps, le directeur des Relations humaines se prélassait au lit au lieu d'occuper son poste. La table du directeur général était encombrée de journaux et de notes, et de ce fatras émergeait un rouleau enrubanné de vert et noir. Je compris alors l'impatience de Saint-Ramé, la sécheresse et le laconisme de son appel téléphonique. La troisième imprécation était là.

QUE SAVENT-ILS, CEUX QUI DIRIGENT ROSSERYS & MITCHELL?

Ils savent, entre toutes choses, s'autofinancer et s'auto-organiser. Car les masses ignares et les cadres qui ne sont pas d'état-major ont beau jeu de glapir et de se complaire dans les turbulences alors que ni ceux-ci ni celles-là n'ont à endosser la suprême responsabilité de tenir le gouvernail de nos entreprises et, par là, de veiller à la pérennité de l'emploi et du versement des salaires sans lesquels les citoyennes et les citoyens, leurs enfants et leurs vieillards seraient voués à la disette, aux intempéries, et s'exposeraient à la résurgence des grands fléaux. Notre époque est marquée par l'ingratitude dont sont l'objet ceux qui, au sein des entreprises, des administrations et des gouvernements, maîtrisent les théories ardues et les techniques difficiles qui sont à la source du progrès sans précédent que connaît notre civilisation. Au demeurant, cette ingratitude se nourrit de l'ignorance profonde qui, par un étonnant paradoxe, caractérise les vastes majorités d'aujourd'hui. C'est pourquoi il est bon, de temps à autre, de survoler — à défaut d'expliquer — quelques notions essentielles qui déterminent le bonheur de vivre des peuples industrialisés contemporains. Ainsi en va-t-il des notions de cash-flow, staff and line *et gestion intégrée. Des millions d'ouvriers, d'employés, de cadres assimilés, moyens et même supérieurs, franchissent chaque matin les porches et les portails de nos superbes firmes comme si ce franchissement allait de soi, comme si, par un miracle quotidiennement renouvelé ou au nom d'une sorte de droit naturel, les murs, les bureaux, les machines étaient dressés et installés là par la volonté du Saint-Esprit et pour leur offrir emplois, rémunérations, congés payés, plus un lot impressionnant de jouissances matérielles et spirituelles! Il ne viendrait à l'idée d'aucune de ces femmes et d'aucun de ces hommes de se demander ce que deviendraient ces murs, ces bureaux, ces machines, ces salaires et ces jouissances sans un bon* cash-flow, *un intelligent* staff and line, *et un rigoureux système de gestion intégrée. Car les travailleuses et les travailleurs qui entendent parler du* cash-flow *à longueur de journée, que croient-ils que c'est? Ils s'imaginent sommairement que* cash-flow *signifie : flot d'argent permettant de payer cash. Selon cette définition, le* cash-flow *d'un budget familial serait, par exemple, l'argent liquide en billets ou en banque qui resterait à la famille après que l'ensemble des dépenses en a été déduit! Voyez-vous ça! Voyez où mène la sacro-sainte vulgarisation! Si telle était la définition du* cash-flow, *aurait-on besoin d'étudier longtemps des livres ésotériques et de l'inscrire aux cours des grands professeurs américains et de leurs éminents disciples allemands, japonais ou hollandais! Non. A vrai dire, le* cash-flow *est un concept plus élevé, plus indiscernable, que seules une habitude consommée de l'acte de direction et une disposition naturelle pour l'admirable gestion moderne sont en mesure d'appréhender. Et Henri Saint-Ramé, notre directeur général, celui qui sera peut-être le premier Européen à accéder à la présidence d'une société géante, américaine et multinationale, sait ce qu'est le* cash-flow *d'une entreprise. Plaise au Ciel que le présent texte et en dépit de ses inévitables limites serve à réconcilier la masse de ceux qui sont dirigés et la poignée de ceux qui dirigent, au moins en ce qui concerne le* cash-flow. *Alors, que savent-ils réellement sur le* cash-flow, *ceux qui dirigent Rosserys & Mitchell? Eh bien, ils savent répondre nettement, franchement, aux questions suivantes : d'où viennent les recettes de l'entreprise? De la vente des engins qu'elle fabrique. A quoi servent les recettes? D'abord à payer les factures de ses fournisseurs. Ensuite, les salaires des ouvriers, des employés, des techniciens et des cadres qu'elle emploie. Puis ces recettes servent aussi à payer l'énergie utilisée, l'électricité, le fuel, etc. Enfin, elles servent à payer les frais généraux. Après cela, les sous qui restent sont utilisés à couvrir les amortissements, à constituer certaines provisions. A la fin des fins, s'il reste encore de l'argent, ce sera le bénéfice. Les connaissances de Saint-Ramé s'arrêtent-elles là? Point du tout. Il va devoir fournir des exercices intellectuels supplémentaires. Que va-t-il faire? Il va considérer ce bénéfice et le diviser en trois parts : l'une pour les impôts (de là vient la formule, si souvent incomprise des collaborateurs subalternes, de : bénéfice avant ou après impôts); une deuxième part sera consacrée aux actionnaires, aux porteurs de parts, aux administrateurs sous forme de tantièmes et dividendes. Que signifie un tantième? Saint-Ramé le sait. Il sait que ça signifie : nombre de tant sur un tout déterminé. Et dividende? Eh bien, c'est le contraire de diviseur. C'est la portion d'intérêt ou de bénéfice qui revient à chaque actionnaire. Il suffit pour l'obtenir de faire une division; encore fallait-il le savoir. Une troisième part du bénéfice sera* gardée par l'entreprise sous la forme de réserves, elles-mêmes divisées en réserves légales et en réserves statutaires. Et, maintenant, nous nous approchons du cash-flow, de ce petit cœur des sociétés qui bat à l'intérieur du gros cœur. En effet, nous venons de voir que l'entreprise avait vendu ses engins et encaissé le produit de ces ventes, gardé par-devers elle des sommes d'argent correspondant aux amortissements, aux provisions et à des bénéfices non distribués et mis en réserve. Ces sous, ces espèces sonnantes et trébuchantes que l'entreprise ne doit à personne d'autre qu'à elle-même, qu'elle enferme dans sa caisse à elle, servent à son autofinancement. C'est-à-dire que, sans recourir à l'aide de tiers, de prêteurs bancaires ou particuliers, elle pourra acheter de nouveaux terrains, édifier de nouveaux murs, acquérir de nouvelles machines, financer des recherches; bref, investir. Le cash-flow, c'est officiellement cela. C'est cette somme d'argent disponible et à la disposition discrétionnaire de l'entreprise qui l'a amassée dans ses caisses. On pourrait croire que les connaissances de Saint-Ramé sur le cash-flow se bornent à cela, ce qui ne serait déjà pas mal; mais notre directeur général et ses pairs savent encore davantage, et notamment ils n'ont pas leur pareil pour l'utilisation judicieuse de ce cash-flow. Que diable ont-ils appris de plus? Voici : ils ont réfléchi longuement et ils se sont interrogés : comment notre cash-flow rendra-t-il à l'humanité le maximum de services? Et, un jour, frappant leurs fronts larges et bombés, ils répondirent : en grossissant. Il convient ici de ne pas se laisser prendre à l'apparent simplisme de cette réponse, car en vérité il n'était pas absolument obligatoire de répondre ainsi. On aurait pu dire : en diminuant. Le fameux cash-flow étant constitué d'amortissements et de bénéfices non distribués, moins on amortissait, plus on distribuait de bénéfices, moins il restait d'argent dans les caisses pour s'autofinancer. Or nous avons vu qu'amortir c'était inclure dans le prix de revient des engins le coût de l'usure des machines, des murs, etc.; par conséquent, plus on amortit vite, plus le prix des engins est élevé; et, plus on prélève de bénéfices non distribués, moins les actionnaires de l'entreprise touchent d'argent. Le cash-flow devient la principale source de capitaux pour les investissements. Et, grâce à la dextérité d'Henri Saint-Ramé et de ses pairs, le monde assiste à un spectacle d'une saisissante originalité : plus les entreprises croissent, plus leur cash-flow augmente, plus le prix des produits s'élève et plus les bénéfices distribués aux actionnaires stagnent. Saint-Ramé et ses pairs ont trouvé la solution au problème de l'abondance et du bien-être du monde occidental : au lieu que l'argent soit un moyen de produire et de construire, ce sont la production et la construction qui deviennent un moyen de fabriquer de l'argent. Dès lors, il apparaît infantile et superfétatoire d'étudier l'ampleur des profits d'une entreprise pour s'enquérir de sa santé. Les bénéfices officiellement distribués étant maigres, ce n'est plus la courbe des profits qui porte les symptômes mais celle du cash-flow, donc des investissements autofinancés. A-t-on compris ? A-t-on enregistré que le cash-flow n'était pas seulement un flot d'argent servant à payer cash ? Saint-Ramé veille jour et nuit au chevet de l'opulent et débonnaire cash-flow de Rosserys & Mitchell-France. Ceux qui, au Japon, en Grèce, en Hollande, en Allemagne et partout ailleurs, dirigent les innombrables firmes Rosserys & Mitchell dont les immeubles de verre et d'acier se dressent dans tous les pays du monde, veillent eux aussi sur leurs cash-flows respectifs. Et tous ces cash-flows sont ensuite comptabilisés, ajoutés les uns aux autres, là-bas, à Des Moines, dans l'Iowa, splendide État d'Amérique du Nord, et ils forment un seul et unique cash-flow, épais, majestueux, sinuant à travers la planète, côtoyant les plateaux de la Provence française, caressant les massifs escarpés des Alpes italiennes, ensevelissant la Forêt-Noire, baignant les fjords scandinaves, enveloppant le Yorkshire, poussant vers la Botnie et recevant soudain le renfort des affluents du Rouble pour submerger le Japon, le continent austral, ensuite irriguant l'Amazonie et les Andes, revenant à Washington pour s'enfoncer et disparaître brutalement de la vue de millions d'hommes médusés. C'est le fleuve cash-flow, dans les eaux tièdes duquel les peuples d'Occident, accoutumés à la hausse des salaires et des prix, pataugent et se rafraîchissent sans se soucier des grands caïmans qui rôdent à l'abri d'étranges nénuphars. Saint-Ramé, oui, il sait ce qu'est le cash-flow. Peut-être que vous, qui venez de lire ces lignes, sentez sourdre du fond de votre cœur un peu de compassion et d'attachement pour ces hommes qui, à l'image de votre directeur général, sacrifient leurs loisirs et leur vie de famille à la croissance, à l'expansion, à la stabilité de l'emploi, au maintien du niveau de vie, en surveillant sans relâche le débit du cash-flow.

Est-ce à dire que Saint-Ramé n'a à s'occuper que du cash-flow ? Évidemment non, puisqu'il doit aussi organiser la hiérarchie et le travail à l'intérieur de son entreprise. Naguère, les rapports entre les supérieurs et les inférieurs au sein d'une firme étaient simplement calqués sur les mécanismes de l'économie, qui eux-mêmes étaient élémentaires. Mais, quand vint le temps de la postindustrie, que les relations monétaires et commerciales s'établirent à l'échelle mondiale au-dessus des frontières et des patries, des cerveaux de bonne intelligence ne suffirent plus à la circulation des marchandises. Les règles de la banque et de l'économie ne furent plus à la portée que d'une minorité d'esprits géniaux, et cette hausse subite de la valeur intellectuelle des dirigeants se répercuta sur l'organisation interne des entreprises. C'est ainsi qu'aujourd'hui notre société Rosserys & Mitchell, qui a montré la voie pour le cash-flow, l'indique aussi pour le staff and line, méthode permettant au personnel de vivre heureux en travaillant et d'obéir à des lois justes. Et, si personne n'avait inventé le staff and line, comment vivraient-ils, ces femmes et ces hommes hilares et détendus qui peuplent nos entreprises géantes, américaines et multinationales? Par bonheur, Saint-Ramé et ses pairs ont su apporter à ces firmes la chaleur humaine indispensable au climat interne de ces sociétés. Là encore, ils ont cherché et trouvé. Qu'ont-ils découvert? Eh bien, que l'organisation du commandement et le partage des responsabilités tels que les militaires de tous les pays les avaient imaginés au cours des siècles étaient finalement plus subtils et plus efficaces qu'on ne le croyait communément, et qu'adaptés aux grandes entreprises, ils feraient certainement merveille. Alors on distingua les directeurs et cadres fonctionnels des opérationnels. Les fonctionnels sont des experts, des conseillers. Ils n'existent qu'à travers leurs fonctions et non à travers les opérations (qu'ils ne conduisent jamais). Ce sont les opérationnels qui réalisent les opérations. Un général de l'état-major de Foch était un fonctionnel. Pétain à Verdun, un opérationnel. Le premier était au staff, le deuxième était on line ou en ligne. Chez nous, à Rosserys & Mitchell-France, Saint-Ramé est entouré des douze cadres éminents qui expertisent et conseillent du matin au soir et apportent de la sorte une contribution capitale au développement et à la réussite de la firme. Ils constituent donc ce que les masses désignent vulgairement par : staff. Les employés subalternes disent des cadres d'état-major : ils appartiennent au staff. Les autres, les directeurs de divisions, d'usines, de régions commerciales, ceux donc qui fabriquent, emballent et vendent les engins, sont des opérationnels. Ils sont, eux, en ligne : au front, en somme. Et ils dépendent directement du directeur général. Henri Saint-Ramé a appris à instaurer et à manipuler un tel système, et cette maîtrise explique l'harmonie et la joie qui règnent au sein de son entreprise. Il l'a appris de qui? De Douglas McGregor, qui naguère enseigna, au

*Massachusetts Institute of Technology, ces principes révolutionnaires
et inspirés qui concilient la croissance d'une firme, la rentabilité de son
capital avec l'ardeur au travail et la fraternité humaine. C'était un
aperçu de ce que sait notre directeur général. Assurément, il est arbitraire d'interrompre ici l'énumération et l'exposé de ses connaissances,
car Henri Saint-Ramé en a assimilé bien d'autres, surtout depuis l'avènement des ordinateurs colossaux qui ont donné naissance aux systèmes de
gestion intégrée et au télétraitement. Grâce à ceux qui savent, les tâches
administratives seront de plus en plus centralisées et les décisions opéra-
tionnelles de plus en plus décentralisées. L'homme et la femme ainsi
libérés des travaux routiniers se consacreront aux œuvres de l'esprit et
de l'imagination. J'espère que, maintenant, l'émotion du personnel de
Rosserys & Mitchell-France sera portée à son comble. En attendant,
prions Dieu que notre société gagne la guerre économique pour le plus
grand bonheur de tous les hommes, et supplions-le de garder en bonne
santé ceux qui veillent sur notre croissance et notre expansion. En
dévoilant un peu de ce qu'ils savent et de ce qu'ils supportent, j'aurai
contribué à les faire mieux respecter.*

Le cabinet de guerre de Rosserys & Mitchell et les deux détectives
avaient observé le silence pendant ma lecture, ce qui pouvait être
interprété soit comme de la déférence soit comme de la mauvaise
humeur. Il était courant en effet qu'on laissât un haut personnage
arrivant en retard à une réunion prendre connaissance des principales
notes en discussion; mais, quoique récemment promu et souvent
félicité ces derniers jours, j'éliminai cette éventualité. En revanche,
un directeur des Relations humaines au chaud dans son lit au moment
où apparaissait la troisième imprécation méritait qu'on lui marquât
la gravité de son manquement. C'est donc très gêné que je reposai
précautionneusement ce rouleau sur le bureau de Saint-Ramé. Ils
attendirent que je prenne la parole, ce qui accrut mon embarras.
Deux ou trois minutes s'écoulèrent avant que je ne m'enquisse timidement, tel un gamin en faute :
— Cette fois, comment a-t-il été distribué?
Saint-Ramé me répondit :
— Des affiches ont été apposées cette nuit sur les tableaux
réservés à cet effet, un par étage, annonçant qu'un stock de
rouleaux était à la disposition des employés au sous-sol, dans

la grande salle de conférences; les gardiens avaient pensé à tout, sauf à compter les imprimés, notes d'information, affichettes diverses figurant en permanence sur ces tableaux; l'agitateur a pris des risques calculés; certes, il pouvait être surpris mais il n'avait que onze affiches à coller; quant à savoir quand et comment il a accumulé son stock de rouleaux dans les sous-sols, c'est là tout le mystère.

A ces mots, je me remémorai la folle nuit des cadres d'état-major, dont les soupçons et les recherches s'étaient orientés vers le cimetière et les souterrains. Je me dis que l'imprécateur avait réussi à se ménager une entrée et une sortie secrètes dans l'obscurité des soubassements, et j'éprouvai alors la difficulté de jouer un double jeu lorsqu'on n'y est pas habitué. La voix rogue d'Adams J. Musterffies me ramena aux réalités :

— Alors, que pensez-vous de ce texte? Et de la situation qu'il crée?

J'étais maintenant complètement réveillé, mon cerveau réactivé par ce nouvel événement, et je me livrai à une analyse certainement assez fine car elle suscita l'intérêt chez tous mes interlocuteurs. Voici en substance ce que je leur exposai ce matin-là :

— Messieurs, je remarque que ce texte est beaucoup plus long que les précédents et qu'il est porté par un souffle presque désespéré, une tentative exacerbée de faire le tour définitif de certaines questions fondamentales telles que le *cash-flow*, le *staff and line*, la gestion informatique intégrée par télétraitement. Ces textes suivent une courbe ascendante et précipitée : dans le premier, il est traité par l'humour et l'ironie de sujets vraiment sommaires de l'économie, on pense que l'auteur se délecte et, surtout, qu'il prend son temps; il n'est pas pressé, retenez bien ceci, messieurs, il n'est pas pressé, il mijote son agression. Dans le deuxième texte, le rythme s'accélère et, si l'ironie subsiste, le style parfois dérape, sort du cadre choisi au départ; un premier texte ambigu cède la place à un second plus significatif; souvenez-vous d'expressions du genre : « larmes rondes et salées », qui semblent échapper à leur auteur et qui ne conviennent pas au style rigide et à l'ironie grinçante du premier texte. Dans le troisième, l'agitateur me paraît pressé par le temps, il ne s'embarrasse pas de fioritures; le texte que je viens de lire, messieurs, est engagé, et il va vite et droit au but; il se moque sans précautions de notre directeur général et, à travers lui, des dirigeants des firmes multinationales et de la communauté mondiale des technocrates. La fin de ce texte est écourtée et même bâclée. On comprend que l'auteur aurait voulu décrire beaucoup plus longuement les phénomènes propres aux systèmes d'organisation *staff and line* et de gestion informatique, mais il donne l'impression d'être pris de vitesse, de parer au plus pressé; voilà, messieurs, qui est intéressant. Pourquoi? Notons en passant que cette évolution des textes est rigoureusement liée aux procédés de distribution : par exemple, le premier texte a été distribué partout, presque nonchalamment, en toute quiétude, dans chaque bureau, à chaque place, par quelqu'un qui était exceptionnellement informé de la vie intime de l'entreprise. Le second texte a été acheminé par une voie qui, pour être astucieuse, n'en était pas moins tortueuse. Enfin, le troisième texte est parvenu au personnel par un chemin détourné, en quelque sorte par ricochet, et aux moindres risques puisqu'il suffisait à l'adversaire de stocker ses rouleaux en bas à un moment choisi par lui et d'apposer onze affiches. L'homme savait très bien, ce faisant, que le personnel irait chercher ces rouleaux rien que par curiosité, et que la direction ne pourrait le lui interdire sans s'exposer à de multiples ennuis et même au ridicule. En résumé, ces textes, aussi bien par leur contenu et les styles successifs que par la nature des moyens de distribution utilisés, témoignent d'un essoufflement de l'agitateur. Cela, messieurs, pourrait signifier : a) que nos efforts et ceux de nos détectives sont payés de retour, l'adversaire ayant de plus en plus de mal à perpétrer ses forfaits, à agir à l'intérieur de l'entreprise; b) que sa fin est plus proche qu'on ne croit; en se précipitant, l'agitateur nous montre que lui-même en est convaincu. Qui sait? Ce rouleau est peut-être le dernier.

Durant mon exposé, Saint-Ramé n'avait cessé de tapoter le cuir de son sous-main avec ses lunettes tout en fixant rêveusement je ne sais quel horizon. Il réagit à mes propos avant Musterffies et dit d'une voix douce et tout à fait surprenante :

— Mon cher, je ne souhaite pas voler au secours de la victoire, d'une victoire qui sera largement la vôtre, mais je puis vous assurer que j'ai rarement vu, depuis que je dirige, un collaborateur exprimant en si peu de temps des vues aussi perçantes. Non seulement je suis d'accord avec votre analyse, mais je vous envie de l'avoir faite. Ceci me prouve, s'il en était besoin, que vous possédez à fond votre dossier, celui que nos amis américains, M. Roustev et moi-même, vous avons confié voilà quelques jours, ce sombre et ténébreux dossier de l'imprécateur de Rosserys & Mitchell-France. Je vous remercie.

Saint-Ramé, quoique incarnant au plus haut degré les qualités et les défauts de cette race de dirigeants enfantés par la civilisation post-industrielle, n'avait jamais encouru de la part de ses collaborateurs le grief d'hypocrisie. A cet égard, il jouissait de la réputation d'un homme équilibré, courtois, sachant récompenser ou sanctionner, mais peu enclin aux débordements dans un sens ou dans l'autre. Cette réputation explique la profonde surprise causée par sa réaction. Les Américains, Roustev et Rumin n'en croyaient pas leurs oreilles. Et moi, m'étant accoutumé à considérer l'affaire sous son angle surnaturel *impensable* et à ne voir en elle qu'une gigantesque anomalie, un furoncle formidable, sous-produit psychique et calamiteux de la course débridée des sociétés d'abondance vers le gouffre, je ne m'émus point outre mesure. Déjà, j'avais perçu que les félicitations de mon directeur général requéraient d'être déchiffrées. J'étais, je dois le dire, sous l'influence des forces furieuses que j'avais vues se déchaîner la nuit précédente. Si des cadres d'état-major étaient capables de basculer dans une psychologie burlesque et dramaturgique, pourquoi leur patron n'y basculerait-il pas à son tour? Et l'idée que Saint-Ramé nourrissait une admiration secrète mais réelle pour l'homme qui ébranlait son entreprise s'imposa naturellement à moi et ajouta une dimension au combat que nous livrions. Au cours de cette réunion, nous convînmes de renforcer notre dispositif de surveillance, puis nous écoutâmes le rapport des deux détectives. En recoupant tel ou tel fait, tel ou tel propos, ils avaient l'un et l'autre et sans se consulter abouti à une conclusion identique : l'agitateur appartenait au personnel de l'entreprise et y occupait une fonction certainement élevée. Ils n'avaient découvert aucune empreinte, aucune sortie secrète, bien qu'ils eussent sondé les caves. Ils nous informèrent qu'un banquet de cadres d'état-major s'était tenu au Goulim la nuit dernière, impasse des Ronces et, l'air innocent, m'invitèrent à en relater les péripéties pour l'excellente raison qu'ils m'avaient vu en compagnie de mes collègues. Ils s'excusèrent auprès de moi de cette incursion dans ma vie privée, mais ils excipèrent de la situation, soulignant une fois de plus qu'ils ne devaient pas exclure l'hypothèse de la culpabilité de l'un des douze. Je compris aussitôt la morgue des Américains à mon arrivée. Ce n'était pas à cause de mon retard qu'ils m'en voulaient, mais à cause de ma participation à ces agapes. De bonne grâce, je fournis de multiples éclaircissements : oui, nous avions banqueté joyeusement. Oui, nous avions porté des toasts à la belle et généreuse Amérique, à notre firme, aux dirigeants du monde occidental. Oui, nous avions réglé la note de nos propres deniers et non avec ceux de l'entreprise, mais le vin était bon, la viande savoureuse; oui, à l'instar des détectives, nous nous soupçonnions les uns les autres, non cela n'avait pas gâché notre ripaille, oui c'est pour cela que mes yeux étaient gonflés, oui la mentalité de mes collègues était saine; non, même un peu ivres, ils n'avaient pas dénigré les valeurs de notre société occidentale, oui ils étaient partisans de vendre et d'acheter aux pays de l'Est, de trouver avec eux un arrangement monétaire, de maintenir le *statu quo* politique, d'oublier les idéologies, les libertés, pour ne penser qu'à la progression des échanges, à la circulation des marchandises et des capitaux, à la modernisation de la Sibérie, à l'alimentation en pétrole des pompes américaines; non, ils n'aimaient pas le communisme totalitaire, oui, ils approuvaient la vente de céréales à M. Husak, oui ils pensaient que les peuples criant leur besoin de liberté commençaient vraiment à déranger tout le monde, à importuner les banquiers américains et les maréchaux soviétiques et qu'à force de s'occuper de ces peuples on nuirait à la fabrication, à l'emballage et à la vente des marchandises et des services, bref, rien que de très satisfaisant. Alors, les Américains, soulagés, se déridèrent et c'est d'un ton quasi allègre qu'Adams J. Musterffies, ravi de l'état d'esprit des principaux cadres de sa firme française, interrogea Roustev sur l'élargissement de la fêlure. Le gendre de Gabriel Antémès, l'homme qui avait vendu à nos amis américains son expérience du marché français et africain des engins de travaux publics, parla d'une voix sourde :

— Ce matin, appelé sur les lieux par l'employé que j'ai spécialement chargé de surveiller en permanence la fêlure, j'ai constaté que celle-ci s'était élargie. Convoqué sur-le-champ, notre maître architecte n'a pu s'expliquer cet élargissement, et c'est cela qui m'inquiète. Si les experts ne parviennent pas à élucider les causes de cette satanée fêlure, il y a à craindre qu'elle ne continue de s'ouvrir, de hideusement serpenter et de compromettre ainsi, à bref délai, la solidité de l'édifice.

Roustev se tut. En écoutant sa dernière phrase, je fus parcouru d'un frisson délicieux. Voilà que lui, Roustev, perdait aussi les pédales!

Saint-Ramé, un sourire étrange aux lèvres, contemplait son adjoint avec curiosité. Musterffies, impatienté par la liberté de langage d'André Roustev, lui demanda, insolent :

— Est-ce que, lorsque vous dites que la fêlure pourrait *hideusement serpenter*, vous voulez nous faire comprendre tout simplement que l'immeuble risque de s'écrouler ?

Le malheureux Roustev devint alors pitoyable et méconnaissable. Il répondit en cherchant ses mots :

— Je m'excuse, monsieur le Président, mais allez-y voir, c'est très impressionnant... cette fêlure ressemble à un serpent hideux... cette fêlure est d'une laideur repoussante...

— Mais enfin, s'exclama Ronson, qui n'intervenait que dans les occasions cruciales, qu'est-ce qui vous prend, mon cher Roustev ? Vous nous avez habitués à plus de sang-froid et de concision ! Est-ce que, vraiment, les dirigeants français de la plus riche, de la plus puissante entreprise du monde, celle dont le seul *cash-flow* de l'année dernière dépasse le budget de l'Argentine et du Paraguay réunis, deviennent fous ! C'est curieux, ce mal qui semble gagner les meilleurs cerveaux et qui détraque le langage ! D'abord, Roustev, avez-vous déjà vu une jolie fêlure ? Quelle différence faites-vous entre une jolie fêlure et une fêlure hideuse ? Tout cela n'est pas sérieux, voyons ! Pourquoi a-t-on laissé repartir les experts américains après la première réparation ? Il faut les faire revenir cette nuit même ! Vous finirez par me persuader que ces événements sont plus graves qu'ils ne le paraissent ! Enfin, réfléchissons : voici une semaine à peine, notre firme française était florissante, prospère, rubiconde, elle suscitait l'admiration de notre conseil de Des Moines ; sa direction était l'orgueil de notre compagnie. Grâce à la compétence et au rayonnement d'Henri et de son état-major, nos principes pénétraient peu à peu un pays aussi imperméable aux conceptions modernes du profit et de l'autofinancement que la France, et tout d'un coup, parce qu'un hurluberlu s'avise de diffuser des tracts insignifiants et que cela coïncide avec la mort d'un cadre supérieur et l'apparition d'une fêlure, ces résultats seraient compromis ! Allons, messieurs, frottons-nous les yeux, cessons de flirter avec des fantômes, reprenons nos esprits. La fêlure s'élargit : soit. Eh bien, une fêlure ne s'élargit pas par hasard ; cela provient sûrement d'un défaut du sous-sol que nous n'avions pas décelé, d'un tassement du terrain. Avec les moyens techniques dont nous disposons, nous viendrons à bout de cette fêlure. Mais, je vous en supplie, oublions son apparence, sa beauté ou sa laideur, et maîtrisons notre vocabulaire. Nous sommes ici entre gens hautement responsables et estimables, nous nous connaissons, nous avons montré en diverses circonstances ce dont nous étions capables; par conséquent, nous avons la faculté de nous exprimer à loisir et très sincèrement : Henri, avouez que certaines des formules utilisées par vous dans des allocutions récentes avaient de quoi frapper les imaginations; André, vous d'ordinaire si avare d'images, vous nous parlez d'une fêlure qui pourrait hideusement serpenter! Vous-même, cher Adams, lorsque vous avez nommé, je dois dire à juste titre, notre ami ici présent directeur des Relations humaines, vous avez usé de termes étonnants pour quelqu'un qui, comme moi, vous connaît et vous apprécie depuis si longtemps, et le directeur en question avait au préalable décrit de façon singulière le rôle des cadres dans les entreprises multinationales. Alors, où allons-nous? Qui vous envoûte? Que se passe-t-il vraiment ici, chez Rosserys & Mitchell-France? Messieurs, voilà plusieurs jours que j'avais envie de vous tenir ce langage. J'hésitais à bousculer un peu des personnes en qui j'ai confiance, mais le Conseil de Des Moines, auquel j'en ai référé, m'a donné carte blanche et toute liberté pour m'en servir. C'est fait. Résistons ensemble à l'intoxication qui paraît se répandre chez nous et à l'extérieur.

Instinctivement, nous dirigeâmes nos regards vers Adams J. Musterffies. C'était à lui de parler. Officiellement, Ronson, en qualité d'envoyé spécial de Des Moines à Paris, n'occupait aucun poste dans la hiérarchie. Musterffies était l'un des grands patrons multinationaux, Saint-Ramé le chef incontesté et puissant de la firme française. Mais j'avais toujours subodoré en Ronson une éminence grise, une sorte de préfet de police de la compagnie, un membre assimilable, toutes proportions gardées, à une sorte de Gestapo d'entreprise. A mes yeux, il s'était démasqué. Ou plutôt, il avait mis volontairement bas le masque. J'en conclus qu'une décision si importante n'aurait pas été prise sans nécessité absolue. L'état-major suprême de la firme avait donc jugé extrêmement sérieuse la situation en France. Musterffies lui-même était court-circuité par ce commissaire politique la plupart du temps muet comme une carpe, mais, je l'avais observé, inquisiteur, implacable, l'œil toujours aux aguets, les oreilles toujours ouvertes. Le vice-président américain fit bonne figure, d'autant qu'il devait connaître, lui, le rôle exact de Ronson. Il récupéra même les paroles de son ami américain avec beaucoup d'habileté :

— En s'adressant à vous de la sorte, Bernie a obéi à son devoir et m'a évité de le faire. Venant de moi, ces propos vous seraient apparus peut-être comme un jugement négatif; venant de lui, ils remplissent leur objet, qui est de vous conseiller utilement. Nous ne vivons plus au Moyen Age, et nos ennemis ne se promènent pas la nuit en traînant des chaînes et en robes transparentes. Nos ennemis ont des noms et des visages, ils s'appellent les ouvriers, les artistes, les intellectuels, les jeunes dépravés aux longs cheveux, les gouvernants dirigistes et nationalistes, les peuples qui nous jalousent et qui, s'ils ont faim et s'ils n'ont pas d'argent, le doivent à leur manque de volonté, à leur incapacité au travail, et non, ainsi qu'ils le prétendent à l'ONU, à des périodes de sécheresse et à l'ingratitude de la nature. Et, nous autres Américains, qu'avons-nous trouvé en débarquant là-bas? Pas la statue de la Liberté, mais des forêts inhospitalières truffées de bêtes féroces, de serpents venimeux et d'Indiens barbares et cruels. Les inondations, la sécheresse furent le lot quotidien de nos aïeux défricheurs. Notre pétrole n'a pas surgi tout seul des profondeurs de la Terre; notre coton, notre blé n'ont pas poussé par enchantement de sols hostiles, souvent à demi stériles; et nous n'avons pas remonté le Missouri en ferry-boat mais en pirogues rudimentaires. Nos ennemis sont bien vivants, et, à moins qu'une drogue maudite ne soit versée à notre insu chaque soir dans nos tasses, je n'aperçois aucune raison valable de bafouiller, de parler comme au théâtre, d'abuser de périphrases et de redondances, surtout quand on n'est pas coutumier du fait. Et, lorsque j'ai procédé à cette nomination, si en effet j'ai pu donner l'impression de verser dans le bucolisme romantique, je m'excuse auprès des collaborateurs que j'aurais induits en erreur. Mais j'avais des circonstances atténuantes : je nommais un cadre sur le champ de bataille pour la première fois. L'incident est donc clos...

— Je ne pensais pas que cette histoire de rouleaux serait allée si loin, murmura Saint-Ramé.

— Moi, dit Ronson, je suis d'avis d'en référer à Des Moines; sinon, nous n'en sortirons pas; nous sommes trop impliqués dans l'affaire et nous éprouvons des difficultés à prendre de la hauteur.

Le président Musterffies lui-même, qui s'y trouve mêlé par hasard, sera, j'en suis sûr, d'accord avec moi. Le Grand Conseil au complet devrait nous rejoindre, en secret, bien entendu, pour ne pas exciter la curiosité de la presse et du personnel. J'avoue que je ne sais plus par quel bout prendre cette situation qui s'envenime de jour en jour. Je prie le Ciel pour que cet agitateur soit arrêté dans les plus brefs délais. Franchement, je n'ai jamais vu ça de toute ma carrière!

Ainsi, le solide et cynique Ronson chutait à son tour dans les filets. J'observai qu'Henri Saint-Ramé, un sourire figé aux lèvres, regardait curieusement Adams J. Musterffies. Que se passait-il à cette seconde précise entre les deux hommes? Aujourd'hui, je le sais. Et qu'elle est belle, la vérité! Le vice-président approuva la proposition de Bernie Ronson, puis, fatigué, il leva la séance sans en référer au directeur général. Ils quittèrent le bureau d'un pas lourd, le dos voûté, le front soucieux. Comme je passais la porte, Saint-Ramé m'interpella :

— Monsieur le Directeur des Relations humaines, avez-vous encore un moment? J'aimerais discuter de tout cela avec vous, en tête à tête, et notamment savoir ce qui s'est passé exactement hier soir dans cette taverne... comment s'appelle-t-elle déjà?

— Le Goulim, monsieur.

— Ah, le Goulim, tiens, que c'est étrange.

— Quoi donc, monsieur?

— Ce nom, le Goulim, ça ne vous dit rien?

— Non, monsieur.

— Ça ressemble au Golem.

— Au Golem?

— Vous ignorez ce qu'est le Golem? » s'étonna Saint-Ramé devenu malicieux, puis retrouvant sa gravité : « Le Golem, mon cher, c'est une bien belle légende. Figurez-vous qu'en 1580, le rabbin de Prague, Löw Ben Bézabel, aurait construit une figure humaine en argile et qu'il l'aurait douée d'une âme au nom de l'Éternel. Cette figure, cet automate terrifiant, se serait échappé et aurait semé la panique dans les rues de la ville... c'est troublant, non?

— Oui, dis-je, peu convaincu.

Saint-Ramé s'approcha de sa fenêtre, parut méditer, puis, revenant vers moi, il planta ses yeux dans les miens et murmura :

— Et si le Golem s'était introduit dans notre entreprise, monsieur le Directeur des Relations humaines? Qu'en pensez-vous? Racontez-moi votre nuit dans cette taverne; auriez-vous, par hasard, rencontré quelqu'un ayant figure étrange?

Ce matin-là, Henri Saint-Ramé aborda devant moi plusieurs sujets qu'il traita avec sérénité, parfois avec détachement, et, à différentes reprises, j'eus du mal à reconnaître en lui l'homme que les Américains avaient choisi pour diriger leur firme française. Je suis à peu près sûr que mon attitude au cours des événements m'avait attiré sa sympathie agissante et qu'il essaya, à la faveur de ce tête-à-tête, d'éclaircir mes idées, de me tendre quelques perches. Mais comment les aurais-je saisies? Les ténèbres au sein desquelles j'évoluais étaient trop épaisses pour qu'une simple et fragile lueur suffît à les déchirer.

— Alors, ce soir, dit Saint-Ramé, vous lancez une expédition dans les soubassements? C'est extraordinaire! Croyez-vous que je sois le seul directeur général du monde dont les cadres d'état-major déguisés s'apprêtent à explorer les sous-sols de son entreprise?

— Je le crois », répondis-je, sincère, puis, songeant à ma position ambiguë, j'ajoutai : « Je vous ai révélé l'activité de mes collègues, ce qui était mon devoir; mais, s'ils l'apprennent, je serai plongé dans une extrême confusion. Aussi, je prends la liberté de vous demander de quelle manière vous entendez user de mes informations?

— Oh! s'exclama Saint-Ramé, n'ayez crainte, j'en userai avec circonspection. Pour l'instant, le mieux est de laisser se développer cette initiative intéressante qui complète heureusement les investigations de nos détectives; soit dit en passant, ils étaient au courant de vos libations mais non de vos intentions; lorsque nous aurons démasqué l'imprécateur, je vous offrirai à tous une soirée au Goulim... Dites-moi, que pensez-vous de cette fêlure, vous?

— Je pense qu'elle est due à un affaissement du sous-sol.

— Vous ne croyez pas qu'elle aurait pu être provoquée?

— Ma foi, dis-je, je ne vois pas comment.

— Ne m'avez-vous pas raconté qu'Abéraud envisageait la possibilité d'un sabotage?

— Si, mais je ne suis pas expert et, *a priori*, ça me paraît improbable.

Saint-Ramé réfléchit de longues minutes; après quoi, me fixant droit dans les yeux, il me demanda :

— Qui croyez-vous que je soupçonne d'être l'imprécateur?

J'hésitai quelques secondes avant de répondre :

— J'ai l'impression que vous soupçonnez Abéraud et Le Rantec.

— Figurez-vous, et je vous le confie sous le sceau du secret absolu, que c'est ce que croient les détectives et le président Musterffies.

— Et Ronson? demandai-je, qui soupçonne-t-il?

— Ah, Ronson c'est différent; il a une idée derrière la tête, mais elle doit être terrible car il refuse obstinément de la livrer sans preuve irréfutable... Peut-être, plaisanta le directeur général, qu'il pense que c'est vous le coupable.

Je goûtai à moitié cette plaisanterie car j'étais sur la brèche depuis plusieurs jours et j'aspirais au repos. Après tout, je n'appartenais à aucun clan, je m'étais retiré des fonctions commerciales pour avoir la paix, j'étais passionné par les Relations humaines et je m'attachais à les développer envers et contre tous. J'estimai opportun de le rappeler à Saint-Ramé et je déclarai en conclusion :

— Ce qui nous arrive est dû au maigre intérêt accordé par les dirigeants de notre entreprise aux questions touchant à la vie des individus et à leur dignité de travailleurs.

— C'est tout à fait ça, dit le directeur général, je sens bien que je vous ai piqué en vous mettant sur la liste des suspects, mais je plaisantais vraiment; d'ailleurs, rassurez-vous, le coupable, je le connais, moi, Henri Saint-Ramé.

— Comment! m'écriai-je, vous le connaissez? Vous êtes sûr de vous?

— Absolument... Depuis le début, je connais l'imprécateur, et j'attends le moment opportun ainsi que quelques preuves supplémentaires pour révéler son identité et le confondre; avez-vous sérieusement cru que je restais inactif, moi, ces temps-ci? J'ai confiance en vous et c'est pourquoi je me suis laissé aller en votre compagnie; je compte sur vous pour que vous n'ébruitiez pas ce que je vous ai communiqué. Je ne l'ai dit qu'à vous. Sachez en tout cas qu'Abéraud est sur la bonne voie. Je ne serais pas étonné que cette nuit soit mouvementée. Il n'est pas certain que moi-même je n'aille faire un tour dans les soubassements. Les filets se resserrent. La solution est à peu près certainement enfouie quelque part sous nos fondations, nos amis américains et les détectives ne sont pas éloignés de le croire. De là à ce que tout le monde se retrouve en bas cette nuit, il n'y a qu'un pas! Et, si l'imprécateur est l'un des douze cadres, il sera forcément parmi nous; ça nous promet un beau suspense, style *le Mystère de la chambre jaune!*

Et Saint-Ramé ponctua sa tirade d'un éclat de rire. Je pris congé de lui et gagnai songeur mon bureau. Les dossiers en instance s'accumulaient. Ma secrétaire me remit un pli qu'Abéraud lui avait transmis personnellement. Il contenait des instructions. *A l'intention du numéro 7 — en fin d'après-midi, vous enfermer dans le cagibi attenant à la salle audio-visuelle du sous-sol — attendre en silence jusqu'à 11 h ou minuit — numéro 3 viendra vous chercher — vous équiper d'un sac contenant : votre cape, votre lavallière, votre macaron, une torche électrique, une corde d'au minimum 30 mètres, une bouteille d'eau, deux sandwiches, une paire de chaussures caoutchoutées — terminé.*

Bien qu'averti, je restai pantois devant la manifestation matérielle des décisions prises la nuit précédente. Ainsi, c'était donc vrai, je n'avais pas vécu dans un rêve. Moi, directeur des Relations humaines de Rosserys & Mitchell-France, j'allais, dans le cadre de mes attributions, m'enfoncer ce soir même au fond des entrailles de mon entreprise et, avec moi, onze cadres d'état-major déguisés et rendus furieux par un prodigieux manipulateur se gaussant du *cash-flow* et de l'enseignement prodigué au Massachusetts Institute of Technology! Je frémis à l'idée que les dirigeants de l'entreprise, mus par une intuition de même nature que la nôtre, pourraient nous y rencontrer. Quelles seraient leurs réactions à la vue de ces douze fantômes munis de torches et de cordes, hantant les souterrains de la firme à la recherche du spectre de la subversion? J'invoquai Galbraith, McGregor, Rensis Likert et les autres dignitaires de la société post-industrielle, et priai Dieu qu'au terme de notre fabuleuse épopée il se trouvât une éminente personnalité occidentale pour enseigner aux étudiants de Harvard comment manœuvrer et calculer quand on participe à la croissance et à l'expansion de son entreprise de 30 à 80 mètres sous terre, sous les bureaux, sous les salles audio-visuelles et sous les ordinateurs.

XX

Ce jour-là, comme je me préparais à sortir pour procéder à l'achat d'une corde et de chaussures à semelle de caoutchouc, Bernie Ronson pénétra dans mon bureau à l'improviste et s'assit devant moi sans mot dire. Cette façon de faire du délégué de Des Moines, qui m'eût stupéfié deux jours plus tôt, me laissa presque impavide. Cependant, je ne doutais pas qu'une raison sérieuse l'ait poussé à se présenter ainsi à moi, à se glisser tel un félin dans mon bureau. Son visage était soucieux. Mais, après tout, ne jouait-il pas, une fois de plus, la comédie? J'attendis qu'il prononçât lui-même les premiers mots et supportai assez bien le long moment de silence qu'il m'imposa. Enfin, à voix basse, il dit :

— Les Arabes ne veulent plus nous vendre de pétrole, le saviez-vous?

— Non, répondis-je.

— La nouvelle vient d'éclater, elle est confirmée par Des Moines.

— Par Des Moines? repris-je avec une nuance d'ironie qui m'échappa.

Ronson leva vers moi des yeux étonnés :

— Ça n'a pas l'air de vous émouvoir beaucoup, observa-t-il.

— Ça ne me surprend pas, dis-je, cette décision des pays arabes va probablement accroître les difficultés de notre firme.

— Les accroître? s'étonna Ronson, pourquoi les accroître? Elle va les provoquer; les menus incidents qui ces temps-ci ont agité notre entreprise n'ont rien de comparable avec les énormes problèmes que nous autres, sociétés multinationales, allons désormais rencontrer si les Arabes, les Jaunes, les Noirs et les métis refusent de vendre leurs minerais, leur bois, leur laine ou leur pétrole.

— Je ne saurais vous le démontrer, dis-je pensivement, mais j'ai la conviction que ces événements sont liés d'une manière ou d'une autre.

— Ah, dit Ronson, vous me surprendrez toujours, monsieur le Directeur des Relations humaines, mais enfin, laissons là le pétrole, car je n'étais pas venu vous parler de ces questions; j'ai à vous communiquer une instruction ultra-secrète, écoutez bien.

L'Américain se pencha vers moi et me souffla les extraordinaires propos qui suivent : vous devez vous trouver à 15 h précises dans l'arrière-salle du Café de la République; un homme aux lunettes d'écaille noire vous y attendra. Il portera aussi un tricot blanc au col roulé. Il tiendra dans ses mains une grosse montre ronde et en or marquée aux initiales de Rosserys & Mitchell. Cet homme m'a chargé de vous dire qu'il désirait vous parler.

— Puis-je connaître son nom? demandai-je, en faisant effort pour conserver mon calme.

— Cet homme aurait préféré vous donner lui-même son nom; néanmoins, il m'a autorisé, au cas où vous insisteriez, à vous le révéler; insistez-vous, monsieur le Directeur des Relations humaines?

— Oui, j'insiste, dis-je d'une voix assurée.

— Eh bien, cet homme n'est autre que Ralph McGanter en personne.

— Comment! m'exclamai-je.

— Chut, dit Ronson, ne parlez pas trop fort, et par-dessus tout, soyez discret; maintenant, ma mission est accomplie; ne m'interrogez pas sur les raisons de McGanter, je les ignore; mais encore une fois, vous et moi devons rester muets comme une tombe; personne n'est au courant, ni Musterffies, ni aucun membre du Grand Conseil de Des Moines; allez donc déjeuner tranquille et préparez-vous à cet entretien; sachez que votre privilège est immense d'avoir ainsi l'occasion de parler à cet homme en chair et en os et dans de telles conditions. » Ronson se leva et, avant de partir, il me répéta : « Surtout, pas un mot, soyez muet comme une tombe... » et il s'en fut.

— Comme une tombe, murmurai-je pour moi-même. Et je compris que mon aventure entrait dans sa phase décisive. Ralph McGanter, le mystérieux et puissant président de Rosserys & Mitchell-International, m'attendrait donc à 15 h, en col roulé, dans l'arrière-salle d'un bistrot parisien! Pourquoi? Que voulait-il? Qui lui avait parlé de moi?

Je résolus de me promener un peu, de prendre l'air plutôt que de m'enfermer dans un restaurant. Mon instinct ou, simplement, l'habitude me conduisirent au Père-Lachaise. En arrivant à la grille principale, mon attention fut attirée par les groupes de cadres et d'assimilés cadres qui, plus nombreux qu'à l'ordinaire, faisaient les cent pas dans les allées du cimetière. J'y entrai à mon tour et distribuai çà et là quelques signes de tête à ceux qui me saluaient. Les employés de Rosserys & Mitchell-France semblaient très échauffés par les problèmes de pétrole et d'essence. Ils circulaient entre les tombes en faisant de grands gestes et, par moments, l'un d'eux, oubliant la solennité du lieu, ponctuait son opinion d'une forte exclamation. Soudain, j'aperçus un groupe plus compact, plus agité et plus bruyant que les autres. Je reconnus la plupart de mes collègues du *staff* qui s'étaient agglutinés autour de l'imposant tombeau en marbre vert et noir. J'aurais voulu les éviter, mais Fournier me vit et m'interpella :

— Eh, monsieur le Directeur des Relations humaines, par ici, nous sommes presque tous là!

Je dus me résigner à me joindre à eux. Abéraud, qui trônait au centre du groupe, m'adressa un large sourire.

— Alors? me demanda-t-il, que pensez-vous de la nouvelle?

Je hochai la tête :

— Ma foi, je n'en connais pas les détails, Ronson s'est contenté de me l'annoncer, je ne sais pas exactement de quoi il s'agit.

— Ronson vous l'a annoncée? s'étonna Abéraud. Tiens, quand donc! Vous avez vu Ronson ce matin?

J'avais commis là une erreur. J'essayai de la rattraper.

— Je l'ai rencontré dans l'ascenseur en sortant de mon bureau.

— Ah bon, dit Abéraud, vous avez de la chance, j'ai tenté de le joindre toute la matinée.

L'arrivée de Le Rantec me procura un heureux dérivatif. Il était dans un état d'agitation extrême.

— Vous vous rendez compte, nous allons tout droit vers la récession et le chômage! s'écria-t-il, nous allons entrer dans une économie de pénurie! Voilà un fameux problème! Faut-il ou non faire une politique des revenus?

Le cadre Le Rantec continua ainsi d'aligner les lieux communs puisés dans la presse et dont les éditorialistes sophistiqués abreuvèrent les citoyennes et les citoyens tout au long de cette trouble période. Attiré par les hurlements et les convulsions du principal cadre économiste de l'entreprise, le personnel subalterne qui déambulait ce jour-là au cimetière accourut, et bientôt une masse de collaboratrices et de collaborateurs se pressa autour du monumental caveau. Je crus discerner qu'Abéraud était mécontent de cette cohue et de ce bruit, mais il était trop tard pour les prévenir. Au grand ébahissement des auditeurs, Le Rantec parla des *Seven Majors!* Les *Seven Majors*, c'était à l'époque un peu comme le *cash-flow*, le « serpent monétaire », le *staff and line*, c'est-à-dire un élément de choix du vocabulaire de « ceux qui savaient ». Voici ce que Le Rantec expliqua ce jour-là à une fraction du personnel réunie au Père-Lachaise.

Pour mieux se faire entendre, il s'était juché sur la plus haute marche du tombeau de marbre vert et noir :

— Tout le problème tient à une bonne compréhension des *Seven Majors!* Il est extrêmement difficile de traduire cette expression : *Seven Majors;* disons, pour fixer au mieux les idées, qu'on pourrait dire : les « sept grandes », ou les « sept premières », ou encore, pourquoi pas, les « sept Grâces »! En fait, ce sont les sept plus grandes entreprises mondiales qui s'occupent de pétrole! Cinq sont américaines, une anglaise, une hollandaise. Et c'est tout à fait normal que ces compagnies soient gigantesques, car elles doivent intervenir à de très nombreux stades des opérations pétrolières et, pour cela, elles doivent disposer de très formidables capitaux! Quels sont ces stades? Eh bien, d'abord, c'est la recherche du pétrole qui est sous la terre, et puis c'est la production du pétrole, c'est-à-dire plein de derricks et de foreuses qui percent la croûte terrestre! Et puis après, il faut transporter le pétrole et puis encore le raffiner et puis le vendre! Enfin, il y a la pétrochimie colossale! Tout le monde parle de pétrochimie sans trop savoir ce que ça désigne. Eh bien, ça désigne toute la chimie basée sur le pétrole! Les *Seven Majors* sont les maîtres d'œuvre de l'ensemble de ces activités! Que vont-elles devenir maintenant que les Arabes veulent s'emparer des puits? Et nous, sans pétrole, qu'allons-nous devenir? Le sujet est aussi vaste que préoccupant, on pourrait en discourir des heures! Mieux vaut procéder par questions : qui parmi vous veut poser une question?

— Le charbon va-t-il renaître? interrogea un cadre subalterne assis à califourchon sur une vieille stèle.

A mes côtés, un deuxième cadre souffla en pouffant :

— Le charbon va-t-il renaître de ses cendres? Ce qui montre qu'en dépit de leur surmenage les cadres de ce temps-là ne perdaient pas leur sens de l'humour.

— Ce n'est pas impossible, répondit Le Rantec, tout est une question de profitabilité et d'investissements, et aussi une question de taux de couverture; pour l'instant, les investissements sont inférieurs aux amortissements et notre taux de couverture est de 67 %! Mais si les Arabes faisaient un jour sauter leurs puits, il est possible de voir ces chiffres changer! En attendant, bien sûr, l'énergie nucléaire compétitive et rentable!

Tout à coup, des pleurs et des litanies s'élevèrent, très proches de nous. C'était un cortège funèbre que nous n'avions ni entendu ni vu venir, accaparés que nous étions par les propos de Le Rantec. Le prêtre, la famille et les amis d'un défunt passèrent à côté de nous et nous dévisagèrent avec curiosité. Alors, sans doute ramenés à la réalité par cette inhumation, les cadres et employés de Rosserys & Mitchell-France se dispersèrent en silence. Certains, un peu gênés, se signèrent, puis s'éloignèrent à la hâte. Ils s'étaient rendu compte brusquement qu'il était malséant d'organiser entre des tombes une conférence sur l'énergie et la pénurie de pétrole. La mort, décidément, suivait partout notre entreprise, que ce fût à l'intérieur ou à l'extérieur, et cela depuis presque une semaine. Ce jour-là, elle se fit envahissante. Je m'éclipsai le plus discrètement possible et je fus bien avant 15 h au Café de la République, où je me fis servir une choucroute en attendant Ralph McGanter, l'homme au col roulé blanc et à la montre en or. Je mis à profit mon déjeuner pour lire le journal. Je m'attardai sur les commentaires suscités par la pénurie naissante de pétrole et les menaces qui pesaient sur le zinc, le cuivre, la bauxite et même les phosphates. Ainsi, l'Occident, entraîné par l'Amérique du Nord, avait en somme vécu au-dessus de ses moyens. Et, si les habitants des pays industrialisés avaient connu une amélioration spectaculaire de leur niveau de vie, ce n'était donc pas seulement dû à leur intelligence, à leur travail, à leur habileté, mais aussi pour une bonne part en raison du faible prix qu'ils avaient payé leurs matières premières. Voilà qui expliquait l'affamation quasi générale d'une immense partie du monde et la prospérité, le gâchis de l'autre partie. Je me promis de parler de ces questions au président de Rosserys & Mitchell-International. Je m'étonnai de ne pas me sentir troublé à la perspective d'une pareille rencontre. En d'autres temps, j'aurais été bouleversé. Mais, les événements qui agitaient mon entreprise, joints à la crise qui secouait les valeurs de la société postindustrielle, m'encourageaient à défier la hiérarchie, à me décontracter vis-à-vis d'elle. Au fond, n'était-ce point la chute de Ralph McGanter qui se préparait? L'homme qui tenait tant à me rencontrer était-il encore si puissant? Ça aussi, je le lui demanderai, me dis-je : s'il n'avait pas grand besoin de moi, il ne chercherait pas à me voir. A 15 h précises, j'aperçus un petit homme aux lunettes d'écaille noire portant un tricot blanc au col roulé et tripotant ostensiblement une grosse montre en or. Il errait entre les tables de l'arrière-salle. Je m'approchai de lui :

— Quelle heure est-il? demandai-je en américain.

— Lisez vous-même, me répondit-il.

Au milieu du cadran, je vis entrelacées les lettres R et M. Je me penchai et je dis :

— Êtes-vous Ralph McGanter?

— En personne, siffla l'homme, et je suis très heureux de vous rencontrer, monsieur le Directeur des Relations humaines; tenez, asseyons-nous là-bas, dans ce coin, nous serons tranquilles pour bavarder.

Nous prîmes place, l'un en face de l'autre, à une petite table carrée située à l'écart. Un garçon s'approcha et nous lui commandâmes, moi une anisette, lui un Coca-Cola. Ce n'était pas à moi de parler le premier, mais c'est pourtant ce qui arriva et mon interlocuteur en parut surpris :

— Vous savez, dis-je, au point où en sont mes nerfs, je ne suis plus impressionné par rien ni par personne; je ne sais même pas si vous êtes réellement Ralph McGanter et j'avoue que je m'en fiche; Ronson me tend peut-être un piège, il conduit son enquête personnelle sur les mystères qui peuplent depuis peu l'entreprise; alors, peut-être êtes-vous un détective de plus? Sachez en tout cas que je n'ai rien à me reprocher, si ce n'est qu'en prenant trop à cœur ma fonction de directeur des Relations humaines, je me suis épuisé. Maintenant, je joue le rôle de tampon entre mes collègues cadres d'état-major et la direction générale. Dans ces conditions, que vous soyez ou non Ralph McGanter a finalement peu d'importance.

L'homme me regarda avec des yeux glauques et myopes. Nous étions loin des descriptions que les revues internes de Rosserys & Mitchell ou même les journalistes spécialisés des grands hebdomadaires occidentaux avaient données du fameux « regard perçant » de Ralph McGanter. « Un regard d'aigle », avaient-ils écrit, ou « de rapace, de faucon, de vautour, de crotale, de naja. » L'un s'était particulièrement distingué en écrivant : « L'histoire fournit peu d'exemples d'homme doué d'un regard si étrange, à la fois si proche et si lointain, œil droit fixé sur l'horizon infini de l'avenir du monde, œil gauche fixé sur vous, sur votre avenir à vous, impitoyable, coupant comme une lame d'acier. » J'avais devant moi, et derrière des lunettes d'écaille noire, deux yeux glauques, myopes, globuleux. Comme il ne disait toujours rien, je ressentis une espèce de sourde irritation et je la lui manifestai en lui parlant précisément de son regard :

— Je ne sais, dis-je, si vous êtes le président, mais votre regard me persuaderait plutôt du contraire.

Cette observation parut l'intéresser, car il consentit enfin à s'exprimer :

— Mon regard? Qu'a-t-il de particulier? questionna-t-il, du ton, je dus le reconnaître, d'un homme habitué au commandement.

— Eh bien, dis-je en hésitant un peu cette fois, justement, il n'a rien de très particulier.

— Pourquoi le serait-il? demanda-t-il, légèrement impatienté.

— Je l'ignore, répondis-je, mais j'ai lu sur votre regard de nombreuses descriptions de journalistes qui l'ont toujours présenté à votre avantage.

— Ah! Forcément! Je les ai payés!

— Tous? Même ceux des grands hebdomadaires internationaux?

— Bien sûr, dit-il presque rêveur; d'une manière ou d'une autre, je les ai toujours payés.

— Mais certains ont aussi écrit que votre regard s'apparentait parfois à celui du vautour ou du crotale.

— Et alors? C'est ce qu'il faut; les gens aiment ça; j'ai fait faire de nombreuses enquêtes sur le regard qu'il conviendrait que j'aie, ou qu'on croit que j'ai; ne pensez pas qu'un président multinational soit blâmé par les peuples ou par ses collaborateurs sous prétexte que son regard est celui d'un vautour; ce n'est plus du tout péjoratif; mais alors vous, comment le décririez-vous, mon regard? Que voyez-vous derrière mes lunettes?

— Monsieur, je m'excuse, mais je vois deux yeux glauques et globuleux.

— Bravo! Je savais que vous étiez mon homme! s'exclama le potentat américain, c'est vrai que mes yeux sont glauques et globuleux, ça fait bien longtemps que je ne l'ai entendu! Cette histoire de regard est une excellente introduction à notre conversation; au début, elle m'énervait, mais au fond elle constitue pour moi un test intéressant! Oui, vraiment, c'est vous, l'homme! Mes collaborateurs ne sont pas mauvais, mais, dès qu'un problème sort de l'ordinaire, ils s'y noient! J'en ai assez, figurez-vous, de cette affaire ridicule de notre filiale française; et, surtout par les temps qui courent, avec cette crise économique, je n'ai pas envie qu'une agitation stupide continue de se développer chez nous, en France! Alors j'ai pris moi-même le dossier en main avant-hier, je l'ai épluché comme j'épluche toute affaire dont je m'occupe personnellement; j'ai étudié le *curriculum vitae* des principaux cadres de Rosserys & Mitchell-France et je suis parvenu, moi, et à distance, à la solution : l'homme, c'est vous! Et votre propos au sujet de mon regard le confirme abondamment. J'avais remarqué dans le dossier la personnalité étrange et forte de ce directeur des Relations humaines que nous avions à Paris; alors, je me suis déplacé moi-même, nul ne sait cela en dehors de Ronson; je suis venu sur place vous rencontrer, discuter avec vous; j'ai grand besoin de collaborateurs de votre calibre, mon cher! Je ne suis pas venu vous punir mais vous récompenser, vous promouvoir, vous prendre à mes côtés! Est-ce que vous vous rendez compte! Est-ce que vous réalisez que Ralph McGanter est assis là, devant vous, en col roulé? Vous, vous le savez, mais tous ceux-là qui sont ici attablés, ils l'ignorent! A qui, tout à l'heure, le garçon a-t-il servi un Coca-Cola? A Ralph McGanter! Oui, je suis venu à vous sans hésitations, sans pudeur, sans orgueil, c'est toujours comme ça que j'ai réglé mes affaires! Le mois dernier, je me suis déplacé en personne pour aller voir un subalterne, un membre obscur du cabinet bolivien! Mes collaborateurs n'en revenaient pas! Moi, McGanter, j'allais en Bolivie, et ce n'est pas le président que j'allais voir, mais un obscur personnage! Pourquoi donc? Ah, ah, voilà la question! Pourquoi donc? Eh bien, je vais vous dire : l'obscur personnage sera, à partir de lundi prochain, ministre de l'Agriculture, mon cher, comprenez-vous? Pas des Transports, ni de l'Intérieur, de l'Agriculture! Je ne vous fais pas un dessin? Nos ventes d'engins vont formidablement se développer en échange de quelques menus services! Par exemple, je vais leur faire obtenir un prêt à ces Boliviens par la Banque internationale de San Francisco, comme ça ils pourront payer nos engins et en même temps équiper leur armée! Ah, ah! Vous comprenez? Quand McGanter se déplace, c'est que quelque chose se passe! Et vous, maintenant, je le sais, vous êtes l'homme que ces idiots de Musterffies et de Saint-Ramé cherchent sans résultat depuis plusieurs jours! Allez, avouez-le sans crainte, car au lieu de vous en vouloir, j'admire votre intelligence, votre audace, votre sang-froid!

Complètement interloqué par cette tirade un peu folle, je demandai :

— Mais qui exactement voulez-vous que je sois? A quel homme faites-vous allusion?

— Allons, dit McGanter en me décochant un coup d'œil vulgaire et complice, je comprends ça, vous voulez me l'entendre dire : monsieur le Directeur des Relations humaines, vous êtes ce que vous autres Français avez appelé l'imprécateur.

— Quoi? sursautai-je, tout à fait sidéré.

— Oui, monsieur l'imprécateur, permettez-moi de vous féliciter; vous avez joué tout le monde, sauf moi, bien sûr, sauf Ralph McGanter, sans doute à l'heure actuelle l'un des trois ou quatre personnages les plus puissants du globe! Désormais, vous travaillerez à mes côtés, à Des Moines et à New York, vous serez mon collaborateur personnel. Vous commencerez la semaine prochaine. Et maintenant, racontez-moi tout en détail, votre histoire me passionne.

Et le président de Rosserys & Mitchell-International approcha sa tête de la mienne, un sourire goulu et sardonique au coin des lèvres.

J'étais l'imprécateur! Voilà! M. McGanter avait réussi là où sa police privée, son vice-président, les dirigeants français avaient échoué! Le dossier de Rosserys & Mitchell-France, au fond, l'avait amusé. C'était un dossier curieux, propre à détendre les nerfs d'un homme occupé, par ailleurs, à abattre les gouvernements ou les régimes qui contrevenaient à ses intérêts, à mettre à mal de temps en temps quelques monnaies. Et maintenant, que méditait-il? Préférerait-il s'entendre avec les émirs ou, au contraire, pousserait-il les chefs américains à s'emparer par la force des puits de pétrole et des gisements de minerais? Ou entreprendrait-il les deux manœuvres à la fois? Parmi ces saines occupations, voici que sa firme française lui offrait un dérivatif? Pensez-donc! Des tracts rigolos et d'origine mystérieuse circulaient rue Oberkampf; quelqu'un, imitant la voix du directeur général, organisait des obsèques grand-guignolesques et, au même moment, un mur se fêlait! Alors, M. McGanter s'était payé un voyage incognito à Paris dans la plus pure tradition des romans de cape et d'épée. C'est qu'il avait résolu l'énigme, lui, à distance, dans la solitude de son luxueux camp retranché de Des Moines et, ce faisant, il avait plongé dans la confusion tous ceux qui pataugeaient tristement dans le cloaque de Rosserys & Mitchell-France. Seulement, voilà : il s'était trompé, M. McGanter, je n'étais pas, moi, l'imprécateur. Et il se trompait encore et plus lourdement en traitant à la légère le cas de sa firme française, car ce que ce cas annonçait, c'était une crise bien plus grave que la pénurie de pétrole ou la hausse des matières premières : la crise des cervelles, l'ère du meurtre au sein des entreprises géantes, américaines et multinationales, et par là l'ère du meurtre dans les sociétés postindustrielles, mal assises sur leurs ordinateurs et suantes des richesses volées. Cet homme voyait donc en moi l'imprécateur : soit. Quelle attitude devais-je adopter? Eh bien, je ne le détrompai point sur l'instant. Et, pour comprendre correctement pourquoi, il convient de s'en référer à la mentalité des principaux cadres de cette époque. Tout d'abord, il était rarement donné à un cadre de mon niveau de rencontrer en chair et en os l'un de ces corsaires qui ravageaient le monde en ce temps-là. Ces gens se disaient plus importants que les chefs politiques et, malheureusement, ils avaient souvent raison puisqu'ils suscitaient les guerres et ramenaient la paix à leur gré, dans leur intérêt, fixaient les volumes de marchandises à produire, leurs prix et les conditions de leur circulation. En conséquence, un directeur des Relations humaines digne de ce nom ne pouvait laisser filer l'occasion soit d'effectuer un bond prodigieux dans la hiérarchie de son entreprise soit, au contraire, de dévider d'un coup ce qu'il avait sur le cœur. Lorsqu'on rencontre un homme aussi puissant, ou on l'insulte abondamment ou on essaie de lui soutirer des prébendes. Mais je discernai ce jour-là combien mon cas était particulier. L'imprécateur semblait ne pas aimer beaucoup son entreprise et ses chefs. Or, ce que McGanter paraissait apprécier chez cet agitateur, c'était justement cela. Je pouvais donc, moi, en jouant le rôle de l'imprécateur, faire d'une pierre deux coups : exprimer mon ressentiment tout en me faisant valoir. Plus j'étais hostile à Rosserys & Mitchell, plus je me situais dans la ligne de l'imprécateur, plus j'avais de chances de passer pour lui donc d'être félicité par McGanter. Dès lors, je me conduisis avec une habileté que je me plais aujourd'hui, longtemps après les événements, à souligner. Avant tout, je m'employai à nier sans trop d'ardeur.

— Monsieur le Président, expliquai-je, quoique j'aie cru comprendre que vous aimiez cet imprécateur, je dois à la vérité de dire que ce n'est pas moi; je suis confus de vous l'assurer, mais, une fois n'est pas coutume, vous vous trompez.

— J'aime la façon dont vous me parlez, et j'y vois une preuve supplémentaire de la justesse de mon intuition; cela dit, je n'aime pas l'imprécateur. Aimer est un terme que j'ai depuis longtemps banni de mon vocabulaire. Ce n'est pas que je sois incapable d'être tendre; enfant, les petits oiseaux m'attendrissaient et, grâce à moi, la cotisation annuelle de Rosserys & Mitchell à la Société protectrice des animaux britannique est exceptionnellement élevée; mais il faut choisir : le pouvoir, la possibilité d'agir sur les affaires de son temps ou une vie sans histoires au milieu des petits oiseaux. Non, je n'aime pas l'imprécateur, je ne vous aime pas, mon cher, ni vous ni personne, mais j'ai appris à être efficace, et les qualités ou, si vous préférez, les défauts qui vous ont permis d'agiter ainsi l'entreprise pourraient être utilisés autrement par moi et pour servir des objectifs plus importants à la mesure de votre ambition. Alors qu'en ce moment tout le monde vous cherche, moi, je vous ai trouvé. Alors que tout le monde veut vous punir, moi, je veux vous récompenser. Alors que tout le monde veut vous exclure, moi, je veux vous promouvoir. Une fois de plus, mes directeurs dans le monde entier ne comprendront rien à ma décision, mais c'est pour ça que je suis président, que je suis Ralph McGanter : sans quoi, je serais aujourd'hui un vulgaire directeur de *marketing* ou, au mieux, un Musterffies quelconque, sans caractère, grassement payé.

— Pourquoi avez-vous renversé le président chilien? demandai-je soudain et sans transition aucune.

— Ah, j'aime ça! Vraiment, j'aime ça! Oui, vous êtes mon homme! La prochaine fois, c'est vous qui le renverserez! se réjouit McGanter. Pourquoi? Je vais vous surprendre probablement, ce n'est pas pour une raison politique! J'ai beaucoup changé, vous savez, et aujourd'hui je me fiche complètement des raisons politiques! Au moment où je vous parle, je prépare un vaste marché qui va rapporter beaucoup d'argent avec les pays de l'Est et la Chine! Eh oui, la Chine! J'ai même un envoyé spécial en Albanie! Je reconnais que le camarade Enver Hodja est difficile à convaincre, mais lui aussi il y viendra! En tout cas, pour l'instant, j'ai déjà remporté une victoire là-bas : mon envoyé spécial n'a pas été expulsé! Eh bien, au Chili, ce n'est pas non plus pour une raison économique ou financière : je ne suis pas loin de perdre de l'argent dans ce pays et je commence à en gagner en Union soviétique! Pourquoi voulez-vous que je renverse un gouvernement pour y gagner si peu? Hein?

— Je reconnais, dis-je, sincère et très attentif, que vous me surprenez. Alors, pourquoi?

McGanter prit mes mains entre les siennes. Elles étaient rondes, blanches et grasses :

— Vous savez, reprit-il, il est exact que j'ai passé la plus grande partie de ma vie à faire du profit, à rechercher de nouveaux marchés, à fabriquer de plus en plus; mais, depuis quelques années, si je veille toujours à notre *cash-flow*, c'est avant tout pour que mes actionnaires me fichent la paix, qu'ils soient rassurés, fiers, et qu'ils n'exigent pas de trop forts dividendes; moi, ce qui m'intéresse maintenant, c'est la puissance.

— Le pouvoir de l'argent, dis-je.

— Non, non, pas le pouvoir de l'argent, répliqua McGanter avec vivacité; si vous saviez la jouissance extrême que me procure cette accusation que le monde porte contre moi : vous avez renversé le régime démocratique chilien! C'est ça le pouvoir, c'est ça, la vraie puissance : créer des crises économiques et monétaires, favoriser l'armement de telle ou telle nation, les lancer ensuite les unes contre les autres, ça c'est un pouvoir que l'argent ne suffit pas à donner! Il y faut une organisation gigantesque, un façonnage des esprits, une mentalité de commando, que dis-je de commando, de croisé, de conquérant! Toutes ces conditions sont aujourd'hui réunies dans Rosserys & Mitchell-International; nous ne sommes pas loin de dominer le monde; il n'y a rien de commun entre moi et le pétrolier ou le banquier le plus riche du monde, même si nos intérêts sont évidemment étroitement imbriqués : eux sont puissants parce qu'ils sont riches, moi je suis puissant parce que le profit ne m'intéresse plus, parce que le jour viendra où moi ou mes successeurs nous obligerons les gouvernements à autoriser Rosserys & Mitchell à lever des armées!

— Lever des armées! m'exclamai-je, incrédule.

— Eh oui! ça vous étonne? Et pourtant vous verrez. Nos biens seront menacés partout dans le monde, car nous aurons suscité la haine et la jalousie des peuples; aucun État, pas même l'État américain, n'aura les moyens ni la volonté de défendre ces biens quand ils seront attaqués; voyez où nous a conduits la guerre du Viet-nam! Imaginez que partout, en Asie, en Afrique, en Amérique Latine, nos biens soient attaqués, nos influences combattues, nos agents

201

spéciaux assassinés! Comment voulez-vous que les puissances occidentales, même unies, même coalisées, puissent défendre nos intérêts sur 60 ou 200 champs de bataille du type Viet-nam ou Angola! Les moyens des États sont trop faibles et, de plus, les gouvernements ne seraient pas assez motivés car leurs peuples finiraient par exiger d'eux la paix, le retrait des troupes; non, les démocraties occidentales sont incapables de nous défendre. Tandis que, si j'organise à l'échelle mondiale les moyens colossaux des trois ou quatre multinationales les plus puissantes, si j'arme des mercenaires sur place, si je fais combattre des Boliviens multinationaux bien payés contre des Boliviens nationaux traqués et squelettiques, si je dresse des régiments indonésiens contre les étudiants et les maquisards de la campagne de Djakarta, alors je gagne, alors je deviens le maître du monde, alors les gouvernements de l'Occident, libérés du souci guerrier, pourront calmer leurs peuples, s'occuper des lois sociales, de l'urbanisme, de la circulation. Thieu est un mauvais exemple au Viet-nam du Sud : il est soutenu par le gouvernement américain, et, comme nous soutenons le gouvernement, on croit qu'on le soutient. Mais c'est faux. Je vous garantis que, si une coalition de multinationales soutenait Thieu, il aurait gagné, nous aurions gagné depuis longtemps. Simultanément, on aurait soutenu l'expansion chinoise, l'économie soviétique. L'erreur au Viet-nam, c'est de soutenir Thieu parce qu'il n'est pas communiste; ces querelles sont dépassées; le critère du soutien, c'est la concordance des intérêts au service d'une hégémonie d'un type nouveau; il faut parfois supprimer des régimes anticommunistes et soutenir des régimes communistes; prenez Castro, je n'ai vraiment rien aujourd'hui contre Castro; croyez-vous que j'aime la junte chilienne? Ce ne sont pas des criminels, ce sont des idiots; une coalition de multinationales n'aurait sans doute pas soutenu la junte.

— Elle aurait soutenu qui? demandai-je à mi-voix.

— Je l'ignore, elle aurait probablement fait d'abord table rase; l'idée est de s'emparer des sols, des sous-sols, des forêts, des océans, d'établir là-dessus une hiérarchie qui ne croie à aucun dieu.

— Mais, quand vous étiez petit...

— Quand j'étais petit, coupa-t-il, je ne pensais qu'à une chose : gagner de l'argent. Ma mère s'est saignée aux quatre veines pour me faire suivre des études; le soir, elle remettait à neuf mes vêtements;

j'ai très tôt éprouvé de la haine pour tout le monde : les fils de banquiers et d'industriels parce qu'ils étaient pleutres, fainéants et, dans le meilleur des cas, suffisants; les fils du peuple parce qu'ils étaient pauvres et mal éduqués; les fils de commerçants parce qu'ils étaient étriqués et pusillanimes; les curés parce qu'ils étaient hypocrites; plus tard, j'ai méprisé les industriels et les banquiers eux-mêmes parce qu'ils n'avaient qu'une ambition : transformer 10 dollars en 15 dollars, doubler la surface de leurs parcs; j'ai aussi méprisé les cadres et les directeurs qui travaillent pour moi parce qu'ils n'avaient qu'un but : me plaire pour augmenter leurs salaires de 15 000 à 20 000 dollars par an et le nombre de ceux qu'ils commandaient de 300 à 500 personnes; oui, conclut, pensif, le président de Rosserys & Mitchell-International, je crois qu'à l'exception de ma mère, je n'ai jamais respecté personne et, aujourd'hui, je suis sûr d'avoir eu raison : je n'ai été déçu que par les autres, jamais par moi-même.

— Mais, demandai-je, pourquoi me racontez-vous tout ça à moi, plus insignifiant que les insignifiants, humble cadre directeur d'une de vos innombrables sociétés?

— D'abord par hasard; je vous raconte tout ça par hasard; cela ne risque pas de me nuire; le hasard m'ayant amené ici, déguisé, dans l'arrière-salle d'un bistrot de Paris, je trouve commode et plaisant de vous sortir tout ça. Ensuite, mon cher, si un jour vous vous avisiez de le raconter vous-même, de prétendre qu'un après-midi, Ralph McGanter, le grand McGanter, vous a raconté sa vie en col roulé dans un bistrot parisien, alors, soyez tranquille, personne ne vous croira; enfin, je vous le répète, à tout prendre vous agrémentez ma vie en ce moment et j'apprécie la méthode insolite que vous utilisez pour secouer la firme française, affoler les esprits, détruire le commandement et même ébranler les murailles; mais j'ai été patient avec vous, dites-moi maintenant les détails de cette méthode, ça m'intéresse plus que vous ne l'imaginez; par exemple, comment vous y prenez-vous pour fissurer les murs et contrôler jour après jour l'élargissement de cette fêlure qui effraie tellement ce pauvre Musterffies?

C'est alors que je fis basculer mon attitude et que je jouai le tout pour le tout. Mesurant les avantages que me procurait vis-à-vis de cet homme singulier la qualité d'imprécateur, je lui déclarai :

— Monsieur le Président, m'étant fait en vous écoutant une certaine idée de votre exceptionnelle personnalité et très impressionné par votre flair, votre aptitude étonnante à l'analyse des dossiers, à la lecture de l'indéchiffrable, je puis vous l'avouer : vous avez vu juste. Je suis en effet l'imprécateur. Je serais honoré de vous servir comme vous me l'avez proposé, mais je vous demande une faveur ou, plutôt, je me permets de fixer à cela une condition, la première et la dernière que je vous fixerai jamais : laissez-moi aller au terme de mon plan diabolique, ne m'obligez pas à vous en révéler maintenant les détails. Seul un homme de votre stature pourra d'ailleurs pleinement l'apprécier. En échange, je vous promets d'arrêter la progression de la fêlure, de respecter les murailles; j'avais prévu l'effondrement total de l'immeuble, mais je l'épargnerai; en revanche, pour la beauté du dénouement, pour la surprise qu'il vous causera, le plaisir raffiné qu'il vous procurera, laissez-moi exécuter le reste du plan.

McGanter rayonnait de joie et d'orgueil. Les traits de son visage s'étaient même légèrement adoucis. Il serra mes mains entre les siennes et me regarda presque avec émotion. Et il me dit :

— Mon cher, que me parlez-vous de ce satané immeuble! Je vous ai pourtant dit que je n'étais ni un banquier ni un industriel; que resterait-il de votre plan magnifique si ces murs ne s'écroulaient pas! Non seulement je vous autorise à ne pas me révéler maintenant les clés de la machination superbe, mais encore je souhaite, que dis-je, j'ordonne que la fêlure s'élargisse et que d'autres fêlures apparaissent et que soudain notre immeuble de verre et d'acier s'engloutisse au fond de la terre éventrée! Je vais repartir par le courrier normal pour New York ce soir, mais je reviendrai demain matin accompagné par mon état-major d'imbéciles; c'est ce qui était prévu; Musterffies, affolé, a saisi le Conseil de l'affaire de notre firme française; nous avons décidé avant-hier de nous déplacer à Paris pour examiner la question sur place; personne ne sait en dehors de vous et de Ronson que je suis venu en France; à Des Moines, on me croit en ce moment au Paraguay; nul en dehors de vous et de moi ne connaît l'imprécateur, ce qui me promet une belle partie de plaisir demain; car bientôt je serai dans mon rôle de président agacé d'avoir à s'occuper d'une question si secondaire, obligé de le faire à cause de la carence de ses collaborateurs et des dirigeants français; personne ne devra deviner qu'on se connaît déjà; mais, avant qu'on se sépare, puis-je à mon tour vous demander une faveur?

— Une faveur, monsieur le Président?

— Eh oui! Une faveur au grand McGanter! Pouvez-vous au moins me dire quand et comment, en ce qui vous concerne, votre plan sera exécuté complètement?

— Oui, monsieur, je vais vous le dire, répondis-je, cette fois tout à fait convaincu de ce que je prévoyais : dans les quelques jours qui viennent, les principaux cadres de l'entreprise, leurs chefs, et sans doute les membres de votre état-major de Des Moines périront affreusement non sans avoir subi auparavant d'effroyables épreuves; seuls vous et moi serons épargnés. La terre s'ouvrira et engloutira l'immeuble de verre et d'acier.

— Pas possible », murmura McGanter entre ses dents. Il émit un léger sifflement admiratif, puis il répéta lentement : « Ils subiront d'effroyables épreuves, après quoi, ils seront engloutis dans les entrailles de la terre... Quel programme... Mon instinct ne m'avait pas trompé, je savais que vous étiez l'imprécateur; mais la personnalité de l'imprécateur, elle, dépasse mes espérances; vous êtes digne d'être mon successeur un jour; je vous apprendrai la gestion internationale, la manipulation des capitaux, mais vous avez autant que moi la haine de l'humanité, le goût de la puissance oppressive et, pour vous comme pour moi, les hommes ne sont que des petits poteaux, les prairies ne sont que des surfaces du sol qui donnent de l'herbe, les montagnes sont avant tout des pierres et des minerais, la mer n'est jamais qu'un réservoir de sel, d'énergie et de poissons; vous m'avez offert aujourd'hui la seule émotion de ma carrière et sans doute la dernière; oui, exécutez votre plan minutieusement, projetez la mort contre notre entreprise française, voilà qui me permettra de retourner l'opinion en l'apitoyant sur le malheur qui guette les grands ensembles de production s'ils ne sont pas mieux respectés, voilà qui remettra à l'actualité les problèmes de croissance et d'emploi, voilà qui permettra à bien des gouvernements de fusiller et d'embastiller des milliers de révolutionnaires! J'en ferai un prétexte à l'échelon mondial. Que ce soit notre entreprise française qui fasse les frais de cette politique n'est pas pour me déplaire, la France a souvent servi de cobaye aux autres nations; vraiment, encore une fois, je vous félicite, mais maintenant, monsieur l'imprécateur, je suis près de vous admirer. » McGanter se leva, serra mes deux mains avec effusion et me dit : « Je sors sans vous, je ne veux pas qu'on nous voie ensemble; moi, on ne me reconnaîtra pas, mais vous, ce n'est pas le cas; et demain, lorsque je remplirai ma fonction officielle, quelqu'un qui nous verrait aujourd'hui pourrait s'interroger : que faisait donc le président hier après-midi dans un café de la République en compagnie du directeur des Relations humaines de Rosserys & Mitchell-France?

McGanter s'en fut. Je suivis un instant des yeux ce petit homme qui se frayait passage entre les garçons de la brasserie et les clients qui se levaient pour payer ou qui attendaient leur vestiaire. Bientôt, je le perdis de vue. J'attendis une dizaine de minutes, puis je quittai la brasserie à mon tour. Bien sûr, cette rencontre, les propos que j'avais entendus, ceux que j'avais cru judicieux de tenir, tout cela formait un tout qui me donnerait à réfléchir à mon prochain moment de répit. Pour l'instant, les faits étaient trop proches; je convins de les analyser plus tard, et, notamment, d'étudier la réponse à cette question : quelles pourraient être pour moi les conséquences de cette entrevue? Changeraient-elles ou non mon avenir dans l'entreprise, mon rôle et mon attitude dans l'affaire de l'imprécateur et, peut-être, mon destin tout court? Il me revint à l'esprit que, le soir même, une expédition nocturne dans les sous-sols de Rosserys & Mitchell-France m'attendait et que j'avais, dans cette perspective, quelques emplettes à effectuer. Je devais en particulier me procurer une longue corde et un sac afin de transporter mon attirail. Comme j'abordais la rue Jean-Pierre-Timbaud à la recherche d'un magasin d'articles de sport, je sursautai et me plaquai contre le mur. Ce que je voyais apportait un piment inattendu à la situation pourtant déjà bien compliquée qui régnait dans mon entreprise : un homme et une femme, serrés l'un contre l'autre, se parlaient doucement, semblant débattre d'une question cruciale : allaient-ils ou non entrer dans l'hôtel près duquel ils s'étaient arrêtés? Tout à coup, chacun consulta sa montre : avaient-ils le temps? Oui, ils avaient le temps. Ils s'engouffrèrent dans l'hôtel. Stupéfait, je demeurai quelques minutes le dos au mur. J'en avais vraiment le souffle coupé : la liaison que je venais de surprendre avait quelque chose de sinistre et de salé comme le sang. Rien ne serait donc épargné à Rosserys & Mitchell-France. A l'approche de la fin, chacun réservait sa place pour mieux jouir de la cruauté du spectacle, pour contempler de plus près une morale décadente, la souffrance et l'avilissement. Je repartis inquiet et triste à la recherche d'un magasin de sport. Quelle sale et folle histoire! Depuis quand Abéraud et Mme Henri Saint-Ramé couchaient-ils ensemble?

XXI

La nuit était tombée sur mon entreprise. Le personnel était parti. Seuls les principaux cadres, chacun d'eux blotti dans la cachette qu'Abéraud lui avait assignée, et les gardiens, qui n'avaient pas été informés de cette expédition, restaient à l'intérieur des murs. Dans l'obscurité de mon cagibi, j'attendais, conformément aux instructions, que le numéro 3, c'est-à-dire Samueru, vînt me chercher. Et je réfléchissais. Je passais en revue les événements de la journée. Je songeais à la décision des pays producteurs de pétrole d'assécher les économies occidentale et japonaise. Je me disais qu'une fois de plus les journaux seraient encombrés de supputations financières et monétaires. Plus que jamais l'avenir du monde apparaîtrait à la merci des statistiques, des pourcentages d'augmentation du prix des betteraves, de la baisse de la longe de porc, des parités fixes ou ajustables. Des voix s'élèveraient plus haut que jamais pour dire : aujourd'hui, il n'y a plus d'éloquence. L'émotion et le verbe doivent être proscrits. Il faut exporter tant de tonnes d'acier en tant de temps si nous voulons préserver la croissance et l'emploi. Pour exporter, nos prix doivent être compétitifs, et, pour qu'ils le soient, il faut faire flotter le franc puisqu'on sait qu'il flottera à la baisse. Ainsi nous exporterons plus facilement et sans dévaluer. Les yeux brillants de satisfaction, le front haut et bombé, le geste élégant, les grands technocrates de l'économie occidentale tiendraient donc encore ce discours rudimentaire et peu inspiré en faisant croire ou, pis, en croyant eux-mêmes qu'ils accomplissaient là une prouesse intellectuelle proche du génie. Oui, plus d'émotion, plus d'éloquence, car l'éloquence et l'émotion n'entraient pas dans les calculs et freinaient l'exportation. L'imposture prendrait cette fois des dimensions inégalées. Quelle aubaine! Les pays producteurs de matières premières se révoltant tout à coup contre les abus orgueilleux des lutins hantant depuis vingt ans les administrations et les ministères remettaient à l'ordre du jour le « serpent monétaire », le prix du baril, la politique des coûts et des revenus, les réserves monétaires! Et les lutins technocrates, à qui le mal de vivre dans les cités cyclopéennes, la destruction de la nature, le courroux des jeunes et des intellectuels avaient fait passer un mauvais quart d'heure, étaient remis en selle par la crise qui venait d'éclater ce jour-là : on aurait plus que jamais besoin de leurs compétences secrètes, et la voie du pouvoir qui s'était quelque peu rétrécie devant eux se rouvrait, s'élargissait de nouveau. Que deviendraient les peuples s'ils étaient abandonnés par ceux qui savaient comment se fixait le prix du baril de pétrole? N'étaient-ils pas les seuls à saisir pleinement cette question? Pourquoi ne pas supprimer Montesquieu dans les programmes de nos écoles au profit de l'étude du baril, du demi-baril et de la pinte d'huile de noix de coco? Je songeais donc à ces choses dans l'obscurité de mon cagibi. Mais je songeais aussi à ce qui se passait au même moment à l'intérieur des murs et des entrailles de Rosserys & Mitchell-France. Que faisaient tous ces cadres de *staff* issus des écoles occidentales les plus avancées, prétendus fins connaisseurs de l'économie, de la monnaie, de la fixation des prix du baril de pétrole et de la tonne de laine de mouton, que faisaient-ils, ce soir-là, déguisés en spéléologues d'opéra-bouffe, tapis dans des cagibis? N'avait-on pas besoin d'eux ailleurs? Certains avaient pourtant étudié à Harvard. Pourquoi perdaient-ils leur temps à explorer les sous-sols de leur entreprise? Perdaient-ils aussi l'esprit? Démasquer un agitateur fantaisiste, était-ce plus important que de se consacrer à l'étude des conséquences de la crise économique sur l'entreprise? D'où leur venait cette hargne qui maintenant m'effrayait, cette volonté cruelle d'aboutir dans leur recherche? Je pensais en outre à ces deux faits nouveaux survenus dans l'après-midi : ma rencontre avec McGanter et cette liaison que j'avais surprise entre Abéraud et Mme Saint-Ramé. Le jeu que j'avais joué avec le président mondial de la firme n'était pas sans danger pour moi, soit que lui puis d'autres soient bientôt convaincus qu'en effet j'étais l'imprécateur, soit, dans le cas contraire, qu'ils me demandent des comptes sur mon attitude. La liaison d'Abéraud et de la femme de Saint-Ramé m'inquiétait fort. Abéraud m'avait déjà montré à différentes reprises qu'il ne lésinait pas sur les moyens d'atteindre ses objectifs. Il y avait en lui une détermination cynique qui, pour être efficace, n'en était pas moins contestable. En séduisant la femme de Saint-Ramé, avait-il mobilisé une pièce de plus sur son échiquier? Et puis, que recouvrait vraiment cette liaison? Comment Mme Saint-Ramé en était-elle arrivée là? Abéraud n'était pas très beau. Il occupait dans l'entreprise un poste relativement subalterne. A ma connaissance, il n'avait pas de fortune. Mme Saint-Ramé était, elle, ce qu'on appelait alors une grande bourgeoise. Son mari jouissait d'un statut social incomparablement plus élevé que celui d'Abéraud. Son physique était agréable. Et, après tout, Mme Saint-Ramé, en puisant dans les relations de son mari, aurait pu y trouver de nombreux messieurs plus séduisants qu'Abéraud, mieux faits pour elle. Abéraud n'avait rien non plus de l'amant de Lady Chatterley, ni d'une brute débardeur aux halles. N'étant donc ni gigolo, ni grand bourgeois, ni aventurier, ni garde forestier, comment Abéraud avait-il manœuvré pour amener la femme de son directeur général dans un hôtel sordide du quartier de la République? Certes, j'avais un instant imaginé qu'ils avaient pu s'y donner rendez-vous pour une autre raison que l'amour clandestin : par exemple, échanger un message. Saint-Ramé lui-même avait peut-être dépêché sa femme auprès d'Abéraud avec une intention précise. Mais, outre qu'en ce cas ils n'auraient pas été obligés de se rencontrer dans un hôtel, je les avais vus de mes propres yeux se tenir tendrement les mains et se regarder d'une manière réellement peu équivoque. C'est pourquoi je ne retenais que l'hypothèse de l'adultère. Enfin, je détestais cette liaison pour une raison toute simple: à ce stade des événements, je préférais de loin la personnalité de Saint-Ramé à celle d'Abéraud. Et que celui-ci prît la femme de celui-là me paraissait un pas supplémentaire accompli vers l'immoralité de l'aventure que je vivais.

Aujourd'hui, dans ma petite chambre blanche, je médite sur cet aspect de l'affaire Rosserys & Mitchell-France : la liaison entre Abéraud et Mme Saint-Ramé. Elle comporte un enseignement : c'est que le cœur et la raison pourrissent ensemble. Il ne me semble pas vrai qu'un homme uniquement préoccupé par l'argent puisse aimer vraiment sa femme et sa famille. Et il me semble clair qu'une société atteinte au cerveau ne peut conserver un grand cœur. Ainsi, créer des emplois, assurer la prospérité économique ne vaut que si les intentions altruistes et le cœur y sont. On dit que seul compte le résultat; que, si des hommes froids et méprisants, amoureux seulement d'eux-mêmes et de leurs machines, augmentent les allocations familiales et diminuent les impôts, eh bien, ils sont honnêtes et bons. Mais moi je sais maintenant que cela n'est pas vrai. Et que, s'ils n'ont pas de cœur, le jour où les machines s'enrayent, ils deviennent fous et méchants.

J'approche à pas lents, l'angoisse à la gorge, de la lisière du dénouement horrible. Ceux qui m'entourent et me soignent le sentent et sont inquiets. Ils comprennent que je vais raconter incessamment des faits qui ne sont guère plaisants. Le médecin-chef n'a pas aimé beaucoup, lui non plus, cette liaison entre Abéraud et la femme de Saint-Ramé. Pourtant, il ignore encore ce que je sais. Et quand je lui ai dit : « Certaines âmes pourrissent autant et aussi vite que les corps », il a dit : « Oui c'est vrai. » Que devient alors l'homme juste?

Impavidum ferient ruinae. Les ruines le frapperont sans l'émouvoir. Les ruines.

Donc, à l'époque où les pays qui possédaient dans leur sol du pétrole et de riches gisements de minerais de toutes sortes décidèrent de les garder ou de les faire payer plus cher par les pays qui jouissaient en abondance, une curieuse expédition se mit en branle en France, à Paris, dans un immeuble de verre et d'acier qui se dressait au coin de l'avenue de la République et de la rue Oberkampf, non loin du cimetière de l'Est. A minuit, les douze principaux cadres du *staff* de la société Rosserys & Mitchell-France, conduits par Abéraud, directeur adjoint des Prévisions, après avoir descellé une petite dalle, s'engouffrèrent à plat ventre dans un étroit boyau suintant et rampèrent en silence jusqu'à une galerie d'environ 2 m de large et 2 m de haut. Ils ne partaient pas à la découverte de pétrole ou de minerai de cuivre, pas plus qu'ils n'allaient rendre visite aux innombrables squelettes entassés là dans les célèbres catacombes : ils se lançaient, énervés et farouches, à la recherche de quelqu'un qui, depuis quelques jours, semait le trouble dans leur entreprise, remettait en cause les fondements de celle-ci; qui, par ses manigances et son goût du mystère, en ébranlait les nerfs et, en particulier, ceux de ces douze cadres-là qui, à travers cette agression, voyaient leurs capacités, leur valeur morale et politique contestées, ce qui les enlisait dans des sentiments de médiocrité et de culpabilité. Leur conviction que l'agresseur était sans doute l'un d'eux créait une atmosphère de suspicion lourde à supporter, et l'on pouvait lire sur leurs visages, pourtant mal éclairés par les torches électriques, un mélange de peur et de férocité. Celui qui les aurait rencontrés un par un ou ensemble une semaine plus tôt aurait eu de la peine à reconnaître en ces animaux vêtus de capes, chaussés de bottes, portant barda, à la respiration oppressée, pataugeant dans la boue des souterrains de leur entreprise, les jeunes gens ambitieux, dynamiques et sûrs d'eux, jonglant avec les chiffres et les tableaux de bord, rêvant d'une mission extraordinaire au Proche-Orient ou à Washington, l'index au gilet, paradant à l'alentour de l'antichambre d'Henri Saint-Ramé. Nous progressions en silence, lentement, très près les uns des autres, parfois trébuchant sur d'invisibles aspérités, tâtant de la main restée libre la paroi gluante. Nos doigts furent ainsi rapidement maculés d'une substance détestable, une espèce de pâte malodorante et visqueuse. Soudain, nous entendîmes Abéraud faire : « Chut », et nous nous arrêtâmes. Le numéro 5 éclairait de sa torche la paroi gauche de la galerie. Comme nous ne pouvions nous regrouper pour voir ce qu'il voyait, il fit circuler la nouvelle : d'étranges figures étaient gravées sur le flanc du boyau, ainsi que de nombreux chiffres. Abéraud fit savoir que les hiéroglyphes le laissaient perplexe, puis il continua son chemin pour nous permettre de défiler chacun à notre tour devant les inscriptions et les dessins. A l'exception d'Abéraud, qui marchait en tête avec le numéro 5, nous étions dans l'ordre de nos numéros. Après Abéraud venait donc Fournier, le numéro 1, puis Portal, le numéro 2, Samueru, le numéro 3, etc. J'avais le numéro 7. Lorsque j'arrivai devant les hiéroglyphes, je m'attardai moi aussi une ou deux minutes. Je crus voir le dessin de deux visages et, au-dessous, des chiffres. Juste au-dessus de ce qui devait figurer de grossières chevelures, je distinguai des têtes de mort rouges. Je passai mon chemin et cédai ma place au numéro suivant, le 8, qui était Brignon, et, ne m'occupant plus de ce qui advenait derrière moi, je suivis la colonne. Tout à coup, une exclamation étouffée parvint à nos oreilles. Abéraud s'arrêta et les autres avec lui. J'entendis des chuchotements et Vasson, qui me précédait, me souffla : « Qui a crié et pourquoi? Faites passer. » Je transmis à

Chavégnac. La réponse me revint par la même voie et je la fis remonter jusqu'à Abéraud. C'était un message de Sélis : « J'ai identifié les portraits et 7 ou 8 chiffres, c'est horrible. » Abéraud communiqua : « Dans quelques minutes, nous atteindrons un large coude avant la descente du premier à-pic et nous pourrons nous regrouper; continuons, le numéro 10 nous expliquera à ce moment-là. » Nous obtempérâmes. Et, en effet, trois ou quatre minutes plus tard, nous nous retrouvâmes serrés les uns contre les autres sur une sorte de plateforme comme on en trouve dans certains virages de grands cols. Sélis s'approcha du numéro 5, et nous les entourâmes avides de savoir. « Éteignez vos torches; la mienne et celle du numéro 10 suffiront », ordonna Abéraud. Nous fûmes, d'un coup, plongés dans l'obscurité, car Abéraud et Sélis n'éclairaient qu'eux-mêmes et ceux qui étaient tout proches d'eux. Et voici ce que Sélis affirma : « Les deux portraits représentent les visages de nos deux fondateurs, Bill Dolfuss Rosserys et Richard Kenneth Mitchell, on ne peut s'y tromper; chacun a pu voir ces portraits, souvent, dans le bureau de Saint-Ramé; je suis tout à fait persuadé qu'il s'agit d'eux et, au-dessus de leur tête, ils ont chacun une tête de mort rouge; au-dessous, il y a leur date de naissance, mais pas celle de leur mort; ces dates sont remplacées par un point d'interrogation; et, parmi tous les chiffres, j'en ai reconnu plusieurs; il y a le *cash-flow* de l'année dernière, les bénéfices déclarés à l'État français et, à côté, un chiffre que peu de gens connaissent, les bénéfices non déclarés; et un autre, le chiffre du montant des exportations des six derniers mois; en dehors de Saint-Ramé, de Roustev, du directeur financier et de moi-même, je suis certain qu'il est inconnu de tout le monde, y compris de vous. » Sélis, visiblement très choqué par cette découverte, avait débité ça à toute vitesse et d'une voix haletante. Nous ne fûmes pas moins choqués que lui. Après un moment de silence, Abéraud dit : « Nous devons absolument revenir en arrière un par un et vérifier les conclusions du numéro 10. J'y vais d'abord. » Le numéro 5 repartit donc et revint dix minutes plus tard, l'air méditatif et complètement crotté.

— Que vous est-il arrivé? demanda Le Rantec.

— Je me suis étalé de tout mon long dans le boyau, ce n'est rien; je n'ai reconnu qu'un seul chiffre, la date de naissance de Bill Dolfuss Rosserys, mais j'ai parfaitement identifié les portraits, les deux points d'interrogation et, bien sûr, les têtes de mort rouges. Sélis a raison;

ceci prouve que le mal commence ici, dans ces souterrains et ces catacombes, et que l'homme est plus fou et dangereux qu'on ne l'aurait
pensé; si vous voulez, allez vous rendre compte à votre tour.

Ces paroles tombèrent sur un auditoire que je sentais refroidi.
L'ambiance était mauvaise. S'engouffrer seul dans ce boyau, quatre
minutes à l'aller, deux minutes d'examen des hiéroglyphes, quatre
minutes au retour, cela faisait à peu près une absence de dix minutes,
seul dans un boyau suintant et noir et sous les signes conjugués de la
mort et de la magie meurtrière. De toute évidence, les principaux
cadres du *staff* de Rosserys & Mitchell-France auraient été plus à
l'aise dans un déjeuner-débat organisé par les *mass media* en l'honneur du ministre de l'Agriculture pour discuter des nouveaux prix
de campagne du poulet, du dindon et du lard fumé. Mais, aussi,
qu'étaient-ils venus se fourrer dans cette boue, à maintenant deux
bonnes dizaines de mètres sous terre, juste au-dessous de leur immeuble
de verre et d'acier! Personne n'osait l'avouer, mais j'étais persuadé
qu'en leur for intérieur la plupart d'entre eux ne pensaient plus qu'à
déguerpir, à revenir à la surface, à retrouver la chaleur familière et
rassurante de la salle des ordinateurs ou le cadre douillet de leurs
bureaux de directeurs membres du *staff*. Abéraud sentit cela et, à
l'instar de l'officier qui doit lancer sa section à l'assaut, il prononça
une courte allocution pour les ragaillardir :

— Messieurs, dit-il en élevant légèrement la voix, je sais ce que
certains d'entre vous peuvent penser : ils se demandent ce qu'ils font
dans ces boyaux suintants lorsqu'ils ont des dossiers importants à
étudier, surtout par les temps qui courent. Qui sait si, en ce moment
même, les émirs et les gouvernements sud-américains ne méditent pas
d'augmenter encore le prix du baril ou celui du cuivre ou de la bauxite?
Qui sait si, en ce moment, les Hollandais ne vont pas décider brusquement de laisser flotter le florin! Qui sait enfin si, à la minute même où
je vous parle, le président des États-Unis et son génial conseiller ne
décident point d'expédier des troupes en Libye, au Venezuela, ou,
mieux encore, de provoquer l'effondrement du franc? Je sais cela,
je sens tout cela, mes chers collègues, mais précisément, un jour, on
nous saura gré d'avoir assumé notre part du fardeau, notre part de la
défense des vraies valeurs de la vie et de la société, nous l'aurons
assumée d'une façon pour l'instant peu spectaculaire mais qui sera
un jour prochain reconnue avec éclat par les successeurs de Bill Dol-

fuss Rosserys et de Richard Kenneth Mitchell; ce que nous faisons ici, cette nuit, c'est la chasse à celui qui désire furieusement la mort de notre entreprise et de ce qu'elle représente. Or, vous le savez, avant même le dollar, c'est Rosserys & Mitchell-International qu'il faut défendre; à quoi serviraient un dollar fort, une société occidentale unie et protégée par les États-Unis d'Amérique du Nord sans la présence de Rosserys & Mitchell dans le monde entier? Lorsque, dans quelques jours, nous apporterons la solution au président Ralph McGanter, là-bas, à Des Moines, où nous irons bientôt suivre de magnifiques stages aux frais de l'entreprise, nous serons honorés, distingués, et nous exercerons le pouvoir. Mes chers collègues, nous devons cette nuit nous considérer en mission; nous sommes un commando de choc et nous y avons d'autant plus de mérite que rien ni personne dans nos familles et nos écoles ne nous a préparés à ce genre de tâche. Ne nous étonnons pas de nous retrouver ici, environnés de signes de mort et de magie, dans les ténèbres, en cape et en bottes, éclairés de nos pauvres torches. D'ailleurs, si quelqu'un a pris la peine de graver sur le flanc du boyau les portraits de nos fondateurs, d'y inscrire le chiffre du *cash-flow* de l'année dernière, c'est bien que nos efforts ne sont pas vains et que l'auteur de ces graffiti infâmes nous hait, nous méprise, nous guette et nous menace. Nous le trouverons où qu'il soit et même, messieurs, s'il est parmi nous.

La conclusion de cette exhortation accrut le malaise, mais le discours lui-même eut pour vertu de réveiller la fureur des cadres, leur énervement, la jalousie qu'ils se vouaient d'habitude et constamment. Ils l'avaient peut-être perdu de vue : l'homme pouvait être l'un d'eux. Abéraud le leur avait rappelé méchamment, habilement et dans des circonstances choisies. Alors Fournier, le numéro 1, se dévoua et dit : « J'y vais. J'ai apprécié vos paroles, numéro 5, je vais vérifier les idées du numéro 10 sur ces maudits hiéroglyphes. »

Et il s'enfonça dans le boyau suintant. Lorsqu'il revint, il confirma les opinions de Sélis et d'Abéraud et il en était tout bouleversé.

— Que signifient ces points d'interrogation mis à la place des dates de la mort de nos fondateurs? demanda-t-il cependant.

— Peut-être, risqua timidement Terrène, que cela signifie qu'ils sont nés mais qu'ils ne sont pas morts et que, peut-être, leurs fantômes...

— Mais non, coupa Abéraud non sans nervosité, c'est de l'intoxication; l'ennemi veut nous égarer, nous faire peur; il cherche à toucher chez nous ce que l'homme a de plus primitif : la superstition, la tendance à la rêverie. Mais la science n'a pas progressé par hasard; les hommes que nous sommes ne croient plus au gui que cueillaient les druides ou aux intestins des rapaces que les prêtres ouvraient devant Alexandre pour y lire son destin ou celui de ses armées. Nous sommes, nous, des hommes qui préférons les carburants des fusées, les instruments de mesure électroniques aux ciboires et aux fétiches. Tous nos symboles sont maintenant mathématiques; nous savons de quoi est fait le cri de la chouette, nous savons tout de la chouette, plus que la chouette elle-même, alors elle peut toujours ululer la nuit. J'ai dans l'idée que, tout au long de notre expédition, nous rencontrerons ainsi de nombreux signes qui sont autant de pièges. Je crois, poursuivit Abéraud, que nous devons continuer notre exploration et notre chasse. J'ai acquis une double conviction : ces signes, ces dessins, ces chiffres ne sont pas mystérieux, on sait ce qu'ils représentent; leur raison d'être est de frapper nos esprits et de nous dissuader de continuer. Je suis intimement persuadé que chacun d'entre vous serait bravement retourné seul à cet endroit, de sorte que nul n'a besoin d'apporter la preuve de son courage. Je vous sais tous déterminés. Je propose qu'on ne gaspille pas plus d'une heure à attendre que chacun ait revu ces hiéroglyphes, chaque voyage durant à peu près dix minutes. Nous avons mieux à faire et la nuit passe vite. Ne nous attardons plus.

Ces paroles furent accueillies avec un soulagement évident. Chacun s'empressa de souscrire à la proposition du directeur adjoint des Prévisions. Nous repartîmes donc, colonne par un, dans une atmosphère améliorée. Seule persistait la suspicion. Et je me pris à souhaiter que l'expédition se poursuivît dans l'obscurité, tant j'appréhendais la perspective de croiser mon regard avec ceux des autres. Si je n'étais pas l'imprécateur, l'ennemi, qui parmi nous pouvait l'être? Nous nous enfonçâmes en suivant un boyau aussi étroit et suintant que le premier mais qui descendait abruptement vers les profondeurs.

Bien qu'un temps immense se soit écoulé depuis ces événements et que la tragédie les ait marqués, je ne puis évoquer cette descente dans le boyau suintant et abrupt sans sourire : ce fut, cette nuit-là, le seul moment de détente. La difficulté était que la pente se faisait de plus en plus glissante. Après cinq minutes de progression prudente, nous dûmes nous mettre pratiquement sur les fesses. Chacun s'appuyait sur les épaules de celui qui le précédait. Seulement, Abéraud, lui, n'avait personne devant lui. Et voici qu'il fut entraîné par la pente. Nous dégringolâmes dans la boue et nous atterrîmes sur un sol redevenu plat mais encore plus fangeux. Nous éprouvâmes des difficultés notables pour nous relever, tant nous étions enchevêtrés, entassés les uns sur les autres. Beaucoup d'entre nous avaient perdu leurs torches. Abéraud jugea nécessaire, non sans raison, de les récupérer. Le Rantec fut chargé de la mission. Et nous assistâmes au spectacle saisissant d'un cadre de *staff* imbu de tableaux de bord, de plans de financement et de direction par objectifs, remontant à quatre pattes un boyau abrupt à quelque trente mètres au-dessous de la salle des ordinateurs de son entreprise. Comme il avait remonté un bon tiers de la pente, Abéraud lui demanda de dérouler sa corde et de l'attacher quelque part en haut pour préparer le retour. Le Rantec s'acquitta à la perfection de sa tâche : il redescendit normalement en se retenant à la corde et rapporta les torches égarées. Alors nous examinâmes l'endroit où nous étions arrivés. C'était une vaste salle ronde aux parois lisses et brillantes. Le boyau que nous avions emprunté et qui débouchait sur cette salle se continuait en droite ligne en repartant du côté opposé. Nos douze torches éclairaient correctement cette sorte de crypte et nous eûmes le loisir de nous inspecter. Nos vêtements, nos visages étaient souillés de boue. Habillés de nos capes maculées, parfois déchirées, chaussés de nos bottes alourdies par la fange, nos visages d'une pâleur insolite accentuée par la lumière des torches, nos chevelures hirsutes, nos yeux agrandis, nous formions une troupe extravagante et lamentable. Peut-être avions-nous au fond quelque chose de comique, mais nul d'entre nous ne songeait à rire. Abéraud consulta sa montre et annonça :

— Il est 1 h 10, nous pouvons continuer encore une heure; après quoi, nous devrons revenir sur nos pas si nous voulons rejoindre notre point de départ vers 5 h du matin.

J'eus l'impression que ces messieurs n'étaient pas très enthousiastes. D'ailleurs, Portal questionna timidement :

— Que cherchons-nous exactement ici? Le but de l'expédition est-il simplement de reconnaître les sous-sols de l'entreprise?

Il avait exprimé tout haut ce que la majorité de ses collègues pensaient tout bas. Abéraud ne se démonta pas et fut, comme on va le voir, quelques minutes plus tard, magnifiquement servi par les circonstances. D'abord, il répondit :

— Nous cherchons l'homme qui nous ridiculise au sein de l'entreprise, qui tente de nous diminuer dans l'esprit du personnel, qui prétend que nous ne servons à rien, que nous usurpons notre pouvoir, qui monte contre nous les employés, les cadres subalternes et supérieurs et même, récemment, les directeurs de divisions; je suis certain qu'il a installé ses quartiers dans les souterrains et que c'est là que nous lui tomberons dessus; encore une fois, il y faut de la patience car si nous, nous découvrons les lieux, lui il les connaît.

Abéraud, en prononçant ces paroles, s'était montré malin. Cette fois, il n'avait pas parlé de croisade au service de Rosserys & Mitchell, symbole d'une société qu'il convenait de défendre, mais des intérêts spécifiques et personnels des principaux cadres. Et c'était vrai qu'à la longue les activités de ce mystérieux agresseur auraient au moins pour effet de les amoindrir, eux, les cadres du *staff*, souvent détestés par les cadres *on line*. Nous nous apprêtions à repartir, c'est-à-dire à nous engouffrer dans le boyau qui prolongeait celui d'où nous venions, quand nous entendîmes des bruits de pas provenant précisément du souterrain que nous nous préparions à emprunter. Le silence s'établit et l'intérêt de l'expédition, un instant mis en cause, se rétablit. Abéraud murmura : « Éteignez vos torches », ce que nous fîmes promptement. Nous restâmes longtemps à écouter. Aucun bruit ne nous parvenait. Puis, de nouveau, des pas, qui se rapprochèrent de nous. Nous étions là, le cœur battant, et nous attendions celui qui, sans le savoir, venait vers nous. Comme les pas étaient maintenant tout proches, j'eus le sentiment que l'homme n'était pas seul. Abéraud souffla :

— Ce pourrait bien être l'homme que nous recherchons, tenez-vous prêts à le capturer; restez où vous êtes et, dès que vous apercevrez sa torche, laissez-le pénétrer vers le centre de la salle et entourez-le; surtout, empêchez-le de fuir soit par le boyau qui nous a conduits ici soit par celui d'où il vient; attention... silence.

Un homme surgit du souterrain, une torche à la main. Il avança vers nous. Abéraud poussa un cri :

— En avant! Bouchez les deux issues! Cernez-le!

Nous nous précipitâmes. Alors l'homme se mit à hurler :

— A moi! A moi!

D'autres hommes surgirent et il s'ensuivit une bousculade. Plusieurs d'entre nous furent projetés à terre: Des torches s'éteignirent :

— Je le tiens! Je le tiens! cria Brignon.

— Lâche-moi, idiot, tu me serres la gorge, c'est moi, Vasson!

— Non, tu n'es pas Vasson! Éclairez-moi, quelqu'un!

Je braquai ma torche en direction de ces cris et effectivement je reconnus Vasson que Brignon commençait d'étrangler :

— C'est Vasson! criai-je, lâchez-le!

Brignon, aussi confus que surexcité, s'excusa et ramassa sa torche. Cependant, la mêlée se poursuivait aux quatre coins de cette salle. Tout à coup, nous entendîmes la voix de Musterffies :

— Messieurs, c'est un malentendu! Arrêtez, je vous en prie, il n'y a pas d'imprécateur ici!

Le tumulte cessa instantanément. Les torches éteintes se rallumèrent. Et, bientôt, nous pûmes faire le point de la situation. Étaient réunis dans cette salle : Musterffies, Ronson, Saint-Ramé, Roustev, King Voster, le détective français, les douze cadres principaux de Rosserys & Mitchell-France. Et les explications commencèrent. Je ne fus pas étonné d'apprendre de la bouche de Saint-Ramé qu'étant au courant de l'expédition projetée par les cadres, il avait décidé de son côté de faire un tour dans les souterrains. La même idée avait amené les Américains et King Voster. Roustev et le détective français avaient décidé d'y aller ensemble. Les raisons de la présence de tout ce monde dans les souterrains de l'entreprise étaient donc claires. Ce qui l'était moins, c'était le manque de coordination. Si j'avais bien compris, Saint-Ramé était descendu tout seul; puis les Américains et King Voster étaient descendus de leur côté; enfin, Roustev et le détective français avaient imaginé leur propre expédition. Chacun dut alors raconter comment il était arrivé dans cette crypte. Voici ce qui ressortit de ces explications : Roustev et le détective français avaient descellé une dalle différente de la nôtre, ensuite emprunté un petit boyau qui les avait conduits en aval de la salle ronde. Les Américains avaient pratiqué une ouverture au-dessous de la salle des loisirs, ce qui les avait conduits droit sur le boyau abrupt que nous avions descendu en glissant. Puis ils avaient exploré le souterrain prolongeant le boyau et, ayant entendu des voix (les nôtres), ils avaient rebroussé chemin. Saint-Ramé dit :

— Je suis entré par le cimetière.

— Par le cimetière? reprit Abéraud.

— Oui, j'ai eu l'idée qu'on pouvait accéder aux souterrains de l'entreprise en utilisant comme entrée un monumental caveau tout neuf en marbre vert et noir.

— Comment cette idée vous est-elle venue, monsieur? demanda Le Rantec d'un ton aussi surpris que respectueux.

« La hiérarchie reprend ses droits, me dis-je, et il est naturel et bon qu'elle les reprenne par le truchement du superbe cadre technocrate pseudo-économiste Le Rantec. »

— Eh bien, répondit Saint-Ramé avec simplicité, comme s'il se fût trouvé dans son bureau en conférence hebdomadaire, je dois dire qu'un détail m'avait frappé dans ces rouleaux qui furent distribués à trois reprises au personnel : ce détail, c'est le ruban vert et noir; et, tandis que je me promenais l'autre jour dans une allée du Père-Lachaise, je suis tombé en arrêt devant le monumental tombeau; un déclic joua dans mon esprit, et j'associai les couleurs du marbre à celles des rubans; mon attention ainsi requise, je constatai combien ce tombeau était, à vol d'oiseau, proche de notre entreprise; l'hypothèse qu'un individu malintentionné à l'égard de Rosserys & Mitchell-France aurait pu se servir de ce caveau pour s'introduire dans les sous-sols s'imposa à moi, quoique je ne susse point si des morts dormaient là ou non, et que je ne me fusse jamais vraiment penché sur la topographie des sous-sols. Ce n'était encore qu'une intuition. Mais je procédai à certaines vérifications; d'une part, je m'assurai auprès de la Ville de Paris que personne n'était allongé roide à l'intérieur de ce caveau. D'autre part, je me procurai par l'intermédiaire de l'une de mes relations au ministère de l'Intérieur une carte du sous-sol au-dessus duquel s'élevait notre immeuble de verre et d'acier; j'en conclus qu'il était enfantin de pénétrer au-dessous de chez nous par le caveau, en pratiquant une brèche dans son plancher de ciment. Je me doutais bien et, pour ne rien vous cacher, je détenais quelques informations selon lesquelles et par des voies diverses tous ceux qui avaient à cœur de défendre notre entreprise et de démasquer son ennemi malin essaieraient cette nuit d'en explorer les boyaux et toutes les entrailles. Cela me détermina à expérimenter la voie d'accès par le caveau, et j'étais sûr de rencontrer ici la plupart d'entre vous. Au fait, avez-vous trouvé quelque chose d'intéressant?

— Ça alors, nous avons eu la même idée que vous! s'exclama Yritieri, nous aussi ou plutôt Thierry avait été frappé par l'analogie des couleurs du caveau et des rubans.

— Ça ne m'étonne pas de M. Abéraud, observa gravement Saint-Ramé.

— Nous n'avons rien trouvé de très significatif, dit Abéraud, en réponse à la question du directeur général, mais j'espère que ça ne saurait tarder.

Pendant que ces messieurs échangeaient leurs observations, je méditais sur le langage qu'une fois de plus Saint-Ramé avait adopté. Des expressions du genre :

« Je m'assurai que personne n'était allongé roide » ou « notre immeuble de verre et d'acier » me rappelaient les dérapages de vocabulaire auxquels j'avais assisté auparavant. Je méditais aussi sur le ton ambigu d'Abéraud lorsqu'il avait dit : « J'espère que ça ne saurait tarder. » Non loin de moi, je distinguais Musterffies et King Voster qui prêtaient l'oreille à des propos que leur tenait Roustev. Sans doute traduisait-il les paroles de Saint-Ramé et d'Abéraud. Je commençais à avoir froid et, bien que chaudement vêtu, ressentais les effets de l'humidité. Aussi fut-ce avec un soulagement compréhensible que j'entendis Abéraud proposer en américain :

— Monsieur le Président, si vous n'y voyez pas d'inconvénients, je crois qu'il est maintenant temps de remonter à la surface; nous avons installé une corde qui facilitera l'ascension du boyau glissant. Si vous le permettez, je me placerai derrière vous au cas où vous auriez besoin d'une aide quelconque.

— Et moi devant vous, si vous le voulez bien! s'écria Le Rantec, je connais bien le chemin, c'est moi qui ai installé la corde!

L'expédition était terminée. Les réflexes des principaux cadres leur étaient revenus, les lois de l'entreprise de nouveau appliquées.

— Très bien, messieurs, merci, j'accepte vos propositions, dit Musterffies, malgré mon âge et la vie mouvementée que j'ai menée, ah, ah, ah, pas vrai, Bernie? j'espère que j'y arriverai tout seul! Ah, Bernie, dis-leur un peu si j'avais besoin qu'on me pousse et qu'on me tire il y a encore quatre ou cinq ans, dans le quartier indien d'Asuncion! Ah, ah, ah, tu t'en souviens, Bernie?

Ronson ne répondait pas. En général, quoique peu loquace, il répondait toujours aux interpellations de Musterffies.

— Eh, Bernie ? Où es-tu ? Tu étais là tout à l'heure ! Que diable, tu n'as pas disparu ! Ce n'est pas le moment que je te perde, Bernie !

Alors nous entendîmes une voix plus caverneuse que jamais, légèrement enrouée, qui venait du fond de la salle ronde aux parois lisses et brillantes.

— Oui, Adams, je suis là, je me souviens d'Asuncion, mais figuretoi que je viens de découvrir quelque chose d'étrange.

Toutes les torches se braquèrent en même temps dans la direction du délégué de Des Moines à Paris. Il était debout, les jambes écartées, bien plantées sur le sol fangeux, dans l'attitude d'un sergent de « marines », silhouette irréelle baignant dans la lumière blafarde des torches que les principaux cadres, leurs chefs et les policiers dirigeaient vers lui en tremblotant.

— Qu'as-tu trouvé, Bernie ? demanda Musterffies, la voix un peu cassée.

— Ça, répondit Ronson sèchement, et il tendit une longue feuille à peine tachée de boue à son auditoire, fantomatique et pétrifié. Cette scène et ce qui suivit sont l'un des souvenirs les plus intenses que je conserve de cette aventure. Nous n'avions pas eu le temps de faire un geste ou un pas que l'un des cadres s'écria, d'une voix rauque :

— Un stencil !

C'était Abéraud. Abéraud qui, à distance et dans une lumière peu franche, avait quand même réussi à identifier le papier. Je pense quant à moi qu'il avait plus compris que vu, tant sa conviction était établie que la solution des problèmes résidait là, à trente mètres audessous de l'immeuble de verre et d'acier. Abéraud, lui, savait ce qu'il cherchait, il était donc normal qu'il s'attendît à le trouver. C'était un stencil, en effet, c'est-à-dire un papier permettant la reproduction à l'infini de ce qui est écrit sur lui. Musterffies avança vers Ronson et nous nous groupâmes autour d'eux.

— C'est en français, dit le vice-président, qui veut nous traduire ?

J'étais immédiatement derrière lui. Je pris le stencil de ses mains et, à l'aide de ma torche, lus ce qui serait devenu la quatrième imprécation si nous n'avions par hasard découvert le document original. Voici ce que je vis et voici ce que je lus cette nuit-là, à haute voix, et en américain, dans la salle vaste et ronde aux parois lisses et brillantes.

QUE SAVENT-ILS,
CEUX QUI DIRIGENT ROSSERYS & MITCHELL?

Ils savent que, gagner de l'argent, c'est la seule activité qui vaille. Ils savent que c'est cela, l'important, et que tout le reste, comme ils disent, c'est de la littérature. Ils savent que le pouvoir temporel est plus important que le pouvoir intemporel. Ils aiment les écrivains, les peintres et les musiciens morts, mais non ceux qui vivent et travaillent dans le même temps qu'eux. Ils ne craignent Dieu que quand ils sont petits ou quand ils sont près de mourir. Ils savent que les rapports entre les individus et entre les peuples ne sont fondés que sur la force et la richesse. Ils savent qu'en ce bas monde un bon banquier est plus utile qu'un bon confesseur ou qu'une femme aimante. Ils savent que l'homme et la terre ont été créés pour dominer l'univers et que, sous le soleil, rien ne vaut un bon gisement de cuivre, une vaste nappe de pétrole, un immense troupeau de bêtes à cornes et à poils. Ils savent que les hommes ne naissent pas égaux entre eux, que ce sont là des histoires et que, si des peuples l'inscrivent dans des constitutions, c'est tout simplement parce que c'est plus satisfaisant pour l'esprit, plus commode dans les rapports sociaux. Ils savent qu'il en est de même pour ceux qui disent qu'ils croient en Dieu. Ils savent que tout s'achète et que tout se vend. Ainsi achètent-ils des quantités importantes d'hommes politiques et de gens d'Église, qu'ils revendent ensuite avec de solides plus-values. Ils savent qu'on n'a qu'une vie, que cela seul importe, et que tous les excès de l'homme sont finalement soit oubliés dans la nuit des temps, soit pardonnés par l'Histoire. Qui pourrait en vouloir aujourd'hui à un riche planteur du Missouri d'avoir, sa vie durant, violé les négresses et enterré vivants leurs esclaves de maris? Le planteur est-il en enfer? Et où est l'enfer? Le fait est qu'il a vécu bien vieux, riche, redouté, qu'il eut de nombreux enfants et petits-enfants, et que ceux-ci ne furent frappés d'aucune maladie divine, qu'ils agrandirent les terres de l'ancêtre et qu'ils engendrèrent à leur tour. Qui médit encore aujourd'hui du juge Sewall qui condamna cruellement et stupidement les « sorcières de Salem »? Ceux qui dirigent Rosserys & Mitchell savent tout cela, ils ont bien appris la leçon. Ils savent aussi qu'ils sont les citoyens du pays le plus puissant que le monde ait connu. Ils savent que leurs chefs militaires commandent à des armes et des armées capables de mettre à la raison n'importe quel pays du monde, y compris la dictature de l'Est. Ils savent que ce qu'on appelle le patriotisme ou la dignité d'un peuple ne signifie rien du tout. Ils savent que tous les peuples sont veules, qu'ils ne pensent qu'à leur commerce, qu'ils admirent profondément la richesse et la générosité des États-Unis d'Amérique du Nord, la sagesse, la probité et la clairvoyance de ses dirigeants et, tout particulièrement, de ses génies, ceux qui, partis de rien, ont bâti un empire, des empires, ceux qui ont commencé à vendre des sandales de caoutchouc et qui ont fini à la tête de nombreuses et puissantes fabriques de peaux de boucs, de fourrures de phoques, de biscuits chocolatés. Ce sont eux, les grands exemples de l'humanité, c'est pour eux que Dieu a créé les hévéas. Ils savent, ceux qui dirigent Rosserys & Mitchell, transformer une boîte de cornichons en plusieurs boîtes de cornichons, ensuite en plusieurs boîtes de biscuits, ensuite en plusieurs flacons de térébenthine, puis en immeubles, en tuyaux de fonte, en réfrigérateurs. Et, après, ils savent construire les vaisseaux qui enfermeront dans leurs flancs des milliers de boîtes de toutes sortes, des tonnes de carburant, et encore ils savent décharger ces boîtes et ce carburant sur les quais des pays lointains, d'où ils reviennent chargés de tapis, de truffes, de noix de coco, de cannelle, de café, et ensuite ils achètent, vendent et rachètent, empruntent et prêtent. Ce faisant, ils indiquent le véritable sens de la vie, ils méritent de guider le monde. Ils savent que les poèmes sont écrits par les fous pour ceux qui sont fous, les sonates et concertos pour ceux qui sont superficiels, et que les prières sont dites par les gens faibles pour les gens faibles. Ils savent que les idéologies ne pèsent d'aucun poids dans les rapports entre États ou collectivités humaines et qu'en définitive chacun se réconcilie avec chacun devant un bon sac d'or. Ils savent qu'un dollar ou un rouble doivent toujours donner deux dollars ou deux roubles et que le moyen d'obtenir ce résultat, c'est la ruse, le cynisme et l'imagination mercantile. Aujourd'hui, ils savent utiliser au mieux les découvertes de la science pour accroître la production de l'argent avant même celle des marchandises. Ils savent acheter aussi bien une entreprise de location de voitures aux USA qu'une conserverie de poissons aux Pays-Bas ou des usines de jus de tomate en France. Ils savent que, l'important, c'est de tout acheter, de tout avoir, de tout manipuler, et non d'accorder les forces financières, industrielles et commerciales aux besoins des peuples. Ils savent que fabriquer des chaises ou des automobiles n'est pas nécessaire ni primordial, mais que seule compte la somme des bénéfices qu'à la fin de l'année rapporteront ces fabrications. De nos jours, les dirigeants de Rosserys & Mitchell savent même abattre des gouvernements, noyauter les conférences internationales, couler une monnaie, provoquer des guerres et les arrêter au moment opportun pour leurs intérêts. Ainsi qu'on le voit, ils savent beaucoup de choses. Et, comme on peut le supposer, il leur faut disposer d'immenses capacités intellectuelles et morales pour assumer des tâches aussi lourdes. Heureusement qu'ils sont là. C'est pourquoi, prions Dieu que notre société gagne la guerre économique pour le plus grand bonheur de tous les hommes et supplions-Le de garder en bonne santé les chefs qui veillent sur notre croissance et notre expansion. En dévoilant un peu de ce qu'ils savent et de ce qu'ils supportent, j'aurai contribué à les faire mieux respecter.

A peine eus-je terminé cette lecture à voix haute et en américain que les deux détectives se détachèrent du groupe et allèrent en silence se poster l'un à l'entrée du boyau nº 1, l'autre à celle du boyau nº 2. Ainsi, les deux issues étaient gardées et aucun d'entre nous n'aurait pu prendre la fuite. Car, désormais, il ne faisait plus de doute que ce stencil était tombé de la poche de l'une des personnes présentes cette nuit-là dans la salle aux parois lisses et brillantes. Le coupable, l'imprécateur, était parmi nous. Nul ne soufflait mot. Au fond de nous-mêmes, et bien qu'on eût répété cent fois que l'agitateur était à coup sûr un homme haut placé dans la firme, ayant accès aux dossiers essentiels de l'entreprise, nous n'avions pas vraiment cru qu'il était l'un de nous. Mais voici que nous devions nous rendre à l'évidence, affronter la désagréable vérité : quelqu'un ici avait calculé d'abord de semer le trouble, ensuite la peur et même le malheur et l'épouvante à l'intérieur de Rosserys & Mitchell-France. Qui? Et pourquoi? Les collaborateurs présents cette nuit-là dans les boyaux étaient tous très bien payés et jouissaient d'un niveau de vie élevé. Leurs habitations étaient bourgeoises, leurs femmes et leurs enfants dodus et surveillés par les meilleurs médecins que les facultés de Médecine pouvaient à l'époque former en Occident et au Japon. L'hiver et l'été, ils utilisaient plus que la majorité des salariés les remonte-pentes, les bateaux à moteur ou à voile, et leurs enfants mangeaient des glaces et des gâteaux à satiété. En outre, aucun à ma connaissance n'avait de formation révolutionnaire, sauf peut-être Le Rantec qui appartenait au parti socialiste révolutionnaire. Mais j'ai déjà eu l'occasion, au cours de cette narration, de décrire ces cadres technocrates huppés, réputés à gauche, qui, en vérité, faisaient la joie et l'orgueil des maréchaux et des banquiers, heureux d'avoir à leur table et à leur solde, quand ce n'était pas au chevet de leur lit, ces représentants de gauche de la direction par objectifs. Il me paraissait donc incohérent que le cadre de *staff* Le Rantec, plus ou moins affilié au PSR, ait eu l'audace et la profondeur spirituelle de tromper son monde au point de monter un coup politique de cette envergure contre l'état-major de la société multinationale et ses dirigeants français. Cela dit, si les chefs des puissantes compagnies de cette époque et les théoriciens de la gestion enseignant dans les universités avaient maîtrisé certains aspects de la direction des entreprises, leur échec était formidable dans le domaine de la psychologie du commandement et de la politique interne. Le spectacle pitoyable qu'offraient ces messieurs déguisés, boueux, grelottants, rassemblés dans cette sorte de crypte, méfiants, haineux, incapables de réagir, témoignait de la faillite des rapports humains qu'ils avaient fait semblant d'instaurer entre eux. Il ne faut pas oublier qu'ils étaient fort représentatifs des *managers* et cadres principaux de ce temps-là. A ce stade du récit, et à peu près au moment où celui-ci va basculer dans la tragédie proprement dite, il n'est pas mauvais de se demander pourquoi ces gens en étaient arrivés là, c'est-à-dire dans cet état aussi bien physique que mental, et dans une situation qui, quand même, était complètement ridicule. A la vérité, les événements survenus dans l'entreprise étaient-ils objectivement si graves que cela? Que s'était-il passé? Un texte puis deux autres avaient été distribués au personnel dans des conditions mal élucidées. Soit. Que disaient ces textes? Au fond, rien de fondamental. Juste de quoi susciter une enquête assez routinière. Une grève d'une semaine portait d'ordinaire des coups beaucoup plus graves à une entreprise. Puis un collaborateur imitait la voix du directeur général, semait la perturbation, notamment à l'occasion des obsèques d'un cadre supérieur. Certes, de voir un catafalque mystérieusement dressé en pleine nuit dans le grand hall d'une entreprise a de quoi frapper l'imagination. Mais il existe une différence entre frapper l'imagination et déranger les esprits. Donc, de l'analyse des faits, il ressort que ceux-ci n'avaient rien de follement dramatique. Alors, pourquoi avaient-ils cependant déclenché tant de panique, de nervosité, au point de conduire des gens raisonnables et, quels que fussent leurs défauts, pour la plupart responsables, à trente mètres sous terre et dans une impasse invraisemblable? Bien sûr, il convient de ne pas omettre au titre des calamités l'apparition d'une fêlure dans l'un des murs porteurs du soubassement est. Mais, en dehors de la coïncidence, rien ne démontrait que cette fêlure fût liée aux imprécations et aux obsèques grotesques d'Arangrude. En conclusion, ces événements prouvaient que les nerfs des dirigeants et des cadres directeurs de ces entreprises étaient à l'époque moins solides que leur *cash-flow*. Là résidait l'explication. Et c'est évidemment ce qu'avait étudié et compris l'homme qui, un beau matin, s'était mis dans la tête d'éprouver ces nerfs, ces caractères, ces pauvres énergies. Assurément, après ces péripéties, et pour peu qu'elles fussent rendues publiques, la direction des sociétés de ce genre subirait d'importantes modifications et il ne suffirait plus d'engager un malheureux psychosociologue, comme on disait alors, pour s'estimer quitte d'un certain nombre de problèmes en les croyant réglés. Et, tout en luttant contre les frissons qui parcouraient mon échine, je songeais à une espèce d'épitaphe susceptible de résumer à l'intention des générations à venir l'histoire que je vivais : « Ici se dressa l'immeuble de verre et d'acier de la société Rosserys & Mitchell-France. Et, à l'intérieur de ses murs, des hommes avisés et compétents installèrent avec bonheur la direction par objectifs. Ici fut appliquée avec dextérité la théorie du *staff and line* et de la gestion intégrée. D'ici surgit un jour l'un des plus beaux *cash-flow* du monde. Ici donc vécurent, satisfaits, des dirigeants assidus, puissants, comblés et, surtout, humains. Pourtant, ils disparurent dans les profondeurs et personne ne les revit plus jamais. Paix à leurs cerveaux. »

Qu'on se rassure : cette nuit-là, nous réussîmes à remonter à la surface.

Auparavant, il nous faut reprendre ces malheureux à l'endroit où nous les avions laissés, à savoir dans la crypte souterraine et assommés, à l'exception d'Abéraud, par l'évidence qui venait de se manifester : l'un d'eux avait perdu le stencil de la quatrième imprécation, qu'il se préparait à imprimer puis à distribuer. Ce texte sonnait comme une fin. Il n'abordait plus de questions précises mais développait un seul thème : l'argent. Le gain. En somme, la piraterie et le paganisme. Il ne s'encombrait plus d'humour. Tout cela sentait l'homme aux abois, pressé d'en finir, exprimant d'un coup ses reproches. Une courte enquête fut menée sur-le-champ. A la fin de ma lecture, personne n'avait osé prendre la parole. Adams J. Musterffies dut se dévouer. Je reconnus que McGanter avait raison : le vice-président n'était pas l'homme des situations difficiles. Il avait peur d'affronter la triste réalité : un traître travaillait au *staff*. Il dit d'une voix blanche :

— Nous ne pouvons en rester là. Si quelqu'un ici possédait ce papier dans sa poche, le mieux est qu'il se dénonce pour lever l'effroyable suspicion qui pèse sur nous. Comment pourrons-nous nous asseoir ce matin dans nos fauteuils et prendre des décisions judicieuses, de nature à augmenter notre capacité d'autofinancement, si nous ne sommes pas libérés de ce poids? Que celui qui a écrit, roulé, noué, distribué, imité, lève sa torche puis la ramène sous son menton pour éclairer son visage. S'il se dénonce, il lui sera beaucoup pardonné. En particulier, Bernie et moi ferons tout notre possible auprès de notre cher et génial président McGanter pour que l'identité du coupable ne soit pas divulguée, qu'elle demeure le secret du *staff*, qu'elle ne soit jamais connue des cadres et employés qui sont *on line*. Je suis sûr que Ralph nous écoutera. Ne sommes-nous point ses meilleurs et plus anciens compagnons, pas vrai, Bernie?

— Oui, acquiesça Ronson, nous sommes les meilleurs et les plus anciens compagnons de notre cher Ralph.

En entendant les paroles de Musterffies, je me souvins du discours que j'avais envisagé lors de la grande réunion d'information dans la salle de conférences du sous-sol. J'avais imaginé, en effet, un discours du genre : que celui qui a écrit, roulé, noué, distribué, imité, se lève, oui, qu'il se lève et il sera loué par nous et même récompensé! Il était surprenant que Musterffies ait été conduit à parler un peu de cette manière, et ceci constitua à mes yeux une preuve supplémentaire que, décidément, depuis le début de cette incroyable affaire, le langage subissait d'inexplicables déprédations. Au fond, plus le *cash-flow* se portait bien, plus le langage se détériorait. Voilà qui me parut hautement symbolique du sens qu'il convenait d'attribuer à l'ensemble des événements et, sans doute, de la moralité qu'il faudrait tirer plus tard de l'histoire. Aucune torche ne s'éleva en réponse à la supplication du vice-président international, aucune lumière n'éclaira aucun visage. Alors Ronson, passablement irrité, déclara :

— Le vice-président a raison sur un point : avant de remonter à la surface, nous devons profiter de ce flagrant délit pour fouiller les poches de chacun d'entre vous. Levez tous vos torches en l'air et tenez-les à deux mains!

Nous obéîmes. La scène prit une tournure fantastique. Dix-huit torches s'élevèrent en même temps, car Ronson éleva aussi la sienne.

— Et maintenant, reprit-il, Voster, voulez-vous commencer la fouille et vous emparer de tout papier ou objet qui vous paraîtrait compromettant; vous pouvez vous faire aider par votre collègue français; commencez par le vice-président, continuez par moi, puis par Henri, puis par Roustev, puis par qui vous voudrez.

La hiérarchie fut donc respectée. Les deux détectives fouillèrent minutieusement nos poches, nos sacs, tâtèrent nos vêtements et ne découvrirent rien. Force fut de repartir sans avoir le moins du monde détendu l'atmosphère, atténué la suspicion. Abéraud et Le Rantec se dépensèrent sans compter pour hisser Musterffies au sommet du boyau glissant. La troupe repassa sans mot dire devant les portraits et les chiffres gravés dans la pierre. Vers 5 h du matin, nous nous retrouvâmes crottés, trempés, hagards, auprès de la salle audio-visuelle. Chacun n'avait qu'une idée : rentrer chez lui, prendre un bain, dormir quelques heures. Mais Ronson ne l'entendit pas ainsi. Sa voix claqua :

— Je m'excuse de retarder votre retour chez vous, mais j'estime indispensable de nous réunir immédiatement et de discuter à chaud, si j'ose dire, des événements de la nuit. Allons dans la salle audio-visuelle, elle est bien chauffée, c'est déjà un avantage.

— Bonne idée, c'est exactement ce que j'allais proposer, dit Musterffies, de plus en plus insignifiant et dépassé.

Nous entrâmes dans la salle audio-visuelle. Musterffies présida, avec à sa droite Saint-Ramé et, à sa gauche, Ronson. La réunion allait commencer lorsque soudain on frappa à la porte. Nous sursautâmes tous, y compris Ronson, ce qui en disait long sur notre nervosité. Il est vrai que nous ne vivions plus depuis plusieurs heures dans la réalité et que nous étions harassés.

— Entrez, dit Ronson.

La porte s'ouvrit et l'un des gardiens de nuit apparut :

— Excusez-moi, balbutia-t-il, stupéfait de nous voir là et dans cet accoutrement, j'avais entendu du bruit et je suis venu voir mais... Comment êtes-vous entrés? s'enquit-il brusquement.

— Ne vous posez pas de questions pour l'instant, mon cher monsieur, répondit aimablement Ronson, vous avez bien fait de venir, ce qui prouve que vous faites bien votre travail; on vous en tiendra compte... Attention, ajouta-t-il, sévère, une seule chose : ne dites à personne et sous aucun prétexte ce que vous avez vu ce soir; tout individu vous questionnant à ce sujet doit m'être signalé à moi ou à l'un des directeurs de l'entreprise; vous pouvez rentrer chez vous; merci et bonsoir.

— Vous... vous ne voulez pas un peu de café? demanda en hésitant le brave homme qui, visiblement, n'en revenait pas de ce spectacle.

— Ah... du café... » Ronson ne répondit pas tout de suite. C'est qu'un peu de café aurait fait du bien à tout le monde. Mais le délégué avait décidé de profiter de notre fatigue pour provoquer les fautes. C'est en tout cas ainsi que j'interprétai sa réponse : « Merci, mon cher, nous prendrons du café plus tard. »

Personne ne protesta et le gardien s'en fut non sans avoir jeté un dernier regard à la ronde comme si le diable avait réuni l'un de ses commandos dans la salle audio-visuelle de Rosserys & Mitchell-France. Et cette réunion fantasmagorique commença. La chaleur de la pièce fit rapidement fumer nos vêtements mouillés et crottés. Des vapeurs blanchâtres montèrent peu à peu vers le plafond. J'essayai de rester attentif, car j'avais le sentiment que je vivais là des minutes que peu de cadres du monde auraient l'occasion de vivre, et encore moins de directeurs des Relations humaines. Je discernai à travers les petits nuages blancs qui voletaient ici et là que trois hommes conservaient leur calme et l'intégrité de leurs facultés intellectuelles : Ronson, Saint-Ramé et Thierry Abéraud. Les regards de ces hommes étaient vifs et, souvent, ils se croisaient entre eux comme des lames de rapière. Ronson me fixait souvent avec une extrême insistance. J'attribuai l'intérêt qu'il me portait au fait qu'il était le seul dans cette salle à savoir que j'avais rencontré la veille le président international, grand maître de la firme. McGanter lui avait-il confié qu'à son avis j'étais l'imprécateur, que je l'avais nié mollement et qu'il fallait me ménager? Je ne le pensais pas. En ce cas, l'attitude glaciale et la rogne du délégué de Des Moines n'auraient pas été justifiées. Bernie Ronson déclara :

— Avec l'accord du vice-président Adams J. Musterffies, et celui d'Henri, voici ce que j'ai à vous dire : d'abord je me suis laissé entraîner malgré moi dans cette aventure stupide. En près de trente ans de carrière à Rosserys & Mitchell-International, au cours desquels j'ai été amené à vivre dans presque tous les pays du monde, à accomplir des missions de tous ordres, à réagir à des situations complexes, inattendues, parfois dangereuses, c'est bien la première fois que je tiens une réunion comme celle-ci car, messieurs, regardez-vous, regardons-nous! Sont-ce là les cadres et les dirigeants français de la compagnie la plus puissante que le monde ait connue? Qui reconnaîtrait dans ces fantômes couverts de boue, enveloppés de vapeurs malodorantes, les hautes personnalités que notre société et nos universités ont formées et en faveur desquelles notre compagnie a dépensé des sommes considérables, des centaines de milliers de dollars, pour leur enseigner nos lois, nos règlements, les conditions d'un bon *cash-flow*, les techniques d'amortissement accéléré, les transferts de capitaux, les règles modernes de la trésorerie et de la fiscalité internationales? Et quelle est la raison de ce qu'il faut bien appeler une déchéance, une métamorphose grotesque? Un tremblement de terre? Un bombardement? Une guerre? Une révolution? Pas du tout. Il n'y a aucune raison. Je n'y vois qu'un réflexe ou une série de réflexes dominés par une inaptitude, une monstrueuse erreur de jugement ayant engendré de la panique. Et, après tout, que nous importe qu'un idiot innocent ou exalté ait imprimé et distribué des tracts brocardant les dirigeants de notre compagnie, mystifié des cadres et des employés en imitant la voix du directeur général? Nous l'aurions découvert bien assez tôt. Qu'avions-nous besoin de prendre cela au sérieux, de monter nous-mêmes en épingle une affaire subalterne? Quel est ou quels sont les mauvais génies qui ont si mal inspiré l'élite de notre *management* français? Auriez-vous, par hasard, perdu de vue qu'au moment où je vous parle les émirs arabes décident une démente augmentation du pétrole; que, ce faisant, ils outrepassent nos consignes, et qu'ils seront bientôt imités par les pays producteurs d'autres matières premières? Ignorez-vous que le dollar remonte et qu'il va, à bref délai, retrouver sa force grâce à la capacité manœuvrière de notre département d'État? Savez-vous seulement le rôle éminent qu'une compagnie comme la nôtre a joué dans cette opération? Êtes-vous indifférents, cadres de *staff* crottés, au rétablissement spectaculaire de l'économie de l'Amérique du Nord, devant qui s'ouvre désormais une ère nouvelle de domination et de protection des peuples de la terre contre les ennemis de la liberté de l'homme, c'est-à-dire contre eux-mêmes? N'êtes-vous donc pas conscients que, par voie de conséquence, le rayonnement des compagnies géantes, américaines et multinationales va connaître un renouveau, et que ceux qui avaient eu l'inconscience et l'impertinence de se dresser, d'attaquer, de mépriser ces compagnies, vont devoir faire amende honorable? Oui, messieurs, de la tenue, vous n'êtes pas l'élite de n'importe quelle entreprise, vous représentez autre chose que vous-mêmes, vous ne touchez pas vos hauts salaires uniquement pour ce que vous faites mais pour servir loyalement, fidèlement, l'esprit de Rosserys & Mitchell, les espoirs de Rosserys & Mitchell : en un mot, messieurs, la politique ambitieuse, noble, altruiste, œcuménique de Rosserys & Mitchell-International! A ce propos, je voudrais vous dire : vous avez sans doute remarqué, en bas, dans le boyau étroit et suintant, les portraits, gravés par l'agitateur, de nos fondateurs, Bill Dolfuss Rosserys et Richard Kenneth Mitchell, et vous vous êtes demandé pourquoi les dates de leur mort avaient été remplacées par des points d'interrogation. Eh bien, cet imprécateur, comme vous l'appelez, a eu raison : ils ne sont pas morts, ils vivent toujours, ils vivront toujours! » Et, en criant cela, Ronson frappa sauvagement la table. « Oui, ils vivront à travers vous, et leur œuvre sera poursuivie! Et cet imprécateur m'a donné une idée que je soumettrai au président McGanter dès ce soir à l'occasion de sa visite en France : accrocher dans le hall de toutes nos firmes du monde les portraits de nos fondateurs avec, au-dessous, leurs dates de naissance, mais des points d'interrogation à la place des dates de leur mort! Et maintenant, messieurs, une dernière précision : cette affaire subalterne ne l'est plus désormais dans la mesure où elle est au bord de compromettre l'image, la cohésion de l'équipe dirigeante de la firme française. Non seulement il est devenu capital de démasquer le traître, mais encore il est nécessaire qu'il soit durement châtié par nous. Il comparaîtra après sa capture devant un conseil de discipline, une Haute Cour d'entreprise composée des personnes ici présentes, auxquelles nous adjoindrons le directeur financier. Le coupable, est-il indispensable de vous le rappeler, il est ici, parmi nous, il m'écoute, il calcule, mais aussi, messieurs, croyez-moi, il n'en mène pas large. Car la justice de l'entreprise sera terrible, impitoyable, exemplaire! Et, d'ailleurs, si ces propos choquent l'un d'entre vous, qu'il le dise tout de suite! », s'écria Ronson, tout à coup hors de lui, en matraquant la table de son poing devant son auditoire sidéré et, cette fois, bien réveillé. Jamais nous n'avions vu cet homme discret, maître de lui, inquisiteur, perdre son sang-froid de la sorte. Musterffies, Saint-Ramé et Roustev eux-mêmes semblaient n'en pas croire leurs oreilles et le regardaient ébahis. Un bref coup d'œil à certains de mes collègues me confirma qu'ils partageaient à cette minute l'énorme appréhension qui me glaçait d'effroi. Ronson nous faisait peur. Nous n'étions plus dans une entreprise à la pointe de l'économie occidentale et mondiale, quels que fussent ses défauts, l'égoïsme et la lâcheté de sa politique, le cynisme de ses théories et de son règlement. Nous étions ailleurs. Oui, ailleurs. L'homme que nous avions devant nous, bavant de rage, les yeux injectés de sang, martelant maintenant presque toutes ses phrases, me rappelait de sinistres souvenirs. Il voulait donc juger le coupable. Juger! Les images de cette séance m'étreignent encore. Tout d'ailleurs contribuait à la rendre épouvantable : nos mises, nos visages blancs, pas rasés, crispés. Et cette vapeur qui s'échappait lentement de nos vêtements. Voici que nous n'étions plus loin de crever de chaleur; car, en arrivant trempés d'humidité glacée, nous avions conservé nos fameuses capes noires. Et maintenant nous n'osions plus les enlever de peur d'attirer l'attention ou les soupçons ou les foudres de monsieur le délégué de l'état-major international de Des Moines en France. « Oui! criait-il, je vous parle pour la première fois de la Justice d'Entreprise, car sans doute vous a-t-on appris bêtement qu'il n'existait que deux justices acceptables et souveraines : celle de Dieu et celle des hommes, des États et de leurs tribunaux civils et militaires! Bientôt, messieurs, ricana Ronson, attendez-vous à la Troisième Justice, celle de l'entreprise mondiale! Souvenez-vous : le jour où le monde ne sera plus qu'une seule et immense entreprise, alors ce jour-là ne régnera plus sur cette terre qu'une seule et unique justice : la nôtre! Celle de nos sœurs multinationales unies à nous! Celle de Rosserys & Mitchell! A quoi serait condamné notre homme par des tribunaux ordinaires? A rien. Le seul risque qu'il court est d'être licencié, et encore nous faudra-t-il verser des indemnités! Vous appelez ça une justice, vous? Non, vous la rendrez vous-mêmes, messieurs, et nous présiderons votre honorable tribunal. Je ne demanderai pas, moi, au coupable de se dénoncer. Au contraire, je lui conseille vivement de bien se cacher, de ne pas se faire prendre, car je le plains à l'avance! Nous le jugerons sur les lieux mêmes de son forfait, en bas, dans cette sorte de crypte où Dieu lui a fait perdre le stencil de sa sale imprécation! » Ronson tendit son doigt vers l'auditoire et menaça : « Cache-toi, vermine, cache-toi bien, nous te trouverons quand même et plus tôt que tu ne penses! L'idéal serait que ce fût aujourd'hui, en hommage à la visite du grand Ralph! Ah, si je pouvais lui offrir ce beau cadeau! Je ne désespère pas d'y parvenir! Messieurs, c'est tout ce que j'avais à vous dire. Je n'ouvre aucun débat. L'heure approche où l'entreprise va ouvrir ses portes, nous avons tout intérêt à ce que les employés, les cadres subalternes et supérieurs ne nous voient pas dans cet état, ni vous avec vos capes ridicules, ces cravates de bonnes femmes et ces numéros de saltimbanques. Allez, messieurs, au revoir.

Nous ne nous fîmes pas prier. Bouleversés par ces paroles terribles, nous nous dispersâmes sans mot dire rue Oberkampf sous les regards médusés de ceux qui prenaient le premier métro. Comme je franchissais la porte, j'entendis Ronson dire à Musterffies :

— Tu n'es qu'un con.

Je hélai un taxi et donnai mon adresse au chauffeur.

— Vous êtes malade, monsieur? me demanda celui-ci.

— Non, simplement un peu fatigué.

— Vous avez eu un accident de voiture?

— Non, dis-je, un accident tout court.

Je fermai les yeux, probablement un peu fébrile.

XXII

L'infirmière qui m'est attachée, celle qui reste en permanence à mon chevet, s'est penchée sur moi et me regarde d'un air attentif.

— Suis-je malade?

— Non, répondit-elle doucement, vous n'êtes pas malade, simplement un peu fatigué, mais les périodes où vous retrouvez votre forme sont de plus en plus longues et fréquentes.

— Ai-je eu un accident de voiture?

— Non, dit-elle en hésitant, vous avez eu un accident tout court.

Je fermai les yeux, probablement un peu fébrile.

Ce matin-là, contrairement à mes nuits blanches précédentes, je sentis que je devais me rendre au bureau à peu près à l'heure plutôt que de récupérer et dormir jusqu'à midi. Bien m'en prit car, comme je débouchais sur le boulevard Voltaire, je tombai sur un barrage de police qui déviait la circulation. Et le tronçon de la rue Oberkampf compris entre le boulevard Voltaire et notre immeuble de verre et d'acier était noir de monde. Je reconnus très vite que les gens qui stationnaient dans la rue n'étaient autres que les employés de mon entreprise.

— Que se passe-t-il? demandai-je à un agent de police.

— Je ne sais pas très bien, me répondit-il, je crois qu'on craint l'effondrement de l'immeuble de verre et d'acier qui se dresse là-bas au coin de l'avenue de la République et de la rue Oberkampf.

En d'autres circonstances, je n'eusse pas manqué de m'appesantir sur le vocabulaire et le style proprement inouïs de ce fonctionnaire de police, mais la nouvelle qu'il venait de m'apprendre était trop importante pour qu'elle n'occupât point la totalité de mon esprit.

— Je suis, dis-je, en exhibant ma carte d'identité d'entreprise, le directeur des Relations humaines de cette société, particulièrement responsable des questions de sécurité, je dois passer.

— Soit, dit l'agent, passez et bon courage.

En quelques minutes, je fus mêlé aux collaboratrices et collaborateurs qui, cette fois, n'exprimaient ni gaieté ni joie, mais au contraire beaucoup d'inquiétude. Lorsque je parvins devant l'immeuble, j'aperçus un deuxième cordon de police qui maintenait la foule à une dizaine de mètres de la grande porte. Des pompiers entraient et sortaient sans cesse. Le *staff* de Rosserys & Mitchell était là au complet. Les visages se ressentaient de la folle expédition, de la fatigue, du manque de sommeil. Je m'approchai de Saint-Ramé et m'enquis :

— Que s'est-il donc passé depuis que ce matin, à l'aube, nous avons quitté l'entreprise?

Le directeur général eut une moue qui ne lui ressemblait guère lorsqu'il affrontait une situation grave, une moue faite d'un mélange d'ironie et de fatalisme.

— Il s'est passé que vers 9 h 15 Roustev s'est affolé en constatant que non seulement la fêlure initiale s'était considérablement élargie, mais que d'autres étaient apparues sur presque tous les piliers du soubassement.

— Mais enfin, dis-je, je ne comprends pas que les experts consultés par Roustev n'aient pas une idée sur cette question.

— Vous savez, expliqua Saint-Ramé, il n'est pas toujours simple de savoir d'où viennent des fêlures dans les bâtiments; certaines sont tout à fait normales, c'est pourquoi elles n'inquiètent personne; les architectes sont habitués à voir apparaître des fêlures et il faut souvent beaucoup de temps pour en identifier les causes; mais la situation s'est compliquée, ajouta Saint-Ramé, car le gardien qui nous a vus cette nuit n'a pas tenu sa langue, ce qui fait que la plupart des collaborateurs sont maintenant au courant de notre expédition nocturne... Je ne sais pas vraiment comment tout cela va tourner, conclut le directeur général, rêveur.

— Que font tous ces pompiers? questionnai-je.

— Ils vérifient, avec l'aide des experts de la Ville de Paris et nos architectes, que l'immeuble est viable malgré toutes ces fissures.

Le personnel s'agitait. Il n'était question que de cette expédition des cadres et des dirigeants, la nuit, dans les souterrains. C'est alors que je compris le génie de la démarche de cet imprécateur. C'était vrai que son action était au bord de détruire l'entreprise. En récapitulant, je démontai ce mécanisme machiavélique. L'homme avait fui les sentiers battus. Il avait écarté de ses projets toute idée d'agitation orthodoxe : meetings, tracts usuels, sabotages, délation, etc. Il avait laissé les grèves aux syndicats. Puis il avait défini un concept au départ assez confus mais qui, maintenant, s'éclairait sous mes yeux : agir sur le mental de l'entreprise. Si une entreprise avait son corps avec ses machines, son administration, sa gestion, ses travailleurs, elle avait aussi son âme, son esprit. Au même titre qu'un individu, une entreprise pouvait donc être sensible à la peur, à la magie, à la superstition. L'avènement des ordinateurs, le développement formidable des compagnies multinationales n'avaient pas pour autant changé les hommes chargés d'y travailler ou de les diriger. Ils restaient des hommes soumis aux mêmes craintes. Et le résultat était là : dans une conjoncture économique et sociale favorable et relativement paisible, l'un des piliers de la société Rosserys & Mitchell-International menaçait de craquer. Ce pilier, la filiale française, perdait la tête. Pour des détails en définitive futiles, des hommes d'ordinaire peu suspects d'ésotérisme sombraient dans le ridicule, offraient au personnel et à la presse un spectacle affolant, incompréhensible. J'en étais là de ma rêverie lorsqu'une voix retentit, dominant la rumeur. Je sursautai et levai les yeux vers l'immeuble de verre et d'acier. Saint-Ramé, de la fenêtre de mon bureau, parlait à la foule dans le porte-voix de Rumin. Il était seul. Allait-il rééditer sa performance passée? En tout cas, il surprit tout le monde. J'en eus pour preuve les physionomies stupéfaites de Musterffies, de Ronson et de Roustev placés non loin de moi. Que préparait le directeur général, décidément de plus en plus inattendu? Comment se tirerait-il d'affaire? Qu'allait-il expliquer au personnel?

— Mesdames, messieurs, écoutez-moi attentivement, car j'ai à vous communiquer une nouvelle et, ensuite, à vous expliquer des faits qui vous touchent de près et que chacune et chacun d'entre vous ont présents à l'esprit à l'instant où je vous parle. D'abord la nouvelle : les experts viennent de m'informer que notre immeuble de verre et d'acier est en parfait état, qu'il n'existe aucune raison de s'alarmer. Les fêlures proviennent d'un léger tassement d'un secteur du sous-sol, ce qui, sur ce terrain, est parfaitement normal! Il se peut même que se produise un petit tassement supplémentaire, dont il ne faudra pas s'inquiéter outre mesure; après quoi, il n'y aura plus de tassement pendant au moins cent ans! Ça, c'était la nouvelle! Mais vous comprendrez aisément qu'en l'absence de ce diagnostic nous devions prendre des mesures de sécurité exceptionnelles, et ceci explique que ce matin nous ayons jugé préférable d'évacuer l'immeuble! Et maintenant, mesdames et messieurs, je voudrais vous informer sur un sujet dont j'ai entendu tout à l'heure qu'il vous préoccupait et qui, présenté d'une manière déformée, pourrait vous faire croire que vos dirigeants sont devenus fous! Cette nuit, en effet, le président Musterffies et moi-même, accompagnés de nos principaux collaborateurs, nous sommes descendus dans les souterrains de l'entreprise, précisément parce que certains d'entre nous étions inquiets de l'élargissement de la fêlure dans l'un des murs porteurs du soubassement est! Alors, pour en avoir le cœur net, nous avons décidé une expédition! Nous avons inspecté toute la nuit les piliers qui soutiennent notre immeuble de verre et d'acier! De nombreux boyaux étaient suintants, fangeux et glissants! Et nous chutâmes souvent! Lorsque, au petit matin, satisfaits de notre inspection, nous remontâmes, nous décidâmes de nous réunir sur-le-champ pour tirer les conclusions de notre examen des sous-sols! C'est alors qu'un brave gardien, attiré par le bruit, ouvrit la porte de la salle où nous siégions! J'avoue qu'à sa place j'aurais été aussi surpris, et

236

peut-être effrayé, que lui! C'est que, mesdames et messieurs, nous n'avions pas bonne mine et nous étions tout crottés! J'ajoute que la chaleur de la salle eut pour effet de faire fumer nos habits, de sorte que nous fûmes très vite enveloppés de vapeurs blanchâtres, ce qui a pu faire croire à notre brave gardien qu'il avait affaire à une assemblée de fantômes!

A ces mots, un rire massif et spontané secoua le personnel. Saint-Ramé gagnait la partie. Et il conclut :

— Mesdames messieurs, sachez donc que ce gardien recevra une augmentation spéciale à compter du début de l'année et à effet rétroactif! » La foule applaudit. « Je vous invite maintenant à reprendre votre travail! Vous n'ignorez pas que les matières premières vont coûter beaucoup plus cher et que la guerre du pétrole a éclaté sur notre planète! Et dans cette guerre, mesdames et messieurs, vous êtes, vous, membres du personnel de Rosserys & Mitchell-International, notre infanterie, notre vieille garde! Et je puis vous assurer que, tout au long de la tourmente, vos dirigeants seront dignes de vous, que l'entreprise sera conduite! Mesdames, messieurs, je vous remercie de m'avoir écouté avec autant d'attention et je vous invite à rentrer dans l'immeuble en bon ordre!

La foule applaudit à tout rompre et elle marcha en rangs serrés vers l'entrée de l'immeuble. C'est alors que, jetant un œil vers le groupe que formaient Musterffies, Ronson et Roustev, je vis qu'un quatrième personnage était, pendant le discours du directeur général, venu se joindre à eux. Il ne portait plus de pull à col roulé mais je reconnus ses lunettes d'écaille noire, sa silhouette nerveuse, sa tête de serpent. Ralph McGanter était là, presque incognito, car seuls les dirigeants l'avaient déjà rencontré en personne.

Sa firme française lui avait pour le moins réservé un accueil original.

XXIII

Ce matin-là, une réunion extraordinaire, la première du genre, se tint au 11e étage de l'immeuble de verre et d'acier. Une réunion présidée par Ralph McGanter, l'un des dix personnages les plus puissants du globe, qui, entouré de son vice-président Musterffies, de son âme damnée Bernie Ronson, de ses directeurs généraux français et des principaux cadres du *staff*, se fit donner un exposé exhaustif de cette situation sans précédent. La présence des principaux cadres accroissait le caractère exceptionnel de cette réunion. Il n'était pas d'usage, en effet, dans les compagnies géantes, américaines et multi-nationales de cette époque, de convier les cadres du *staff* à discuter d'un sujet important avec le président mondial. D'ordinaire, celui-ci délibérait d'abord et en secret avec des directeurs généraux; après quoi, ils décidaient de convoquer ou non, sur une question déter-minée, tel ou tel cadre. La coutume voulait parfois, mais pas toujours, qu'une sorte de lunch réunît ensuite, en fin de journée, les principaux cadres de l'entreprise, les directeurs de divisions et le président. A cette occasion, ceux-là pouvaient contempler celui-ci de près. Saint-Ramé présentait chacun d'eux entre deux misérables sandwiches, et McGanter posait sur ses cadres l'œil du maître sur l'impétrant. Des gens comme Le Rantec, technocrate de la gauche révolutionnaire, et, dans une moindre mesure, Brignon tournaient en rond autour de cet homme, dont on disait un peu partout qu'il manipulait une bonne quinzaine de gouvernements et les prix de nombreux produits manufacturés, comme des ablettes autour d'une lumière électrique. C'est dire qu'une vraie réunion de travail, au cours de laquelle chaque cadre avait la chance ou courait le risque d'être interrogé par l'empereur, avait de quoi marquer à jamais les mémoires des colla-borateurs du *staff*. Moi, je me sentais, à la vérité j'étais, dans une position originale. D'ailleurs, McGanter jouait avec moi parfaite-ment le jeu dont nous avions ensemble fixé les règles dans la brasserie. En dehors de Ronson, personne ne savait qu'on s'était rencontrés. De plus, il était bien le seul à être convaincu et, au demeurant, à se réjouir que je fusse l'imprécateur. Et cette conviction de détenir seul la solution de l'énigme, de l'avoir découverte si vite, l'avait visiblement mis en excellente humeur. C'est pourquoi il ne s'était pas formalisé de l'agitation qu'il avait trouvée à son arrivée. Il avait écouté avec délectation le rapport de Saint-Ramé selon lequel un être fantasque et irresponsable avait semé une perturbation légère dans l'entreprise. Le directeur général lui avait fourni des fêlures, de la folle équipée nocturne, du rassemblement des employés dans la rue, la même version que celle qu'il avait produite au personnel.

Bref, McGanter se frottait les mains d'une satisfaction morbide, celle qu'éprouve un président lorsqu'il a conscience de résoudre un problème insoluble à son état-major. La réunion prit donc un tour un peu burlesque, et seul j'en comprenais la raison.

— Mais alors, cet imprécateur, s'enquit le président, où est-il, où se cache-t-il à la fin des fins? Êtes-vous certains que ce soit un membre du personnel? Qu'envisagez-vous aujourd'hui, demain, pour prévenir ses méfaits et le démasquer?

— Nous le traquons, Ralph, nous le traquons, gémit Musterffies; cette fois, nous avons eu la preuve qu'il était parmi nous puisqu'il a laissé tomber le stencil de la 4e imprécation, celle que je vous ai fait lire tout à l'heure.

— Mais, observa McGanter, s'il est parmi nous, il sait qu'il est traqué; dès lors, averti de ce qui se prépare, il prendra ses dispositions et vous échappera... D'ailleurs », ajouta-t-il, et j'eus l'impression qu'il clignait joyeusement de l'œil vers moi, « cet imprécateur, comme vous dites, n'a pas l'air bête du tout; et même, je dirais, plutôt intelligent et même, je ne dirais pas bien sûr plus intelligent que vous, messieurs, mais au moins... comment dire... euh, au moins aussi malin.

Un grand silence s'établit. Tout le monde savait traduire ce type de langage présidentiel qui signifiait : messieurs, vous êtes tous de fieffés imbéciles et cet imprécateur est bien plus fort que vous, donc plus intéressant pour moi, donc plus intéressant pour l'entreprise. Cependant, à l'adresse de Saint-Ramé, McGanter déclara :

— Cela dit, je ne puis que vous féliciter, mon cher Henri, pour votre astuce de ce matin, vous avez redressé une situation délicate en un tournemain.

Alors advint un fait stupéfiant : un cadre du *staff* se permit de prendre la parole et, ainsi que je l'ai indiqué précédemment, c'était là certes courir sa chance mais aussi un énorme risque. Plus le sujet d'un débat était important et préoccupait un président, moins il était judicieux et rentable de donner une opinion. Le cadre audacieux n'était autre que notre directeur adjoint des Prévisions. Comme nous, ses traits étaient tirés, son visage marqué par les fatigues de la nuit. Sans doute avait-il discerné que, s'il restait muet devant McGanter, son prestige de meneur pouvait s'affaiblir auprès de ses collègues et qu'ensuite il lui serait difficile de les maintenir mobilisés sous sa coupe. Sa voix était enrouée, son américain excellent :

— Monsieur le Président, je me permets de donner mon opinion sans ambages devant vous et, en premier lieu, de vous informer de certains faits qui pourraient rester ignorés de vous; par exemple, plusieurs enquêtes se déroulent simultanément à l'intérieur de l'entreprise depuis le début des événements, je dirais pour ma part des hostilités. Car l'affaire, en dépit de quelques aspects folkloriques soigneusement calculés pour embrouiller la réalité, est sérieuse : on cherche à couler l'entreprise et, à travers elle, les entreprises qui lui ressemblent. Conscients et indignés de cela, douze cadres du *staff*, impuissants à obtenir de la direction générale qu'ils soient pleinement associés aux recherches, ont décidé de se constituer eux-mêmes en groupe d'intervention, en commando. C'est donc sur notre initiative que nous nous sommes trouvés cette nuit sous la terre, dans les boyaux. Pourquoi? Parce que nous avions découvert, nous, par nos propres moyens, que la clef de la machination se terrait à trente mètres au-dessous de nos ordinateurs et que, entre le cimetière de l'Est et notre immeuble de verre et d'acier, d'étranges complots se tramaient. Ce n'est point par goût du théâtre que nous avons revêtu des capes, adopté des lavallières vertes, épinglé des macarons vert et noir; ces couleurs sont celles du caveau situé non loin de notre entreprise et aussi celles des rubans noués autour des rouleaux. Enfin, vous avez dit, monsieur le Président, que cet imprécateur était malin, intelligent, peut-être plus que vos collaborateurs. Je puis vous assurer que vous avez raison, à une nuance près que je me permettrai d'apporter pour le bien de notre compagnie qui, grâce, il faut bien le dire, à votre génie, domine presque le monde entier. Cette nuance, la voici : d'abord, n'ayez aucun regret de l'intelligence de l'imprécateur, car, monsieur le Président, il est bel et bien l'un de vos collaborateurs, assis à cette table, à vos côtés. Ensuite, s'il est à coup sûr l'un des plus intelligents de nous tous, il suffit pour le démasquer de restreindre nos recherches et de choisir parmi ceux qui, ici même, sont les plus malins et les plus intelligents. Je conclurai en disant ceci : l'identité de l'imprécateur est un problème qui, selon moi, est devenu facile à résoudre; il est en revanche très difficile de prouver sa culpabilité; il n'existe guère qu'un moyen : le prendre sur le fait. Et j'ai là-dessus quelques idées : nous devons ce soir, quelle que soit notre fatigue, retourner dans les souterrains. Si des preuves existent, elles sont là. Demain, elles n'y seront plus. Le coupable en effet ne peut descendre de jour. Il attendra la nuit pour aller détruire les preuves. Il est donc certain que, si nous continuons notre exploration : *a*) l'imprécateur descendra avec nous puisqu'il est l'un de nous; *b*) il choisira le moment propice pour nous fausser compagnie à la faveur de l'obscurité et détruire les preuves; ou, alors, il mettra la main sur des documents compromettants en même temps que nous mais les détruira à notre insu. N'oublions pas qu'il connaît les sous-sols beaucoup mieux que nous et que les torches électriques ne fournissent qu'un éclairage minimum. Il est enfantin pour quelqu'un à qui ces lieux sont familiers de s'éclipser cinq minutes à l'instant où notre groupe passe à côté de sa ou de ses cachettes, puis de nous rejoindre. Si on le surprend, il peut même nier en soutenant qu'il s'est perdu, qu'il s'est trompé de boyau. Monsieur le Président, c'est tout ce que j'avais à dire, je vous prie de bien vouloir m'excuser d'avoir été si long.

Abéraud s'était très bien débrouillé et, en plus, il jouait, sans le savoir, sur du velours. Il s'était très bien débrouillé parce qu'il avait réussi à dire à McGanter et avec élégance que celui-ci était un génie. En ce temps-là, c'était la flatterie préférée des maréchaux. Pratiquement tous les patrons de la banque, de l'industrie et du commerce étaient persuadés de leur génie et appréciaient fort qu'on le leur dît à condition que ce ne fût point grossièrement, auquel cas tout le monde se gaussait et ils entraient en furie. Abéraud jouait sur du velours, car il s'adressait à un homme ravi de l'imbroglio, croyant avoir découvert l'imprécateur en ma personne. Je me demandais vraiment comment tout cela finirait, que ce fût pour moi, pour les autres et pour l'entreprise. Et je pressentais la fin, je la sentais venir, proche, pas belle.

— Comment vous appelez-vous, monsieur? s'enquit McGanter.

— Thierry Abéraud, répondit mon collègue en se levant.

— Êtes-vous *on staff* ou *on line*, cher monsieur Abéraud?

— Je suis *on staff*, monsieur le Président.

— Avez-vous déjà été *on line*?

— Oui, monsieur le Président.

— Très bien, cher monsieur Abéraud, j'apprécie votre opinion... Nous autres Américains, nous aimons entendre des paroles franches et claires quand elles sont prononcées par un cadre *on staff*... Écoutez, je crois que le mieux en effet est d'attendre ce soir; je vous annonce que j'ai l'intention de descendre avec vous, je ne veux pas manquer ça... Adams, vous vous occuperez de mon équipement, dit McGanter à Musterffies.

— Cher Ralph, murmura celui-ci, certains de ces boyaux qui sinuent au-dessous de nos ordinateurs suintent terriblement, et certains autres sont aussi glissants qu'une patinoire.

— Ah ça, Adams! Y êtes-vous descendu vous-même, ou non?

— J'y suis descendu, Ralph.

— Alors, insinueriez-vous que je ne saurais aller là où vous êtes allé vous-même?

— Oh, pas du tout, Ralph, je m'occuperai de votre équipement.

La réunion s'acheva sur ces mots. Comme nous sortions, Saint-Ramé nous rappela :

— Ralph m'a demandé de vous présenter individuellement, pouvez-vous rester un moment?

Il nous présenta par ordre d'ancienneté, indiquant pour chacun d'entre nous le nom et la fonction. Mais, l'ancienneté étant également le critère du choix des numéros qu'Abéraud nous avait attribués, nous fûmes saisis de surprise en entendant Saint-Ramé égrener, impassible : nº 1 Fournier, nº 2 Portal, nº 3 Samueru, nº 4 Vasson, nº 5 Abéraud, etc.

Nous nous retrouvâmes dans le hall du 11e étage, le souffle encore coupé. C'était un peu comme si on avait cité nos noms devant un monument aux morts. La voix de l'imprécateur aurait pu ponctuer lugubrement chaque appel par : mort au champ d'honneur de l'entreprise, mort au champ d'honneur de l'entreprise, mort au champ d'honneur de l'entreprise...

XXIV

Cette journée fut une veillée d'armes. Les dirigeants ne furent pas vus ensemble. Ralph McGanter, contrairement aux usages, ne visita pas les bureaux, ne serra pas les mains de quelques collaborateurs méritants. Les cadres du *staff* évitèrent de se rencontrer. Ce n'est que vers 11 h 30 que je reçus d'Abéraud mon deuxième message en code : *Numéro 5 à numéro 7 — réunion au Goulim à 12 h 30 — tenue civile — pas de macarons — comptons sur vous.*

Abéraud avait donc décidé de tirer les conclusions des événements de la nuit et de la matinée. L'ambiance de l'entreprise était morne. Il semblait que le personnel, pareil à un animal, flairât d'instinct le malheur et le drame. Rumin demanda à me voir et je le reçus aussitôt. L'homme n'était pas vindicatif ni méfiant, mais inquiet. D'une voix lasse, il me demanda :

— Que doit-on penser de tout cela, monsieur le Directeur des Relations humaines?

— De quoi parlez-vous exactement, Rumin, de la fêlure?

— Des fêlures et du reste, je n'y comprends plus rien.

— Je n'y comprends plus grand-chose moi-même, dis-je; quel est le moral du personnel?

— Bizarre... Les gens ne sont pas à l'aise... Ils n'ont rien de nouveau à reprocher à la direction et même... c'est curieux.... on dirait qu'ils ont peur pour elle.

— Peur pour qui? questionnai-je, intrigué.

— Saint-Ramé et Roustev ne sont pas normaux, ces temps-ci, les directeurs non plus; d'ailleurs, pour la plupart, ils n'ont jamais été à la fois si gentils et si lointains avec leurs collaborateurs, on dirait qu'eux aussi ils ont peur.

— Peur de quoi, Rumin? Que l'immeuble ne s'effondre? Toutes les précautions sont prises.

— Non, peur d'autre chose... J'étais sûr que ces histoires de rouleaux finiraient mal... Au début, c'était marrant... et puis...

— Vous savez, dis-je sans conviction, tout s'arrangera...

Rumin se leva et me serra la main presque avec effusion. Quand il fut parti, je me sentis tout drôle. Cela m'impressionnait que des gens simples et honnêtes eussent peur pour des chefs qui n'étaient ni simples ni honnêtes. Je me renversai dans mon fauteuil, prévins ma secrétaire de me réveiller à midi et m'endormis profondément.

Plus tard, au Goulim, j'appris qu'Abéraud n'était pas l'initiateur de cette réunion. Chavégnac, cadre apolitique chrétien, Samueru, cadre juif et anarchiste, et Portal, cadre gascon issu d'une famille fortunée, avaient exigé cette réunion et eux-mêmes fixé son ordre du jour : analyse des propos tenus la nuit précédente par l'Américain Ronson. Abéraud n'avait pu que se plier à cette exigence. La réaction de ces trois cadres et la nature de cet ordre du jour me réjouirent et m'ôtèrent un poids de la conscience. J'avais moi aussi été choqué par les idées de Ronson, mais je n'avais pas osé m'en ouvrir à qui que ce fût, tant était lourde la suspicion. Au début de la réunion, Chavégnac exposa les motifs de son initiative :

— Cette nuit, déclara-t-il, j'ai entendu des paroles qui résonnent encore fâcheusement à mes oreilles, et je vous pose, messieurs, tout de suite, la question : que recouvre la notion de Justice d'Entreprise? J'avoue avoir été secoué en entendant ces mots. Permettez-moi de vous dire que, si les entreprises s'arrogent le droit de juger les gens, nous allons tout droit vers une société païenne et fasciste. Je suis très inquiet du sort que pourrait subir cet imprécateur, si toutefois nous parvenons à le découvrir. Qui va le juger? Nous? En vertu de quel droit, en application de quelle loi? Pour être partisans d'une prospérité basée sur la croissance et l'expansion, l'autofinancement et l'amortissement rapide, nous n'en sommes pas moins des citoyens libres vivant dans une société libre où seule la justice légale peut absoudre ou condamner. Les Américains ne proclament-ils pas, d'ailleurs, qu'ils sont les défenseurs du monde libre? Il me semble que Ronson s'est laissé emporter par une colère ¡qu'au demeurant je comprends fort bien. Mais, depuis cette nuit, je suis rongé d'inquiétude, et mes collègues Portal, Samueru et moi-même avons décidé de vous en informer. Pour ne rien vous cacher, nous aimerions, messieurs, que cette inquiétude soit partagée par vous tous, et que nous nous mettions d'accord sur la position suivante : au cas où nous capturerions l'imprécateur, nous demandons qu'il soit licencié dans les règles, qu'il ne soit victime d'aucune violence et, *a fortiori*, qu'il ne comparaisse devant aucun tribunal d'entreprise. Un tel tribunal serait non seulement illégal mais scabreux. Contrairement à ce qu'a dit Ronson, il n'existe que deux sortes de justice : celle de Dieu et celle que les hommes se sont légalement et librement donnée. On sait où mènent les justices qui s'érigent elles-mêmes pour les besoins de causes qui ne sont pas toujours bonnes. Ces justices sont arrogantes, elles détruisent les libertés, répandent l'intolérance et la corruption. Nous ne devons pas accepter une parodie aussi ridicule et arbitraire.

Chavégnac se tut. Et l'heure de la vérité sonna enfin pour les principaux cadres de Rosserys & Mitchell-France. Ils étaient dans le vif du sujet. Cette fois, il n'était plus question de marges, de marchés, de *cash-flow*, de devises, de pétrole, de zinc, d'exportation. Il était question de l'homme, des hommes qu'ils étaient sous leur déguisement présomptueux de technocrates énergiques et savants tirant le char du monde postindustriel. Ils avaient à résoudre le paradoxe suivant : comment, à l'ère des ordinateurs, du télétraitement, de la gestion intégrée, de la direction par objectifs, se pouvait-il qu'un haut responsable américain proposât de créer un tribunal spécial au sein de l'entreprise afin de juger un collaborateur dans les sous-sols et de le punir? Les sociétés multinationales, ces mécaniques fameuses qui gommaient les frontières, écrasaient de leur poids de malheureuses nations pauvres et bâillonnées, sécrétaient-elles par surcroît le fascisme à l'intérieur? Interdire la révolution ou la démocratie aux pays pauvres, distiller le fascisme dans les nations riches, cela par le truchement de leurs puissantes firmes du monde entier, étaient-ce les deux missions qu'elles s'assignaient? Certes, la première avait été depuis longtemps mise au jour, mais la deuxième? Elle était moins apparente, plus subtile. L'étranglement du Chili, le monde l'avait vu. Il avait appris le meurtre un beau matin avec la même stupeur qu'il avait éprouvée en apprenant l'entrée des chars soviétiques en Tchécoslovaquie. Mais le poison, progressivement, patiemment inoculé dans l'âme des jeunes cadres hollandais, allemands, français, espagnols, italiens, japonais ou autres, travaillant dans leurs filiales soumises à une loi spéciale, acquérant des réflexes spécifiques, ce poison-là était tout aussi dangereux et préparait de vastes ravages dans les démocraties occidentales. A cette époque, un jeune cadre quittant sa famille et son pays pour entrer et réussir dans une filiale de Rosserys & Mitchell-International, quittait vraiment en effet et sa famille et son pays. Il entrait dans un univers vivant en marge des familles et des nations, avec ses lois et ses règlements écrits et non écrits. Ce jeune cadre avait désormais deux constitutions à respecter : celle de son pays et celle de la compagnie géante, américaine et multinationale, qui l'engageait, qui le formerait, qui le modèlerait, qui le paierait cher. Jusqu'au jour où le jeune homme, devenu spécimen, n'hésiterait pas en toute conscience, au nom du monde libre et de la prospérité économique, à réclamer le châtiment d'un collègue, dans le huis clos des ténèbres souterraines de sa firme, à un tribunal de directeurs et de cadres promulguant le meurtre au nom de la suprématie financière et économique mondiale, au nom des intérêts supérieurs de l'entreprise. La raison d'État avait déjà, durant des siècles, fait couler beaucoup d'encre, suscité beaucoup de polémiques, sauvé bien des nations, mais aussi couvert bien des crimes. Voici qu'on s'acheminait lentement mais sûrement vers la Raison d'Entreprise. C'est pourquoi la réaction de Chavégnac me chauffa le cœur et me donna un regain de courage. Avant même qu'Abéraud, visiblement ennuyé, ne donnât son avis, je me déclarai d'accord avec la position de Chavégnac. Je dis bien haut que je partageais ses craintes et j'invitai fermement mes collègues à s'opposer, le moment venu, à la création d'un tel tribunal. Après moi, Le Rantec, technocrate de haute volée, pseudo-économiste et membre du parti socialiste révolutionnaire, prit la parole et tint des propos stupéfiants qui en disaient long sur la tragédie des idéologies de ce temps-là. Le monde des affaires, l'habileté, la compétence que, paraît-il, requérait l'économie, renversaient les barrières des partis, établissaient une complicité douteuse entre inspecteurs des Finances, lauréats des grandes écoles, qu'ils fussent de gauche, du centre ou de droite. Peu de ces messieurs échappaient à ce moule, au fond duquel se perdait l'âme des citoyens. Et voici l'opinion que Le Rantec exprima au sujet du tribunal d'entreprise :

— La réaction de notre excellent collègue Chavégnac et celle de ses amis ont de quoi réjouir le citoyen que je suis, démocrate épris de justice. Mais je crois qu'en l'occurrence ils exagèrent la portée que M. Ronson a voulu donner à ses propos. Lorsque notre ami américain a parlé d'un tribunal d'entreprise, je pense qu'il faisait allusion à un conseil de discipline ou, si malheureusement l'imprécateur occupe chez nous une fonction assez élevée, un jury d'honneur. Je vous conseille donc, mes chers collègues, de ne pas vous alarmer outre mesure. Si Bernie Ronson a l'impression que certains d'entre nous se méprennent sur son compte, voire se tournent contre lui, cela compliquera notre situation. Elle l'est bien assez comme ça. J'ajoute que, si l'on s'en tient aux termes de son intervention, notre ami Chavégnac a porté une accusation grave contre les méthodes en usage dans notre entreprise et les buts qu'elle poursuit. Nous connaissons tous assez notre collègue pour savoir que ses paroles ont dépassé sa pensée. Lui-même est un ardent combattant de notre société, un solide défenseur de ses valeurs. Je propose donc qu'on prenne acte de ce que, en dehors de la justice divine et de celle que les hommes se sont légalement et librement donnée, il n'existe aucune autre justice en tant que telle. Mais je suis prêt quant à moi à siéger dans un jury d'honneur ou dans un conseil de discipline qui demanderait, dans le cadre de l'entreprise, des comptes à celui qui l'a si gravement troublée. Il ne peut y avoir aucun mal à cela, aucun manquement, aucune atteinte à notre dignité de cadre du *staff*. Je conclurai en rappelant qu'un conseil de discipline n'a pas seulement pour vocation de punir mais aussi de pardonner ou de dégager des circonstances atténuantes. Et je suis heureux de savoir que certains de nos collègues tels Chavégnac, Samueru, Portal ou notre cher directeur des Relations humaines, siégeant dans un tel conseil, œuvreraient dans le sens de la modération. Ainsi le jugement rendu sera-t-il le plus équitable possible.

Chavégnac et ses amis se rangèrent à l'opinion de Le Rantec. Moi, je n'étais pas d'accord du tout, mais je pressentais que j'aurais à bref délai besoin de toutes mes forces pour me défendre moi-même et je ne voulais pas les jeter trop tôt dans la bataille. Il reste que le débat qui se déroula ce jour-là au Goulim traduisit à la perfection la mentalité des cadres d'état-major de ce temps-là. Dans le meilleur des cas, ils prenaient conscience des dangers que faisait courir aux libertés un monde axé sur la production, la vente et la monnaie. Mais ils ne trouvaient jamais les ressources nécessaires pour pousser jusqu'au bout leurs analyses. Ils espéraient jusqu'au dernier moment qu'un minimum de morale serait respecté. C'est cette psychologie excluant le caractère qui conduisit des forces politiques bien pensantes, mais au fond rongées d'égoïsme, à ouvrir la voie du pouvoir aux cohortes fascistes. Et, quand celles-ci se furent emparées des leviers de gouvernement, elles oppressèrent aussi celles-là. Combien de démocrates chrétiens ou autres regrettèrent alors d'avoir transigé avec les scélérats bottés! Mais il était alors trop tard pour pleurnicher. Chavégnac et ses amis auraient dû se lever, exiger la convocation du délégué américain sommé de s'expliquer, démissionner sur-le-champ en cas de refus de celui-ci. Mais non. Ils soulagèrent leur conscience en remarquant que l'idée d'un tribunal d'entreprise était exorbitante. Et puis il suffit du discours d'un cadre de *staff* réputé membre d'un parti de gauche pour que cette initiative louable fît long feu. Ce sujet épuisé, on aborda celui de la deuxième expédition nocturne qui se préparait. Abéraud prit la parole.

— Messieurs, voici comment je pense que nous devrions nous comporter ce soir. D'abord, et à moins que le président McGanter n'en décide autrement, je suis partisan de ne rien changer à notre règlement : nous revêtirons nos capes, nos lavallières, et fixerons nos macarons. La seule différence par rapport à la nuit dernière, c'est que, cette fois, nous n'aurons pas besoin de nous cacher. Cette expédition est en quelque sorte officielle. La discrétion et le secret ne s'imposent plus. Je suis convaincu que nous mettrons la main cette nuit sur des documents et du matériel très compromettants pour l'agitateur, qui n'a pas eu le temps hier soir de les détruire ou de les enlever. Et il ne peut plus aujourd'hui pénétrer dans les sous-sols de l'entreprise car toutes les issues en sont surveillées. Ronson a même posté un homme devant le caveau de marbre vert et noir. La consigne sera donc : que chacun épie son voisin, sans qu'il y soit fait d'exception. Je conviens que ce n'est pas là une tâche agréable et que ni notre éducation ni notre formation universitaire et professionnelle ne nous prédestinent à pareil travail, mais ce sont les circonstances qui commandent. Demain, cette affaire ne sera plus qu'un mauvais souvenir. Elle aura eu au moins le mérite de nous avoir mieux fait connaître les uns les autres, elle nous aura obligés à nous montrer tels que nous sommes : des hommes, de vrais hommes, des combattants. Après cela, plus personne ne se gaussera des cadres du *staff*, des *managers* technocrates qui, malgré quelques inévitables bavures, apportent au monde et à sa jeunesse beaucoup de bienfaits et d'heureux exemples, ne serait-ce qu'en faisant tourner, grâce à ce qu'ils savent, les rouages de mécaniques aussi complexes que Rosserys & Mitchell-International. On a beau dire : un tracteur est un tracteur, et un tracteur n'a pas de coloration politique, mais seulement un certain nombre de pièces; il a des pneus, un réservoir; il a aussi un prix qui représente le travail de ceux qui l'ont fabriqué, le coût de matières premières, une part d'amortissement grâce à laquelle l'entreprise reprend son souffle, un pourcentage de juste profit dont il faut soustraire les taxes. Et puis ce tracteur s'en va bravement défricher des sols jusque-là rebelles à toutes les charrues. On ne répétera jamais assez ces vérités simples. Et si, ce soir, je vous demande un ultime effort, si je vous demande de conserver vos uniformes, c'est pour témoigner, notamment aux yeux du président McGanter, du rôle éminent et original que vous aurez joué dans l'affaire. C'est pour souligner la contribution spécifique qu'en tant que cadres du *staff* vous aurez apportée à la sauvegarde de l'entreprise. Messieurs, si personne ne souhaite la parole, je pense que le moment est venu de nous séparer. Et que notre après-midi soit consacré à la méditation, à la concentration. Ce soir, nous serons redevenus un commando.

Il était clair qu'Abéraud n'entendait pas perdre bêtement le bénéfice de ses cogitations et de son action. Maintenant que le dénouement approchait, il cherchait à démontrer que, sans lui, les choses se seraient passées autrement. La découverte de l'imprécateur ne devait pas être portée au crédit de la direction générale ou de quiconque, mais à celui du cadre Abéraud, qui avait orienté les recherches, pris le taureau par les cornes et, avant tous les autres, mobilisé, galvanisé, organisé les cadres principaux du *staff*. Le Rantec exultait, Brignon, Yritieri, Vasson et Sélis se frottaient les mains à la perspective alléchante de cette chasse à l'homme. Terrène souriait avec férocité, il montrait ses longues dents blanches et luisantes. Ils se dispersèrent dans le quartier, et moi, subissant tout à coup les effets de ma nuit éprouvante et sans sommeil, je décidai de rentrer chez moi et de dormir un peu.

Je montai le réveil à 18 h, je me couchai et m'endormis.

La sonnerie me réveilla. Ce n'était pas le réveil. Quelqu'un sonnait à ma porte. Je m'assis sur le lit et consultai ma montre : 15 h 30. Qui pouvait venir me voir? Je me levai, revêtis ma robe de chambre puis j'ouvris la porte. Saint-Ramé, debout sur le palier, me regarda en souriant.

— Monsieur... Excusez-moi, balbutiai-je, j'ai dormi un peu...

— Ne vous excusez pas, vous avez eu raison de vous reposer, car la nuit sera rude; j'ai beaucoup hésité avant de venir vous déranger, mais j'avais besoin de vous voir. J'avais besoin de parler avec vous des développements de l'affaire. Vous savez, j'affectionne ces conversations que nous avons tous les deux, surtout, figurez-vous, depuis quelque temps.

— Tout est en désordre, voulez-vous vous asseoir ici?

Je lui désignai un fauteuil rococo placé à côté de mon lit.

— Si vous n'y voyez pas d'inconvénients, j'aimerais m'étendre un peu, moi aussi », dit le directeur général; et, à ma surprise, il dénoua sa cravate, ôta ses chaussures et s'étendit sur mon lit. Je m'assis donc sur le fauteuil rococo. Je n'en revenais pas de voir couché sur mon lit l'homme que les Américains présentaient comme le *manager* européen le plus apte et destiné à l'avenir le plus brillant. Saint-Ramé m'intriguait de plus en plus. La façon dont il se comportait avec moi relevait plus de celle d'un ami que du directeur général d'une filiale dominant les marchés mondiaux. Avait-il découvert que sa femme le trompait avec Abéraud, ce qui me paraissait toujours incompréhensible? Sinon, devais-je le lui apprendre? Il se tut un long moment et je respectai son silence. Les yeux mi-clos, les mains sous la nuque, il semblait perdu dans un rêve. « Monsieur le Directeur des Relations humaines, dit-il enfin d'une voix douce, où en sont maintenant les projets de mes principaux cadres?

Je lui racontai sans hésitation et dans les détails la réunion de midi au Goulim.

— Ah, quand même, certains d'entre eux ont relevé les propos de ce cher Bernie, ils ne sont donc pas complètement drogués par leurs salaires et leurs fiches de frais... Ils se sont souvenus que l'auto-financement et les tableaux de bord ne servent à rien, et surtout n'ont aucun sens, s'ils ne sont mis au service de l'homme; un homme est plus difficile à commander qu'un régiment d'ordinateurs, pas vrai? Qu'en pensez-vous?

— Je pense comme vous, monsieur.

— Et une femme, dit-il soudain, en fermant complètement les yeux, une femme n'est-elle pas plus difficile à aimer qu'un homme ne l'est à commander? Croyez-vous, monsieur le Directeur des Relations humaines, qu'on choisira un jour sa femme par le moyen d'un ordinateur? Je crois que cela se fait déjà dans les agences matrimoniales.

Évidemment, cette boutade retint mon attention. J'étais assez habitué à la finesse d'Henri Saint-Ramé, à son goût de ce qu'on appelait à l'époque le deuxième ou le troisième degré, pour imaginer que cette réflexion ne venait pas par hasard. Était-il au courant de tout? En ce cas, pourquoi m'en parlait-il? Que désirait-il que je dise?

— Pourquoi me parlez-vous d'une femme? demandai-je, un peu stupidement.

— Parce que, cette nuit, il sera question d'une femme, répondit-il avec gravité, mais je ne puis vous en dire plus.

Brusquement, il se releva et s'assit au bord du lit :

— Monsieur le Directeur des Relations humaines, je vais vous révéler quelque chose, c'est pour ça que je suis venu ici; écoutez-moi bien : cette nuit, on va tenter de m'assassiner... Je voulais que vous le sachiez. Au fond, parmi mes collaborateurs, vous êtes le seul intéressant et digne de confiance; j'aurais voulu vous aider davantage tout au long de cette affaire, mais je ne pouvais pas. Quelqu'un ou plusieurs personnes chercheront à m'assassiner. Je ne sais si moi ou les autres ou nous tous ensemble sortirons vivants de cette aventure; mais, au cas où vous en réchapperiez, je vous livre cette conviction. Plus tard, si vous avez l'occasion de rétablir la vérité ou tout simplement de l'établir, n'oubliez pas ce que je vous dis là.

— Mais, dis-je, en essayant péniblement de coller à la réalité, que va-t-il donc se passer de si effrayant cette nuit? Pourquoi ces idées de mort? Roustev a-t-il projeté de vous poignarder à la faveur de l'obscurité pour vous remplacer? Qui peut vouloir votre mort?

— Pas vous, en tout cas, c'est la seule chose dont je sois certain... Pour le reste, nous verrons bien. Je dois partir maintenant. Ne vous tracassez pas pour ma femme, je sais qu'elle couche avec le directeur adjoint des Prévisions et je sais aussi pourquoi. Au fond, voyez-vous, en dépit des apparences, je demeure l'homme le mieux renseigné de l'entreprise. C'est normal, non? Et conforme à ma réputation? Ne suis-je point le directeur général?

Sur ces paroles, Henri Saint-Ramé se leva et prit congé. Je passai aussitôt sous la douche; mais, pour une fois, l'exercice n'éclaircit pas mes idées. C'est donc l'esprit passablement brumeux que je regagnai mon entreprise. A mon bureau, ma secrétaire, tout émue, vint à moi et m'annonça :

— Monsieur, je ne savais pas où vous étiez, dépêchez-vous, le président McGanter a demandé à vous voir voici près d'une heure.

« Chacun place ses pions », me dis-je. A cet instant précis, je me demandai si Saint-Ramé ne m'avait pas manipulé et si McGanter ne s'apprêtait pas à le faire à son tour et pour son compte. J'avais un peu perdu de vue qu'aussi bien le président que le directeur général n'étaient pas des enfants de chœur, qu'ils avaient l'un et l'autre réussi en écrasant beaucoup de monde et souvent des gens presque aussi intelligents, rusés, voire vicieux, qu'eux; qu'en ce temps-là c'était le prix à payer pour accéder à de hautes fonctions dans les sociétés géantes, américaines et multinationales. Il me vint donc à l'esprit qu'au lieu de m'étonner naïvement de rencontrer un président en pull à col roulé dans une brasserie, ou de m'apitoyer sur le sort de mon directeur général, je ferais peut-être mieux de veiller à ma sécurité, à ma tranquillité. Quelle vaste opération se déroulait dans mon entreprise? Toute cette affaire n'était-elle pas plus sérieuse et vulgaire que je ne l'avais imaginé? Un président et un directeur général avaient-ils donc du temps à perdre avec un modeste directeur des Relations humaines? Les cadres du *staff* et moi-même n'étions-nous point les jouets de ces messieurs? Les pions d'une partie dont le sens et les règles nous échappaient?

Ralph McGanter me reçut dans le bureau de Ronson. Il était seul. Je m'étais replié sur moi-même et je me sentais plein de méfiance et d'agressivité. McGanter se leva et me dit :

— Alors, monsieur l'imprécateur, comment allez-vous?

Je résolus de ne pas m'engager plus loin dans cette voie dangereuse et ambiguë. Je répliquai avec force :

— Monsieur le Président, je suis vraiment ennuyé au possible de vous décevoir, mais je vous répète que je ne suis pas l'imprécateur et que, d'ailleurs, j'ignore qui il est.

McGanter, sensible à la fermeté de ma réponse, fronça un moment les sourcils puis reprit une mine enjouée et refit son numéro :

— Je ne vous demande pas un deuxième aveu, vous m'avez déjà répondu dans la brasserie, ne l'oubliez pas.

A cette seconde, son visage se fit cruel. Je regrettai amèrement mon attitude dans la brasserie. On m'avait tendu un piège grossier et j'y étais tombé, les yeux fermés. Les dirigeants avaient cherché une victime et ils l'avaient trouvée en la personne de ce naïf et malheureux directeur des Relations humaines. Une victime qui intéressait tout le monde car, en proclamant ma culpabilité, on sauvait la réputation des cadres du *staff*, des technocrates et des pseudo-économistes. Si l'un d'eux avait été reconnu coupable, à travers lui l'autorité, la considération de tous ces *managers* qui hantaient les directions des entreprises occidentales, américaines et japonaises, eût été durement atteinte. Et que ce malheur arrivât par Rosserys & Mitchell prenait figure de symbole et accroissait la portée du préjudice. Toute une mentalité, toute une imagerie en seraient secouées. Tandis qu'un directeur des Relations humaines restait un cadre marginal, loin des affaires de gestion, loin des secteurs privilégiés de la vente, de la fixation des prix, des tableaux de bord, du maniement du *cash-flow*. J'étais donc une victime commode, toute désignée pour servir de bouc émissaire offert en holocauste au personnel de l'entreprise, aux syndicats et à l'opinion publique. Maintenant je percevais le piège dans toute son abjection, et je voyais, horrifié, se dérouler le scénario : cette nuit, on descendrait dans les entrailles de l'entreprise. Et là, dans le noir, on s'emparerait de moi, on exigerait que j'avoue et on me jugerait. Proie facile et innocente.

Ah, on n'avait pas lésiné sur les moyens pour faire de moi un coupable. Le président lui-même avait payé de sa personne. Il s'était déplacé seul, il m'avait rencontré seul, il avait superbement joué pour me faire dire que j'étais l'imprécateur. Peut-être avait-il un micro dans sa cravate, et Ronson, non loin de là, dans une chambre d'hôtel louée à l'avance, avait enregistré mes paroles. Certes, la justice française n'acceptait pas ce genre de document comme preuve; mais, de la justice française, ces messieurs se moquaient éperdument! Une bande enregistrée suffirait amplement au tribunal auquel songeait Ronson. Que j'avais été naïf! Pourtant, je n'ignorais pas qu'aux États-Unis et en Europe des clans s'affrontaient sauvagement pour exercer le pouvoir dans les différentes entreprises de Rosserys & Mitchell-International. Il se pouvait qu'un clan franco-américain hostile à Saint-Ramé ait monté une manœuvre contre lui en provoquant des troubles dans sa société. D'où les imprécations et le reste. Saint-Ramé avait dû contre-attaquer. Et, devant un match nul, les Américains auraient alors calmé les combattants et cherché un coupable pour calmer les esprits. Le coupable, c'était moi. Ma culpabilité ne mettait pas gravement en cause le système. Un directeur des Relations humaines n'est-il pas un cadre du *staff* qui n'a pas bien réussi dans la gestion ou la vente? Comment me sortir de là? Bien sûr, j'avais la possibilité de démissionner, de m'en aller, de fuir cette entreprise dégoûtante et de m'épargner ainsi cette expédition nocturne. Mais ce n'était pas si simple. Outre que je me privais injustement de ma situation, en fuyant je m'avouais coupable. Et puis, je savais qu'en ce cas j'aurais du mal à me recaser, à retrouver un emploi. Qui engagerait l'imprécateur dans son entreprise? Enfin, j'avais aussi ma dignité renforcée par une irritation qui ne tarderait pas à devenir de la fureur. Cependant, McGanter poursuivait :

— Ce soir, nous allons bien rigoler, vous et moi, car pendant qu'ils se surveilleront, nous, nous serons au spectacle; nous les laisserons vasouiller comme ça pendant quelques heures, et puis nous les réunirons et j'apporterai moi-même un point final étincelant à cette histoire en vous présentant : « Messieurs, maintenant que vous avez bien cherché, le moment est venu pour vous d'apprendre la vérité : voici notre imprécateur. » A la lueur des torches, conclut le président, avouez que ce sera splendide!

— Écoutez, dis-je, encore une fois, et bien que dans des conditions peu sérieuses vous ayez réussi à me le faire dire, je ne suis pas votre homme; je vous préviens, monsieur le Président, que, si vous me présentez ainsi, je nierai énergiquement.

— Eh bien, mon cher, ce sera encore mieux, ça fera plus vrai! Allez, bon courage et à ce soir.

Nous nous séparâmes, moi préoccupé et courroucé, lui, me sembla-t-il, contrarié. « Les jeux ne sont pas faits, me dis-je, du courage, j'en aurai, et puis il faut toujours compter avec les imprévus. »

De fait, la deuxième expédition nocturne en fut truffée.

Comment les dirigeants et les principaux cadres d'une compagnie comme Rosserys & Mitchell en arrivèrent-ils aux extrémités que je m'apprête à relater? On ne se posera jamais assez la question. On ne réfléchira jamais assez à la réponse. La mienne est claire et n'engage que moi : ils avaient perdu de vue qu'ils étaient de simples hommes. Et, au service de leurs carrières, ils ne mirent pas le meilleur d'eux-mêmes, contrairement aux apparences, mais le pire. Ainsi que je le notais au début de ce récit, on n'apprend pas impunément à des millions d'enfants, puis d'étudiants, que la destinée du monde est de devenir un jour une seule et immense entreprise et que le fin du fin pour un jeune homme, un mari, un chef, est de flairer un marché, d'interpréter le langage des machines, de mobiliser les énergies des hommes et des femmes dans un but prétendument pacifique et altruiste : fabriquer, emballer, vendre, importer, exporter, créer de la monnaie. On savait jusqu'ici que l'homme ne vivait pas seulement de pain. *A fortiori*, il ne pouvait vivre seulement de machines, d'investissements autofinancés, de taux d'intérêts et de sociétés *holdings*. L'habitude d'aimer, quand elle est perdue, ne se retrouve pas facilement. Et l'homme, à qui des millions d'années ont été nécessaires pour s'élever au-dessus de l'animal, y revient parfois et pour son malheur en une ou deux secondes. Simplistes et mélodramatiques, ces réflexions n'en prennent pas moins un poids singulier lorsqu'elles sont éclairées par les péripéties qui vont suivre. Les acteurs en furent les puissants *managers* et leurs *staffistes*. Ceux qui se moquaient des prêtres et des poètes. Ils disaient au Ciel : « Aide-toi et nous t'aiderons. » Ils auraient poussé l'orgueil jusqu'à prêter leur âme à Dieu au taux rentable de 14,5 %.

Place! Les *managers* ont soif! Place! Les maréchaux et leurs laquais vont maintenant descendre dans les entrailles de la terre et s'abreuver dans le noir! Laissez-les boire!

XXV

Alors, en ce temps-là, au moment même où tous les journaux, toutes les radios, toutes les télévisions du monde propulsaient des informations angoissées au sujet de la hausse de la viande bovine, des restrictions de pétrole, du coût vertigineux de la laine, du cuivre, de la bauxite et des phosphates, quelque part en France, au coin de l'avenue de la République et de la rue Oberkampf, non loin du cimetière de l'Est, douze cadres principaux, deux directeurs généraux, deux présidents internationaux, un membre de la CIA et deux détectives privés s'enfoncèrent au-dessous de la salle des ordinateurs de la société Rosserys & Mitchell-France. Ils empruntèrent de nombreux boyaux étroits et suintants, arrivèrent, non sans avoir souvent perdu l'équilibre, trébuché dans la fange, dans une sorte de crypte, une salle ronde aux parois lisses et brillantes. Et là, ils tinrent un premier conseil nocturne. La voix d'un cadre, sous-directeur des Prévisions, s'éleva et retentit sous la voûte :

— Que celui qui a gravement offensé et troublé notre belle entreprise se dénonce et cela nous permettra de ne pas aller plus avant, d'économiser nos forces et notre temps, et surtout les forces et le temps de M. McGanter ici présent, le plus puissant, le plus redouté des présidents du monde!

— Oui, reprirent quelques voix, qu'il se dénonce, celui-là, il lui en sera tenu compte! Il a déjà coûté beaucoup d'argent à notre entreprise, il a écorché son *cash-flow!*

— Nous ne voulons plus que le *cash-flow* soit écorché! crièrent en chœur les cadres principaux.

— Messieurs, merci de vos paroles combatives et pertinentes, déclara McGanter, je suis d'accord avec vous, le *cash-flow* est sacré, vous l'avez fort bien saisi. Je dis solennellement à celui qui s'est attaqué à notre *cash-flow* que, s'il se dénonce maintenant, nous rebrousserons chemin; et il ne lui sera fait aucun mal. Il sera libre de donner sa démission et nous lui verserons cependant de grosses indemnités. S'il se dénonce, je lui promets qu'il ne sera pas jugé par nous. Je compte soixante secondes; s'il ne s'est pas dénoncé dans une minute, je considérerai sa situation comme aggravée.

McGanter commença à compter. La lumière des torches dessinait curieusement les faciès. Chacun épiait les gestes, le moindre tressaillement de son voisin. La minute s'écoula et personne ne se dénonça. Alors nous reprîmes notre marche et nous nous enfonçâmes plus profondément à l'intérieur des entrailles. Un unique boyau s'offrait à notre progression. Nous avançâmes courbés, l'un derrière l'autre. Nous devions serpenter à presque 30 mètres au-dessous de l'immeuble de verre et d'acier. Soudain, le détective américain qui menait la colonne s'exclama :

— Ça alors, regardez-moi ça!

La colonne s'arrêta :

— Qu'avez-vous trouvé? demanda McGanter.

— J'ai trouvé une bonbonne à oxygène vide et un morceau de tuyau.

— Qu'est-ce que cela signifie? s'enquit le président.

— Je ne sais pas encore, dit King Voster.

— Moi, j'ai une idée! s'écria Abéraud, je m'en doutais; cette bouteille à oxygène prouve qu'on s'est servi d'un chalumeau quelque part par ici, un chalumeau spécial conçu pour couper le béton...

J'ai un plan dans ma poche et, lorsque nous atteindrons les galeries, je suis certain que nous découvrirons la cause des fêlures... L'homme a dû cisailler plusieurs piliers et, si l'immeuble ne nous tombe pas sur la tête cette nuit, nous aurons de la chance.

— Qui parle ainsi? s'informa McGanter.

— Cadre Abéraud, monsieur, sous-directeur des Prévisions.

— Ah, c'est vous qui avez constitué un groupe d'intervention des cadres du *staff*? C'est vous qui avez pris la parole à la réunion de ce matin?

— Oui, monsieur le Président.

— Vous semblez avoir préparé votre affaire, mon vieux, foi de McGanter, je vous félicite, venez jusqu'à moi... Laissez-le passer vous autres, je vous promets que, si conformément à vos prévisions nous découvrons des piliers cisaillés, je vous nommerai directeur tout court.

— Merci, monsieur le Président, j'arrive.

Nous nous tassâmes tant bien que mal contre la paroi, et Abéraud réussit à se glisser jusqu'à McGanter.

— En avant! ordonna celui-ci, et nous repartîmes. Le plan que Le Rantec s'était procuré et que détenait Abéraud se révéla précis. Nous débouchâmes sur une suite de salles carrées et spacieuses qui formaient à elles trois une large et longue galerie. Là, nous respirâmes un peu. Comme au cours de la première expédition, nous avions le visage, les mains, les vêtements couverts de boue et déjà imprégnés d'humidité. Nous explorâmes la galerie. Plusieurs des gros piliers de béton qui soutenaient l'immeuble apparaissaient à nu à cet endroit. Trois d'entre eux étaient cisaillés. Dans un coin de la salle n° 3, nous découvrîmes deux bonbonnes d'oxygène neuves et un manomètre. Mais pas de trace du chalumeau. McGanter, qui de toute évidence ne s'attendait pas à cela, examinait ces pièces à conviction. Plus de doute, maintenant : quelqu'un avait cherché à provoquer l'écroulement de l'immeuble en favorisant le tassement, l'enfoncement des piliers. Or un enfoncement de quelques centimètres suffisait à ouvrir des fissures. L'homme avait minutieusement monté son coup. Une question cependant : aurait-il continué ou non son travail criminel? Avait-il pour objectif de semer la panique en provoquant des fissures, ou alors de scier tous les piliers et d'entraîner l'effondrement de l'immeuble? Dans ce cas, avait-il pensé aux conséquences meurtrières de son action, notamment de jour, où 1 100 personnes pouvaient périr sous les décombres sans compter les passants et les voisins? J'avoue que le spectacle de ce sabotage indigne était affligeant; et quoi qu'on en eût à l'encontre de Rosserys & Mitchell, de tels moyens étaient très condamnables. Pourquoi risquer ainsi la vie de centaines de personnes innocentes? J'en étais un peu refroidi, et montait en moi de la colère contre cet imprécateur qui, à certaines occasions, m'était apparu plutôt sympathique et astucieux. Là, les choses s'aggravaient. Je ne doutais pas que les sentiments des dirigeants et de mes collègues ne fussent à l'unisson des miens, et je sentis combien les menaces de Ronson se préciseraient si nous démasquions le misérable. Le silence qui régnait depuis quelques minutes était éloquent. J'eus peur. Que m'arriverait-il si McGanter s'avisait de mettre son projet à exécution? Si ce que Ronson avait appelé la Justice d'Entreprise n'était rien d'autre qu'une espèce de curée, sortirais-je seulement vivant de ces catacombes? Chavégnac et ses amis me soutiendraient-ils? J'envisageai la possibilité de fuir, de me laisser couler en queue de colonne et de rebrousser chemin à toutes jambes. Mais je n'étais pas sûr de m'en tirer et ma fuite témoignerait contre moi. Tant pis : j'y étais, je devais y rester et faire face au mieux si l'on m'y obligeait. Nous reprîmes notre cheminement. Peu après, nous eûmes sous les yeux une immense salle, une sorte d'esplanade souterraine complètement fermée ayant en son centre un trou rond, l'orifice d'un boyau identique à celui que nous avions rencontré presque au début et assez abrupt. Nous fîmes cercle autour de ce trou étroit et noir et nous avisâmes. L'un de nous, muni d'une longue corde, devrait descendre le premier. McGanter demanda un volontaire : « Moi », dit le détective français. Ainsi fut fait. Il enroula une corde autour de sa taille et King Voster, Terrène, Vasson s'en emparèrent pour permettre au détective une descente en douceur. On déroula une bonne vingtaine de mètres. La voix du détective nous parvint, lointaine, étouffée.

— Que dit-il? demanda McGanter.

— Il dit qu'on peut y aller, dit Ronson.

Nous descendîmes l'un après l'autre et nous nous retrouvâmes au fond de ce puits dans un boyau, aussi étroit et glissant que les précédents, mais dont le sol était presque plat. Nous repartîmes en colonne par un. Le boyau se rétrécit. Bientôt, force nous fut de constater qu'on ne progresserait plus qu'en rampant. Nous étions tous oppressés et guettés par la claustrophobie. Nous étions dans le noir, dans la boue, à plat ventre, les uns derrière les autres, et les torches ne servaient plus à grand-chose :

— Abéraud, dit McGanter, étudiez votre plan et dites-nous où débouche ce satané boyau; s'il ne conduit nulle part, nous périrons tous étouffés, et vraiment ce n'est pas la peine de forcer le destin.

— Je connais le plan par cœur, monsieur le Président, encore un effort et nous déboucherons au pied d'une sorte de monticule, d'une petite colline souterraine qui, comme un volcan, possède un orifice à son sommet par où nous descendrons de nouveau abruptement; après quoi, il n'existe plus aucune difficulté sérieuse jusqu'au caveau en marbre vert et noir du Père-Lachaise; je m'attends à trouver au pied de ce monticule les outils qui manquaient dans la galerie et peut-être des documents; il faudra redoubler de surveillance entre nous, car l'agitateur peut craindre la découverte des documents plus encore que celle des outils.

— Très bien, dit McGanter, mais il faut prévenir une fuite éventuelle... Ronson, vous ramperez le dernier; Voster, vous ramperez le premier; en avant!

Ayant placé les deux Américains, seules personnes en qui il semblait avoir une totale confiance, McGanter gloussa :

— Quelle aventure! J'en avais connu beaucoup dans ma chienne de vie, hein, Ronson? Mais pas une aussi incroyable! Si le président des États-Unis me voyait ramper dans la fange du boyau du dessous de ma firme française! Ah, quelle aventure!

Décidément, Ronson paraissait tout savoir et McGanter le prenait à témoin ainsi que le faisait Musterffies. Je notai aussi que Saint-Ramé, Roustev et Musterffies restaient muets comme des carpes. Nous rampâmes, le nez dans la boue visqueuse. Soudain, la colonne s'immobilisa :

— Que se passe-t-il? s'enquit Roustev.

— J'ai l'impression, répondit King Voster, qu'à l'endroit où je suis le boyau se rétrécit encore et pourrait s'ébouler... J'hésite à continuer... Que dois-je faire, Président?

Il y eut un silence. Je sentis l'angoisse. Les dirigeants et les cadres principaux de Rosserys & Mitchell allaient-ils bêtement mourir étouffés sous l'éboulement de ce boyau? Enfin, McGanter parla :

— King, je vous laisse juge, vous seul êtes en mesure de porter un juste diagnostic... Abéraud, sommes-nous encore très loin du monticule?

— Non, monsieur, à 30 mètres peut-être.

A ce moment, une plainte nous parvint, une sorte de sanglot entre-coupé de cris bizarres :

— Je ne veux pas continuer, je ne veux pas mourir, j'étouffe, ne continuons pas, je vous en supplie, ne continuons pas.

C'était le cadre Fournier, chef de la section Engins nouveaux, époux d'une splendide et perverse femelle que guignait impudemment le cadre bellâtre Vasson, chef de la section export pays de l'Est.

— Qui pleure ainsi? s'irrita Ronson; de toute façon, nous sommes voués à continuer, il sera plus difficile encore de ramper à reculons.

— Non, non, tuez-moi sur place, je n'avancerai plus! cria Fournier.

Je le devinai à plusieurs mètres derrière moi et en pleine crise de nerfs. A cause de Fournier, nous fûmes rapidement dans une situation impossible. Le boyau était si étroit que, même en rampant, personne ne pouvait passer au-dessus de quelqu'un d'autre. Comment tirer Fournier de là et nous avec lui? Je me réjouis égoïstement d'être devant lui car, à la limite et dans la perspective d'un sauve-qui-peut, je pourrais, moi, continuer, puisqu'il ne bouchait le passage qu'à ceux qui rampaient derrière lui. King Voster répéta :

— Je viens de progresser d'une vingtaine de centimètres et je suis presque certain, Président, que nous devrions faire machine arrière.

— Oui, mais comment! pesta McGanter, comment reculer avec cet âne qui pleure derrière nous! Et si vous ne pouvez avancer, vous Voster, nous sommes faits comme des rats! Qui est donc cet imbécile qui est en train de devenir fou?

Fournier, en effet, était maintenant dans un état épouvantable et ses hurlements portaient sérieusement atteinte à notre moral. Sa crise atteignit un paroxysme quand il se mit à maudire la société et à s'accuser d'être l'imprécateur.

— Oui! criait-il, je l'ai toujours pensé que je crèverais dans votre sale boîte d'Amerlocks dégueulasses, mais vous crèverez avec moi! Tous, vous entendez, nous crèverons dans ce putain de boyau merdeux! Et toi aussi, McGanter, vieux porc, assassin, fasciste, tu crèveras enterré vivant, et ce sera bien fait pour toi qui as fait massacrer tant de nègres et tant de pauvres types partout dans le monde! Et vous, pauvres cons de cadres à plat ventre dans la boue du boyau, vous avez l'air fin, maintenant! Je vous en foutrai, moi, des salaires de salopards, des HEC, des ENA, des Harvard, des Business mon cul! C'est bien fait pour vous, charognes! Et toi, Vasson, tu ne baiseras jamais ma femme parce que tu vas crever, et c'est tant mieux pour elle, tu lui aurais foutu la vérole! Et toi, Abéraud, vieux salaud, tu ne baiseras plus la mère Saint-Ramé, cette pute qui trouve le moyen de toucher les allocations familiales! Ah, au secours, au secours, on va tous crever!

— Qui m'a foutu un cadre pareil! cria McGanter; Roustev, Saint-Ramé, qui est ce pauvre type?

— C'est Fournier, monsieur le Président, il sort de l'École centrale, il est diplômé de l'École supérieure de *marketing* de Cincinnati, et il a suivi un stage à la Summer School de Harvard.

— Alors, pourquoi a-t-il les nerfs si fragiles? Et cette histoire d'Abéraud et de votre femme, c'est vrai, Henri? Ah, diable, cet Abéraud, si nous en sortons vivants, il sera nommé en présence du Grand Conseil au complet.

— Je serai nommé quoi monsieur le Président? demanda Abéraud, qui n'aimait pas l'imprécision.

— Vous serez nommé, sacrebleu, ça ne vous suffit donc pas! Nous verrons quoi plus tard! Pour l'instant, il faut sortir de là... Mais faites-le taire, nom de Dieu! Qui se trouve juste devant ce Fournier?

— C'est moi, monsieur, cadre Le Rantec.

— Le Rantec, quel est votre poste dans la compagnie?

— Je suis attaché à la direction générale, monsieur le Président, cadre du *staff* chargé des relations entre les États-Unis et l'Europe.

— Ah, ah! Vous alors, je suis sûr que vous n'avez jamais été *on line!*

— Jamais, monsieur le Président.

— Eh bien, soyez donc *on line* maintenant, mon vieux, et pour la première fois; flanquez donc un solide coup de pied dans la tête de ce fou et assommez-le en vitesse! Je ne supporte plus ses insanités!

Fournier appelait sa mère, gémissait que sa vocation était de cultiver la terre, d'élever des moutons dans la paix de la nature. Dans son délire, il enfourcha tous les stéréotypes à la mode en ce temps-là chez beaucoup de cadres. Tous déclaraient au moins une fois, dans les dîners, qu'ils ne voulaient plus vivre comme des imbéciles, avec un haut salaire et les embarras de la circulation, et qu'un jour ils élèveraient qui des pigeons, qui des faisans, qui des truites et, bien sûr, les sacro-saints moutons. Lorsque j'entendis ordonner à Le Rantec d'assommer Fournier d'un coup de chaussure dans la tête, je frémis. A plat ventre dans la boue du boyau, je mis instinctivement les mains sur mon crâne au cas où Yritieri, couché devant moi, s'affolerait et tenterait de m'assommer.

— Alors, Le Rantec, ce coup de pied! Vous le faites taire ou non! Dépêchez-vous si vous voulez aussi être nommé! Au fait, Le Rantec, voulez-vous être nommé?

— Oui, monsieur, bien sûr.

— Mais le voulez-vous vraiment? Tous les cadres du Japon et de l'Occident veulent être nommés, ça, je le sais, mais certains le veulent vraiment, avec ardeur, avec obstination! Êtes-vous de ceux-là, Le Rantec?

— Oh, monsieur le Président, je puis vous assurer que, depuis que je suis sorti de mon école, je ne pense vraiment qu'à ça.

— Et vous aimeriez quelle sorte de nomination, Le Rantec?

— Ah, monsieur, j'aimerais tant diriger une société *holding*, une petite pour commencer bien sûr.

— Eh bien, mon cher, si vous m'assommez immédiatement et proprement cet idiot qui démoralise notre troupe, je vous donnerai une société qui a en portefeuille une firme de location de voitures, l'un des hôtels que nous projetons de construire et une fabrique de biscuits au chocolat-caramel qui a récemment pris de l'extension, ça vous va?

— Oh, monsieur, c'est tout à fait ce qu'il me faut, une belle petite société *holding*, je vous promets en un an un bon petit *cash-flow*.

— Eh bien, assommez-le, mon vieux.

Nous entendîmes le bruit d'un choc suivi d'un cri de douleur. Le Rantec avait lancé son pied contre la tête de Fournier.

— Pitié, Le Rantec, je saigne.

— Faites-le taire, nom de Dieu! cria McGanter.

— Je tape, monsieur, je tape, s'excusa Le Rantec, mais ce n'est pas facile, je n'y vois rien et ce cochon se protège la tête avec les mains.

— Tapez donc avec les deux chaussures à la fois! suggéra Ronson.

Nous entendîmes Le Rantec frapper encore à plusieurs reprises. Les cris de Fournier redoublèrent :

— Mon œil, mon œil, pitié, je vous en supplie, je vais mieux... Je n'ai plus peur... Je peux ramper... Pardon pour tout ce que j'ai dit, je ne le pensais pas... Aïe... oh, mon œil. Le Rantec, arrête... Arrête...

— C'est une erreur d'assommer Fournier! cria Brignon, responsable du marché français, époux vivace d'une femme mièvre et bornée.

— Qui a dit cela? demanda McGanter.

— C'est Brignon, indiqua Roustev, c'est lui qui a assuré le succès de notre fouailleuse-pelleteuse à forage vertical.

— Ah, dit McGanter d'un ton adouci, ce fut une excellente opération, jeune homme, je vous félicite... Mais pourquoi ne faut-il pas assommer le malade?

— C'est que, monsieur le Président, une fois assommé il bouchera le boyau, nous aurons toutes les difficultés du monde à le sortir de là; tandis que, s'il conserve l'usage de ses bras et de ses jambes, il s'en sortira tout seul.

— C'est un point de vue qui se défend, reconnut McGanter, qu'en pensez-vous, Bernie?

— Tout bien pesé, Ralph, je crois que Brignon a raison.

— Bon, arrêtez vos coups de pied, Le Rantec! ordonna McGanter.

— Bien, monsieur... Mais je crains que ce ne soit trop tard... Je ne sens plus Fournier bouger.

— Diable... Qui est derrière Fournier?

— C'est moi, Président... Cadre Sélis, spécialiste des prix.

— Selon vous, Sélis, ce Fournier est-il assommé?

— Ses pieds et ses jambes ne bougent plus, monsieur.

— Voilà qui est ennuyeux... Où en êtes-vous, Voster?

— Je crois que ça ira, Président, je suis presque sorti de ce passage dangereux, j'avais peut-être surestimé les risques, il me semble que vous passerez tous sans encombre.

— Avez-vous une idée, Voster, pour ce Fournier qui est assommé et qui bouche le boyau?

— Oui, Président; celui qui est devant Fournier devrait l'attacher avec une corde et nous le tirerions jusqu'à nous quand nous serons sortis de ce boyau, les autres pourront ainsi continuer; celui qui est derrière Fournier aidera à la manœuvre si le corps s'accroche aux parois.

— Le Rantec, pouvez-vous attacher ce Fournier?

— Ça m'est impossible, président, je suis, comme vous, allongé à plat ventre, et je ne puis d'aucune manière me retourner.

— Alors, dit King Voster, ce sera plus facile à celui qui est derrière... Il n'a qu'à ramper entre les jambes de Fournier, passer sa corde à la taille et si possible sous les épaules, ensuite donner la corde à Le Rantec qui l'emmènera jusqu'à nous; je pense que la longueur de la corde suffira, j'aperçois un élargissement du boyau à dix mètres de moi.

Sélis et Le Rantec exécutèrent non sans mal cette opération. Le Rantec rampa en entraînant avec lui la corde que Sélis avait passée autour de la taille de Fournier. La première partie du groupe se retrouva donc enfin dans le boyau redevenu praticable pour des hommes debout, et ils commencèrent à tirer le corps de Fournier. Et, derrière ce corps, Sélis travaillait, dégageait un pied pris dans la boue, un bras coincé. Personne ne parlait plus. La progression du corps fut malaisée et exigea une bonne demi-heure. Lorsque Fournier apparut, Voster le souleva par les aisselles, le tira et le retourna car le malheureux avait été traîné le visage contre le sol. Il était méconnaissable. La deuxième partie du groupe rejoignit la première. King Voster s'était penché sur le corps inerte du responsable de la section Engins nouveaux de Rosserys & Mitchell-France. Il essuya le visage, nettoya les yeux et la bouche pleine de boue avec un mouchoir. Puis il se releva et dit :

— Il est mort.

— En êtes-vous certain, Voster? interrogea Ronson, vous n'êtes pas médecin.

— Examinez-le vous-même, répliqua le détective américain.

Mais Saint-Ramé, qui s'était penché à son tour sur le corps, confirma le diagnostic.

— Il n'est pas nécessaire d'être médecin pour s'en apercevoir dit-il, Fournier est mort.

Instinctivement, une dizaine d'entre nous se tournèrent vers Le Rantec. Celui-ci sentit ces regards dirigés vers lui dans l'ombre. Un silence terrible bétonna l'atmosphère. Le détective américain, qui s'était repenché sur le cadavre, dit alors :

— Je ne pense pas qu'il ait été tué par un coup de pied, sa bouche et ses narines sont pleines de boue; vous avez dû l'assommer, puis il est mort étouffé.

— Le Rantec n'est pas le seul coupable de cette mort, dit le brave mais faible Chavégnac, nous le sommes tous.

— Oui, nous le sommes tous, approuva McGanter, mais il s'agit d'un malheureux accident; ce Fournier était-il marié? Avait-il des enfants?

— Fournier, expliqua Saint-Ramé d'une voix funèbre, était marié, avait deux enfants dont les naissances avaient été très espacées, l'un avait 14 ans, un garçon, l'autre 6 ans, une fille; il était le plus ancien des cadres principaux du *staff;* il était honnête et consciencieux; il avait fait ses études secondaires au lycée de Montpellier, puis sa première année de sciences politiques et économiques à Toulouse, ensuite il était monté à Paris. Son diplôme obtenu, il avait commencé à travailler aux États-Unis mêmes, ce qui était et demeure exceptionnel pour un cadre français. Il était entré chez Libneys, Raston & Cº comme attaché de direction pour l'Europe. En même temps, il s'était inscrit au cours du professeur Briscon du Massachusetts Institute. Il n'était pas un découvreur de marchés, mais malgré cela il dirigeait chez nous le département Engins nouveaux car il n'avait pas son pareil pour bâtir un budget de lancement. Brignon et Fournier se complétaient à merveille. En conclusion, monsieur le Président, je puis vous dire que le cadre qui gît ici, à vos pieds, dans la boue de ce boyau, a bien mérité de notre compagnie. Nul mieux que lui sans doute parmi mes collaborateurs n'a personnellement contribué à la bonne santé du *cash-flow* français.

— Ça, c'est vrai que le *cash-flow* de notre firme française a toujours fait des envieux en Europe, au Japon et même chez nous, là-bas, aux U.S.A... Voster, pouvez-vous transporter ce pauvre Fournier sur vos épaules?... Où en sommes-nous maintenant, où est passé cet Abéraud?

— Ici, monsieur, je suis là, juste derrière vous.

— Ah, sommes-nous loin de ce caveau du Père-Lachaise?

— Loin, non, monsieur le Président, mais il va falloir gravir le monticule, descendre le puits; après quoi, le boyau devient un large souterrain qui mène au caveau presque en ligne droite.

— Où est ce monticule?

— D'après le plan, monsieur, il devrait se dresser devant nous à une centaine de mètres d'ici.

— Alors, en avant, commanda McGanter.

Et la troupe s'ébranla, toujours en colonne par un. Voster en tête, chargé du cadavre du cadre Fournier, Ronson en queue surveillant son monde. Je me trouvais à peu près au milieu de la colonne. Et j'éprouvais de la peine à réfléchir. Je m'étonnais de constater qu'en définitive on s'habituait à n'importe quelle situation, quitte à en subir les effets plus tard quand les nerfs lâchent et que le souvenir ronge. Pour l'instant, je mettais un pied devant l'autre et je n'étais même pas ému par le spectacle que nous offrions. Moins abattu, j'aurais frissonné, je me serais exalté en voyant ces messieurs patauger à la queue leu leu à la poursuite d'un agitateur quasi chimérique et dont les actions n'auraient pas dû, en tout cas, déclencher de tels événements. Au loin, je distinguais la silhouette massive de King Voster et le corps de mon collègue qu'il transportait. La lumière des torches électriques achevait de rendre la scène irréelle. Au fond, c'était peut-être un rêve, un cauchemar. Et puis j'étais fatigué. Physiquement et moralement. Inconsciemment, je remettais à plus tard l'analyse de cette situation inouïe, les conclusions qu'il faudrait en tirer, les ennuis aussi auxquels elle nous exposerait. Car nous avions un mort maintenant : était-ce un meurtre ou, comme l'avait dit, non sans arrière-pensée, McGanter, un accident? C'est la justice des hommes qui se prononcerait et non celle de l'entreprise. Quant à la justice de Dieu, je n'osais plus y penser. J'avais l'impression que, d'une certaine manière, elle avait commencé à se manifester. A mesure que nous avancions, la raison de cette expédition s'estompait pour faire place à sa folie. Nous n'avions plus rien des conquérants, des vengeurs, des pourchasseurs que McGanter, Ronson et Abéraud avaient décrits, mais nous devenions au contraire des pantins lamentables et têtus, incapables de reconnaître le grotesque, la mauvaiseté, la vanité de notre aventure. Nous marchions silencieux, mi-honteux mi-farouches, l'esprit vide et cependant la peur au ventre. C'est ainsi que nous débouchâmes au pied du fameux monticule. Ce n'était en fait qu'une excroissance du terrain et l'on devinait qu'en effet à son sommet s'ouvrait une sorte d'excavation. Nous en avions tous assez de ces boyaux et de ces souterrains, c'est pourquoi nous saluâmes avec soulagement l'endroit où nous étions arrivés. King Voster déposa le corps de Fournier, et nous pûmes nous grouper autour de lui et lui rendre une espèce d'hommage bizarre en braquant à tour de rôle notre torche sur son pauvre visage tout noirci de fange. Qui aurait prédit à Fournier, quand il faisait des études brillantes à Montpellier puis à Toulouse, qu'il finirait ainsi, à 50 mètres au-dessous de la salle des ordinateurs de la firme française de la compagnie multinationale la plus puissante du monde? Qui avait réglé ce scénario aberrant? Portal, Yritieri, Chavégnac, Terrène, Brignon et moi-même, nous nous agenouillâmes auprès du corps. Les autres parurent embarrassés. Ou alors l'orgueil leur interdisait-il de murmurer une prière, n'importe laquelle? Ils adoptèrent une attitude qui sauvait les apparences. Ils s'alignèrent derrière nous en restant debout, et semblèrent se recueillir. Seul le détective français vint nous rejoindre. Portal, catholique pratiquant, récita le *Notre Père*. Il venait juste de le terminer lorsque Ronson s'écria :

— Là-bas, regardez, il grimpe vers le sommet du monticule, c'est lui, vite, venez!

Nous aperçûmes une ombre qui escaladait assez vite. Nous braquâmes nos torches. Abéraud, Ronson, les deux détectives se précipitèrent et nous les suivîmes.

Le fugitif s'éloignait et, un moment, nous le perdîmes de vue.

— Ne montez pas, ne montez pas! nous cria King Voster, restez en bas et contournez la base du monticule, nous le cernerons!

— Il faut l'empêcher de s'engouffrer dans le puits, recommanda Abéraud, c'est la seule issue par où on peut gagner le caveau.

Nous interrompîmes notre ascension et nous opérâmes un mouvement tournant.

— Le voilà! cria Voster, il n'a pas eu le temps de s'encorder pour descendre le puits, il est obligé de redescendre, attention, il vient vers vous!

— Je le tiens! cria Terrène, je le tiens!

— Mais non, idiot, c'est moi! cria Musterffies.

— Eh bien, c'est vous qui couriez!

— Comment, c'est moi! Je courais, oui, mais à la poursuite de l'homme!

— Terrène, tu déconnes! cria Brignon, le voilà, vite, par ici!

Nous nous bousculâmes pour essayer de capturer le fugitif qui, tout près de nous, profitait de quelques protubérances pour se dissimuler. L'efficacité des torches était mince. Nous écoutâmes, hale-tants, le moindre bruit. Je me dis que, si l'homme avait l'astuce et l'audace de bondir au milieu de nous, on ne l'identifierait jamais tant régnait la suspicion et si faibles étaient nos moyens d'y voir clair.

Du haut du monticule, Ronson nous demanda :

— L'avez-vous repéré?

— Oui, répondit McGanter, il est à quelques mètres de nous dans l'ombre.

— Nous n'avons pas besoin de le capturer pour l'identifier, dit Ronson, restez où vous êtes; Ralph, faites l'appel; ici, je suis avec Voster, Abéraud et le policier français; que ceux qui sont autour de vous déclinent leur identité, celui qui manquera à l'appel sera notre homme.

— Excellente idée, Bernie, je commence! Terrène!

— Présent!

— Yritieri!

— Présent!

— Sélis!

— Présent!

— Brignon!

— Présent!

— Portal!

— Présent!

— Chavégnac!

— Présent!

— Vasson!

— Présent!

— Samueru!

— Présent!

— Fournier!

— Il est mort! cria Ronson du sommet du monticule.

— Monsieur le Directeur des Relations humaines!

— Présent, dis-je.

— Ah, vous êtes donc là, marmonna McGanter, vous m'avez bien eu, vous, nous en reparlerons lorsque nous serons sortis de cet infâme marécage.

— Roustev!

— Présent!

— Saint-Ramé!

Il y eut un silence.

— Saint-Ramé, répéta McGanter, Henri, où êtes-vous?

— Ici, répondit une voix que je reconnus à peine, je suis là, McGanter.

Et le directeur général sortit de derrière la protubérance où il se cachait.

— Comment, Henri! s'exclama McGanter frappé de stupeur, que faisiez-vous là derrière?

— Eh bien, mon cher Président, figurez-vous que je réfléchissais, répondit Saint-Ramé ironique, je me disais : Que dois-tu faire? Leur tirer dessus ou mettre un terme à cette comédie immonde; j'ai opté pour la deuxième solution.

Et Saint-Ramé jeta un pistolet par terre. Alors Ronson, Abéraud et les deux détectives descendirent du monticule et nous rejoignirent. Nous nous rangeâmes, réellement pétrifiés, comme des enfants, presque en rangs devant Henri Saint-Ramé, directeur général de Rosserys & Mitchell-France, né à Pouligny dans l'Indre, diplômé de l'Institut d'études politiques de Paris, ancien élève de la Business School de Harvard, Master of Science and Technology du Massachusetts Institute, chevalier de l'ordre national du Mérite.

Le premier à réagir fut McGanter :

— Henri, dit-il, c'est une sinistre plaisanterie; cette expédition nocturne, ce long et terrible rampement, la mort accidentelle d'un de vos cadres vous ont dérangé l'esprit. Vous n'êtes pas l'homme que nous cherchons. Dans le cas contraire, Henri, j'attends que vous me détrompiez et, surtout, que vous m'expliquiez. Nous ne sortirons pas d'ici sans que vous m'ayez expliqué votre attitude de long en large, et sans que je l'aie comprise.

— Mon cher McGanter, répliqua Saint-Ramé, qui venait, à mes yeux, d'illuminer ces puantes ténèbres, je crains alors que nous ne restions longtemps ici, ce qui deviendrait dangereux, car l'immeuble de Rosserys & Mitchell-France ne tardera pas à s'enfoncer. Il ne s'effondrera pas, mais de nombreux éboulements se produiront et nous risquons alors de finir nos sombres jours dans ces souterrains, pareils à des rats pris au piège. Ce n'est pas que je refuse de vous expliquer quoi que ce soit; mais vous et les autres ne comprendrez jamais, à l'exception peut-être d'un seul, que je suis navré de voir ici; j'ai tout fait pour qu'il ne descende pas cette nuit; en particulier, McGanter, c'est moi qui ai orienté les rapports vers sa culpabilité; je m'étais dit que, se sachant soupçonné, il ne serait pas des nôtres; il en a jugé autrement; hélas, je ne pouvais le dissuader davantage, car j'aurais alors attiré ses soupçons. Déjà Ronson et Abéraud approchaient du but, et j'étais pressé d'aboutir; je vous dirai à quoi plus tard et si vous le désirez. Cet homme qui seul comprendra peut-être mes raisons et mes explications, c'est M. le directeur des Relations humaines, il a du caractère, il est honnête et sensible, il s'est donc fourvoyé parmi vous.

— Ah! ça, Saint-Ramé! De qui vous moquez-vous! rugit McGanter. Voster, saisissez-vous de lui!

Saint-Ramé se laissa prendre sans résistance.

— Je vous soupçonnais depuis quelque temps, Saint-Ramé, dit Ronson, la voix tremblante de colère, et quelqu'un ici l'avait compris; ce n'est pas le directeur des Relations humaines, le plus appréciable et le plus intelligent de vos cadres, mais votre directeur adjoint des Prévisions, Abéraud.

— Moi aussi, glapit Le Rantec, qui croyait sans doute sa petite société *holding* compromise, moi aussi je l'avais soupçonné; lui seul pouvait imiter si bien sa propre voix.

— Vous serez donc idiot, superficiel et lâche jusqu'au bout, mon pauvre Le Rantec, dit Saint-Ramé; je souhaite pour votre parti socialiste révolutionnaire que vous soyez unique en votre genre.

— Vous n'avez pas la parole! hurla McGanter, maintenant hors de lui; Ronson, vous aviez raison, nous allons le juger! Formons un tribunal! Ronson, où pouvons-nous nous installer?

— Il me semble que la plate-forme à flanc de monticule sur laquelle nous nous étions postés, Voster et moi, fera l'affaire, elle domine les boyaux que nous avons empruntés; constituons le tribunal; Ralph, je crois naturel que vous le présidiez, ensuite c'est à vous de choisir.

— Eh bien, ce sera vite fait, déclara McGanter; vous, Ronson, et vous, Adams, en serez les vice-présidents, et cet Abéraud premier assesseur, et ce Brignon, celui de la fouailleuse-pelleteuse du Kansas, deuxième assesseur. Voster et son collègue se chargeront du maintien de l'ordre; ce directeur des Relations humaines assumera la défense de Saint-Ramé; nous autres Américains, nous aimons la justice; chez nous, l'accusé a des droits, on ne peut juger un homme en dépit du bon sens; surmontons notre légitime fureur pour rendre la justice, donnons un avocat à ce scélérat, dont on ne sait encore s'il est vraiment responsable! Ne déshonorons pas l'Amérique! Tous les autres cadres seront membres du tribunal! Dépêchons-nous, il est près de 3 h du matin!

Nous nous transportâmes donc sur cette plate-forme accrochée à flanc de monticule. Nous présumions qu'elle devait dominer les sols souterrains, mais il fut impossible de le vérifier dans l'obscurité quasi totale. Nous n'avions à nos pieds qu'un immense abîme noir, les torches n'éclairant que la plate-forme elle-même. On déplaça un rocher sur lequel prit place McGanter. Musterffies et Ronson s'assirent par terre, l'un à droite, l'autre à gauche du président. Les autres cadres s'assirent en tailleur et formèrent un demi-cercle de part et d'autre du rocher présidentiel. King Voster et son collègue amenèrent Saint-Ramé et le forcèrent à s'agenouiller. Je remarquai alors qu'ils lui avaient attaché les mains et lié les chevilles. Je me plaçai debout à la droite du directeur général accusé. Chacun fut convié par Ronson à braquer sa torche vers Saint-Ramé qui, lui, fut obligé, en tenant la sienne à deux mains, d'éclairer son visage.

— Nous devons voir la figure de cette canaille pendant tout son procès, avait ordonné Ronson. Et cela faisait une drôle d'impression de voir cette figure éclairée sous le menton par la lumière de la torche. Parfois, c'était comme si le visage jaune et creusé d'un fantôme oscillait dans le noir. Et le « procès » d'Henri Saint-Ramé commença. Pendant les préparatifs, les cadres de l'entreprise n'avaient pas soufflé mot, à l'exception de Le Rantec qui m'était apparu plus atteint par son imagerie économique et politique que je ne l'avais imaginé. Les événements n'avaient pas sur lui assez de prise pour qu'il perde un instant de vue la *holding* promise par McGanter. C'est que, il faut en convenir, l'attitude de Saint-Ramé les atteignait de plein fouet; et, aujourd'hui encore, je suis certain que la plupart d'entre eux, au début de cette parodie épouvantable, demeuraient persuadés que quelque chose leur échappait; que le directeur général, adulé de la technocratie parisienne et même européenne, exécutait l'une de ces manœuvres dont il avait le secret ou, au pire, que les fatigues de deux expéditions nocturnes consécutives et la mort de Fournier, jointes à deux journées de travail épuisantes, avaient eu raison des nerfs pourtant légendaires de ce disciple choyé des grands *managers* américains. Seuls Ronson et Abéraud étaient revenus très vite de leur demi-surprise pour manifester une hargne, un dépit, un désir de vengeance qu'ils ne nuançaient même plus. McGanter, qui pensait en général assez vite et qui avait en Ronson une absolue confiance, n'était plus loin de les rejoindre dans cet appétit de punition; mais, d'abord, les uns et les autres voulaient absolument tout savoir, tout comprendre et, par là, réduire à néant le bien-fondé éventuel du comportement de Saint-Ramé. Cette nuit-là, j'observai de près ces mécanismes honteux, rendus célèbres par l'Inquisition et les procès staliniens. Dans un premier temps, il était plus important de démontrer par tous les moyens que l'accusé avait tort plutôt que de le détruire physiquement :

Abjurez! hurlaient-ils aux oreilles de leurs victimes, abjurez, et vous aurez la vie sauve! Reconnaissez vos erreurs, récitez vos fautes, et alors peut-être irez-vous au bagne, de préférence au poteau d'exécution!

Et à Saint-Ramé :

— Reconnaissez qu'un excès de travail vous a rendu fou, ou encore que, menacé par Roustev, celui-ci étant sur le point de vous supplanter, vous avez choisi de rétablir votre situation en semant le trouble dans les esprits, mais en vous gardant bien de vous en prendre aux usines et aux entrepôts. Reconnaissez l'une ou l'autre de ces motivations, et alors vous reviendrez avec nous à l'air libre, à condition bien sûr de donner au Grand Conseil votre démission pour raison de santé. Allez, Saint-Ramé, parlez, que diable! Aviez-vous peur de Roustev ou non? Ou alors aviez-vous récemment, et de plus en plus fréquemment, des trous de mémoire, des vertiges, des attitudes inexplicables? Quand vous avez parlé au personnel dans le porte-voix de Rumin, n'avez-vous pas usé de termes et d'expressions bizarres? N'est-ce pas, Abéraud? Racontez-nous, Abéraud. Jurez, monsieur le Directeur adjoint des Prévisions, de dire toute la vérité, rien que la vérité, levez votre torche et dites : je le jure. Alors, n'est-ce pas que les propos de Saint-Ramé, ce jour-là, étaient parfaitement décousus? Et au cimetière, sur la tombe du regretté Arangrude, que s'est-il passé? Cadre Le Rantec, vous en souvenez-vous? Venez, monsieur l'Attaché à la direction générale, prêtez serment; vous aussi, levez donc votre torche et racontez-nous ces allusions à Tolstoï sur la tombe d'un directeur du *marketing!* Folie! Un homme qui a pratiquement inventé en France le *marketing* de la charcuterie sous cellophane relirait-il

donc chaque année en vacances un grand roman classique? Folie!
S'intéresserait-il à de jeunes poètes inconnus? Folie! Qu'ont à voir
les soupirs d'Anna Karénine avec les jambons Korvébon? Folie!
N'est-ce pas, Le Rantec? D'ailleurs, tout cela était faux, et quelqu'un
ici peut en témoigner, n'est-ce pas, Vasson? Prêtez serment, Vasson,
jurez de dire toute la vérité au nom des États-Unis d'Amérique du
Nord, refuge des libertés bafouées, levez votre torche et dites : je le
jure! Alors, Vasson? Connaissiez-vous bien les Arangrude? Combien
de fois avez-vous couché avec sa femme? Six fois! Merci, Vasson!

— C'est faux, m'insurgeai-je.

— La défense aura la parole librement, et le temps qu'elle voudra,
tout à l'heure! hurla McGanter en dessinant des arabesques avec sa
torche; pour l'instant, la parole est aux témoins de l'accusation; alors,
Vasson? Arangrude lisait-il Tolstoï? Merci, Vasson. Pourquoi aurait-
il lu Tolstoï? Et vous, Roustev? Vous, mon cher André, désormais
directeur général de Rosserys & Mitchell-France, prêtez serment
aussi, jurez, Roustev, jurez, levez votre torche, dites-nous ce que
Saint-Ramé s'apprêtait à faire de notre *cash-flow*? De combien s'est-il
trompé dans les prévisions? Comment masquait-il ses erreurs ou
pensait-il le faire? Allez, cher Adams, levez votre torche, démontez-
nous le mécanisme de falsification des comptes! Comment opérait
ce M. Saint-Ramé depuis deux ans? Écoutez ça, cadres de Rosserys &
Mitchell-France, écoutez ça! Avez-vous entendu? Et, maintenant,
le cadre Abéraud peut-il revenir à la barre? Et qu'il nous dise, oui,
qu'il nous dise, lui qui a touché la cuisse ronde et blanche de la mère
Saint-Ramé, ce qu'elle lui a raconté sur l'oreiller!

— Ah, ah, sur l'oreiller! reprirent en chœur sept ou huit cadres.
Abéraud revint devant le directeur général déchu, et il dit :

— Voilà presque un an qu'il oscillait entre l'impuissance et les
bizarreries les plus sordides.

— Cela concerne la vie privée d'Henri Saint-Ramé, protestai-je, et
n'a aucun intérêt.

— Comment aucun intérêt! s'exclama McGanter, un homme qui
devient fou ne le devient-il pas autant dans son lit que dans son
bureau! Continuez, monsieur le Directeur adjoint des Prévisions!

Abéraud se complut à décrire en détail ce qui, selon lui, dans les
rapports conjugaux de Saint-Ramé, prouvait qu'il était devenu fou.
Tout cela vraiment était écœurant.

— Et je crois savoir que ce cochon en usait de même avec de nombreuses secrétaires, n'est-ce pas, monsieur Brignon?

— Absolument exact, monsieur.

— Jurez, Brignon, levez votre torche!

Brignon leva sa torche.

Oui, sa propre secrétaire avait été presque violée par le directeur général et lui, Brignon, n'avait jamais osé le dire.

Lorsque les témoignages parurent à McGanter suffisamment abondants, la parole fut donnée à Saint-Ramé.

— Et maintenant expliquez-vous, voyons si vous allez être raisonnable! cria McGanter.

Voici ce que le directeur général de Rosserys & Mitchell-France déclara cette nuit-là :

— Vous aimeriez que je sois fou, eh bien, je ne le suis pas. Vous, par contre, vous l'êtes complètement. Je vais vous raconter l'histoire de ce qui s'est passé dans notre société depuis quelques jours; vous verrez qu'elle est simple et, en tout cas, qu'elle ne méritait pas de prendre de telles proportions, encore moins de nous amener où nous sommes, ici, sur cette plate-forme, dans les souterrains de notre entreprise, moi ligoté et agenouillé, vous ridicules et, pour tout dire, monstrueux. Mais, si cette histoire a connu de tels développements, ce n'est pas par hasard. Maintenant, je sais que vous étiez plus fragiles encore, plus incapables que je ne l'imaginais. Écoutez et vous serez honteux. Mais je prévois qu'ayant franchi par vos attitudes et vos actes déments le point de non-retour, vous n'aurez pas la force de vous tirer de votre abjection, et que soit vous ne me croirez pas, soit vous deviendrez plus vils, plus fous. Je n'ai pas écrit la première imprécation. Ainsi que certains l'avaient pensé au début, elle est l'œuvre d'un étudiant plus ou moins anarchiste qui, pour gagner un peu d'argent, s'était fait embaucher dans les équipes d'entretien qui nettoient la nuit l'entreprise. Je connais ce jeune homme, il me l'a avoué en rigolant. Mais cette imprécation, les effets qu'elle avait produits, attirèrent mon attention. Des effets que notre étudiant était loin d'avoir prévus. Ces dernières années, je m'étais convaincu que le rôle essentiel de la direction générale d'une entreprise comme la nôtre consistait à faire travailler les gens ensemble, à veiller aux conditions de ce travail, à se consacrer presque entièrement aux questions de formation, de recyclage, de psychologie, à la réforme des relations internes, à un nouveau style de communication. Je m'en étais ouvert, d'ailleurs, à mon directeur des Relations humaines, et lui avais dit : « Vous verrez, les Relations humaines connaîtront un développement considérable, les nerfs des grandes entreprises sont beaucoup trop tendus. » Une entreprise est sous bien des aspects comparable à une personne humaine. Et ceci vaut encore davantage pour les firmes à vocation mondiale. Elles ont leur cerveau, leur cœur, leurs entrailles, leurs muscles. Or, si nos entreprises ont acquis au cours des vingt dernières années des muscles épais et solides, si leur capacité de production a formidablement progressé, leurs cerveaux, eux, sont restés petits. Je m'excuse de le dire, mais les théories savantes de nos amis américains et de leurs disciples européens ou japonais sur les méthodes de direction ne sont pas à la hauteur des théories de la production, de la conquête des marchés, de la diversification, des problèmes purement financiers. D'abord, après la guerre, il a fallu produire; ensuite, il a fallu vendre; maintenant, le temps est venu de parler, de se parler, de vivre, risquons le terme, relativement heureux et détendu sur le lieu du travail. Maintenant, la psychologie d'une entreprise, l'art de l'information, la faculté de respecter un individu parmi des centaines et des milliers d'autres, sont devenus des facteurs de production à part entière, c'est-à-dire que, si les objectifs que je viens d'énumérer ne sont pas réalisés par les dirigeants, la productivité baisse. Alors que jusqu'ici ces facteurs étaient du ressort exclusif des psycho-sociologues de service, voire plus tard d'un directeur du personnel, puis des Relations humaines, ils ne vont pas tarder à devenir les composantes essentielles de la fonction de direction générale. Cela signifie tout simplement qu'au sein des grandes entreprises le pouvoir changera de main, et que ce changement donnera lieu à des luttes sans merci entre la finance et la gestion d'une part, la psychologie et la politique d'autre part, luttes qui iront jusqu'à compromettre la prospérité des firmes. L'ère de la technocratie va sur sa fin. Le verbe va resurgir puissamment et remettre à une place subalterne les théoriciens du *management*. Et il est bon que nous, qui croyons à la liberté et à l'initiative en matière d'économie politique, nous soyons les premiers à apporter les réformes nécessaires, faute de quoi d'autres que nous se chargeront de le faire d'un coup en détruisant nos sociétés. Comment pourriez-vous penser une seconde que vous avez devant vous un agitateur, un gamin irresponsable! Redevenons sérieux : le mal est réparable. Nous nous sommes envoyé à nous-mêmes des électro-chocs. Sachons réagir. Je suis toujours le même Henri Saint-Ramé que vous avez connu, et toute mon action n'a qu'un but : déceler nos maladies avant que les bourrasques révolutionnaires n'envoient leurs médecins à notre place. Alors, messieurs, le hasard incarné par le canular de cet étudiant me donna un beau matin l'occasion d'expéri-menter dans mon entreprise les idées que je viens d'exposer. Je décidai d'utiliser la situation pour, précisément, mettre à l'épreuve ce que j'ai appelé les nerfs de l'entreprise. Je transformai donc le canular en expérience. Je résolus de prendre le relais et j'écrivis les trois autres textes. Je profitai de la mort du regretté Arangrude pour alourdir la psychologie, l'ambiance de l'entreprise. J'observai en même temps les réactions du personnel et, en particulier, celles des principaux cadres. Du point de vue pratique, tout me fut facilité par ma position. Nul ne pouvait facilement me soupçonner et je diffusai moi-même de fausses nouvelles et des instructions extravagantes. Mon intention était, au bout d'un certain temps, de réunir mes proches collaborateurs pour leur expliquer ce que j'explique maintenant, pour analyser devant eux et avec eux les erreurs commises, pour les imprégner de ma prospective. Songez que Rosserys Mitchell-France aurait pu, une fois de plus, imposer dans le monde une méthode de direction très en avance sur son temps et j'aurais pu, moi, Saint-Ramé, devenir le prototype du patron progressiste! Pourquoi les choses se sont-elles mal passées? Pourquoi n'ai-je pas réussi à maîtriser ce que j'avais lancé? Pour deux raisons : *a*) l'initiative d'Abéraud a envenimé la situation. Dès l'instant où un groupe de collaborateurs de si haut niveau m'échappait, je ne pouvais contrôler les événements comme je l'aurais voulu; l'action d'Abéraud a fait de mon expérience un drame; *b*) et, je ne vais sans doute pas vous plaire mais vous devez bien y réfléchir : Abéraud et ses collègues n'auraient rien aggravé du tout si je n'avais vu juste. Les résultats ont dépassé mes espérances. Je comptais que les nerfs de mes collaborateurs, pourtant bien payés, pourtant bien placés dans une entreprise prospère, lâcheraient. Je les savais faibles de caractère. Mais je n'avais pas envisagé que les plus hautes autorités de la firme tomberaient dans le piège. Je croyais McGanter, Musterffies et Ronson à l'abri de ce genre d'épreuves. Hélas! Et cette nuit, parce que des obsèques vous ont paru bizarres, de même que mon langage, et parce que quatre fois les employés ont reçu un rouleau de papier contenant des textes volontairement polémiques, voici où vous en êtes arrivés! Vous n'êtes plus des hommes, mais des torches! Cette nuit, je ne vous vois plus! Des étudiants à qui je raconterais cette histoire abracadabrante, où l'on vit des présidents et des cadres descendre la nuit dans des galeries et des boyaux, n'est-elle pas la preuve spectaculaire et, hélas! sanglante que, décidément, quelque chose ne tourne pas rond dans la tête et le cœur de ceux qui dirigent les entreprises géantes et l'économie de l'Occident! Quand un Le Rantec en est réduit à casser le crâne d'un collègue pour diriger une société *holding*, je dis que notre système est bien malade, bien malade, messieurs! Le mieux, maintenant, serait que vous me détachiez, que nous remontions à la surface et qu'avant de nous séparer on s'occupe un peu de ce malheureux Fournier.

— Tout doux, siffla McGanter, j'ai des questions à vous poser, et notamment celle-ci : d'où viennent les fêlures? Votre expérience prévoyait-elle la destruction de l'immeuble?

— Ces fêlures ne sont pas mon fait, répliqua Saint-Ramé avec vivacité, elles sont dues à un sabotage. Je vous ai dit tout à l'heure que le drame avait favorisé le réveil de la lutte des clans à l'intérieur de l'entreprise : quelqu'un a scié les piliers de béton au chalumeau. Quand on sait, messieurs, ce que vous avez été capables de faire cette nuit, nul doute que, pour servir ses desseins, un homme, l'un d'entre vous, ambitieux et sans scrupules, aurait été capable de provoquer l'effondrement de l'immeuble, pour mettre la chose, ensuite, sur le dos de l'imprécateur. J'ai été le premier surpris par l'élargissement de cette fêlure, et je pense que Roustev qui, comme chacun sait, a de solides notions dans le domaine du bâtiment, pourrait nous l'expliquer.

— Qu'insinuez-vous par là? cria Roustev.

— Mais rien, calmez-vous donc, Roustev, n'avez-vous pas été chargé officiellement des problèmes de fêlure?

— Et alors? Nous connaissons tous leurs solutions; vous m'écœurez, Saint-Ramé.

— Pauvre Roustev, je vous écœure et je vous plains.

— Je n'ai rien à faire de votre pitié! hurla Roustev qui, fou de rage, quitta sa place et se précipita vers Saint-Ramé. Je m'interposai :

— Que voulez-vous faire à un homme ligoté et agenouillé? lui dis-je, prêt à me battre. Nous nous éclairions mutuellement de nos torches, et le rictus du directeur général adjoint m'effraya.

— Venez ici, Roustev, gardons notre sang-froid! cria McGanter, j'ai une autre question à vous poser, Saint-Ramé : dans votre système où la direction générale doit se consacrer au bonheur des individus, à leurs conditions de travail, à leur information, etc., etc., qui donc s'occupera du *cash-flow*?

— Un bon gestionnaire subalterne et un directeur financier compétent et dévoué feront fort bien l'affaire.

— Comme vous y allez, Saint-Ramé! s'exclama McGanter, mais passons... Revenons à l'ensemble de vos explications; elles ne me paraissent guère convaincantes et votre conclusion est plutôt naïve. Ainsi, nous vous détacherions et nous remonterions. Ensuite, nous nous séparerions. Et le lendemain vous accorderiez une interview où vous déclareriez que, grâce à votre génie, un grand pas en avant a été fait ici, cette nuit, vers une nouvelle méthode de commandement au sein des entreprises géantes, américaines et multinationales! Vraiment, Saint-Ramé, vous êtes inconscient! Qu'en pensez-vous, messieurs?

— Il est inconscient, reprirent les autres.

— Saint-Ramé, je vous demande d'avouer que depuis quelque temps vous souffrez de violentes migraines, que vous perdez la mémoire, que parfois votre comportement vous échappe. Si vous avouez, nous remonterons et nous vous ferons signer une déclaration de ce genre. Je vous interdis de vous donner en spectacle au monde occidental, vous avez été directeur général de Rosserys & Mitchell, et votre réputation de *manager* est internationale. Si vous reniez publiquement ce que vous avez adoré, vous portez un coup terrible à notre compagnie, vous semez le doute dans l'esprit de centaines de millions d'étudiants et d'enfants, déjà noyautés par les révolutionnaires et qui s'interrogent sur le sens de notre société. Si vous, Saint-Ramé, si représentatif de notre hiérarchie, vous créez vous-même un doute, alors, c'est vrai que les valeurs que nous incarnons seront violemment bousculées. Et ces valeurs sont bonnes, Saint-Ramé, nous devons les défendre. Et la meilleure façon de le faire, pour vous, c'est de tirer les conclusions d'une affaire que vous n'avez pas su contrôler. Écartez-vous, Saint-Ramé, démissionnez pour raisons de santé; la compagnie vous cédera l'appartement que vous occupez ou l'équivalent et vous versera des indemnités sans précédent. Du diable, Saint-Ramé, décidez-vous, nom de Dieu!

— Vous ne me ferez pas dire ce que je ne pense pas, répondit d'une voix ferme l'ex-directeur général.

Alors la voix de Bernie Ronson s'éleva et résonna sinistrement :

— Il existe mille manières de faire parler les gens, Saint-Ramé, j'en connais quelques-unes.

Cette fois, personne ne réagit en écho. J'étais sidéré par ces paroles et crus un moment que cet excès de sauvagerie contribuerait à retourner la situation en faveur de Saint-Ramé. Mais ce silence fut de courte durée. McGanter reprit :

— Je serais désolé de recourir à de telles extrémités, mais l'intérêt supérieur de ma compagnie est maintenant engagé. Je ne veux absolument pas qu'on la tourne en dérision et qu'on doute d'elle à travers le directeur général de sa firme française. Saint-Ramé, je vous conjure d'accepter mon marché !

— Je croyais bien vous connaître tous, là-bas, à Des Moines, dit Saint-Ramé d'une voix oppressée, on avait même écrit dans les journaux que j'étais le *manager* européen qui avait le mieux assimilé vos méthodes et vos techniques, mais c'était faux ; vous vous entourez d'assassins ; l'argent, le profit, la puissance financière vous ont tourné la tête ; vous avez dénaturé et détourné le patrimoine intellectuel et moral de la jeune Amérique, vous êtes indignes !

— Vous parlez comme un communiste, Saint-Ramé, taisez-vous !

— Je parle comme un homme qui vient de comprendre qu'il se trouve dans une position plus grave qu'il ne le croyait. Vous êtes fou, McGanter, les livres écrits sur vous par des auteurs d'extrême gauche étaient donc objectifs, vous êtes fou et Ronson est votre homme de main. Quant à ceux qui sont assis autour de vous dans l'ombre, regardez-les ; malgré l'obscurité, ils abaissent leurs torches tant ils ont peur que je ne les regarde en face ! Ce sont des lâches ! Ils représentent une génération stérile, ils ont eu vingt ans lorsque les ruines de leur pays ont été reconstruites par leurs aînés rescapés des camps et de la guerre, ils sont serviles, sans idéal, ils ont trop vite engraissé, leurs enfants ne le leur pardonneront pas ! Ils sont mous et coléreux ! Égoïstes et jouisseurs ! Pour eux, l'aventure, la création, c'est un changement de menu à leur restaurant habituel ! Rassurez-vous, messieurs ! En dépit de la lumière des torches, je ne distingue que vos silhouettes, mais je lis au fond de vous : vous avez peur ! Peur de McGanter, peur de Ronson, et aussi peur de moi ! Je vous énerve, ligoté, agenouillé, vous aimeriez que je me déclare fou et vous seriez soulagés !

— Abéraud, dit Ronson, avez-vous une lime à ongles ?

— Oui, monsieur.

— Piquez-le donc au-dessous des ongles de la main.

Abéraud se leva. Je vis sa torche s'avancer vers moi.

— N'approchez pas, Abéraud, dis-je révolté, n'approchez pas ; j'ai sur moi un couteau que je vous plongerai dans le ventre. (Ce n'était pas vrai, mais j'avais dit n'importe quoi pour l'arrêter.)

— King, mettez donc ce directeur des Relations humaines hors d'état de nuire.

Le colosse américain s'approcha de moi et eut tôt fait de me maîtriser. Il enfonça ses pouces dans le creux de mes omoplates et m'obligea à marcher jusqu'au bord du puits situé au sommet du monticule :

— Si tu bouges, me dit-il, je te précipite au fond.

J'en avais assez. Je promis de ne pas bouger. Et il rejoignit Saint-Ramé. La vue de cet orifice au bord duquel j'étais assis me rappela qu'au fond de ce puits, le souterrain repartait presque en ligne droite jusqu'au caveau de marbre vert et noir du Père-Lachaise. Je déroulai alors la corde que je portais et la fixai solidement à un bloc. Il faisait noir et personne ne remarqua ma manœuvre. Pourquoi ces précautions ? C'est que j'avais peur. Les choses tournaient mal. Après Saint-Ramé, mon tour pouvait venir ; car, en prononçant mon éloge, l'ex-directeur général m'avait désigné à leur vindicte. Il avait fait de moi un complice, un témoin qui, plus tard, pourrait ne pas se gêner pour raconter ce qu'il avait vu et ce qu'il avait entendu. Or, que voyais-je en cet instant ? Voster maintenait Saint-Ramé. Abéraud glissait une lime sous un ongle de l'ex-directeur général, qui hurlait de douleur. Le Rantec se manifesta de nouveau :

— Monsieur, dit-il, jaloux et inquiet d'être supplanté par Abéraud, puis-je m'occuper de l'autre main ?

— Bravo, Le Rantec, allez-y donc, mais doucement, doucement !

— Arrêtez, arrêtez ! cria Chavégnac, qui ne supportait plus la scène.

— Ah, pas de crises de nerfs ici ! On en a eu assez d'une, et vous en connaissez les conséquences ! menaça Ronson, vous n'avez qu'à boucher vos oreilles !

A partir de ce moment, aucun cadre du *staff* de Rosserys & Mitchell-

France ne se fit plus entendre. Le Rantec et Abéraud, que la souffrance de Saint-Ramé devait exciter, accompagnèrent leurs tortures d'insultes dégradantes.

— Salaud! Impuissant! Tu m'as assez emmerdé et méprisé dans ton bureau! Tu ne la ramènes plus, hein, maintenant? criait Le Rantec.

— Sale petit bourgeois, pédé, si tu n'avoues pas, on t'empalera! grondait Abéraud.

Était-ce donc possible! Je fus pris de nausées. Les hurlements de Saint-Ramé firent place peu à peu à des gémissements. Je pris la résolution de fuir. Quoique me trouvant à l'écart et plus dans le noir que les autres, je m'entourai de multiples précautions. Surtout, je craignais, en glissant à l'intérieur du puits, de provoquer la chute de cailloux. Je vérifiai que la corde était bien attachée au bloc lorsqu'une apparition terrible terrorisa les bourreaux, les lâches et moi-même. Dans un silence impressionnant, seulement troublé par les plaintes de Saint-Ramé, un fantôme apparut. Une silhouette effrayante qui marchait lentement et en titubant approchait du tribunal de Rosserys & Mitchell-France. Terrène le reconnut le premier.

— Fournier! cria-t-il.

Ce fut la débandade. Je vis des torches s'agiter dans tous les sens, j'entendis des appels au secours. Quel effroyable souvenir! Et puis un bruit sourd qui venait de dessus nos têtes. Un bruit qui devint bientôt comme un roulement de tonnerre, une avalanche.

— Ça s'effondre en haut! cria quelqu'un.

Je me laissai glisser à toute vitesse dans le puits et j'atterris sans encombre, les mains un peu écorchées, sur un sol sec. Alors les grondements se répétèrent autour de moi et se transformèrent en vacarme. Des paquets de terre et de roches tombèrent autour de moi. Je me mis à plat ventre, les mains sur la nuque, et fermai les yeux. Je restai longtemps dans cette position. Puis le silence revint. Je me tâtai pour m'assurer que mes os n'étaient pas brisés. Où était ma torche? Par bonheur, je la sentis à côté de moi. Elle fonctionnait. J'étais au fond de ce puits et, devant moi, s'ouvrait un souterrain. J'étais vivant. Je pensai à Fournier. Il n'était donc pas mort. Nous l'avions cru assassiné par Le Rantec ou étouffé par la boue, ou les deux à la fois. Il était sans doute revenu à lui tout seul.

Je marchai longtemps sous la terre. J'eus à ramper souvent. Parfois, je dus déblayer avec les mains le boyau que le grand tassement avait obstrué. J'entendis leurs plaintes, leurs insultes et leurs blasphèmes, qui venaient de quelque part de l'autre côté de la paroi. Eux aussi étaient vivants. La plate-forme sur laquelle siégeait leur tribunal indigne et dément avait dû s'effondrer, et ils avaient probablement été jetés au pied du monticule. Et là, ils avaient dû essayer de se frayer passage à travers les éboulis. C'est pourquoi, de mon boyau, me parvinrent leurs sanglots et, mais oui, leurs imprécations. J'eus même à un moment la possibilité de communiquer avec eux.

— Où êtes-vous? me demanda McGanter.

— Dans le souterrain qui débouche sur le caveau de marbre vert et noir.

— Vous avez donc des chances de vous en sortir... Dès que vous serez à l'air libre, vous donnerez l'alarme pour qu'on vienne nous tirer de là.

— Bien sûr, je le ferai sans attendre.

— Salaud! cria une voix.

— Ne l'insultez pas! intima McGanter, il est notre seule chance de sortir d'ici vivants.

— Comment va Saint-Ramé? demandai-je.

Après quelques instants de silence, McGanter dit :

— Il va bien, nous nous en occupons.

Alors une longue plainte jaillit : je reconnus la voix de Chavégnac :

— Ce n'est pas vrai, ce n'est pas vrai, ils l'ont étranglé, Ronson l'a étranglé de ses mains, il nous tuera tous... Seigneur, pardonnez-nous...

Puis la voix se brisa. Je n'avais dans la tête qu'une idée : les sauver. Atteindre le plus vite possible ce caveau. Et pour cela je ne devais pas m'attarder. Avant de m'éloigner de l'endroit où je pouvais les entendre, je criai aux enterrés vivants :

— Écoutez-moi, est-ce que vous m'entendez? Répondez-moi.

— Oui, on vous entend faiblement, mais distinctement, répondit McGanter.

— Je vais chercher des secours; à partir de maintenant, n'essayez pas de communiquer avec moi car je reprends ma progression... Économisez vos forces... Courage!

— Merci! lancèrent plusieurs voix.

Et je me remis en marche. Le souterrain s'était élargi et j'arrivai enfin devant une ouverture. A l'aide de ma torche, j'explorai le lieu où je me trouvais. C'était bien le fameux caveau. Son plancher de béton avait été troué au chalumeau. Par cette voie, Saint-Ramé avait pu s'introduire dans les sous-sols et de là dans l'entreprise. Tout un attirail encombrait ce caveau : des imprécations non distribuées, une carte des sous-sols, une machine à imprimer, une paire de bottes, plusieurs rouleaux de corde. Une grosse enveloppe requit mon attention. Je l'ouvris. Elle contenait la preuve que Roustev avait accru les troubles en sciant les piliers. Saint-Ramé avait relevé ses empreintes sur les bonbonnes d'oxygène et le chalumeau. J'avais écouté très attentivement les explications d'Henri Saint-Ramé et elles m'avaient convaincu. L'homme était intelligent et orgueilleux. Jouer au chat et à la souris, mystifier ses collaborateurs, tout cela était bien dans sa manière et son tempérament. Mais il avait suscité beaucoup de haine et de rancœur. En transformant son entreprise en scène de théâtre, il avait surestimé ses pouvoirs. Il reste qu'au fond ses idées me paraissaient justes. Il faudrait désormais se préoccuper sérieusement des nerfs des entreprises géantes, américaines et multinationales et, plus généralement, de la mentalité qui présidait à la prospérité économique de l'Occident.

Mais comment sortir de ce caveau ? Je cherchai en vain un mécanisme. Je n'eus alors d'autre ressource que celle d'appeler au secours. Ce n'est qu'au milieu de la matinée qu'une voix stupéfaite me répondit :

— Qui donc parle dans ce caveau ?

— C'est moi, dis-je, ouvrez-moi, dépêchez-vous.

— Qui êtes-vous ?

— Je suis le directeur des Relations humaines de la société Rosserys & Mitchell-France, dont l'immeuble de verre et d'acier se dresse au coin de l'avenue de la République et de la rue Oberkampf, non loin du cimetière de l'Est.

— Vous voulez dire qu'il s'y dressait naguère, ricana l'homme, sans égards pour mon malheur.

— Ah, dis-je, il s'est effondré ?

— Et comment ! s'exclama l'homme ; heureusement, les gardiens avaient été renvoyés ; d'ailleurs, ça surprend tout le monde, vous pourrez peut-être nous expliquer tout ça, vous !

— Je vous expliquerai, dis-je d'un ton las, c'est une longue histoire.

Et je m'allongeai, épuisé, dans ce caveau, en attendant qu'on veuille bien l'ouvrir.

— Patientez, je vais chercher quelqu'un. Si on veut la connaître, votre longue histoire, il ne faut pas vous laisser mourir.

Maintenant, je ne me souviens plus que d'une chose : McGanter et sa troupe ne furent jamais retrouvés. Oh, mes chefs! Oh, mes collègues du *staff*! Où êtes-vous? Dormez-vous d'un sommeil paisible, ou continuez-vous d'errer en blasphémant dans les dédales?

XXVI

Aujourd'hui, l'équipe médicale qui m'a soigné est réunie au grand complet autour de mon lit. Les uns sourient, les autres rient franchement. Ils sont très heureux des résultats de leurs efforts. Je suis sorti de mon coma, car, paraît-il, j'étais dans le coma depuis plus d'une semaine.

— Mais que m'est-il arrivé?

— Vous avez eu un accident stupide, explique le médecin-chef. Pour une raison dont vous vous souviendrez peut-être, vous êtes descendu dans les sous-sols de votre entreprise, vous avez glissé, vous êtes tombé en arrière, et vous avez reçu sur la nuque un choc d'une extrême violence... Vous auriez vraiment pu vous tuer!

— Mais, dis-je, mal remis de mon songe qui, à mesure que je reprenais mes esprits, s'éloignait, lui, à tire-d'aile, mon entreprise, c'est bien Rosserys & Mitchell?

— Bravo! Bravo! applaudit l'assistance, manifestement ravie du retour de ma mémoire, et quelle est votre fonction? demande le médecin-chef. Ils attendent ma réponse en silence.

— Ma fonction? Eh bien... ne suis-je pas le directeur adjoint des Relations humaines?

— Hourra! s'écrient-ils en se congratulant.

— Ça, on peut dire que vous revenez de loin! exulte le médecin-chef, je vais prévenir votre direction et vos collègues que non seulement vous avez repris conscience, mais que vous retrouvez la mémoire à toute vitesse.

Il quitte la pièce pour y revenir cinq minutes plus tard en m'annonçant :

— Ils se réjouissent tous là-bas, rue Oberkampf, je leur ai donné l'autorisation de visite pour dix minutes, pas plus... Et, maintenant, reposez-vous.

A 12 h 30, ils pénètrent dans ma chambre, émus, heureux de me voir rétabli.

— Ah, dis donc, Pilhes, tu nous as fait peur, plaisante Le Rantec.

— Monsieur, on commençait à s'ennuyer sans vous, dit le jeune Brignon.

— Alors, mon cher Pilhes, s'enquiert doucement Saint-Ramé, comment vous sentez-vous? On vous attend avec impatience, et j'ai une bonne nouvelle à vous annoncer : vous êtes nommé directeur tout court des Relations humaines de Rosserys & Mitchell-France.

— Bravo! Félicitations! s'exclament Vasson, Terrène, Samueru, Yritieri, Fournier, Sélis, Chavégnac, Portal et tous les autres.

— Votre bande Velpeau vous va très bien, se moque gentiment Roger Arangrude, vous ressemblez à un pacha!

Ils rient de bon cœur. Ils sont toujours aussi dynamiques, bien élevés, heureux de vivre et de travailler, de produire, de vendre, de conquérir de nouveaux marchés. Et moi, je me sens rassuré de les voir ainsi, tels que je les ai connus, entreprenants et en bonne santé.

— Après un mois de repos, vous serez complètement sur pied, déclare Roustev.

— Ce soir, dit Henri Saint-Ramé, nos amis américains arrivent à Paris; McGanter en personne sera peut-être là; ils viennent de Londres, c'est la période des *budgets meetings;* je suis sûr que Musterffies sera heureux de vous revoir; ils viendront vous dire bonjour demain, à la même heure.

— Je vous remercie de vos témoignages de sympathie, dis-je... et M. Ronson, comment va-t-il?

— Monsieur Ronson va très bien », dit une voix. Et le délégué de Des Moines à Paris qui, jusque-là, s'était tenu à l'écart, discret et courtois à l'accoutumée, s'approche de mon lit, pose sur moi son regard scrutateur et dit : « Je vous souhaite un prompt rétablissement, monsieur le Directeur des Relations humaines. »

— Merci, monsieur Ronson.

— Allons, allons, la visite est terminée, décrète le médecin-chef.

Je contemple, surpris, tous ces visages bienveillants penchés sur moi. J'étais resté une semaine dans le coma. Ne s'était-il donc rien passé pendant ce temps? Je fouillai désespérément ma mémoire renaissante, mais je n'y trouvai rien.

Ce matin, je reprends mon travail après plus d'un mois d'inactivité. Je me sens en belle forme. Je sors en sifflotant de la station de métro Filles-du-Calvaire. Que c'est bon de retravailler! Mon bureau, mes dossiers, ma secrétaire, mes chefs, mes collègues, tous mes collaborateurs m'attendent. Ma compagnie est prospère, puissante, géante, américaine et multinationale. Et cela me sécurise, me chauffe le cœur. Dans une firme plus petite, mon emploi eût peut-être été compromis, surtout à un salaire si élevé. J'avance lentement sur le trottoir de la rue Oberkampf. Là-bas se dresse, majestueux, notre immeuble de verre et d'acier.

Et voici que je rencontre Chavégnac, le directeur adjoint de la section Espagne-Amérique du Sud.

— Alors, vieux Pilhes, ça va?

— Gonflé à bloc, dis-je en lui tapant sur l'épaule.

— Ah, dites donc, vous ne connaissez sans doute pas la nouvelle, poursuit Chavégnac, ça m'embête d'avoir à vous l'apprendre juste le matin de votre retour depuis votre accident, mais Portal m'a téléphoné cette nuit...

— Et alors? demandai-je.

— Eh bien, il paraît qu'Arangrude s'est tué hier soir en rentrant chez lui, sur le boulevard périphérique... Le saviez-vous?

Clamart-Le Pyla-Eymet.

FIRMIN-DIDOT   S.A.   PARIS-MESNIL.
D.L. 3ᵉ TR. 1974. Nᵒ 3442-16 (1093)